Inge Lempke

Ein Mord zuviel

Impressum:

Hauptstraße 354
53639 Königswinter

Umschlagentwurf und Layout: Ralph Handmann
Inhalt: Inge Lempke
Lektorat: Sarah Petrović, Gabriele Krause-Schmidt

Printed and bound in Germany

ISBN: 978-3-939908-84-5

Inge Lempke

Ein Mord zuviel

1

Bonn, Hausdorffstraße
Freitag, 17 November, 19.45 Uhr

Dr. Horst Adolf Schneyder freute sich auf einen ruhigen Fernsehabend, den er sich nach den Strapazen des Tages redlich verdient hatte.

Er tauschte seine Anzugjacke gegen die bequeme Strickjacke, holte aus der Küche eine Flasche Rotwein und ein Glas und stellte beides im Wohnzimmer auf dem Tischchen neben seinem Lieblingssessel ab. Dann zündete er ein paar Holzscheite im Kamin an, und kurz darauf knisterte und knackte dort leise ein gemütliches Feuer. Zwei Stehlampen verbreiteten zusätzlich warmes Licht.

Horst goss sich ein Glas Wein ein, nahm Platz und streifte die Schuhe von den Füßen. Seine Hühneraugen dankten es ihm. Er lehnte sich seufzend zurück und genoss für ein paar Minuten die Ruhe im Haus. Um 20 Uhr schaltete er den Fernseher zu den Nachrichten ein. Kurz nachdem die Wetterkarte verkündet hatte, für Mitte November sei es viel zu mild, klingelte das Telefon.

Umgehend stieg Horsts Blutdruck an. Das war doch wohl nicht das Krankenhaus! Hatte er nicht klar und deutlich gesagt, er wolle an diesem Wochenende nicht gestört werden - egal, ob der Patient in der nächsten Viertelstunde verstarb, falls er nicht von Horst Adolf Schneyder persönlich operiert wurde?!

Er schaltete den Ton des Fernsehers ab, griff ungehalten zum Telefon und bellte ein „Ja?!“ hinein.

„Hallo Schatz, ich bin's nur. Ich wollte mal hören, wie's dir geht.“ Das war Ingrid. Ihre Stimme klang ruhig und sanft wie immer.

Horst räusperte sich zweimal, bekam aber seine Verärgerung nicht wirklich unter Kontrolle. „Hallo Ingrid, wann kommst du nach Hause?“

„Am Sonntagabend. Meiner Mutter geht es wieder besser.“

„Dann bin ich ja das ganze Wochenende allein!“, beschwerte sich Horst in unfreundlichem Ton. Was ging ihn Ingrids Mutter an?!

Sie ignorierte seinen Einwand und redete über ihre bevorstehende Hochzeit, als sei alles in bester Ordnung. Horst hörte zu, gab hin und wieder mit reservierter Stimme einen Kommentar ab und fragte sich, ob er diese Frau überhaupt heiraten wollte.

Es war bereits nach halb neun, als er die Nase voll hatte und das Gespräch kurz und knapp mit der Bemerkung beendete, sie müsse sich doch jetzt sicher wieder um ihre Mutter kümmern. Bei tonlos laufendem Fernseher überlegte er gerade, ob er sich einen Film ansehen oder doch lieber einmal um den Block joggen sollte, als er ein Geräusch im Flur hörte. Ein kurzes, lautes, einmaliges Knacken. Was war das gewesen?

Horst lauschte, aber jetzt war, bis auf das Knistern des Feuers, alles still. Warum stand er nicht auf und sah nach? Weil es ein harter Tag im Krankenhaus gewesen war und er sich unerwartet erschöpft fühlte, und weil –

Da, schon wieder, ein Knacken, und plötzlich klang es wie das Geräusch eines Schlüssels, der sich im Schloss der Haustür drehte.

Zwei Sekunden lang dachte er, Ingrid habe ihn am Telefon beschwindelt, wolle ihn überraschen und komme schon an diesem Abend zurück. Aber das war Unsinn, denn Ingrid wusste, dass er Überraschungen hasste. Und jetzt klang das Geräusch auch nicht mehr nach Schlüssel, sondern nach Einbruchswerkzeug. Es klickte und schabte und kratzte und dann hörte er, wie die Tür aufsprang.

Horsts Herz schlug schneller. Einbrecher? Um diese Tageszeit? Noch dazu, wo jeder sehen konnte, dass im Haus Licht brannte?! Das war doch verrückt! Was sollte er jetzt tun?!

Aufstehen! Wohnzimmertür zuwerfen! Abschließen! Polizei anrufen! Guter Plan.

Horst sprang auf und seine Beine waren auf einmal gar nicht mehr müde. Auf Strümpfen hastete er zur weit geöffneten Tür, so schnell er konnte, griff nach der Klinke, aber es war zu spät – vor ihm stand plötzlich ein Mann: groß, schlank, schwarz gekleidet, Wollmütze mit zwei Augenlöchern, bis zum Kinn nach unten gezogen. Er hielt genauso in jeder Bewegung inne wie Horst. Sie starrten sich an. Sekundenlang. Horsts Herz hämmerte schmerzhaft. Und doch war da auf einmal ein klarer Gedanke in seinem Verstand: Wollte er wirklich kampflos zulassen, dass ihm jemand sein Eigentum wegnahm?!

Aber bevor er richtig wütend werden und reagieren konnte, sah er eine Faust auf sein Gesicht zuschießen. Er wich viel zu langsam aus, sein Kopf flog nach hinten, er ruderte mit den Armen, dann setzte er sich auf den Hintern. Benommen sah er den Mann in Schwarz näher kommen... mit einem länglichen Gegenstand in der Hand, den er ihm drei Sekunden später auf den Kopf schlug.

Horst wurde schwarz vor Augen, und eine Weile war nichts... doch dann schien ihm, als passiere weit, weit entfernt etwas mit seinem Körper... er wurde bewegt, und in regelmäßigen Abständen polterte etwas gegen seinen Hinterkopf... dann hörte es auf... es herrschte Ruhe... sein Bewusstsein versuchte zurückzukommen... Horst fühlte sich benommen und benebelt, merkte jetzt aber, wie sich jemand an seiner Kleidung zu schaffen machte.

Das ging zu weit! Er riss die Augen auf, wollte sich wehren – und erhielt einen zweiten, heftigen Schlag auf den Kopf.

Als er das nächste Mal wach wurde – oder zumindest halbwach – schien ihm, dass er auf seinem Bett lag, in seinem Schlafzimmer, das nur sehr schwach beleuchtet war. Wie kam er hierher? Wieso hatte er solche Kopfschmerzen? Und warum, zum Teufel, war ihm so entsetzlich kalt?!

Rechts von ihm bewegte sich ein Schatten über die Wand. Horst drehte seinen Kopf zur Seite, und ein Schmerz rollte unter seiner Schädeldecke entlang, dass er hätte aufschreien mögen. Aber das ging nicht, weil seine Lippen zugeklebt waren. Sofort versuchte er, gleichzeitig aufzustehen und sich an den Mund zu fassen. Sowohl das eine als auch das andere war nicht möglich: Hände und Füße waren festgebunden.

Und da erinnerte er sich an den schwarz gekleideten Mann, der ihn niedergeschlagen hatte. Was wollte der Scheißkerl von ihm?! Was hatte er vor?!

Horst zerrte an seinen Fesseln und drehte mühsam und unter Schmerzen den Kopf noch weiter zur Seite. Dort, am äußersten Kopfende des Bettes, stand der Mann und hantierte mit etwas herum, das Horst aus dem Augenwinkel nicht erkennen konnte. Zehn Sekunden später wusste er, was es war: Der Mann jagte ihm eine Spritze in die linke Schulter, die rechte Schulter, in den linken Oberschenkel, den rechten Oberschenkel.

Horst war einer Panik nah. Der Mann war kein Einbrecher, kein harmloser Dieb, der ihm ein bisschen Geld abnehmen wollte! Der Mann war ein Killer, der ihn umbringen würde!

Horst versuchte sich loszureißen, aber plötzlich flutete eine unerhörte Schlaffheit durch seinen Körper. Es war, als hätten sich seine Muskeln in ausgeleiertes Gummi verwandelt. Nicht einmal den Kopf konnte er noch drehen, seine Augenlider sanken langsam und schwer herab, und das letzte, was er sah, war der schwarz gekleidete Mann, der wieder in sein Blickfeld trat, in der Mitte des Bettes stehen blieb und etwas vom Boden aufhob, das die Form einer Axt hatte.

Dann fielen Horst die Augen zu. Das vorletzte, das er fühlte, war wieder die Eiseskälte, er zitterte vor Kälte. Vielleicht auch vor Entsetzen. Vor Kälte und vor Entsetzen. Die Axt. Was hatte dieser Verbrecher mit der Axt vor?

Umgehend erhielt Horst eine Antwort auf seine stumme Frage. Plötzlich nämlich explodierte sein linker Unterarm vor Schmerz. Endlose Sekunden lang dachte er, er würde den Verstand verlieren – bevor er dann gnädigerweise das Bewusstsein verlor.

Oberdollendorf
Sonntagabend, 19. November, 18.30 Uhr

Sascha gab Annika einen zärtlichen Kuss und strich ihr eine schwarze Haarsträhne aus dem Gesicht.

„Soll ich uns jetzt ein exzellentes Mahl in der Mikrowelle zubereiten?“, fragte Sascha, während sie ihn mit schläfrig zufriedenem Blick anlächelte.

„Nein danke. Ich möchte nur was trinken, aber keinen Alkohol mehr.“

„Wieso? Willst du schon fahren?“ Sascha kletterte aus dem Bett, das zu anderen Tageszeiten ein Zweitleben als Sofa führte, hob seine Unterhose auf und streifte sie über.

„Nein, eigentlich nicht“, murmelte Annika und reckte und streckte ihren üppigen Körper einmal quer über die ganze Länge des Lakens. „Aber ich habe so ein komisches Gefühl im Bauch, dass wir beide nicht den ganzen Abend zusammen verbringen werden.“

„Ach, hast du einen Hellseherinnenkurs bei der Volkshochschule gemacht?“, amüsierte sich Sascha und verschwand in dem kleinen Flur, der zur Küche führte, als neben ihm durchdringend laut das Telefon zu klingeln begann.

Er schrak zusammen, fluchte leise und meldete sich. Natürlich war Andreas am anderen Ende der Leitung. „N'Abend, tut mir leid, wenn ich dich beim Fernsehen störe, aber wir müssen los, in die Hausdorffstraße, da wurde jemand ermordet."

„Ach was. Und ich dachte schon, da hat jemand ein Fahrrad geklaut."

Andreas reagierte verstimmt. „Lass deinen Ärger am Mörder aus, aber nicht an mir. Mach die Kiste aus und hol mich ab!"

„Aber ich hab gar nicht fernge..."

Andreas hatte aufgelegt. So ein Mist! Musste jetzt auch noch am hochheiligen Sonntag gemordet werden?! Hatte man denn nie seine Ruhe?! Er holte Cola und Mineralwasser aus der Küche und begab sich zurück in sein Wohn- und Schlafzimmer zu Annika, die ihn mit einem Na-hab-ich's-nicht-gesagt-Blick empfing. Dazu lächelte sie sanft und ließ die winzige, sexy Lücke zwischen den oberen Schneidezähnen sehen.

Er reichte ihr ein Glas Wasser. „Du solltest mit deiner Fähigkeit, zur richtigen Zeit komische Gefühle im Bauch zu haben, zu einem Esoterik-Sender gehen... apropos Fernsehen: Kannst du mir gleich einen Film aufnehmen?"

Zwanzig Minuten später holte er in der Kalkuhlstraße in Oberkassel Andreas ab, der seine 250 Jahre alte, dunkelblaue, zweireihig geknöpfte Langjacke trug, die möglicherweise wieder auf dem Weg war, modern zu werden.

„Na, wobei habe ich dich vorhin gestört?", fragte Andreas, stieg ein und schnallte sich an.

Sascha wendete und fuhr Richtung Südbrücke. „Nun, beim Fernsehen jedenfalls nicht. Annika war da."

„Da habe ich wohl euer Liebesleben durcheinander gebracht."

„Das hättest du, wenn du zehn Minuten früher angerufen hättest."

Daraufhin schwieg Andreas erst einmal für eine Weile. Auf der Südbrücke war wenig los. Sascha konnte das Schweigen nicht ertragen und fragte betont freundlich: „Weißt du schon was Genaueres über den Fall?"

Andreas war offensichtlich nicht gut gelaunt. Vielleicht lag es an Unstimmigkeiten mit seiner Mutter, vielleicht aber plagten ihn Alterserscheinungen wie Rückenschmerzen, Ein- und/oder Durchschlafstörungen oder Haarausfall. Seine Antwort jedenfalls klang widerwillig.

„Peer, der natürlich mal wieder vor uns am Tatort war, sagte nur, dass es sich bei dem Opfer um einen bekannten Arzt handele, der von seiner Verlobten in schrecklichem Zustand aufgefunden worden sei."

„Wer war in schrecklichem Zustand? Das Opfer oder die Verlobte?"

„Stell dich nicht dümmer als du bist!"

„Gut, wir reden hier also über die besseren Kreise, in denen man sich noch verlobt."

Andreas wurde ein wenig lockerer. „Richtig. Demnach solltest du dich mit deiner Annika verloben. Dann kannst du dir einbilden, zu den besseren Kreisen zu gehören."

Sascha verließ die Autobahn und fuhr auf die Friedrich-Ebert-Allee. „Du wirst es kaum glauben, aber darauf lege ich gar keinen Wert. Da herrscht manchmal eine Wichtigtuerei, eine Selbstverliebtheit und eine Oberflächlichkeit, dass einem schlecht werden könnte!" Er machte eine Pause und fügte hinzu: „Und außerdem kenne ich Annika doch erst seit... seit 7 Monaten! Muss man sich dann gleich verloben?"

„Du bist seit 7 Monaten mit derselben Frau zusammen? Sascha – da stimmt was nicht!"

„Wir verstehen uns eben gut und sie lässt mir meine Freiheit."

Mehr wollte Sascha dazu nicht sagen – vor allem, als er merkte, dass er Probleme hatte, die Hausdorffstraße zu finden. Die musste doch hier irgendwo links abzweigen! Sie hielten gemeinsam Ausschau, bogen links ab, noch einmal links und da hatte sich schon ein ganzes Aufgebot an Polizeiwagen, Notarztwagen und Krankenwagen versammelt.

Das Haus des Ermordeten stand in einem gepflegten, aber nicht sehr großen Garten und konnte durchaus als Jugendstilvilla bezeichnet werden. Zur Straße hin wurde das Grundstück von einer hüfthohen Mauer mit schwarz gestrichenem Eisengitter begrenzt. Die Einfahrt zierte ein zweiflügeliges Tor aus den gleichen Gitterstäben.

Sie fuhren auf den kurzen Weg, der zum Haus führte und auf dem neben Polizei- und Rettungswagen auch ein blauer Kleinwagen parkte. Mehrere Zimmer im Haus waren hell erleuchtet. An der Eingangstür wachte ein Polizeibeamter darüber, dass kein Schaulustiger ins Haus eindrang. Allerdings gab es hier keine Schaulustigen – in diesem Viertel der Stadt schien man sich vornehm zurückzuhalten.

„Guten Abend, Kommissar Montenar", sagte der Mann, den Sascha nicht kannte, zu Andreas und wies mit der Hand hinter sich. „Der Tatort ist da oben."

Der Flur, den sie betraten, war teuer eingerichtet. Und kitschig. Sascha fühlte sich förmlich erschlagen von all den goldenen Bilderrahmen, goldenen Spiegeln, goldenen Wandlampen und dem Eichegarderobenschrank mit goldenen Kleiderbügeln. Viel Geld, wenig Geschmack.

Als sie oben im Schlafzimmer ankamen, vergaß Sascha die Einrichtung. „Mann, das ist ja mal ein echtes Blutbad", murmelte er und hätte sich am liebsten die Nase zugehalten.

Auf einem ca. 1,20 Meter breiten Eichenbett lag ein mittelgroßer, schlanker Mann um die Siebzig, grauweißes, kurzes Haar, Augen geschlossen, auf dem Mund silbergraues Klebeband. Ansonsten war er splitterfasernackt, die gespreizten Armen und Beinen nur mit einer Kordel ans seitliche Bettgestell gefesselt. Nicht an den Händen, denn Hände hatte er keine mehr, sondern ein Stück unterhalb der Ellenbogen und an den Füßen: Eine Hand lag links vom Bett und die andere (Sascha ging ein paar Schritte weiter) lag rechts neben dem Bett.

Die weißen, flauschigen Bettvorleger waren an den Stellen, an denen das Blut aus den Armstümpfen geströmt war, tiefrot verfärbt. Die bleichen, abgetrennten Hände wirkten darauf wie fremdartige, tote Tiere aus einem Science-Fiction-Horrorfilm. Die Armstümpfe selbst sahen mittlerweile eingetrocknet aus, blutverkrustet und genauso blass und wächsern wie der restliche Körper des Toten, so dass es einem vorkam, als hätte man keinen echten Menschen aus Fleisch und Blut vor sich, sondern eine Puppe. Allerdings eine mit einer ganzen Menge feiner, gekräuselter, grauer Haare auf der Brust und im Genitalbereich. Und mit mindestens zwei Hühneraugen an jedem leicht deformierten Fuß.

Selbst einem medizinisch Ahnungslosen dürfte klar sein, dass der Mann nicht erst vor zwei Stunden verblutet war.

Peer, einer der unattraktivsten Gerichtsmediziner von Nordrheinwestfalen, begutachtete gerade eine Wunde am Kopf des Toten. Jetzt wandte er sich um. „Hallo ihr beiden! Interessanter Fall, nicht wahr!"

„Ja, ich bin begeistert", brummte Andreas und nickte Renate zu, der Fachfrau für Spuren jeder Art, die in ihrem weißen Overall wieder einmal auf dem Boden kniete und ein paar Fasern von einem der blutdurchtränkten Bettvorleger abschnitt. „Wer ist der Tote?"

„Der Mann heißt Horst Adolf Schneyder und war Chirurg. Das konnte uns seine Verlobte, die ihn vor einer halben Stunde gefunden hat, gerade noch mitteilen." Peer grinste mit seinen dicken Lippen. „Und dann hat sie dort neben der Tür ihr Abendessen von sich gegeben und ist mit einem Weinkrampf zusammengebrochen."

„Kann man nicht mal ein Fenster aufmachen?", warf Sascha ein. „Wie haltet ihr diesen Geruch hier nur aus?"

Wieder dieses unschöne Grinsen. „Wir sind eben nicht so zimperlich wie du."

„Unsinn, ihr seid total abgestumpft." Sascha sah sich um.

Eine goldgefasste, sehr helle Deckenlampe, schwere, purpurfarbene Tapete mit goldenem Muster, Nachttische mit goldenen Lämpchen darauf, ein Stuhl, ein Sessel, ein großer, leicht schräg hängender Spiegel hinter dem Kopfende des Bettes. Achtlos auf und neben den Stuhl geworfene Kleidung. Sascha trat ein wenig näher... irgendetwas stimmte nicht mit dieser Kleidung.

„Ja, die wurde aufgeschnitten, nicht ausgezogen", erläuterte Peer hinter ihm. „Der Täter scheint es eilig gehabt zu haben."

„Warum hat er den Mann dann überhaupt ausgezogen? Liegt eine Sexualstraftat vor?"

„Soweit sind wir noch nicht. Aber an ein sexuelles Motiv glaube ich eher nicht."

„Ich auch nicht", mischte sich Andreas ein. „Diese Entblößung scheint mir etwas mit Demütigung zu tun zu haben. Bestrafung und Demütigung. Ja, hier ist jemand bestraft worden. Das ist eine Tat mit sehr persönlicher Beziehung zwischen Mörder und Opfer. Wo ist Schneyders Verlobte jetzt?"

„Die dürfte nebenan in einem der Gästezimmer sein. Mit dem Notarzt."

„Gut, dann versuchen wir mal mehr aus ihr rauszukriegen. Kannst du uns schon was zum Toten und zum Tatzeitpunkt sagen?"

Peer wurde sachlich. „Der Mann hat eine Platzwunde an der Schläfe und Blutergüsse am Hinterkopf. Er wurde wahrscheinlich unten im Wohnzimmer, wo übrigens der Fernseher noch lief, mit einem schweren Gegenstand niedergeschlagen, anschließend die Treppe hinaufgeschleift und hierher ins Schlafzimmer befördert. Gestorben sein dürfte er infolge des Blutverlusts... irgendwann am Morgen des gestrigen Tages, und die Hände hat man ihm mit einer Axt abgetrennt, vermute ich jetzt mal. Und zwar am Freitagabend nach 20.45 Uhr."

„Woher weißt du das so genau?"

„Ach ja, hatte ich vergessen: Die Verlobte schüttelte immer wieder fassungslos den Kopf, bevor sie sich übergab, und sagte mindestens dreimal: Ich hab doch am Freitag noch mit ihm telefoniert! Und zwar gab sie an, von ca. 20.15 bis ca. 20.45 Uhr."

„Gut, dann gehen wir mal nach nebenan und reden mit der Frau."

Auf dem Flur begegnete ihnen der Beamte, der die „nette" Aufgabe hatte, den Tatort und die Leiche zu fotografieren, ein älterer Mann mit Halbglatze und dunkelgefasster, viereckiger Brille, die ihm einen intellektuellen Touch verlieh. Komisch, Andreas' dunkelgefasste Brille sah einfach nur altmodisch aus.

Im Raum neben dem Schlafzimmer war niemand, aber im übernächsten lag eine Frau auf einem Bett, daneben saß der Arzt auf einem Stuhl. Andreas trat hinzu und fragte den Arzt: „Wissen Sie, wie die Frau heißt? Wie geht es ihr?"

„Sie heißt Ingrid Roth. Ich habe ihr ein starkes Beruhigungsmittel verabreicht... sie dürfte im Moment ziemlich benommen sein."

Als die Frau ihren Namen hörte, öffnete sie die Augen. Ihr Blick wanderte einmal müde über die Männer, die vor ihr standen, dann fielen ihr die Lider wieder zu.

Ingrid Roth hatte die sechzig zweifellos überschritten. Ihre Haut war gebräunt, das wellige Haar so blond, dass es gefärbt sein musste, und die blauen Augen waren geschminkt, was allerdings durch die verlaufene Wimperntusche nicht mehr sehr vorteilhaft aussah. Sie trug einen hellgrauen Hosenanzug aus dezent schimmerndem Stoff und einen hellblauen Rollkragenpullover.

„Frau Roth, ich bin Hauptkommissar Montenar und das ist mein Kollege Sascha Piel. Darf ich Ihnen ein paar Fragen stellen?"

Sie nickte langsam, ohne ein Augenlid zu heben.

„Die haben Sie aber ordentlich abgeschossen", raunte Sascha dem Arzt zu, der daraufhin ein indigniertes Gesicht machte und zurückflüsterte: „Das war aber auch dringend nötig!"

„Frau Roth", hob nun Andreas an, „Sie haben Herrn Schneyder vorhin gefunden und Sie haben am Freitagabend mit ihm telefoniert. Wo waren Sie in der Zwischenzeit?"

Ihre Stimme war wie ein Windhauch, so leise und tonlos, dass sich alle automatisch ein Stückchen vorbeugten. „Bei meiner Mutter. War krank."

„Wer war krank? Sie oder Ihre Mutter?"

„Mutter." Selbst das Aussprechen dieses einen Wortes schien sie maßlos anzustrengen.

„Wer wusste davon, dass Sie bis Sonntag nicht im Haus sein würden?" Jetzt kam gar keine Antwort mehr. „Das hat keinen Sinn. Wir müssen sie morgen früh vernehmen", entschied Andreas. „Bleibt sie hier, Doktor?"

„Nein, wir haben vorhin mit einer Schwester von ihr telefoniert, die holt sie ab und nimmt sie mit zu sich nach Hause."

„Gut. Sascha, lass dir Namen und Adresse geben, ich rede noch mal mit Peer."

Sascha notierte sich eilig alle Informationen, die er brauchte, und hastete hinter Andreas her.

„... gefunden, sieh dir das mal an", hörte er Peer schon auf dem Flur sagen. Er trabte ins Schlafzimmer und beugte sich über die Leiche, wie Andreas es bereits tat.

Peer zeigte mit einem Stift auf einen winzigen geröteten Punkt an der linken Schulter. „Jemand hat ihm was gespritzt... und zwar hier, in die andere Schulter und in beide Oberschenkel. Was es war, erfahrt ihr morgen. Und noch etwas ist mir aufgefallen: Die Hände sind nicht gerade abgehackt, sondern in sehr schrägem Winkel. Warum?"

Er sah Sascha an, als erwarte er ernsthaft eine Antwort, aber Sascha schüttelte empört den Kopf, und da auch Andreas im Moment überfragt schien, gab Peer sich die Antwort selbst.

„Blutgefäße, die man gerade, also rechtwinklig durchtrennt, haben logischerweise eine kleineren Durchmesser als solche, die man möglichst schräg anschneidet. Und so kann es vorkommen, dass im rechten Winkel durchtrennte Arterien von selbst verkleben, und die Blutung aufhört. Das wollte unser Täter augenscheinlich verhindern."

„Interessant." Andreas richtete sich auf. „Kann ein medizinischer Laie von selbst auf solche Gedanken kommen? Oder müssen wir den Mörder in ärztlichen Kreisen suchen?"

„Keine Ahnung. Auch ein Laie kann sich informieren", meinte Peer.

Andreas sah in die Runde. „Weiß jemand, ob der Mann nahe Verwandte hat? Kinder, Eltern, Geschwister?"

„Eltern?“, Peer furchte die Stirn. „Der Mann ist um die Siebzig!“

„Bei der heutigen Langlebigkeit unserer Senioren halte ich das keineswegs für abwegig. Nein? Keiner weiß was? Gut, dann sehen wir uns mal im Erdgeschoss um, da finden wir sicher ein paar Telefonnummern“, verkündete Andreas und ließ seinen Blick (wie Sascha durchaus mitbekam) einmal kurz über Renates Rückseite wandern.

Sie nahm gerade von den Eichennachttischchen Fingerabdrücke ab. Und irgendwie wirkte sie dünner als sonst, fand Sascha und folgte Andreas nach unten.

Dort beschäftigte sich inzwischen Wilfried von der Spurensicherung mit der Eingangstür. „Wir haben hier eindeutig Einbruchsspuren“, teilte er Andreas mit und starrte durch die dicke Brille einen Kratzer neben dem Türschloss an, als würde der ihm jeden Moment den Namen des Täters nennen.

„Profis oder Laien?“

„Schwer zu sagen... eher Laien.“

„Dachte ich mir“, behauptete Andreas. Vermutlich verdächtigte er bereits die halbe Verwandtschaft.

Sascha ging voraus ins Wohnzimmer, einem mittelgroßen Raum mit Kamin und viel dunklem Eichenholz an Decke und Wänden. Wenigstens hatten die Polstermöbel hellbeige Bezüge. Neben einem typischen Fernsehsessel für ältere Herrschaften stand ein Tischchen mit einem Glas, das noch halb voll war, einer angebrochenen Flasche Rotwein und der Fernbedienung des Fernsehers, den inzwischen jemand ausgeschaltet hatte.

Kaum eineinhalb Meter hinter der Türschwelle kniete der nächste Beamte der Spurensicherung auf dem teuren Parkett. Er hob den Kopf und lächelte Sascha begeistert zu. „Ich habe eine winzige Blutspur gefunden, anscheinend wurde der Mann hier niedergeschlagen.“

„Prima, Dirk. Weiter so!“, ermunterte ihn Sascha gönnerhaft und hörte plötzlich eine Stimme rufen: „Komm mal hier rüber, ins Arbeitszimmer!“

Das Zimmer lag schräg gegenüber auf der anderen Seite des Flurs und dort traf Sascha auf Walter und Andreas, der ihm vorhin anscheinend gar nicht ins Wohnzimmer gefolgt, sondern eigene Wege gegangen war. Die beiden standen an Horst Adolf Schneyders Schreibtisch und begutachteten ein Blatt Papier. Andreas hatte sich inzwischen dünne Handschuhe übergestreift, und Sascha tat es ihm nach.

„Was habt ihr da?“, fragte er.

„In einer Schublade lagen diese drei Drohbriefe, je zweimal gefaltet“, erklärte Walter mit unterschwelliger Dramatik in der Stimme. Er hatte ausdrucksvolle, dunkle Augen mit langen, schwarzen Wimpern und konnte damit einen Augenaufschlag hinlegen wie eine Filmdiva.

„Schade“, meinte Sascha. „Wenn sie viermal gefaltet gewesen wären, hätten wir vielleicht was damit anfangen können, aber so... “

„Spiel hier nicht den Experten für gefaltete Drohbriefe, sondern sieh sie dir an“, mahnte Andreas und reichte sie ihm hinüber.

Nun, da hatte sich aber jemand keine Mühe gegeben: Die Blätter waren nicht etwa mit aus Zeitungen ausgeschnittenen Buchstaben beklebt, sondern mit krakeliger Druckschrift beschrieben:

ICH WERDE DICH BESTRAFEN FÜR DAS, WAS DU MEINEM SOHN ANGETAN HAST! Sowie: DU WIRST NIEMANDEN MEHR ZU TODE OPERIEREN! Und: DU BIST SO GUT WIE TOT!

„Na, wenn das kein Motiv ist! Ein rasender Vater, der seinen Sohn bei einer Operation verloren hat“, dachte Sascha laut nach, aber Andreas war anderer Meinung.

„Mir ist das fast ein bisschen zu offensichtlich. Walter, hast du ein Adressbuch gefunden?“

„Ja, liegt da drüben auf dem Schrank.“

Andreas holte es sich, blätterte darin herum und hielt es dann Sascha hin. „Ruf bitte die drei Schneyders an, die hier drinstehen, wenigstens einer von denen sollte gleich mal hier antanzen.“

Sascha verzog sich mit dem Adressbuch ins Wohnzimmer und schüttelte zweimal den Kopf angesichts der goldenen Bilderrahmen und der Brokatvorhänge und Samtkissen, die auf den Sofas drapiert waren. Manfred mit dem hochgezwirbelten Schnurrbart und Ulli mit dem unsportlichen Rundrücken kramten inzwischen in Schränken und Regalen herum. Sascha fand das Telefon und wählte die erste Nummer. Es schien Ewigkeiten zu dauern, bis jemand an den Apparat ging.

„Ja?“, brummte eine männliche Stimme in den Apparat.

„Hier ist Piel von der Mordkommission Bonn. Ich –“ Aufgelegt. Der Mann hatte einfach aufgelegt! Sascha war fassungslos. Eine halbe Minute lang überlegte er, ob er den Anruf wiederholen sollte. Dann entschied er sich dagegen. Aber diesen Schneyder würde er sich vorknöpfen!

Also dann der nächste Schneyder. Sascha wählte die Nummer, aber jetzt meldete sich überhaupt niemand. Und so gab er die Nummer des dritten Schneyder ein, eine Nummer mit Bonner Vorwahl.

„Dietmar Schneyder!“, tönte es ihm freundlich, fast heiter entgegen.

„Guten Abend, Herr Schneyder. Ich bin Sascha Piel von der Mordkommission Bonn. Sind Sie mit Horst Adolf Schneyder verwandt?“

„Ja, ich bin sein Sohn. Wieso? Ist ihm was zugestoßen?“

„Das kann man so sagen. Würden Sie bitte zu ihm nach Hause kommen?“

Während sie auf den Sohn warteten, sahen sie sich im Haus um. Alle Zimmer waren teuer, nicht sehr geschmackvoll und irgendwie sehr unpersönlich eingerichtet. Zum Beispiel fiel Sascha auf, dass weder an den Wänden noch auf Schränken Bilderrahmen mit Fotos von Frau (oder Verlobter) und Kindern vorhanden waren.

In der Regalwand im Arbeitszimmer überwogen Sach- und medizinische Fachbücher. Schneyders CD-Sammlung bestand aus sieben Samplern mit Partymusik und drei James-Last-CDs. War der Mann vielleicht deshalb ermordet worden?

Andreas beschäftigte sich gerade mit einem Terminkalender, der auf Horst Adolf Schneyders Schreibtisch herumlag, der aber vermutlich, nach seinem Gesichtsausdruck zu urteilen, nichts Entscheidendes hergab. Auch Manfred und Ulli schienen noch nichts gefunden zu haben, das ihnen weiterhalf. Nirgendwo war etwas demoliert oder durchwühlt worden; was darauf hinwies, dass der Täter tatsächlich nicht auf Geld oder Wertgegenstände aus gewesen war.

Das Bad im ersten Stock sah sauber und aufgeräumt aus (Saschas Bad hatte noch nie so ausgesehen!), nichts lag herum. Im ganzen Haus lag nichts unordentlich herum. Der Chirurg – ein Pedant? Auf jeden Fall kein Sammler. Es gab kaum etwas, das nur zur Verschönerung der Räume gedient hätte, keine Buddhafiguren, Modellautos oder Waffen aus dem 18. Jahrhundert. Nicht einmal Grünpflanzen. Alles nüchtern, kühl, zweckmäßig. Bis auf die Goldtapeten und die Goldlampen, die vielleicht Besucher beeindrucken sollten. Auch ein Zweck.

In den Keller stiegen sie an diesem Abend nicht hinab, dafür gingen sie hinaus in den Garten, der zumindest im vorderen Bereich von zwei Scheinwerfern erhellt wurde. Ein Mann leuchtete zusätzlich mit einer Taschenlampe die Büsche neben der vierstufigen Treppe zur Eingangstür ab.

Für Anfang November war es unheimlich warm, da hatte Sascha schon andere November erlebt. Und trocken war es auch. Richtig angenehm. Aber der Winter würde schon noch kommen.

Sascha entfernte sich ein paar Meter vom Haus und meldete sich per Handy bei Annika, die den Film aufnahm und angab, noch ca. eine Stunde auf ihn warten zu wollen, bevor sie sich auf den Weg in ihre eigene Wohnung machte. Gerade als er anfing, über diese Zeitspanne zu diskutieren, machte nicht nur der Mann in den Büschen einen wichtigen Fund, sondern ein silberner Wagen raste durch die Einfahrt und bremste schwungvoll an der Seite ab. Der Beamte der Spurensicherung hatte zwei Zigarettenkippen gefunden und dem Wagen entstieg Dietmar Schneyder.

Der Mann mochte Mitte Vierzig sein, war groß und schlank und trug einen schicken, grauschimmernden Anzug mit grauem Hemd und grauer Krawatte. Das Haar war mittelbraun, kurz geschnitten und seitlich gescheitelt. War er Anwalt... oder Arzt wie sein Vater... oder Manager einer großen Firma?

Sascha eilte auf ihn zu. „Herr Schneyder? Wir haben vorhin miteinander telefoniert. Ihr Vater ist ziemlich brutal ermordet worden. Sie sollten sich das besser nicht ansehen." Er gab dem Sohn einen kurzen, nicht zu detaillierten Bericht dessen, was passiert war, während sie ins Haus gingen. Das heißt, Schneyder ging nicht, er hinkte. Mit dem linken Bein.

Sie fanden Andreas in der Küche, wo er in einer Schublade herumstöberte. Schneyder gab ihm sofort die Hand und stellte sich vor. „Guten Abend, Herr Kommissar. Ich bin Dietmar Schneyder, Horst Schneyders Sohn."

„Aha... ja... mein Beileid, Herr Schneyder, und danke, dass Sie so schnell kommen konnten. Sie wohnen in der Nähe?"

„In Beuel, aber es war nicht viel los auf den Straßen."

Andreas kam direkt zum Punkt. „Herr Schneyder, können Sie sich vorstellen, wer so einen Hass auf Ihren Vater gehabt haben könnte, dass er ihn auf diese Weise umbringt?"

Schneyder, der schon die ganze Zeit eher gefasst wirkte, als vor Entsetzen und Trauer zu Boden geschmettert, ließ ein leicht gequältes Lächeln sehen. „Fragen Sie mich lieber, wer meinen Vater wirklich gemocht hat, dann wäre ich mit dem Aufzählen bedeutend schneller fertig."

„Wieso? Was war er für ein Mensch?“, hakte Andreas nach, während Sascha seinen Notizblock zückte.

„Mein Vater besaß ein unerschütterliches Ego und ein großes Mundwerk. Er wusste alles und er konnte alles.“ Schneyder hatte ein schmales, fein geschnittenes, fast jungenhaftes Gesicht, das selbst zu dieser Tageszeit tadellos glatt rasiert war. In seinen ungeheuer strahlend blauen Augen blitzte es kurz verächtlich auf. „Es wurde gemacht, was er sagte. Nicht nur zu Hause, sondern auch bei seinen Kollegen im Krankenhaus. Er war so ziemlich überall gefürchtet.“

Andreas nickte verständnisvoll. „Haben Sie ihn auch gehasst?“

„Ja, früher, als Kind. Aber irgendwann verwandelte sich der Hass in Verachtung.“ Schneyder sah nachdenklich in die Ferne. „Mir wurde klar, dass dieser Mann nur ein armes Würstchen ist, das andere terrorisieren muss, um sich selbst stark zu fühlen. Erbärmlich.“ Und schon brach er in strahlendes Lächeln aus, wobei er zwei leicht schräg stehende Eckzähne entblößte, und meinte: „Ich freue mich für ihn, dass dieses erbärmliche Leben ein Ende gefunden hat.“

Sascha warf einen Blick zu Andreas hinüber, der nach einem Moment des Schweigens feststellte: „Interessante Sichtweise. Sie erklärt möglicherweise, warum den ganzen Freitag und den ganzen Samstag niemand Ihren Vater vermisst oder das Haus betreten hat.“

„Sie sagen es. Er hatte bestimmt keine Freunde, die mal eben so vorbeischauen... und falls er sich am Freitag oder Samstag mit Leuten verabredet hatte, waren die am Ende froh, dass er nicht auftauchte“, amüsierte sich Schneyder junior.

Sascha notierte sich das: ein Sohn, der seinem Vater alles Schlechte im Leben wünschte. Feine Familienverhältnisse. „Gibt es noch mehr nahe Verwandte außer Ihnen?“, kam er Andreas zuvor.

„Ja, mein Vater hat einen jüngeren Bruder. Ich selbst auch, und eine jüngere Schwester, dann gibt es natürlich noch Tanten, Onkeln und Cousinen.“

„Die lassen wir erst mal beiseite. Geben Sie mir doch bitte Namen und Adressen von ihrem Onkel und ihren Geschwistern.“ Sascha schrieb sich alles auf und dann wollte Schneyder seinen Vater doch sehen.

Sie ließen ihn nach oben gehen. Als er hinkend die Treppe wieder herunterkam, lag ein betont gleichgültiger Ausdruck auf seinem Gesicht, aber darunter arbeitete es. „Sieht aus, als hätte ihn jemand, der sehr wütend auf ihn war, regelrecht abgeschlachtet." Schneyders Stimme klang ein ganz klein wenig zittrig. Berührte ihn der Tod seines verhassten Vaters mehr, als er vor sich selbst zugeben wollte?

„Ja, wir vermuten auch, dass es hier um eine sehr persönliche Sache geht", stimmte Andreas zu und musterte den Mann eingehend. „Und Ihnen fällt immer noch niemand ein, der ein Motiv hätte und zu solch einer Tat fähig wäre?"

Schneyder erwiderte offen und nachdenklich Andreas' Blick und schüttelte den Kopf.

„Schade", meinte Andreas. „Woher haben Sie eigentlich dieses Problem mit dem Bein?"

Und schon lächelte Schneyder wieder. Ein bisschen bitter, aber mit diesen strahlend blauen Augen. „Ach, ich hatte in der Kindheit einen kleinen Unfall mit dem Fahrrad. Dabei ist mein Knie zertrümmert worden."

„Das tut mir leid", beteuerte Andreas, und so klang es auch. „Wir müssen Ihnen jetzt leider ein paar Routinefragen stellen. Herr Schneyder, wo waren Sie am Freitagabend?"

„Freitags treffe ich mich immer mit meinen Arbeitskollegen zum Bowling, und letzten Freitag ist es besonders spät geworden, weil unsere Frau Waldheim unbedingt in ihren Geburtstag hineinfeiern wollte."

„Wo arbeiten Sie denn?"

„Im Finanzamt Sankt Augustin."

„Sind Sie verheiratet?"

„Ja."

„Kinder?"

„Nein."

„Sie fahren jetzt am Besten wieder nach Hause. Wir werden Ihrer Schwester und Ihrem Bruder die schlimme Nachricht persönlich überbringen."

Dietmar nickte, sie verabschiedeten sich, er stieg in seinen Wagen und brauste davon. Andreas bat Manfred und Ulli, sich bei den Nachbarn umzuhören, und gab Peer Bescheid, dass sie weg seien. Sascha fuhr zurück über die Südbrücke auf die Autobahn nach Königswinter, wo Dietmar Schneyders Schwester Marlies wohnte, die jetzt `Winkler´ mit Nachnamen hieß.

„Was hältst du von Sunnyboy Dietmar?", versuchte Sascha unterwegs einen Gedankenaustausch in Gang zu bringen. „Ist der wirklich so gut drauf oder nimmt der Drogen?"

Andreas schien kurz zu überlegen. „Du solltest nicht immer von dir auf andere schließen. Ich bin mir nicht sicher, was ich von ihm halten soll. Gucken wir uns doch erst mal die restliche Verwandtschaft an." Er schwieg wieder.

Auf der Autobahn war an diesem warmen Novembersonntagabend erwartungsgemäß wenig los. Derart unterbeschäftigt konnte Sascha nicht lange seinen Mund halten.

„Also in dem Haus... das war ja eine Atmosphäre fast wie in dem Film `Sieben´."

„Ja, außer dass es dauernd geregnet hat."

„Wie bitte?! Du hast den Film gesehen?! Wie konnte denn das passieren?!"

„Sascha, würdest du bitte den Fuß vom Gas nehmen! Man muss hier doch nicht 180 fahren!"

„Warum nicht?"

„Weil ich das nicht möchte!"

Sascha bremste ab, bis er nur noch 160 fuhr, und fragte noch einmal nach. „Wie kam es, dass du dir den Film angesehen hast?"

„Nachdem die ganze Menschheit um mich herum so davon geschwärmt hat, dachte ich mir, den Mist musst du dir auch angucken. Aber siehe da, der Film war gut."

„Ja, das war er." Das Auto flitzte unter den gelb beleuchteten, tunnelartigen Unterführungen hindurch.

„Weißt du, was ich am Schrecklichsten fand?", fragte Andreas.

„Den Schluss?"

„Nein, der war gnadenlos konsequent. Ich musste an den Drehbuchautor und den Regisseur denken, denen ein Millionenpublikum bescheinigt hat, dass sie ein Meisterwerk geschaffen haben. Und jetzt werden die beiden für den Rest ihres Lebens versuchen, ein Werk abzuliefern, dass noch besser ist als `Sieben´ – und sie werden es vermutlich nicht schaffen. Das ist irgendwie tragisch."

„Was du dir für Gedanken machst!" Sascha schüttelte den Kopf. „Hast du ein Glück, dass du weder Drehbuchautor noch Regisseur bist! Was ich dich übrigens schon neulich fragen wollte: Hast du den Buddhismus nach all den Monaten endlich abgehakt?"

„Vorläufig schon“, antwortete Andreas seufzend. „Der Buddhismus und ich passen nicht so recht zusammen.“

„Und womit beschäftigst du deinen ruhelosen Geist jetzt?“

Andreas rückte nicht sofort mit der Sprache heraus, sondern machte es spannend. „Du wirst nicht glauben, was es ist.“

„Dir traue ich alles zu. Interpretierst du vielleicht das Werk von Hegel?“

„Ach Gott.“

„Entschuldige. Entwickelst du noch nie dagewesene Kochrezepte?“

„Quatsch!“

„Nun sag schon – wir sind gleich da!“

„Es geht um Astrologie.“

„Bitte?!“

„Ja, aber nicht um den Blödsinn, der in den Zeitungen steht, sondern um das hochkomplexe Zusammenspiel von Sonnenzeichen, Aszendenten, Planeten und Häusern. Zum Beispiel waren Kopernikus, Kepler und Galilei nicht nur Astronomen, sondern auch Astrologen, denn das trennte man damals nicht voneinander.“

Sascha nahm die Autobahnausfahrt. „Wie bist du denn bloß auf Astrologie gekommen?“

„Meine Mutter hat mich wochenlang genervt, weil sie unbedingt ihren Aszendenten wissen wollte – all ihre Freundinnen kannten ihren, nur sie nicht.“

„Sie wollte also dazugehören... in ihrem Alter?“, wunderte sich Sascha.

„Das hat doch nichts mit dem Alter zu tun! Na jedenfalls drückte sie mir irgendwann ein geliehenes Buch in die Hand: Ich solle ihr endlich diesen blöden Aszendenten ausrechnen. Aber die Anleitung im Buch war mir zu kompliziert – ich hab mir ein PC-Programm gekauft und den Computer rechnen lassen, das ist ja schließlich seine Aufgabe!“

„Und dann, lass mich raten, hast du dir aus reiner Neugier dein eigenes Horoskop angeguckt!“ Sascha kam sich scharfsinnig vor wie Inspector Boyd aus der Serie `Waking the Dead´. Und er hatte Recht gehabt.

„Ja, was ich gelesen hab, hat mich neugierig gemacht. Das ist eine interessante Materie!“

Sascha schaffte es gerade noch, seine spöttischen Bemerkungen für sich zu behalten, und kündigte an: „Wir sind gleich da, wo wollen wir parken?“

„Am Bahnhof, die Wilhelmstraße ist nicht allzu weit weg."

Sascha stellte den Wagen kurz nach 20.30 Uhr am Bahnhof ab, und ein paar Minuten später waren sie in der Wilhelmstraße angelangt, die nur auf einer Seite mit Wohnhäusern bebaut war. Auf der anderen Straßenseite fuhr die Bahn entlang. Die Häuser waren alt, manche renoviert, andere nicht.

Die Winklers wohnten in einem auf den ersten Blick eher unansehnlichen Gebäude. In den unteren Zimmern brannte Licht, aber durch die im Hochparterre gelegenen Fenster konnte man nicht hineinsehen. Neben der kurzen Treppe zur Haustür war ein Schild an der Hauswand angebracht, dem man entnehmen konnte, dass hier Malermeister Joachim Winkler zu finden war. Und wie zur Eigenwerbung hatte man die Haustür in bunten, schmalen Längsstreifen gestrichen, in allen Farben des Regenbogens. Sascha gefiel das. Er stieg die paar Stufen hinauf und klingelte.

Ein Mann Mitte Vierzig, kaum mittelgroß, kräftig gebaut, riss die Tür auf. Er sah auf den Polizeiausweis und schimpfte, noch bevor Sascha ein Wort hätte sagen können, los: „Welches Arschloch hat Sie denn gerufen?! Hier ist alles in Ordnung, das sehen Sie doch!"

Andreas stieg neben Sascha die Treppe hoch. „Niemand hat uns gerufen, Herr Winkler. Wir sind von der Mordkommission, und es geht auch ausnahmsweise nicht um Sie, sondern um Ihre Frau. Können wir mal mit ihr sprechen?", Andreas Ton war bestimmt, aber nicht unhöflich.

Winkler trug Jeans und ein rotes, kurzärmeliges T-Shirt, das seinen ordentlich trainierten Oberkörper figurbetonend umspannte. Sein dunkles Haar war kurz geschoren. Jetzt trat er beiseite und meinte kleinlaut: „Sicher."

Er führte sie ins Wohnzimmer, das eingerichtet war wie Millionen anderer Wohnzimmer auch: braungemusterte Couchgarnitur, Regalschrankwand aus Kiefer mit Fernseher und Musikanlage, ein paar Pflanzen an den Fenstern. Das einzige, das angenehm hervorstach, war das satte Lindgrün, in dem der Raum inklusive Decke gestrichen war.

Das zweite, das auffiel, war die extrem dünne Frau mit den ängstlichen Augen, die um die Vierzig sein mochte und vor dem Sofa stand. Auch sie trug Jeans und eine rosafarbene, nicht mehr ganz neue, langärmelige Bluse, zugeknöpft bis fast oben hin.

Andreas übernahm die Gesprächsführung. „Frau Winkler, Sie sind die Tochter von Horst Adolf Schneyder? Es ist vielleicht besser, wenn Sie sich setzen."

Sofort ließ sie sich auf der vorderen Sofakante nieder, fingerte kurz an ihrer blondierten Pferdeschwanzfrisur herum und faltete die Hände.

„Ihr Vater, Frau Winkler", fuhr Andreas mit Mitgefühl in der Stimme fort, „wurde ermordet und zwar vermutlich vorgestern. Heute hat ihn seine Verlobte tot aufgefunden."

„Ermordet?", hauchte Marlies Winkler, und ihre Augen, die die interessante Farbe von nachgedunkeltem Pinienholz hatten, weiteten sich ein klein wenig. „Das ist ja furchtbar." Sie sah ihren Mann an.

Sascha machte es ihr nach. Andreas auch. Winkler wirkte überrascht. „Was glotzen Sie mich alle so an?! Hab ich vielleicht was damit zu tun?!"

„Hat das jemand gesagt, Herr Winkler?", beruhigte ihn Andreas. „Wo haben Sie sich am Freitagabend aufgehalten?"

In Winklers eisblauen Augen blitzte Wut auf, aber dann schien er sich zusammenzureißen. „Ich hab am Freitag lange gearbeitet, so bis acht. Dann bin ich nach Hause gefahren und hab mich mit meiner Frau vor den Fernseher gesetzt – die wollte unbedingt diese Sendung mit den dämlichen Dominosteinen sehen. Stimmt's, Schatz?" Marlies Winkler nickte bereitwillig, und ihr Mann fuhr fort: „Warum hätte ich meinem Schwiegervater überhaupt was antun sollen? Der war doch nur ein arroganter Schwätzer, der sich für was Besseres hielt, und an allem und jedem was auszusetzen hatte!" Winkler überlegte einen Moment und grinste plötzlich. „Doch, jetzt fällt mir ein Motiv ein: Er hat uns damals nicht zu seinem 65. Geburtstag eingeladen. Das hat meine Frau sehr getroffen."

Andreas ließ ein verhaltenes Lächeln sehen, ging aber auf diese Bemerkung nicht ein, sondern wandte sich an Marlies Winkler. „Wie haben Sie sich denn mit Ihrem Vater verstanden?"

„Ich –", begann die Frau, aber Winkler fiel ihr ins Wort. „Sie hatte kaum Kontakt zu ihm."

„Haben Sie denn Kontakt zu Ihren Brüdern?"

Wieder war Winkler schneller als seine Ehefrau. „Wir sehen sie auch nur sehr selten."

Andreas versuchte es ein drittes Mal. „Haben Sie Kinder?"

Darauf durfte Marlies Winkler antworten. „Wir haben zwei Töchter, Mandy und Romina. Mandy ist diesen Sommer auf's Gymnasium gekommen." Etwas wie ein Lächeln geisterte über ihr mageres, blasses Gesicht.

Andreas rückte seine Brille zurecht. „Ich nehme an, Sie sind Hausfrau?" Sie nickte. „Und Sie, Herr Winkler, arbeiten als Maler und Anstreicher?"

Wieder funkelte er Andreas verärgert an, aber dann verkündete Winkler mit einem Stolz in der Stimme, als habe er erst neulich den Nobelpreis für Medizin oder Literatur verliehen bekommen: „Ich bin Malermeister und ich habe mit meinen eigenen Händen eine Firma mit drei Angestellten aufgebaut!"

Sascha notierte sich alles und fragte aus einer Eingebung heraus: „Kennen Sie eigentlich die Verlobte Ihres Schwiegervaters?"

Winklers Reaktion auf diese Frage war ein verächtliches Lachen. „Die alte Schachtel? Die war doch nur hinter seinem Geld her! Und jetzt geht sie leer aus! Das geschieht ihr recht!"

Marlies Winkler guckte derweil die Wand an, als sei ihr dieses Thema peinlich. Sie wirkte immer noch nicht wie die trauernde Tochter. Entweder hatte sie ihre Gefühle extrem gut unter Kontrolle, oder ihr war (wie schon ihrem Bruder Dietmar) jede Träne für ihren Vater zu schade.

„Wir wollen Sie dann nicht länger stören." Andreas trat den Rückzug an. Er hatte genug gehört.

Als sie aus dem Haus traten, rumpelte gerade mit großem Getöse ein Güterzug vor ihrer Nase vorbei. Als sie wieder im Auto saßen, fuhr Andreas mit beiden Händen durch sein leicht welliges, leicht ergrauendes und reichlich langes Haar und meinte: „Das ist ja mal ein eindeutig geregelter Haushalt: Die Frau ist für die Kinder zuständig, der Mann hat das Sagen."

„Gefällt dir das?"

„Du willst mich heute wohl nur ärgern! Natürlich gefällt mir das nicht! In so einer Beziehung gärt es doch unterschwellig ununterbrochen, und zwar so lange, bis ein Beteiligten ausflippt."

„Ja, wie im Film `Genug´ mit der süßen Jenny Lopez", bestätigte Sascha. „Den Film sollte sich die Winkler unbedingt ansehen, und wenn ihrem Gatten was passiert, wüssten wir sofort, wer die Mörderin ist."

Sascha fuhr auf die Autobahn. Rechts war der hübsch beleuchtete

Petersberg zu bewundern. Während sie Richtung Sankt Augustin rasten, wo der jüngste Schneyder-Bruder wohnte, diskutierten sie noch ein wenig über die Rollen von Mann und Frau in der Gesellschaft. Was Andreas nicht wirklich Spaß zu machen schien. Kein Wunder, war er doch seit Jahren Single.

Sascha schmunzelte vor sich hin. Es war noch kein halbes Jahr her, dass er zu Hause bei Montenars ein Süppchen gegessen und mit Andreas Mutter geplaudert hatte... die mit kaum zu überbietender Indiskretion darüber gejammert hatte, dass ihr Sohn seit sieben oder acht Jahren keine Frau mehr mit nach Hause gebracht hätte. Seine eigene Mutter hätte Sascha unter solchen Umständen verhaftet.

Am Autobahndreieck St. Augustin fuhren sie ab auf die Hennefer Autobahn, nahmen die Ausfahrt `Siegburg´ und dann die B56, die durch ein um diese Zeit bereits sehr ausgestorbenes St. Augustin führte. Hell beleuchtet und gut besucht war lediglich eine Tankstelle, bei deren Anblick Andreas feststellte, dass sie zu weit gefahren waren.

Sascha wendete und bog in die Wehrfeldstraße ein, die sich kurz darauf Eibenweg nannte und zu einem Geflecht aus Straßen mit wohlklingenden, anheimelnden Busch- und Baumnamen gehörte. Was vermutlich über die Tatsache hinwegtrösten sollte, dass in der Gegend fast nur Hochhäuser in den Himmel ragten. Wie im Wacholderweg mit seinen achtzehnstöckigen Wohnblocks.

Sascha fand mit Müh und Not einen Parkplatz und fünf Minuten später hatten sie den Namen `Schneyder´ neben einem der vielen Klingelknöpfe in der sechsten Reihe gefunden. Sascha klingelte und aus der Gegensprechanlage kam zweimaliges Knattern, das Sascha nicht als Sprache identifizieren konnte und daher ignorierte.

Plötzlich surrte der Türöffner, sie fuhren in den 6. Stock hinauf und landeten in einem unglaublich langen, unglaublich breiten, fensterlosen Flur, von dem eine Menge Türen abgingen. So einen Flur hatte Sascha noch nie gesehen. Ein Alptraumflur. Sascha entdeckte eine Tür, die einen Spalt weit offen stand. Wurden sie erwartet? Andreas, ein höflicher Mensch, klopfte, bevor er eintrat.

„Mann, Günni, komm rein!“, rief jemand von innen.

„Hier ist nicht Günni. Wir sind die Kommissare Piel und Montenar von der Mordkommission Bonn! Dürfen wir trotzdem reinkommen?“, rief Andreas zurück, obwohl er schon in der Diele stand. Die Diele war schlecht beleuchtet, sehr unaufgeräumt und roch nach Alkohol und Zigarettenrauch.

In einer der drei Türen zur Diele tauchte ein großer, dünner Mann Ende Dreißig auf, der eine dunkelgraue Jeans trug, einen grauen Zopfmusterpullover und die Haare so lang, dass dagegen Andreas' bis über den Kragen fallende Frisur wie ein Kurzhaarschnitt wirkte. Er hatte die gleichen blauen Augen wie sein Bruder, aber sie strahlten nicht, ihr Blick war müde und ein wenig glasig. Was durchaus am Inhalt der Flasche liegen konnte, die er in der linken Hand hielt. In der rechten hielt er eine brennende Zigarette.

„Sind Sie Herr Ludger Schneyder?“, fragte Andreas und schloss die Wohnungstür.

„Ja, und ihr seid von der Mordkommission? Ich hab keinen umgebracht.“ Er zog einmal kräftig an seiner Zigarette.

„Davon gehen wir im Moment auch nicht aus. Aber Ihr Vater, Horst Adolf Schneyder, wurde am Freitag ermordet.“

Schneyder ließ diese Mitteilung mindestens 30 Sekunden lang auf sich wirken, bevor er in ein gehässiges Grinsen ausbrach. „Das alte Schwein ist verreckt? Gut so. Wer hat mir die Arbeit abgenommen?“

„Das untersuchen wir noch. Sie scheinen Ihren Vater ja besonders inbrünstig geliebt zu haben. Was hat er Ihnen getan?“

Schneyder hörte auf zu grinsen und nahm einen Schluck aus der Flasche. „Das geht euch nichts an! Ihr müsst eure Nasen nicht überall reinstecken!“

„Das stimmt. Dann beantworten Sie mir bitte eine andere Frage: Wo waren Sie am Freitagabend?“

Schneyder zog noch einmal an seiner Zigarette, ließ sie dann einfach fallen und trat sie auf dem PVC-Boden aus. „Ja, wo war ich denn? In der Oper? Essen im Maritim? Nein... wartet mal... da drüben“, er zeigte mit der Flasche in der Hand nach links, „gibt's `nen Imbissstand. Da hab ich zu Abend gespeist und mit ein paar Kumpels eine sehr tiefsinnige Unterhaltung über Vor- und Nachteile von Hartz IV geführt. So zwei, drei Stündchen lang.“

Sascha hatte das dringende Bedürfnis, diese Wohnung zu verlassen, denn durch die halb offen stehende Küchentür schien ihn ein Gestank nach Müll anzuwehen, der ihm allmählich den Magen umdrehte. Er notierte sich Schneyders Alibi und fragte: „Haben Sie ein Auto?“

„Na klar! Mein BMW steht in der Tiefgarage!" Schneyder prostete Sascha grinsend zu und nahm noch einen Schluck aus seiner Bierflasche.

„Wir wollen Sie jetzt nicht weiter stören. Wir melden uns, wenn wir noch Fragen haben", verabschiedete sich Andreas und verließ die Wohnung. Sascha folgte ihm schnellstens auf dem Fuße.

Draußen auf dem Flur holte er erst ein paar Mal tief Luft. „Mann, das war ja wie bei Arnie am Anfang von `End of Days´!"

„Was? Arnie Schwarzenegger war mal spindeldürr und hatte hüftlanges Haar?!"

„Natürlich nicht!", wies Sascha Andreas zurecht. „Arnie wohnte in dem Film in einer verkommenen Bude und war Alkoholiker!"

„Ach so. Ja, dann hat Ludger wahnsinnige Ähnlichkeit mit ihm", brummte Andreas und wollte, kaum dass sie im Auto saßen, wissen, wo Dietmar Schneyder wohnte. Sascha sah in seinem Notizblock nach. „Unser Sonnenschein wohnt in Beuel in der Königswinterer Straße."

„Sehr gut. Fahren wir nicht über die Autobahn, sondern bis Beuel über die B56. Ich möchte sehen, wie der Mann wohnt, ob er ins Muster passt."

„In welches Muster denn?"

„Das erfährst du früh genug. Sag mal, du bist doch im April geboren."

„Ja, am 8." Sascha verließ den Wacholderweg und fuhr Richtung Bonner Straße.

„Kannst du genauere Angaben machen?" Jetzt kramte Andreas sein eigenes Notizbuch hervor und schrieb die Geburtsdaten von Sascha auf. Dann wollte Sascha wissen, ob man daraus den Verlauf des nächsten Jahres vorhersagen könne, aber darauf reagierte Andreas ungehalten.

„Sag mal, hast du mir vorhin nicht zugehört?! Ich beschäftige mich nicht mit diesem Illustriertenquatsch oder Voraussagen, die sowieso frei erfunden sind. Mir geht es um die psychologischen Aspekte eines Horoskops, um die einmalige Planetenkonstellation, die jeden Menschen mit einer unverwechselbaren Persönlichkeit ausstattet. "

Während Andreas über Aszendenten, Häuser und Planeten in den Zeichen redete, fuhr Sascha bereits die Siegburger Straße in Beuel entlang, hörte wieder nur mit einem Ohr zu und fragte sich, ob Annika noch auf ihn wartete.

Plötzlich hörte er Andreas sagen: „Nun fahr doch mal langsamer... da vorne – das ist die richtige Nummer... halt da mal an."

Sascha parkte den Wagen am Straßenrand. Dietmar Schneyder wohnte in einem normalen Dreifamilienhaus, dem ein neuer Außenanstrich gut getan hätte. „Und, passt das in dein Muster?"

„Ja", befand Andreas und versank anscheinend in tiefes Nachdenken.

Sascha ließ ihn in Ruhe und setzte ihn zehn Minuten später in Oberkassel ab. Weitere zehn Minuten später stieg er in Oberdollendorf aus dem Auto und sah, dass in seinem Appartement Licht brannte. Zum Glück, Annika war noch da!

Er schloss die Wohnungstür auf, und da lag sie auf dem Bett, hatte leider ihren unvergleichlich gut geformten Körper in seinen Bademantel gehüllt und lächelte ihm ein wenig träge und herausfordernd zu. Und er freute sich wirklich, sie zu sehen.

2

Bonn, Polizeipräsidium
Montag 20. November, 8.50 Uhr

Andreas saß an seinem neuen Schreibtisch in seinem neuen Büro und schrieb an seinem Bericht. Er teilte sich den Raum, der etwas größer und heller war als der alte, mit Sascha, der an einer Wand ein gewaltiges Filmplakat von `Herr der Ringe´ angebracht hatte, mit der Bemerkung, dies sei ein Symbol dafür, dass das Gute am Ende siegt.

Ja, aber nur knapp, in letzter Sekunde und unter großen Verlusten, hatte Andreas kommentiert und die gleichen Sachen, mit denen er schon seinen alten Schreibtisch dekoriert hatte, auf seinem neuen abgestellt. Wie zum Beispiel das Foto seiner Mutter im roten Rahmen, die schwarze Funkuhr, einen Taschenkalender und ein schwarzes Gebilde, das Papier, Stifte, Büroklammern und ähnlich nützliche Dinge beherbergte.

Andreas hatte gerade einen Absatz zu Ende formuliert, als das Telefon klingelte. Es war Peer, der erste Untersuchungsergebnisse bekannt gab.

„Morgen Andreas. Also vorneweg: Es war ein Beil oder eine Axt, mit der Horst Adolf Schneyders Hände abgetrennt wurden. Jemand hat ihm außerdem eine ordentliche Dosis Botox gespritzt, allerdings nicht, um ihn zu verschönern, sondern um seine Muskeln lahmzulegen."

„Wie leicht ist es, an das Zeug ranzukommen?"

„Als Nicht-Arzt würde ich es im Internet versuchen, da ist es sicher kein Problem. Schneyder ist an seinem Blutverlust gestorben, das heißt, hätte man ihn rechtzeitig gefunden und versorgt, hätte er überlebt... wenn auch ohne Hände. Und nun zum Tatzeitpunkt: Ich hab mit ein paar Kollegen in Berlin und München telefoniert, und wir waren uns einig, dass man sich nur schwer festlegen kann, weil das Verbluten eines Menschen von verschiedenen Faktoren abhängt... vor allem natürlich von der Größe der Wunde bzw. davon, wie viel Blut pro Stunde oder Minute aus der Wunde austritt, zudem davon, wie kräftig oder kränklich der Verletzte ist... davon hängt ab, wann die ersten Organe ausfallen. Trotzdem, ich würde sagen, der Tatzeitpunkt war Freitag zwischen 21 und 24 Uhr, der Todeszeitpunkt Samstagmorgen zwischen 5 und 7 Uhr."

„Na, damit kann man doch was anfangen“, lobte Andreas. Menschen zu loben konnte nie schaden.

„Und was ist mit den Zigarettenkippen?“, fragte Sascha, der das Gespräch mitgehört hatte und sich gerade mit dem Mittelfinger über sein schmales, blondes, kaum sichtbares Errol-Flynn-Bärtchen strich.

„Die DNA-Analyse läuft. Inzwischen solltet ihr jedem, der euch verdächtig vorkommt, eine Speichelprobe abschwatzen. Und Fingerabdrücke wären auch nicht schlecht. Im Haus waren jede Menge davon und deshalb brauche ich dringend Vergleichsmaterial, strengt euch an!“, verlangte Peer.

„Aber sicher.“ Andreas sah auf die Funkuhr, die auf die Sekunde genau ging, was er ungemein schätzte. „Wir werden uns erst mal mit der Verlobten beschäftigen. Glaubst du, der Täter könnte eine Frau gewesen sein?“

„Eher nicht“, behauptete Peer. „Frauen, die mit Äxten um sich schlagen, sind extrem selten, und zudem müsste sie den Mann vorher die ganze Treppe raufgeschleift haben. Nein, glaube ich eher nicht.“

„Es sei denn, wir stoßen bei unseren Ermittlungen auf eine 90 kg schwere Bodybuilderin mit viel Testosteron im Blut“, warf Sascha ein. „Die bitten wir dann um Speichelprobe und Fingerabdrücke.“

„Ja, auf jeden Fall, und die müsst ihr mir dann auch unbedingt vorstellen“, meinte Peer. „Übrigens waren auf den Drohbriefen keine Abdrücke zu finden. Wir können im Moment auch sonst wenig dazu sagen. Noch Fragen?... Ok, dann bis später.“

Andreas sah noch einmal auf die Uhr „Ich frage mich, ob diese Ingrid Roth schon ansprechbar ist... am Besten fahren wir erst in das Krankenhaus, in dem Horst Adolf operiert hat, und fahnden mal nach dem wütenden Vater. Oder der bodygebuildeten Mutter. Danach rufen wir die Verlobte an und fragen sie, ob sie ihre Aussage machen will.“

Kurz darauf verließen sie das funkelnagelneue Polizeipräsidium, das jetzt in Oberkassel stand: Ein ausgedehnter, nur vier Stockwerke hoher Bau mit braunroter Außenverkleidung. Kein Prachtbau, sondern von unauffälliger, moderner Sachlichkeit. Aber immerhin befand sich die Südbrücke mit Anschlüssen an zwei verschiedene Autobahnen gleich um die Ecke. Und gegenüber lag, wie extra für Andreas dort hingestellt, das Deutsche Zentrum für Luft- und Raumfahrt.

Eben erreichten sie ihr Auto, das in der schwachen Novembersonne gestanden hatte. Das Wageninnere war ein wenig aufgewärmt. Trotzdem fragte sich Andreas, wieso Sascha in seiner dünnen Jeansjacke nicht fror.

„Was starrst du mich so an?", wollte Sascha wissen, als er auf die Südbrücke fuhr.

„Ich dachte so bei mir, wieso ist dem Kerl eigentlich nie kalt?"

„Ich bin eben ein feuriger Mensch."

„Richtig. Aber weißt du, warum du so feurig bist?"

Sascha benutzte bei der Überquerung des Rheins ausschließlich die Überholspur. „Du kommst mir doch jetzt nicht mit deinem Astro-Zeug?!"

„Doch. Ich bin immer wieder begeistert darüber, was man damit alles erklären kann. Du bist Schütze-Aszendent, lieber Sascha, das ist eins der drei Feuerzeichen. Dein Sonnenzeichen ist Widder, also auch Feuer. Im Feuerzeichen Löwe steht dein Merkur, dein Mars steht im Schützen, deine Venus im Widder. Deshalb bist du so feurig."

„Aha. Und was soll dieser Aszendent überhaupt sein?", fragte Sascha.

„Das ist der Tierkreisgrad, der genau zur Geburtszeit am Osthorizont aufgeht. Er zeigt an, wie wir dem Leben begegnen, und du mit deinem Schütze-Aszendenten begegnest ihm gesellig, optimistisch und charmant. Außerdem bist du geistig aufgeschlossen, begeisterungsfähig und tolerant."

„Und du kannst Leute manipulieren." Sascha bog in die Reuterstraße ein. „Verrate mir doch mal, was du für einen Aszendenten hast. Du bist ja anscheinend nicht so feurig wie ich."

„Ich bin Jungfrau-Aszendent. Diese Menschen sind reserviert, pflichtbewusst, vernünftig, können gut beobachten und analysieren."

„Na, das passt ja tatsächlich... falls du dir das nicht gerade ausgedacht hast."

Andreas rückte seine Brille zurecht. Am Mittwoch hatte er einen Termin beim Optiker. „Natürlich nicht. Man darf einen Menschen allerdings nicht nur nach Sonnenzeichen und Aszendent beurteilen, sondern muss auch - wie ich dir schon mindestens zweimal erklärt habe! - die Planeten in den Zeichen, die Häuser und ihre Besetzung, Oppositionen, Quadrate u.s.w. berücksichtigen. Aber das reicht jetzt, so viel auf einmal kannst du dir gar nicht merken."

„Ich danke dir." Sascha fuhr den Bonner Talweg hinauf und parkte auf dem Platz neben dem Krankenhaus.

Eine Viertelstunde später hatten sie sich bis zum chirurgischen Oberarzt Dr. Hansen-Hardt durchgefragt. Dieser empfing sie in einem winzigen Sprechzimmer, das spartanisch und mit ein paar medizinischen Schautafeln an den Wänden eingerichtet war.

Nachdem sie sich ausgewiesen und gesetzt hatten, begann Andreas: „Wir müssen Ihnen leider mitteilen, dass Ihr Kollege Dr. Horst Adolf Schneyder am Wochenende in seinem Haus ermordet wurde."

Hansen-Hardt, ein Mann in den Fünfzigern mit blondem, dünnem, seitlich gescheiteltem Haar, zeigte sich überrascht, aber nicht erschüttert. „Schneyder war nicht mein Kollege, sondern der Chef hier. Auf diese Unterscheidung legte er Wert. Ich übrigens auch. Wissen Sie schon, wer der Täter ist?"

„Nein, aber es wurden Drohbriefe gefunden. Von Vater oder Mutter eines Kindes, das kürzlich während oder nach einer OP von Dr. Schneyder verstorben ist."

Der Doktor zupfte an der rechten Spitze seines blonden, buschigen Schnauzbarts herum, der zurzeit gerade vollkommen aus der Mode war. Dass er ihn trotzdem trug, fand Andreas sympathisch.

„Das kann eigentlich nur Familie Marquardt sein", erklärte Hansen-Hardt. „Deren Sohn Lars ist vor ein paar Wochen nach der OP nicht mehr wach geworden. Aber dafür konnte Schneyder nun wirklich nichts."

„Das interessiert die Angehörigen manchmal nicht", meinte Andreas. „Haben sie das Krankenhaus oder Schneyder verklagt?"

„Nein. Vielleicht hat ihr Anwalt ihnen davon abgeraten."

„Ja vielleicht... aber jetzt noch was anderes." Andreas machte eine kurze Pause und sah dem Doktor in die blauen Augen, die von leicht geschwollenen Ober- und Unterlidern umgeben waren. „Mir scheint, Dr. Schneyder war weder bei seinen Verwandten noch hier im Krankenhaus besonders beliebt. Hatte er mit einem der Ärzte Streit?"

„Nein. Mit allen."

„Hat er sich mit einem von ihnen besonders heftig überworfen?"

„Ja, mit mir." Hansen-Hardt lächelte säuerlich.

„Inwiefern?"

„Seit Jahren hat er mich als seinen Nachfolger behandelt... aber vor ein paar Wochen kam plötzlich ein neuer Name ins Spiel. Ich hätte Schneyder auf der Stelle erwürgt, wenn das nicht strafbar gewesen wäre."

„Ja, genau deswegen gibt es Gesetze."

„Damit wir Ärzte uns nicht gegenseitig erwürgen?"

„Richtig." Andreas beobachtete den Doktor genau, als er die nächste Frage stellte: „Verwenden Sie hier im Krankenhaus Botox?"

Hansen-Hardt runzelte fragend die Stirn. „Ja, das wird manchmal zur Muskelentspannung eingesetzt."

„Arbeiten auch Sie damit?"

„Ab und zu spritze ich einer Privatpatientin mal was in die Stirn."

Andreas bekam aus dem Augenwinkel mit, wie Sascha, der neben ihm saß, alles notierte. „Im Moment habe ich keine weiteren Fragen mehr, Herr Doktor. Würden Sie uns, auf völlig freiwilliger Basis natürlich, Ihre Fingerabdrücke und eine Speichelprobe überlassen? Und dann geben Sie uns doch bitte noch die Adresse der Familie Marquardt."

Hansen-Hardt sagte „Aber gerne" und überließ ihm dann einen Kugelschreiber mit seinen Fingerabdrücken und ein Wattestäbchen mit seinem Mundschleimhautabstrich. Zum Schluss konnte er sich wohl doch nicht verkneifen zu fragen, wie Horst Adolf Schneyder ermordet worden war.

„Jemand hat ihm die Hände abgehackt, woraufhin er verblutet ist." Andreas konnte sich vorstellen, dass sich diese Information schneller im Krankenhaus verbreitete und für mehr Aufruhr sorgte als ein tödlicher Virus.

Ein paar Minuten später saßen sie wieder im Auto und Sascha fragte begeistert: „Sah der Mann nicht aus wie Captain Stottlemeyer?"

„Wer zum Henker ist Captain Stottlemeyer?!"

„Na, ein Freund und ehemaliger Kollege von Monk!"

„Und wer bitte ist Monk?!"

Sascha schüttelte den Kopf. „Gott, wo lebst du nur? Monk ist ein hochbegnadeter, leider auch hochneurotischer Ex-Polizist, der die kompliziertesten Fälle löst. Also so was Ähnliches wie du."

„Ich bin weder Ex-Polizist, noch hochbegnadet und schon gar nicht hochneurotisch! Ich glaube, es wird Zeit, dass du die Verlobte anrufst!"

Sascha rief bei der Schwester von Ingrid Roth an, um nachzuhören, ob die Frau vernehmungsfähig war. Das war sie, und anscheinend war sie sogar begierig darauf, eine Aussage zu machen.

„Ob sie uns wirklich weiterhelfen kann?", zweifelte Sascha und schoss aus der Ausfahrt des Krankenhauses auf den Bonner Talweg. Beinah hätte er einen PKW gerammt, der von links kam und viel zu schnell fuhr. Der Fahrer zeigte ihm einen Vogel. Sascha grüßte lächelnd zurück.

„Was ist denn mit dir los?“, wunderte sich Andreas.

„Hast du nicht eben gesagt, ich sei charmant? Ich probiere das jetzt mal aus.“ Sprach's und bemühte sich, in die Beringstraße zu kommen, was wegen einiger Baustellen gar nicht so einfach war. Zwanzig Mal schwieriger war es allerdings, in der Beringstraße einen Parkplatz zu finden. Aber Sascha stellte auf charmante Art eine Einfahrt zu.

Sie stiegen aus und begaben sich in den zweiten Stock des Dreifamilienhauses, in dem Ursula Roth wohnte, eine ebenfalls unverheiratete Schwester der Verlobten, die sie jetzt in eine große Wohnküche führte.

Ingrid Roth saß an einem hübsch gedeckten Tisch und nahm gerade schwarzen Kaffee zu sich. Die ehemalige Verlobte war nicht geschminkt, hatte aber das sehr blonde Haar ordentlich in Wellen gelegt und trug, als sei sie die trauernde Witwe, einen schwarzen Rollkragenpullover und eine schwarze Hose. Unter den Augen zeigten sich leicht gerötete Schwellungen.

„Wie geht es Ihnen, Frau Roth?“, fragte Andreas und setzte sich, wie schon Sascha, zu ihr an den Tisch, lehnte aber den angebotenen Kaffee, im Gegensatz zu Sascha, ab.

„Ich fühle mich immer noch nicht ganz wach. Aber ich glaube, das ist gut so.“ Ein schwaches, müdes Lächeln.

Andreas' Blick ruhte kurz auf ihrer ungewöhnlich spitzen Nase. „Frau Roth, wo waren Sie am Wochenende?“

„In Leipzig bei meiner Mutter. Sie ist 84 und dementsprechend dickköpfig. Mitte letzter Woche hat sie die Grippe erwischt, und sie wollte partout nicht ins Krankenhaus, weil sie da angeblich nicht mehr lebend rauskommen würde. Also bin ich am Mittwoch zu ihr gefahren und habe mich ein bisschen um sie gekümmert. Am Sonntag hat mich dann unsere Schwester Gaby abgelöst.“

„Wie geht es Ihrer Mutter denn?“

„Besser.“

„Schön. Dann erzählen Sie mir doch jetzt bitte mal was über sich und Herrn Horst Schneyder. Was war er für ein Mensch?“

Ingrid Roth seufzte und holte aus. Sie erzählte, wie, wann und wo sie sich zum ersten Mal begegneten (es war kaum ein halbes Jahr her), berichtete, dass Schneyder im Kreis seiner engsten Verwandten und Freunde am 9. November seinen 68sten Geburtstag gefeiert hatte, und dass er vorhatte, in der übernächsten Woche zusammen mit Ingrid in die Karibik zu reisen und sie auf dem Schiff zu heiraten. Minutenlang schwärmte sie davon, was für ein lieber, großzügiger und tüchtiger Mensch Horst doch gewesen war.

Redete sie tatsächlich über Horst Adolf Schneyder, den Mann, der von Verwandten und Kollegen gleichermaßen als autoritär, egozentrisch und streitsüchtig beschrieben worden war? Aber Ingrid Roth behauptete, sie habe sich mit Horst wunderbar verstanden und sie hätten sich über alles geliebt. An diesem Punkt vergoss sie ein paar Tränen.

Doch plötzlich wurde ihre Stimme lauter und ihr Blick wach. „Herr Kommissar, ich weiß, wer Horst umgebracht hat! Es war Zufall, dass ich diesen Streit mitbekommen habe, ich habe nicht etwa gelauscht! Uschi, gibst du mir noch einen Kaffee?"

Uschi brachte den Kaffee und Ingrid Roth fuhr fort. „Es war letzten Montagabend, ja, genau vor einer Woche, da bekam Horst Besuch von seinem Bruder Matthias. Wir saßen im Wohnzimmer, als es klingelte. Horst ging, um die Tür zu öffnen, und ich hörte, wie er mit Matthias sprach.. Auf einmal wurde das Gespräch immer lauter und irgendwie wütend, und Matthias sagte mindestens zweimal: Diesmal lässt du die Finger von ihr, du Mistkerl! und: Wenn du sie mir ausspannst, mach ich dich platt! Und Horst sagte immer wieder: Du spinnst doch, du redest dir da was ein, ich bin verlobt, du Schwachkopf, wenn du mir drohst, wirst du mich kennen lernen! Dann warfen sie sich nur noch Schimpfwörter an den Kopf, bis Horst die Tür zuknallte und zurück ins Wohnzimmer kam. Er hatte ein hochrotes Gesicht, und seine Hände zitterten, und ich dachte noch, hoffentlich kriegt er keinen Herzinfarkt."

Ingrid Roth trank ein paar Schlucke Kaffee, bevor sie weiterredete. „Ich habe Horst gefragt, was los war, aber er brauchte erst einen Whisky, bevor er mir antworten konnte. Dann sagte er, Matthias habe eine Frau kennen gelernt, und weil er Matthias früher schon mal die eine oder andere Freundin ausgespannt hätte, habe sein Bruder die fixe Idee entwickelt, er wolle ihm nun jede Frau wegnehmen."

Andreas faltete die Hände auf dem Tisch und dachte kurz nach. Da kam ja nun wieder ein neuer Aspekt in die Geschichte. „Aber wenn der Bruder jetzt so wütend war, hatte er aktuell einen Grund? Hat Ihr Verlobter in letzter Zeit mit anderen Frauen geflirtet bzw. mit der neuen Freundin seines Bruders?"

„Eigentlich nicht." Ingrid Roth schwieg und starrte auf eine Zeitung, die auf dem Tisch lag. Andreas wechselte das Thema.

„Frau Roth, eine andere Frage: Wer wusste, dass Dr. Schneyder praktisch zwei Tage lang allein im Haus sein würde? Lassen Sie Ihre Verwandten mal weg... wussten es seine Kinder, sein Bruder, Leute aus dem Krankenhaus, Menschen, die ich noch nicht kenne?"

Sie sah auf und ließ ihren Blick durch die Küche wandern, während sie in Gedanken anscheinend alle Personen durchging, die in Frage kamen. Schließlich rieb sie sich das Kinn und meinte: „Also ich hab es niemandem gesagt, und wem Horst es erzählt hat, weiß ich nicht. Nein, tut mir leid, keine Ahnung."

„Schade", mischte sich jetzt Sascha ein und strich mit dem Finger über sein Bärtchen. „Noch was anderes, Frau Roth, wissen Sie, wie vermögend Horst Schneyder war? Sind Sie in seinem Testament bedacht?"

„Mir ist bekannt, dass Sie so was immer fragen", behauptete sie, aber aus ihrem Blick sprach Missfallen. „Ich weiß, dass Horst ein paar Häuser besaß, eins davon in Spanien, und er hatte genug Geld, dass wir schöne Reisen machen konnten, aber ich weiß nicht, ob er mir was vererbt hat. Warum sollte er?"

„War je die Rede von einem Ehevertrag?"

Diese Art Fragen gefielen der Frau nicht. Ihre Stimme wurde zunehmend kühler. „Nein, nicht dass ich wüsste."

Andreas hielt es für angebracht, die Gesprächsführung wieder selbst zu übernehmen. „Frau Roth, ich kann mir vorstellen, dass es Ihnen nicht gut geht. Sollen wir lieber später noch mal vorbeikommen?" Er schenkte ihr ein trauriges, mitfühlendes Lächeln.

Ingrid schlug die Augen nieder. „Nein, nein, fragen Sie ruhig."

„Können Sie uns etwas über das Verhältnis zwischen Herrn Schneyder und seinen drei Kindern erzählen?"

Die Finger ihrer rechten Hand drehten jetzt an einem goldenen Ring mit großem, schwarzem Stein an ihrem linken Mittelfinger herum. „Das Verhältnis war wohl nicht so gut, und wenn ich nach dem Grund gefragt habe, wurde Horst immer irgendwie sehr... schweigsam. Den jüngsten Sohn und die Tochter habe ich nie kennen gelernt, aber den ältesten Sohn Dietmar und seine Frau hab ich zwei- oder dreimal bei irgendwelchen Veranstaltungen getroffen. Ein charmanter Mann und immer so gut gelaunt. Er hat allerdings nicht viel mit seinem Vater gesprochen, und wenn doch, dann klang das immer so... so unverbindlich und desinteressiert, als redeten zwei Fremde miteinander."

„Danke, Frau Roth, Sie haben uns ein paar hilfreiche Hinweise gegeben. Da fällt mir noch was ein... das Haus hat, wie ich gesehen habe, eine Alarmanlage, die aber am Sonntag nicht aktiviert war. Hat Herr Schneyder sie überhaupt benutzt?"

„Aber natürlich! Er war immer sehr auf seine und auch auf meine Sicherheit bedacht! Er schaltete die Anlage immer ein, wenn er das Haus verließ, und abends auch, um Punkt halb elf, ja, jeden Abend um halb elf."

„Eine letzte Frage hätte ich noch: Haben Sie Samstag oder Sonntag versucht, Ihren Verlobten telefonisch zu erreichen?"

Sie zögerte einen Moment, dann drehte sie den Kopf weg und hielt eine Hand vor den Mund. Andreas hatte sehr wohl die Tränen gesehen, die ihr in die Augen getreten waren. Sie schluckte, öffnete den Mund, rieb mit zwei Fingern an ihrer spitzen Nase herum und musste noch einmal schlucken, bevor sie endlich erklärte: „Ich habe ihn am Freitagabend noch zweimal angerufen, gegen halb elf und halb zwölf... aber da nahm schon niemand mehr ab. Ans Handy ging er auch nicht. Ich dachte, er wäre sauer wegen irgendwas, das ich gesagt habe. Das war er manchmal... und dann ließ er mich einfach im eigenen Saft schmoren und meldete sich nicht. Ich hab dann am Samstag und Sonntag nur je einmal angerufen, ich war auch ein bisschen verärgert, denn ich hatte ja weiß Gott genug eigene Probleme im Kopf. Ich hatte doch keine Ahnung, was wirklich passiert war."

„Genau, Frau Roth, und deshalb sollten Sie sich auch keine Vorwürfe machen. Tun Sie sich das nicht an, es ändert absolut nichts mehr." Andreas gab den Therapeuten, um dann noch einmal nachzubohren. „Haben Sie sich eigentlich schon gefragt, wieso niemand Schneyder am Samstag und Sonntag gefunden hat? Bekam er nie Besuch? Hatte er keine Verabredungen? Hatte er nicht wenigstens eine Putzfrau?"

„Natürlich hatte er eine Putzfrau, aber die kam doch nicht am Wochenende!" Ingrid Roth sah ihn an, als sei er einer anderen Dimension entsprungen. Dann aber runzelte sie die Stirn und schien ernsthaft über seine Einwände nachzudenken. „Er hat mir jedenfalls nicht gesagt, dass er etwas Besonderes vorhatte. Vielleicht wollte er nach dem Stress der letzten Wochen einfach mal abschalten und niemanden sehen."

„Ja, das wäre möglich", räumte Andreas in sanftem Ton ein, „allerdings hat uns sein Sohn Dietmar eine andere Interpretation gegeben: Er meint, sein Vater hätte keine Freunde und nicht einmal Bekannte gehabt, die ihn vermisst haben könnten."

Der Gesichtsausdruck der Verlobten schien sich nicht recht entscheiden zu können zwischen Empörung und Einsicht. „Wie kommt er denn auf so was?!"

„Frau Roth, Sie wollen uns doch nicht im Ernst erzählen, dass Sie die unangenehmen Seiten des Horst Adolf Schneyder nie bemerkt haben? Dann wären Sie entweder eine der begnadetsten Verdrängungskünstlerinnen Europas oder eine Frau, die aus Prinzip oder Unfähigkeit nie richtig hinsieht und hinhört!"

Diese Möglichkeiten gefielen ihr wohl beide nicht, denn sie starrte auf einmal leicht abwesend aus dem Fenster und murmelte: „Man soll ja eigentlich nichts Schlechtes über Tote sagen, aber Horst hatte schon eine seltsame Art, Menschen zu behandeln... so herrisch, manchmal richtig unverschämt, kalt und gemein. Aber ich konnte damit umgehen, vor allem, weil ich ja auch die andere Seite kannte, und ich war überzeugt, dass ich einen guten Einfluss auf ihn ausübte, ich dachte wirklich, er hätte sich schon ein wenig verändert."

Ihre Stimme versagte und ihre Schwester, die die ganze Zeit mit am Tisch gesessen hatte, reichte ihr ein Taschentuch, während Andreas es für besser hielt, sich zu verabschieden. Vorher bat er noch um ihre Fingerabdrücke und eine Speichelprobe, und nachdem er ihr den Grund erklärt hatte, war sie einverstanden.

Der Wagen stand noch von Politessen unbehelligt vor der Einfahrt, und Andreas lotste Sascha zur Endenicher Allee, Richtung Alfter. Unterwegs sprach er die Alarmanlage an, die durch ihre tägliche Aktivierung um 22.30 Uhr, die an jenem Freitag eben nicht stattfand, der Tatzeit eine genauere Obergrenze gab: Schneyder war demnach höchstwahrscheinlich zwischen 20.45 und 22.30 vom Täter überfallen worden.

In Endenich angekommen, bestand Sascha darauf, sich vor dem Gespräch mit Bruder Matthias ausreichend zu stärken. Sie fanden einen türkischen Imbiss und stärkten sich. Kurz nach 13 Uhr waren sie wieder auf der Straße, fuhren am Max-Planck-Institut vorbei und dann durch Feld und Flur direkt in den Ort hinein, während die Sonne blass von einem mit Schleierwolken überzogenen Himmel schien. Andreas hatte schon lange nicht mehr so viel unbebautes Land gesehen.

Die Seitenstraße, die zu Schneyders Hof führte, war schnell gefunden. Der Hof schien auf den ersten Blick gut in Schuss zu sein. Das Wohnhaus war ein altes, großes Fachwerkgebäude, dahinter sahen ein paar Scheunen oder Ställe hervor. Neben dem Haus gab es einen Schotterplatz, auf dem ein hellbrauner Mercedes älteren Baujahrs sowie ein grüner Traktor standen. Sascha stellte den Dienstwagen dazu und klingelte anschließend an der Haustür, die vermutlich gar nicht verschlossen war.

Eine Frau, Anfang Dreißig, in grüner Latzhose und schwarzem T-Shirt und mit sehr kurz geschnittenen, braunen Haaren, öffnete.

Andreas ergriff sofort das Wort: „Frau Schneyder? Wir sind die Kommissare Piel und Montenar von der Kripo Bonn. Wir würden gerne mit Matthias Schneyder sprechen."

Sie zückten ihre Ausweise, und die Frau warf mit ihren leuchtend blauen Augen einen flüchtigen Blick darauf.

„Ich bin zwar die Tochter, aber ich heiße nicht mehr Schneyder", erklärte sie kurz angebunden. „Kommen Sie rein, wir essen gerade."

Sie ging voran durch einen breiten Flur mit Steinfußboden in eine Küche, die Andreas an die Küche seiner Mutter erinnerte: rechts eine moderne Kochzeile, links der Essbereich mit Tisch, Stühlen und Schrank wie aus dem Antiquitätenladen entsprungen.

Am Tisch saßen ein Mann um die Sechzig und ein Mann von vielleicht Mitte Dreißig in dunkelblauer Arbeitskleidung, die von ihren mit leicht angekohlten Bratkartoffeln vollgehäuften Tellern aufsahen, als Sascha und Andreas eintraten. Nachdem sie sich ausgewiesen hatten, bat Andreas darum, mit Matthias Schneyder für ein paar Minuten unter vier Augen sprechen zu dürfen.

Die kurzhaarige Frau setzte sich wieder an den Tisch. „Das hat ja wohl einen Moment Zeit!", urteilte sie schroff. „Das Essen wird kalt, dafür hab ich nicht gekocht! Aber Sie können gerne was abhaben."

„Nein, danke", lehnte Sascha ab. „Wir haben gerade gegessen. Wir –"

Andreas fiel ihm ins Wort. „Wir warten draußen und genießen ein bisschen die frische Landluft."

„In Ordnung, wenn ich fertig bin, komme ich raus", meinte Matthias Schneyder und schob sich eine Gabel voll Bratkartoffeln in den Mund.

Draußen stellte sich Andreas in die Sonne und sah sich die Landschaft an. Hügel in der Ferne, davor Wälder, abgeerntete Felder, Wiesen. Sascha gesellte sich zu ihm. „Scheint so, als hätte ihm noch niemand Bescheid gesagt, dass sein Bruder tot ist."

„Ja, die haben sich alle furchtbar lieb. Ich vertrete mir mal die Füße, wir werden nachher noch lange genug herumsitzen."

„Richtig, wir sitzen zu viel. Besonders du solltest mehr für deine Gesundheit tun. In deinem Alter."

„Wirke ich so hinfällig oder was?!"

Sascha musterte ihn. „Du wirkst in letzter Zeit ein bisschen wie Silvester Stallone als Sheriff im Film `Copland´: leicht schwerfällig und zum Schluss taub auf einem Ohr."

Eigentlich wollte Andreas protestieren, andererseits hatte er gar keine Lust auf so ein Gespräch. Er ließ Sascha reden, der bereits sein sportmedizinisches Halbwissen auspackte und nach Sportarten suchte, die in höherem Alter in Frage kämen. Vielleicht sei es auch sinnvoll, riet er Andreas, sich zuerst die Knie untersuchen zu lassen, die bei Leuten um die Fünfzig vielfach nicht mehr so belastbar seien, so dass bestimmte Sportarten wie Squash, Tennis, Badminton und vermutlich sogar Jogging sich geradezu von selbst verböten.

Als Sascha sich dann den Vorteilen des Schwimmsports zuwandte, hörte Andreas nicht mehr zu, sondern schlenderte neben Sascha einen Feldweg entlang und genoss den weiten Blick über die hügelige Landschaft und die angenehme Wärme der Novembersonne.

Als sie fünfzehn Minuten später wieder vor dem Haus eintrafen, öffnete sich die Tür und Matthias Schneyder tauchte auf. Er baute sich mit verschränkten Armen vor Sascha und Andreas auf und fragte in forschem Ton: „Na, was gibt's denn so Dringendes?"

Schneyder sah nicht aus wie der typische Bauer: Er war mittelgroß, etwas kräftiger als sein toter Bruder, aber mit den gleichen feinen, schmalen Gesichtszügen ausgestattet. Sehr helle Augen hatte er und Ohren, die in einem Winkel vom Kopf abstanden, den die Welt noch nicht gesehen hatte.

„Herr Schneyder, wir müssen Ihnen leider mitteilen, dass Ihr Bruder ermordet wurde." Andreas beobachtete sein Gesicht genau. Schneyders

Pupillen weiteten sich kurz, aber er sagte erst einmal nichts, sondern ließ seinen Blick über die Felder wandern, bis er plötzlich ein „Das musste ja so enden!", von sich gab.

„Wie meinen Sie das?"

„Mein Bruder war ein gottverdammtes Arschloch! Ich hab ihm immer wieder gesagt: Dein Hobby ist es, Leute fertig zu machen! Pass nur auf, dass du nicht mal fertig gemacht wirst!"

„Wir haben schon gehört, dass Ihr Bruder sehr beliebt war", informierte ihn Sascha. „Und was genau werfen Sie ihm vor?"

„Das fing schon an, kaum dass ich aus der Schule war und die erste Freundin hatte – die hat er mir weggeschnappt. Das ging dann ein paar Jahre lang so weiter, er hat mir fast jede Freundin ausgespannt. Nur so, um mich zu demütigen. Er wollte sie gar nicht wirklich haben, nach ein paar Wochen hat er sie alle wieder fallen lassen. Dann bin ich meiner Frau begegnet und das hat ein paar Jahre gehalten. Bis ich dahinter kam, dass die beiden ein Verhältnis hatten." Schneyders Gesicht rötete sich, in seinem Blick kochte Wut. „Ich hab mich von ihr scheiden lassen und versucht, den Kontakt zu meinem Bruder abzubrechen, aber er hat es immer wieder geschafft, mir die eine oder andere Frau wegzunehmen. Er schien besessen davon zu sein, mir wehzutun."

Sascha machte sich Notizen und fragte dann: „Wo waren Sie am Freitagabend?"

Schneyder nahm die Arme auseinander und stemmte die Fäuste in die Hüften. „Ich war mit meiner Bekannten essen. Wieso?"

„Weil wir das alle fragen, die ihn nicht besonders leiden konnten."

„Da sind Sie aber noch monatelang beschäftigt!"

„Mag sein, aber wir geben nie auf. Hat sich Ihr Bruder Ihrer Bekannten irgendwann in eindeutiger Absicht genähert?"

Schneyders Gesicht verschloss sich. Er schaute zu Boden. „Er hat sie wohl kürzlich mal angerufen, um sie zu irgendeiner Feier einzuladen."

„Und letzten Montag waren Sie bei Ihrem Bruder und haben sich deswegen heftig gestritten?"

„Ja. Und?"

„Haben Sie hier irgendwo eine Axt?"

Schneyder starrte Sascha ein paar Sekunden lang an, dann rieb er sich mit der rechten Hand den Nacken und knurrte: „Verfluchte Scheiße... er ist mit einer Axt ermordet worden?"

„Man hat ihm die Hände abgeschlagen und er ist verblutet", teilte Sascha ihm sachlich mit. „Also wenn Sie eine Axt haben, könnten wir die mal sehen?"

Schneyder bedachte Sascha mit einem missgelaunten Blick, wandte sich ab und ging voraus. „Die Axt ist hinten in der Scheune."

Sie folgten ihm zu dem langgezogenen Gebäude, das einen gepflasterten Hof nach Westen hin abschloss und dessen großes Tor offen stand. Sie hatten es fast erreicht, als ein riesiger, schwarzer Hund aus dem Tor heraustrabte und Schneyder schwanzwedelnd entgegenlief.

Sascha blieb sofort ein wenig zurück und Andreas fiel ein, dass Hunde nicht gerade zu Saschas Lieblingstieren gehörten. Andreas betrat hinter Schneyder die Scheune und zeigte auf den Hund. „Der ist doch friedlich, oder?"

„Bruno? Ja, klar, solange man ihn nicht ärgert. Die Axt ist da hinten, wo das Kaminholz liegt."

Schneyder marschierte darauf zu, während Andreas stehenblieb und sich umsah. Heu- oder Strohballen (musste er den Unterschied kennen?) waren bis unter die Decke und auf Zwischenböden gestapelt. Es roch staubig. Ein paar schräge Sonnenstrahlen, die durch Ritzen im Dach fielen, brachten etwas Licht in den Raum.

Schneyder schien gerade die Axt gefunden zu haben, denn er nahm etwas vom Boden auf, fluchte „Verdammte Scheiße!", bewegte sich einen Moment nicht, wandte sich plötzlich um und lief mit der Axt in der Hand nach links in eine Art Gang zwischen den Strohballen hinein. Zwei Überraschungssekunden später rannte auch Andreas los. Und Sascha. Und Bruno.

In dem engen Gang liefen sie sich fast gegenseitig über den Haufen. Derweil hatte Schneyder eine schmale Tür erreicht, legte einen Riegel um und stieß die Tür nach außen auf. Andreas war nur wenige Meter hinter ihm. Als er durch die Tür lief, drängte sich Sascha von hinten an ihm vorbei. Der Hund war noch schneller und überholte Sascha.

Andreas orientierte sich: Die Tür führte in einen zweiten, kleineren, ebenfalls gepflasterten Hof, der ringsum von Scheunen, Ställen, Schuppen umgeben war. In der Mitte erhob sich etwas Gemauertes. Ein Brunnen? Jedenfalls hielt Schneyder genau darauf zu, lief mit irgendwie steifen Beinen, als bereite ihm jeder Schritt Schmerzen.

Sascha hatte ihn fast erreicht. Bruno sprang bereits bellend vor Schneyders Füßen herum, als halte er das alles für ein tolles Spiel. Jetzt bekam Sascha Schneyders Arm zu fassen, hielt ihn fest und versuchte, ihm die Axt zu entreißen. Schneyder wehrte sich. Das folgende Gerangel bekam Bruno in den falschen Hals, sprang Sascha an und schnappte mehrmals nach seiner Hand.

Sascha begann daraufhin, nach dem Tier zu treten, was dazu führte, dass Bruno von der Hand abließ und sich knurrend in Saschas Oberschenkel verbiss. Sascha schrie auf. Andreas, endlich am Ort des Geschehens eingetroffen, wusste kaum, um was er sich zuerst kümmern sollte: um die Axt oder um Sascha.

Er entschied sich für letzteren und schlug ein paar Mal mit der Hand auf Brunos dicken Schädel und seine schwarz glänzende Nase ein, aber der Hund wirkte relativ unbeeindruckt. Inzwischen hatte sich Schneyder aus Saschas Griff losgerissen und nahm wieder Kurs auf den Brunnen. Gleichzeitig wurden von weiter hinten zwei Stimmen laut: „Bruno, hör sofort auf! Aus! Bruno, aus!“

Gut, sollten sich Tochter und Schwiegersohn mit Bruno und Sascha beschäftigen. Andreas rannte Schneyder hinterher, der noch geschätzte fünf Meter vom Brunnen entfernt und ziemlich außer Atem war. Er sah sich kurz um und begriff, dass er es nicht bis zum Brunnen schaffen würde. Andreas war jetzt dicht hinter ihm und erwartete, dass Schneyder versuchen würde, die Axt in den Brunnen zu werfen, vermutlich um Beweismaterial zu vernichten.

Was er nicht erwartet hatte, war die Art und Weise, in der Schneyder zum Wurf ausholte. Die Axt kam plötzlich über Schneyders Kopf hinweg auf ihn zu, fuhr haarscharf an seinem Gesicht vorbei und erwischte ihn mit der breiten Seite an einer Stelle zwischen Hals und Schulter.

Etwas knackte und ein greller Schmerz schoss ihm bis in die Fingerspitzen. Andreas stöhnte laut auf, versuchte aber, den Schmerz auszublenden, und umklammerte mit zusammengebissenen Zähnen von hinten Schneyders rechte Schulter. Schneyders Wurf misslang. Die Axt verfehlte ihr Ziel und flog zwei Meter vor dem Brunnen zu Boden.

Mit routiniertem Griff bog Andreas Schneyders linken Arm auf den Rücken und zwang ihn auf die Knie. Bisher hatte er sich nur auf Schneyder konzentriert, jetzt hörte er hinter sich Sascha schimpfen, einen Hund knurren und zwei Leute durcheinander reden. Und die Stelle, an der ihn die Axt getroffen hatte, fing an zu schmerzen, als kaue ein großes Raubtier mit riesigen Zähnen darauf herum.

„Sascha, bring mir mal deine Handschellen rüber", rief er über die Schulter. „Falls du noch laufen kannst."

Sascha brachte sie ihm, Andreas legte sie Schneyder an und begutachtete dann Saschas Oberschenkel. Aber er konnte weder zerfetzten Stoff noch Blutflecken auf der dunkelblauen Jeans entdecken. „Wie geht's dir?"

„Das Bein ist noch dran, und das ist alles, was zählt. Und was ist mit dir? Du hast ja ganz schön was abgekriegt. Fünf Zentimeter weiter links und er hätte dir den Schädel eingeschlagen!" Sascha wandte sich an Schneyder, der immer noch auf dem Boden kniete, schwer atmend, die Hände auf dem Rücken gefesselt. „Was sollte diese Aktion eigentlich?! Sie wollten die Tatwaffe in den Brunnen werfen?! Was für ein Blödsinn! Wir hätten sie da schon wieder raufgeholt und Spuren hätten wir garantiert auch noch gefunden!" Jetzt sprach er die Tochter und den Schwiegersohn an, einen großen, breiten, braungesichtigen Mann, den nichts aus der Ruhe zu bringen schien. „Danke, dass Sie den Hund aus meinem Bein entfernt haben. Aber jetzt rufen Sie bitte die Polizei und einen Krankenwagen."

Zehn Minuten später war beides an Ort und Stelle. Sascha ließ im Krankenwagen die Hose herunter und er hatte tatsächlich nur ein paar dicke, blutunterlaufene, bläuliche Bissspuren im Bein.

„Was eine Jeans so alles aus- und abhält", staunte der Arzt und untersuchte als nächstes Andreas' Schulter, die immer stärker schmerzte. „Das müssen wir röntgen, damit lasse ich Sie nicht nach Hause gehen, haben Sie mich verstanden?"

Hätte es nur ein klein wenig weniger weh getan, hätte sich Andreas dem Arzt vermutlich widersetzt, aber so ergab er sich in seinem Schicksal und ließ Sascha allein mit Schneyder und der sorgsam verpackten, blutverkrusteten Axt zurück ins Präsidium fahren.

*

Im Vernehmungsraum 2 setzte sich Sascha an den Tisch, an dem schon Matthias Schneyder saß.

„Ich verstehe wirklich nicht, Herr Schneyder, was vorhin in Sie gefahren ist! Sie sagten doch, Sie hätten für Freitagabend ein Alibi – also warum dieser Ausraster?!"

Schneyders enorm abstehende Ohren leuchteten rot wie das oberste Licht einer Ampel. In seinen hellen Augen loderte Panik. „Das stimmt ja auch! Ich hab ein Alibi! Aber als ich die Axt aufhob und das Blut sah, war mir klar, wie das aussehen würde... vor allem nach dem, was ich kurz vorher über meinen Bruder gesagt hatte und... und jetzt hatte ich eine Mordwaffe in der Hand! Und dann dachte ich, vielleicht hast du es ja getan und kannst dich nicht mehr erinnern! So was gibt's doch! Und ich wollte dieses Ding nur noch loswerden, ich dachte, wenn ich die Axt in den Brunnen werfe, wird alles abgewaschen, das Blut und die Fingerabdrücke!" Er machte eine kurze Pause und murmelte dann: „Ich verstehe mich jetzt selbst nicht mehr."

„Möchten Sie einen Anwalt, Herr Schneyder?"

„Nein! Rufen Sie Irmgard an! Die wird Ihnen schon sagen, dass wir den ganzen Abend zusammen waren! Zuerst im Kino, ich hab die Karten zu Hause, dann haben wir bis nach zwölf Uhr beim Italiener gesessen und geredet, ich hab die Rechnung noch, und es war schön, und ich dachte noch, Irmgard muss die Richtige sein, wenn sie mich und mein Gequatsche so lange erträgt. Und –"

„Jetzt beruhigen Sie sich mal ein bisschen", fiel Sascha ihm ins Wort. „Ich werde Ihre Bekannte anrufen und bitten, hierher zu kommen. Und dann müssen wir erst mal klären, ob das Blut an der Axt überhaupt von Ihrem Bruder stammt. Aber gehen lassen kann ich Sie jetzt nicht, das ist Ihnen hoffentlich klar. Geben Sie mir bitte mal die Nummer Ihrer Bekannten."

„Die hab ich doch nicht im Kopf! Da müssen Sie meine Tochter fragen."

Nachdem Sascha Fingerabdrücke und eine Speichelprobe von Matthias Schneyder genommen hatte, ließ er ihn zurück in seine Zelle bringen, rief seine Tochter an, die ihm Irmgard Dietz' Telefonnummer heraussuchte, holte sich eine Cola und rief bei Irmgard an. Es war kurz nach 16.00 Uhr.

„Da haben Sie aber Glück gehabt. Ich komme gerade aus der Dusche", ließ die Dietz ihn wissen. „Ich kann frühestens in einer halben Stunde bei Ihnen sein. Das ist doch in Ordnung?"

„Natürlich", versicherte Sascha und machte sich seufzend daran, einen

Bericht über die Geschehnisse des frühen Nachmittags zu verfassen.

Als sich gegen 16.45 Uhr die Bürotür öffnete, dachte Sascha, Irmgard Dietz sei endlich eingetroffen, aber es war Andreas, mit Ringen unter den Augen, als hätte er tagelang nicht geschlafen. Andreas, der den rechten Arm irgendwie komisch vor den Körper hielt, als hätte er in anderer Haltung Schmerzen und mit einem Blick, als hätte er Drogen geschluckt.

„Was machst du denn schon hier? Ich dachte, du würdest die nächsten drei Wochen im Krankenhaus liegen!"

Andreas' Blick wurde ein bisschen klarer. „Eigentlich sollten es sechs Monate sein. Aber ich wollte dich mit diesem schwierigen Fall nicht allein lassen, so jung und unerfahren wie du bist."

„Danke. Was ist mit deinen Verletzungen?"

„Mein rechtes Schlüsselbein ist angebrochen und der Muskel auf der Schulter gequetscht. Da kann man im Krankenhaus auch nicht viel machen. Ich soll mir ein paar Tage Ruhe gönnen und die Schmerztabletten schlucken, die sie mir gegeben haben."

„Gut, dann geh nach Hause. Ich muss nur eine Zeugin vernehmen... damit komme ich schon zurecht."

Jetzt lächelte Andreas freundlich. „Das werde ich überprüfen. Du vernimmst die Frau und ich bleibe im Hintergrund und sage kein Wort und höre zu."

„Danke, aber meine Prüfungen habe ich bereits alle hinter mir. Ich glaube, die Tabletten sind dir auf's Gehirn geschlagen! Vielleicht sollte ich mal mit deinem Arzt –"

In diesem Moment ging die Tür auf und eine zierliche Frau im braungemustertem Pullover sah herein. „Bin ich hier richtig bei Kommissar Piel?"

„Ja, kommen Sie bitte herein."

Und herein kam – wenn das nicht Martha Kent aus ˋSmallvilleˊ war! Lange, glatte Haare, wohl nicht mehr die Jüngste, bieder gekleidet, viereckiges, sorgenvolles Gesicht, kaum geschminkt, kleiner Schmollmund in Dunkelrosa. Sie setzte sich an Saschas Schreibtisch und legte die braune Jacke, die sie getragen hatte, quer über ihre Knie.

Sascha fragte zunächst ihre Personalien ab: Irmgard Dietz, 56, wohnhaft in St. Augustin, Bahnstraße, geschieden, Angestellte im Finanzamt St. Augustin.

„Da arbeitet doch auch Dietmar Schneyder, der Sohn des Ermordeten. Kennen Sie ihn?"

Irmgard begann herumzudrucksen. „Ja, natürlich, aber es ist mir ein bisschen peinlich... wissen Sie, Dietmar hat mich ja mit Matthias zusammengebracht."

„Er hat Sie verkuppelt? Keine Sorge, das ist seit Jahren nicht mehr strafbar."

„Ach Unsinn! Darum geht es nicht!", rief sie mit lauter und für Saschas Geschmack ein wenig zu hoher Stimme. Irmgard sah auf ihre Hände, die sie auf dem Schoss gefaltet hatte, und die langen, für ihr Alter wirklich sehr langen Haare fielen ihr auf beiden Seiten ins Gesicht. „Es geht um die Aussage, die ich jetzt machen muss. Das ist mir unangenehm, weil doch Matthias Dietmars Onkel ist, und weil er mir vielleicht vorwerfen wird, ich hätte seinen Onkel ins Gefängnis gebracht."

„Er kann Ihnen kaum vorwerfen, dass Sie hier die Wahrheit sagen, Frau Dietz. Erzählen Sie mir einfach, wie der Freitagabend mit Matthias Schneyder abgelaufen ist." Sascha setzte ein vertrauenerweckendes Gesicht auf und übte sich in Geduld. Nur für den Fall, dass Andreas ihn wirklich auf die Probe stellen wollte.

Irmgard räusperte sich, legte den Kopf ein wenig schräg und berichtete: „Matthias und ich waren an dem Abend in Siegburg im Kino, es lief so ein netter Liebesfilm mit Jennifer Aniston. Ich hatte noch nicht zu Abend gegessen, bekam Hunger und holte mir eine Riesenportion Popcorn. Ungefähr zehn Minuten, nachdem ich den letzten Krümel verschlungen hatte, wurde mir so übel wie im Leben noch nicht. Ich wollte nur noch nach Hause. Wir haben das Kino so gegen 21.15 verlassen. Matthias hat mich vor meiner Haustür abgesetzt, denn ich wollte nicht, dass er noch mit reinkommt."

Obwohl das Aufnahmegerät lief, schrieb Sascha das Wichtigste mit. „Das heißt, Sie waren gar nicht bis nach 24 Uhr mit ihm zusammen, wie er ausgesagt hat? Aber wieso hat er Sie dann als Alibi angegeben?"

„Das kann ich Ihnen erklären." Irmgard Dietz sah auf, Enttäuschung im Gesicht wie ein Kind, dem der eben geschenkte Luftballon davongeflogen ist. „Am Samstagmorgen rief er mich an, um nachzufragen, wie es mir ging, und da ich mich wieder gut fühlte, lud er mich für Sonntagnachmittag zu einem Spaziergang ein. Es war ja schönes Wetter und wir spazierten in Bonn am Rheinufer entlang, und plötzlich fragte er, ob ich ihm wohl einen Gefallen tun könne. Ob ich der Polizei, falls sie mich danach fragen sollte, sagen könnte, dass wir den ganzen Freitagabend zusammen verbracht haben. Ich war völlig verwirrt. „Wieso der Polizei?“ wollte ich wissen, und es dauerte eine Weile, bis er mit seiner schrecklichen Geschichte herausrückte: Er sei am Freitag auf dem Rückweg nach Hause noch bei seinem Bruder gewesen, um sich mit ihm auszusprechen, aber es habe nur Streit gegeben, sie hätten sich fast geprügelt, und er habe seinen Bruder geschubst, der sei gestolpert und mit dem Kopf gegen eine Tischkante geschlagen. Als Matthias merkte, dass er tot war, sei er in Panik geflüchtet. Aber es sei ein Unfall gewesen.“

„Und das haben Sie ihm abgekauft?“

„Ja, er klang ziemlich überzeugend!“, behauptete Irmgard trotzig. „Und deswegen habe ich ihm versprochen, nicht zur Polizei zu gehen und ihm das Alibi zu geben, falls jemand danach fragt.“

„Und wieso haben Sie Ihre Meinung geändert?“

Irmgards Mundwinkel zogen sich wie in leichtem Ekel nach unten. „Weil ich von Dietmar erfahren habe, was wirklich mit Matthias’ Bruder passiert ist... das mit der Axt und so... “ Sie schaute ein paar Sekunden durch Sascha hindurch und fügte hinzu: „Obwohl ich mir immer noch nicht vorstellen kann, dass Matthias etwas derartiges tun würde.“

„Wie lange kannten Sie ihn schon?“

„Drei Wochen ungefähr. Ja, ja, ich weiß, was Sie denken! Aber ich habe eine sehr gute Menschenkenntnis, Herr Kommissar!“

„Natürlich“, meinte Sascha und verkniff sich im letzten Moment ein spöttisches Lächeln. Er war sicher, dass Andreas genauso mit der Frau umgegangen wäre. „Frau Dietz, Sie haben uns sehr geholfen. Wir werden uns mit Matthias Schneyder gründlich beschäftigen. Und vermutlich müssen wir noch mal auf Sie zurückkommen.“

Nachdem Sascha die Frau verabschiedet hatte, wandte er sich zu Andreas um. „Na, hab ich das nicht gut gemacht?“

Andreas lächelte müde. „Ja, fast perfekt.“

„Wie, fast?!“

„Freu dich doch einfach, dass du jünger, gesünder, kräftiger und schneller bist als ich, und gönne mir die 14 Jahre Erfahrung im Umgang mit Verbrechern, die ich dir voraushabe. Und jetzt gib mir bitte mal einen Überblick über Matthias Schneyders Aussage, damit ich die Aussage der Frau besser beurteilen kann.“

Das tat Sascha, während Andreas mehrmals herzerweichend gähnte.

„Langweile ich dich?"

„Natürlich nicht." Andreas schien die Augen kaum noch aufhalten zu können. „Das muss das Zeug sein, das mir der Arzt im Krankenhaus gespritzt hat. Ich gehe nach Hause und lege mich hin."

„Soll ich dich nicht lieber fahren? Nicht, dass du im Laufen einschläfst und vor ein Auto fällst! Stell dir mal die Schlagzeile vor: Kommissar im Schlaf überfahren!"

„Nein, ich gehe zu Fuß, die frische Luft wird mir gut tun. Wenn ich das richtig überblicke, haben wir also jetzt den Bruder als Hauptverdächtigen, dann käme vielleicht noch der Doktor in Frage, dann der Vater des verstorbenen Jungen und schließlich der rabiate Schwiegersohn oder der alkoholisierte, eigene Sohn. Na, das ist doch eine Auswahl! Morgen knöpfen wir uns noch mal Bauer Matthias vor, wenn wir wissen, von wem das Blut an der Axt stammt. Und ehrlich gesagt, die Aussage der Dietz gefällt mir in einigen Punkten auch nicht."

Sascha nickte zustimmend. „Ok. Dann bis morgen und gute Besserung."

*

Seit das neue Polizeipräsidium nach Oberkassel umgesiedelt worden war, konnte Andreas sein Zuhause in weniger als zehn Minuten zu Fuß erreichen.

An diesem späten Montagnachmittag, es war längst dunkel, brauchte er nach einem überraschten Blick auf die Uhr zwanzig Minuten. Als er das Haus betrat und das Flurlicht einschaltete, riss seine Mutter die untere Wohnungstür auf, als hätte sie ihm dahinter aufgelauert. In der Hand hielt sie ein Päckchen, das vermutlich der Postbote für ihn abgegeben hatte. Bei seinem Anblick rief sie aus: „Mein Gott, Andreas, wie siehst du denn aus?! Du bist ja leichenblass! Und warum hältst du den Arm so komisch?!"

„Ich wurde im Dienst verletzt", antwortete Andreas leicht gereizt.

Seine Mutter fasste sich an ihr dünnes, blondiertes, frisch gekämmtes Haar. „Um Himmelswillen, warst du schon beim Arzt damit?"

„Ja, ich bin im Krankenhaus bestens versorgt worden, habe keine Schmerzen mehr und bin außer Lebensgefahr."

„Darüber macht man keine Scherze! Im Grunde kannst du jederzeit von einem Verrückten über den Haufen geschossen werden!"

„Liebe Mutter, diese Art Diskussion hatten wir schon 1096 mal. Wenn du hättest verhindern wollen, dass ich zur Polizei gehe, hättest du mich beizeiten in den Ballettunterricht oder zur Klavierstunde schicken müssen! Ich bin sehr müde von dem Schmerzmittel und muss mich jetzt hinlegen. Danke, dass du das Buch für mich angenommen hast."

Er nahm ihr das Päckchen aus der Hand, lächelte ihr beruhigend zu, was ihm schwerfiel, und stieg die Treppe hinauf in seine eigene Wohnung. Er drehte die Heizung wieder höher und ging unter die heiße Dusche, nachdem er sich im Spiegel den großen, blauroten, geschwollenen Bluterguss zwischen Schulter und Hals angesehen hatte.

Es war erst kurz vor 19 Uhr und um diese Zeit konnte man doch unmöglich schon schlafen gehen. Aber er war so müde, dass er sich trotzdem auf sein Bett legte. Das Kopfende stand unter einem Dachflächenfenster, aber heute konnte man den Sternenhimmel nicht sehen, denn es war bewölkt.

Andreas war verärgert – er hasste nichts mehr, als krank zu sein oder Schmerzen zu haben oder einfach nicht auf der Höhe seiner Leistungsfähigkeit zu sein! Verdammt noch mal, wieso hatte er nicht schneller reagiert, um dem Schlag auszuweichen?! Und warum hatte er –

Jetzt komm aber mal runter und denk an was Schönes! empfahl er sich selbst. Die Schimpferei brachte doch nichts.

Etwas Schönes... ? Als er am Sonntag den Ausflug mit seiner Oma gemacht hatte, hatte er vorher in einem Restaurant in Königswinter lecker gegessen und anschließend im Altenheim nach Frau Berger gesucht, der Pflegedienstleitung mit den schönen, ernsten, blaugrünen Augen, der er ein paar Fragen bezüglich des Gesundheitszustands seiner Oma stellen wollte.

Plötzlich hörte er aus einem Büroraum ihre Stimme.

„Ja, Sabine Berger am Apparat... ach, Stefan... ja, ich wollte was mit dir besprechen... aber doch nicht jetzt am Telefon... ok, dann gib mir eben einen Termin... nein, es geht um irgendwelchen Unterhaltskram meines Ex-Gatten."

Eine Minute später legte sie auf und Andreas hatte zwei Informationen über sie erhalten: Erstens – sie hieß mit Vornamen Sabine, und zweitens – sie war geschieden. Wie günstig.

Andreas drehte sich vorsichtig auf die linke Seite und es tat fast nicht weh. Er gähnte, rief sich Sabines Gesicht in Erinnerung, ihr blondes Haar und ihre wunderschönen Augen und stellte sich vor, wie er sie beim nächsten Besuch im Altenheim mit wohl gewählten Worten zum Essen einladen würde.

Er träumte noch eine Weile weiter und hatte plötzlich übergangslos seine Oma Elli vor Augen, wie er sie am Sonntagnachmittag in ihrem dünnen, braungemusterten Polyacrylkleid auf dem Beifahrersitz seines Wagens verstaute, während ihre arthritischen Hände die vierzig Jahre alte, braune Handtasche fest umklammerten.

Natürlich wollte sie sich wieder einmal nicht anschnallen, und Andreas hatte das akzeptiert und sich auf den Weg zum Petersberg gemacht, den er ihr aus praktischen Gründen als Drachenfels verkaufen wollte: Auf den Petersberg konnte man mit der fußkranken Oma bis obenhin mit dem Auto fahren. Unterwegs ging ihr wie immer alles zu schnel, und sie rief erschrocken: „Nein, ist das hoch hier!“ oder „Erich, fahr bloß vorsichtig!“, sowie „Das ist ja unglaublich hoch!“ und „Pass auf, jetzt fahr doch langsam!“ Also drosselte Andreas sein Tempo auf gepflegte 20 km/h und kroch den Berg empor.

Oben angekommen, fiel Oma Elli sofort das riesige, schmucke, weiße Hotel ins Auge und sie staunte: „Ich wusste ja gar nicht, dass es auf dem Drachenfels so ein großes Restaurant gibt!“

Andreas half ihr aus dem Auto, griff nach ihrem Arm und führte sie zu der mit Natursteinen gepflasterten, jetzt menschenleeren Terrasse über dem Rheintal, die bei klarem, schönem Wetter sicher eine großartige Aussicht bot. Oma Elli schaute nach Süden, kniff ein wenig die trüben Augen zusammen und wies plötzlich mit ihrem krummen Zeigefinger in die Ferne. „Sag mal, Erich, ist das da drüben nicht der Drachenfels?“

Mist, damit hatte er nun gar nicht gerechnet! Aber Andreas reagierte blitzschnell und spielte den Überraschten. „Du hast Recht! Das muss der Drachenfels sein! Elli, wir haben uns verfahren!“

Das schien sie nicht im Geringsten zu verwundern, aber auch nicht weiter zu stören. Statt dessen fragte sie mit nörgelndem Unterton in der Stimme: „Kriegt man hier wenigstens Kaffee und Kuchen?“

Daraufhin lotste Andreas sie in das hochfeine teure Restaurant und bestellte Kaffee und Marzipantorte. Elli hatte ihren Kuchen fast aufgegessen, als ihr die obere Zahnprothese aus dem Mund auf den feinen

Teller fiel und ein Stück vom Rand abbrach, ein Vorfall, der Andreas durchaus peinlich gewesen war. Nicht Elli - sie hatte ungerührt ihr Gebiss eingesammelt und weiter gegessen.

Das war allerdings noch nicht der Höhepunkt des Tages gewesen: Der kam, als Elli, zurück in ihrem Zimmer im Altenheim, in vorwurfsvollem Ton zu Andreas gesagt hatte: „Erich, du hast mir doch versprochen, einen Ausflug mit mir zu machen! Wann hast du denn endlich mal Zeit?!"

Andreas drehte sich auf den Rücken und gähnte ein zweites Mal. Dann sah er auf seinen Wecker: 19.55 Uhr. Sein Blick wanderte zurück zum Fenster und hinauf in den Himmel, wo weit hinter den Wolken Mars seiner Bahn folgte und noch viel weiter weg Jupiter und Saturn... und eigentlich war es doch völlig blödsinnig zu glauben, diese Himmelskörper hätten irgendeinen Einfluss auf die Persönlichkeit aller Erdbewohner... aber wie kam es dann, dass er sich in der Beschreibung des Jungfrau-Aszendenten fast vollständig wieder fand?

Darüber grübelte er nach... während ihm langsam, aber sicher die Augen zufielen.

Bonn-Oberkassel
Dienstag, 21. November, 6.00 Uhr

Als Andreas am nächsten Morgen gegen sechs Uhr aufwachte, tat ihm die Schulter weh. Er legte sich ein kaltes, nasses Handtuch darauf und schluckte seine Tabletten. Gegen sieben Uhr rief seine Mutter an, fragte, wie es ihm ging und ob er zum Frühstück herunter kommen wolle.

Eine halbe Stunde später saßen sie gemeinsam auf den alten Stühlen in Mutters Küche. Auf der einen Seite gab es lauter moderne Geräte mit vorwiegend weißer Front, während man links auf eine orangerot gestrichenen Wand schaute, die von einer gewaltigen, verschnörkelten Jugendstilpendeluhr dominiert wurde. Auch ein paar selbst gemalte Bilder seiner Mutter prangten dort, Landschaften im Stil `Naive Malerei´.

Andreas aß Rosinenstollen mit Marmelade, denn zu gebratenen Eiern sagte sein Magen an diesem Morgen ganz entschieden Nein, danke. Seine Mutter wollte natürlich wissen, was am Vortag passiert war, und er erzählte es ihr, so weit er es für richtig hielt.

„Ist doch prima, dass ihr schon einen Verdächtigen habt", freute sich seine Mutter.

Er trank einen Schluck Kaffee. „Ja, das wäre prima, wenn wir nur einen hätten, aber wir haben bereits vier bis fünf."

„Dann war es bestimmt derjenige von den vier bis fünf Verdächtigen, der am unverdächtigsten ist."

„Der unverdächtigste Verdächtige? Mutter, wir sind doch hier nicht beim Film!"

„Trotzdem! Wollen wir wetten?"

Andreas nahm noch eine Scheibe Brot. „Nein, ich wette nicht auf Verdächtige."

Als er das Haus verließ, stellte er fest, dass es kühler war als in den letzten Tagen. Der Himmel war bedeckt und es sah nach Regen aus. Um 8.05 Uhr betrat er sein Büro, in dem bereits Sascha saß und so tat, als sei er seit Stunden bei der Arbeit. Er trug ein enges, türkisblaues Hemd mit Längsstreifen.

„Morgen, Andreas. Was macht deine Schulter?"

„Es lässt sich aushalten. Und was macht dein Bein?"

„Sieht schlimm aus, tut aber kaum noch weh."

Andreas zog seine Jacke aus, holte sich aus der Maschine einen heißen Kaffee, setzte sich an seinen Schreibtisch und wollte gerade über sein weiteres Vorgehen nachdenken, als sich Sascha wieder zu Wort meldete. „Ich habe übrigens gestern, als du weg warst, noch drei wichtige Dinge erledigt: Ich war bei Marlies Winkler und ihrem reizenden Gatten und habe mir Fingerabdrücke und Speichelproben von ihnen besorgt."

„Auf legalem Weg?"

„Aber natürlich. Sie waren einverstanden, weil sie garantiert absolut nichts zu verbergen hätten."

„Sagte der Mann."

Sascha nickte. „Sagte der Mann. Der zweite Teil meiner Mission führte mich nach Beuel zu Sunnyboy Dietmar, der zwar noch nicht zum engen Kreis der Verdächtigen gehört, aber es war halt ein Aufwasch. Dietmar Sonnenschein und seine Frau hatten keine Probleme damit, mir Abdrücke und Proben mitzugeben. Zum Schluss suchte ich Alkohol-Ludger heim, der nicht so kooperativ war, sondern gleich auf die Polizei zu schimpfen begann."

Sascha machte eine kurze Pause und lächelte verschmitzt. „Ich täuschte großes Verständnis vor und schimpfte mit ihm gemeinsam. Über die Polizei, die Politiker, die Gesellschaft an sich. Als ich ihn fragte, ob ich auch ein Bier haben könnte, lud er mich sogar in sein Wohnzimmer ein. Wirklich sehenswert. Eingerichtet im fortgeschrittenen Messie-Stil. Und ein Geruch – ok, reden wir nicht drüber. Wir saßen also zwischen Müll, tranken Bier und quatschten, und ich dachte schon, ich müsste damit vorlieb nehmen, ihm eine Zigarettenkippe aus dem überquellenden Aschenbecher zu entwenden, als ich eine bessere Idee hatte."

„Mensch Sascha, komm zum Punkt!"

„Ich musste ihn irgendwie aus dem Zimmer schicken. Also fragte ich nach einem Taschentuch, weil ich erkältet sei, und – "

„Nach einem Taschentuch?", warf Andreas entgeistert dazwischen.

„Ja, mir fiel einfach nichts anderes ein! Jedenfalls vertauschte ich unsere halbvollen Bierflaschen, als er weg war. Ludger brachte mir ein paar Blätter Klopapier, ich schnäuzte mich ordentlich, sah auf meine Uhr, legte ihm 30 Cent Pfand auf den Tisch, nahm die Bierflasche an mich (für unterwegs, log ich) und fuhr zurück nach Oberkassel, wo ich meine kostbaren Sammlerstücke noch am gleichen Abend bei Peer abgab."

„Ich bin schwer beeindruckt. Dich kann man ja tatsächlich ein paar Stunden allein lassen. Hat sich Peer schon gemeldet?"

„Nein."

„Gut, dann lassen wir ihm ein bisschen Zeit. Ich muss sowieso noch meinen Bericht schreiben."

„Ja, tu das. Ich werde Manfred mal auf das Testament von Horst Adolf Schneyder ansetzen, damit wir wissen, wer was erbt."

Um zehn Uhr hatte Peer immer noch nicht angerufen. Andreas stand vom Schreibtisch auf, ging ans Fenster, steckte beide Hände in die Hosentaschen und schaute auf das Institut für Luft- und Raumfahrt, das in einem, wie er fand, rasend unoriginellen Stil erbaut war.

Sein Kopf fühlte sich ein wenig leer an... doch auf einmal tauchte Frau Sabine Berger darin auf, die geschieden war und ihn ein klein wenig an Marilyn Monroe erinnerte... das war irgendwie aufregend... irgendwie -

Mitten in seine Gedanken hinein platzte Sascha. „Haben wir eigentlich Hansen-Hardt, der Patienten Botox spritzt, nach seinem Alibi befragt? Nach meinen Unterlagen haben wir nicht."

„Stimmt. Holen wir das doch nach und gehen dann was essen. Und anschließend besuchen wir unsere angeblichen Drohbriefschreiber. Wie heißen die noch mal?"

Sascha blätterte in der Akte. „Ich hab mich vorhin mit ihnen beschäftigt: Astrid und Thomas Marquardt, 40 und 44 Jahre alt, wohnhaft Ippendorfer Straße in Ippendorf, beide Lehrer, sie für Geschichte und Biologie, er für Geschichte und Mathematik, beide am Beethovengymnasium. Soll ich mich mal erkundigen, wann sie heute Feierabend haben?"

„Ja, tu das, ich gehe mal kurz nachdenken."

Der neue Waschraum war größer und schöner als der alte. Andreas schloss sich in einer der Kabinen ein, setzte sich auf den heruntergeklappten Toilettendeckel, lehnte sich an, machte die Augen zu und versuchte nachzudenken. Aber irgendwie blieb sein Verstand dauernd an dem Wort Axt hängen... und plötzlich schreckte er zusammen, als neben ihm in der Kabine jemand die Tür zuschlug.

War er etwa eingenickt?! Diese verfluchten Tabletten!

Andreas betätigte die Wasserspülung, kämmte sich vor dem Spiegel im Vorraum die allmählich ergrauenden Haare, machte sich die Fingernägel sauber und kehrte in sein Büro zurück.

3

Bonn
Dienstag, 21. November,10.45 Uhr

Sascha überquerte die Südbrücke in gemäßigtem Tempo. Andreas ging es nicht gut, und daher war es vielleicht besser, ihn nicht zu provozieren, im Gegenteil, vielleicht sollte er ihn animieren, über sein neues Hobby zu reden.

„Na, was gibt's Neues an der Astro-Front?", fragte er und sah Andreas absichtlich nicht an.

„Mir ist klar geworden, dass ich mich, bevor ich mich mit Details befasse, noch mehr mit der Bedeutung der Sonnenzeichen beschäftigen sollte."

„Was sind Sonnenzeichen?", Sascha blieb vorerst friedlich.

„Das ist das Zeichen, in dem bei der Geburt die Sonne steht. In deinem Fall der Widder."

„Aha. Und welche Eigenschaften sagt man dem Widder nach?"

Andreas schien sich sammeln zu müssen, bevor er antwortete. „Widder sind direkt, unkompliziert, kämpferisch, freiheitsliebend, Menschen, die impulsiv handeln, manchmal ohne ausreichend nachzudenken."

„Oh nein, ich denke immer nach!"

„Und Kritik vertragen sie auch nicht besonders gut."

„Das stimmt ebenfalls nicht! Ich bin äußerst selbstkritisch!"

Andreas lachte auf. „Ja, in dem Rahmen, den du selbst gesteckt hast. Das nennt man Eigenblindheit. Aber keine Angst, darunter leiden rund 95% der Weltbevölkerung."

„Du natürlich nicht."

„Natürlich nicht. Hast du dich eigentlich über diesen Hansen-Hardt informieren können?"

In diesem Moment ging über Bonn ein Regenschauer nieder, der Sascha fast die Sicht nahm. Er fuhr langsamer. „Der Doktor ist 46, mit einer Krankenschwester verheiratet. Sie haben vier Kinder, von denen der jüngste im Sommer in die Schule gekommen ist. Hansen-Hardt hat einen guten Ruf als Chirurg, ist offen und freundlich, manchmal ungeduldig, und ab und zu spürt man hinter der Freundlichkeit eine große Unverbindlichkeit, wenn nicht gar Kälte."

„Woher hast du das?"

„Ein guter Bekannter eines Bekannten von mir arbeitet im Krankenhaus."

„Na prima, dann werden wir den Doktor jetzt mal mit unserem geballten Wissen überfallen."

Sascha fuhr im Schritttempo über die Reuterbrücke. „Weißt du, was ich mir überlegt habe? Ich könnte einen Menschen in äußerster Wut erschießen oder zu Tode prügeln, aber ihm die Hände abhacken? Ich glaube nicht. Hansen-Hardt hingegen ist Chirurg, der hat sicher schon Dutzende Gliedmaßen amputiert, und seine Hemmschwelle liegt bestimmt niedriger als die anderer Menschen. Und die Technik des schrägen Abhackens deutet auch auf einen Fachmann hin."

„Möglich. Aber vielleicht ist auch das wieder ein Ablenkungsmanöver."

Sie hatten endlich den Bonner Talweg erreicht, bogen ab und stellten drei Minuten später den Wagen auf dem Parkplatz neben dem Krankenhaus ab. Sie wollten eben zum Haupteingang eilen, als Sascha an einem der Hintereingänge einen weißgekleideten Mann stehen sah. Er stieß Andreas mit dem Ellenbogen an und bekam ein empörtes „Aua, kannst du nicht aufpassen!" an den Kopf geworfen.

„Tschuldigung, sieh mal, wer da steht und eine Zigarette raucht."

Auch Hansen-Hardt hatte sie entdeckt und kam ihnen langsam entgegen. „Guten Tag, die Herren, kann ich noch was für Sie tun?"

„Ein rauchender Arzt", stellte Andreas fest. „Immer wieder ein irritierender Anblick."

Er musterte den Doktor mit nachdenklichem Blick und rückte seine Brille gerade. „Wir haben vergessen, Sie zu fragen, wo Sie sich am Freitagabend aufgehalten haben."

„Rein routinemäßig oder habe ich mich verdächtig gemacht?"

Diese Frage beantwortete Andreas nicht. Also hielt auch Sascha den Mund.

Hansen-Hardt nahm einen letzten, kräftigen Zug aus der Zigarette, bevor er sie auf den Boden fallen ließ. „Ich gehe freitags am frühen Abend regelmäßig mit meiner Familie ins Schwimmbad, so von 18 bis 20 Uhr. Bis die Kinder dann im Bett sind, ist es halb zehn, und danach bin ich kaputt und sehe nur noch fern. Ich meine mich zu erinnern, dass letzten Freitag eine Kabarettsendung lief. Das ist natürlich kein perfektes Alibi, nicht wahr?“

„Stimmt“, erklärte Sascha. „Womöglich werden wir noch Frau und Kinder dazu befragen müssen. Geben Sie mir bitte Ihre Anschrift, Ihr Geburtsdatum mit genauer Uhrzeit und genauem Ort und den Namen des Schwimmbads.“

Das tat Hansen-Hardt, ohne sich zu wundern, und als der Doktor im Haus verschwunden war, fragte Andreas: „Was sollte das mit dem genauen Geburtsdatum?“

„Jetzt kannst du dir den Mann mal auf astrologischer Basis ansehen. Vielleicht gibt es eine Planetenkonstellation für Mörder.“

„Ja, Sascha, das ist wirklich ungeheuer witzig und originell. Ich schlage vor, dass wir den Wagen hier stehen lassen und zu Fuß zum Imbiss gehen. Ich brauche ein bisschen Bewegung.“

Sie ließen sich Zeit beim Essen, denn Sascha hatte herausgefunden, dass die beiden Marquardts Dienstags erst nach der sechsten Stunde schulfrei hatten. Gegen halb zwei saßen sie wieder im Auto und fuhren hinauf nach Ippendorf, das zu den eher ländlichen Stadtteilen von Bonn gehörte, mit alten, kleinen Häuschen und großen, alten Bäumen.

Das Einfamilienhäuschen der Marquardts war graubraun verputzt und von der üblichen Garage flankiert, vor der ein japanischer Kleinwagen stand. Auf Saschas Klingeln hin öffnete eine höchstens 1,50 m große, rundliche Frau in schwarzem Pullover und schwarzer Hose die Tür. Ihre Miene war abweisend, ihr Blick wanderte ruhelos von Sascha zu Andreas und wieder zurück, an ihnen vorbei, auf den Boden, in den Himmel.

Als sie sich vorgestellt hatten, verschloss sich ihr Gesicht noch mehr, und sie studierte die Ausweise so gründlich, als könne sie tatsächlich einen echten von einem falschen unterscheiden. Schließlich ließ Frau Marquardt sie eintreten. Im Flur roch es nach Zigarettenrauch. Aus einer Tür links vom Eingang kam ein Mann hinzu, der sich als Thomas Marquardt vorstellte und der höchstens zwanzig Zentimeter größer war als seine Frau. Auch er trug einen schwarzen Pullover und eine schwarze Hose. Und eine runde Brille.

„Wenn es Ihnen nichts ausmacht, gehen wir in die Küche, im Wohnzimmer ist nicht aufgeräumt“, bat er und führte sie in eine große Küche, die wie gerade neu gekauft aussah: Buche mit roten Fronten. Aufgeräumt war sie allerdings auch nicht, überall schmutziges Geschirr, Kleinkram auf allen ebenen Flächen, auf dem Tisch zwei Teller. Wie mochte es da erst im Wohnzimmer aussehen.

„Haben wir Sie beim Essen gestört?“, fragte Andreas, rücksichtsvoll wie immer.

„Nein, wir sind fertig. Setzen Sie sich doch“, schlug Frau Marquardt vor. Ihre Stimme war leise, ein wenig kratzig. Sie räusperte sich und griff im gleichen Moment nach ihrer Zigarettenschachtel wie ihr Mann nach seiner.

Andreas und Sascha ließen sich nieder und wurden sofort in Rauchschwaden gehüllt. Herr und Frau Marquardt, beide in Schwarz, beide mit einer Zigarette in der Hand, beide mit irgendwie erstarrtem Gesicht, schwiegen.

„Zuerst einmal möchte ich Ihnen mein Beileid über Ihren furchtbaren Verlust aussprechen“, begann Andreas, der seine Hände auf dem Tisch gefaltet hatte und ernst guckte.

Für einen Moment tauchte in den Augen beider Marquardts ein Ausdruck untröstlicher Trauer auf, den sie aber schnell wieder unter Kontrolle brachten. Die Frau nickte nur und zog an ihrer Zigarette.

„Ich weiß nicht, ob sie mitbekommen haben“, fuhr Andreas fort, „dass Dr. Horst Adolf Schneyder am Wochenende in seinem Haus ermordet aufgefunden wurde.“

Die beiden sahen sich kurz an und schüttelten fast synchron den Kopf. War dieses Desinteresse, das sie an den Tag legten, nicht ein bisschen dick aufgetragen? Sascha notierte es.

„Und in seinem Schreibtisch wurden diese Drohbriefe gefunden.“ Andreas zog die gefalteten Kopien aus der Jackentasche und breitete sie auf dem Tisch aus, nachdem er die Teller beiseite geschoben hatte. „Haben Sie diese Briefe geschrieben?“

Die Marquardts lasen die Briefe durch, was eigentlich dafür sprach, dass sie sie nicht kannten. Aber hatte es nicht auch schon kluge Mörder gegeben, die auf alles vorbereitet waren? Wie dieser überintelligente Monster-Mörder `Hannibal Lector´?

„Nein, die sind nicht von uns“, behauptete Thomas Marquardt ruhig und strich mit der linken Hand am Hinterkopf das Haar seines braunen Haarkranzes glatt. „Rache macht unseren Sohn auch nicht mehr lebendig. Außerdem hat man uns im Krankenhaus genau erklärt, was passiert ist, und dass Dr. Schneyder nicht für das Unglück verantwortlich war."

„Das stimmt", bestätigte seine Frau, aber dann platzte es plötzlich aus ihr heraus. „Aber dieser Schneyder ist menschlich gesehen wirklich das Allerletzte! Als er nach der OP im Flur an uns vorbeirauschte, ließ er uns im Vorbeigehen, so ganz nebenbei, wissen, dass Lars es nicht geschafft hatte, und dass das ja wohl zu erwarten gewesen wäre! Wir waren so was von vor den Kopf gestoßen! Total am Boden zerstört!"

„Ja, genau", empörte sich nun auch ihr Mann. „Wir wollten unbedingt noch am gleichen Tag mit ihm reden, aber er hat uns eine ganze Woche lang hingehalten! Und dann hat er uns gesagt, wir wären ja selbst Schuld, dass unser Sohn tot ist, wir hätten viel zu lange gewartet und auf das Geschwätz anderer Ärzte gehört, statt sofort zu ihm zu kommen! Können Sie sich so was vorstellen?!"

Andreas guckte, als könne er sich das durchaus vorstellen. „Wir haben schon mitbekommen, dass er ein unsensibler, rücksichtsloser Mensch gewesen ist, mit dem niemand auskam. Verschafft es Ihnen nicht immerhin eine gewisse Befriedigung, dass er tot ist?"

„Ja!", antwortete Marquardt knapp und grimmig.

Jetzt nickte Andreas verständnisvoll. „Herr und Frau Marquardt, was haben Sie am Freitagabend nach 20 Uhr gemacht?"

Sascha passte genau auf. Kam jetzt die Entrüstung? Die echte oder die gespielte? Es kam überhaupt keine, aber eine Pause entstand, während der sich Astrid und Thomas tief in die Augen sahen und sich (vielleicht) über irgendetwas verständigten.

Dann ergriff die Ehefrau das Wort. „Am Freitagabend haben wir uns einen Film angesehen... wir haben nämlich eine umfangreiche Sammlung von Geschichtsfilmen." Mit jedem Wort, das sie sprach, wurde ihr Gesicht wieder unbewegter. Sie zündete sich die nächste Zigarette an. „Wissen Sie, diese Filme sind sehr sachlich, und man kann sich gut damit ablenken, um nicht dauernd... jedenfalls nehme ich jeden Abend gegen neun Uhr zwei Schlaftabletten und bin gegen zehn im Bett."

„Ihr Mann nimmt auch Schlaftabletten?", wollte Sascha wissen.

Längeres Zögern. Blick zum Gatten. „Äh... nein... mein Mann trinkt statt dessen schon mal zwei Gläschen Rotwein."

„Gut, Sie haben also beide das Haus nicht verlassen", stellte Andreas fest. „Dann danken wir Ihnen erst mal und melden uns, wenn wir noch

Fragen haben." Er vergaß natürlich nicht, die Marquardts um Fingerabdrücke und Speichelprobe zu bitten, die unverhohlen ungnädig reagierten, aber dann doch einwilligten.

Im Hinausgehen fiel Sascha endlich ein, an wen ihn Thomas Marquardt erinnerte: An diesen kleinen, schmächtigen, völlig harmlos aussehenden Serienmörder mit Halbglatze und runder Brille, der in der letzen Folge von `Criminal Minds´ fast ein Dutzend Frauen ins Jenseits befördert hatte. Diese Assoziation behielt er allerdings lieber für sich.

Als sie auf der Straße standen, holte er erst einmal tief Luft. „Mann, das grenzt ja an Körperverletzung, wie die uns vollgequalmt haben! Sollen wir sie verklagen?"

Andreas, dessen längliches Gesicht an diesem Tag hager wirkte, drückte an seiner Brille herum und hüstelte. „Ich glaube, die beiden haben im Moment genug Sorgen. Wir fahren jetzt zurück ins Präsidium und ich rate Peer, dass er endlich ein paar Ergebnisse für uns hat."

Unterwegs meinte Sascha: „Was hältst du von den beiden?"

„Schwer zu sagen. Vielleicht haben sie die Drohbriefe doch geschrieben, einfach um Schneyder seine miesen Bemerkungen heimzuzahlen. Aber der schien nicht sehr erschrocken gewesen zu sein, er hat ja nicht mal die Polizei informiert."

„Vielleicht, weil er jeden zweiten Tag Post von Patienten bekam, die ihn zum Teufel wünschten. Möglicherweise wurde er von ganz Bonn und dem halben Rhein-Sieg-Kreis gehasst."

„Möglicherweise. Könnte es nicht auch sein, dass Schneyder die Briefe gar nicht zu Gesicht bekommen hat, weil der Mörder sie mitgebracht und im Schreibtisch verstaut hat? Um die Marquardts zu belasten?"

„Klar."

Und während sich Sascha der Innenstadt näherte, schnitt er ein weiteres, hochbrisantes Thema an. „Sag mal, wolltest du nicht schon seit Monaten zum Optiker gehen, weil dich deine Brille in den Wahnsinn treibt?"

„Ich bitte dich, so emotional hab ich das sicher nicht formuliert. Ja, sie stört mich. Und daher habe ich mir für morgen einen Termin geben lassen."

Sascha hielt an einer Ampel an. „Jetzt braucht man auch beim Optiker schon Termine?"

„Ja, für eine genaue Sehstärkenbestimmung."

„Was hältst du davon, wenn du dir nach all den Jahren mal ein neues Gestell leistest?“ So, jetzt war es heraus. Wie würde Andreas reagieren?

Immerhin schien er erst einmal nachzudenken, bevor er sich aufregte. „Gott noch mal, warum lasst ihr mich nicht rumlaufen, wie ich will?! Bin ich ein schlechterer Mensch, weil ich eine altmodische Brille und unmoderne Klamotten trage?!“

Sascha war noch nicht bereit aufzugeben. „Ich bin mir sicher, dass auch in deiner Seele ein Fünkchen Eitelkeit wohnt, und dass auch du so attraktiv wie möglich aussehen möchtest. Nein, nein, jetzt unterbrich mich nicht! Du bist manchmal einfach nur stur und willst nicht zugeben, dass andere auch Recht haben könnten! Und außerdem: Bin ich vielleicht ein schlechterer Mensch, weil ich mich ein bisschen modischer kleide als du?!“

Sascha war zufrieden – jetzt hatte er Andreas aber richtig die Meinung gesagt! Er musste auf der Reuterstraße an der nächsten Ampel halten, und als er sich für seinen ungeheuren Mut gerade selbst loben wollte, fiel sein Blick in das Auto, das neben ihm auf der Abbiegespur stand. Annika saß auf dem Beifahrersitz. Neben einem Mann! Den er nicht kannte!

Sie hatte ihn noch nicht entdeckt, als die Ampel für Linksabbieger auf Grün sprang. Sascha handelte, ohne sich viele Gedanken zu machen: Er blinkte nach links und zwängte sich rücksichtslos hinter Annikas Wagen auf die Nebenspur. Reifen quietschten, Autos hupten, und von der Seite rief Andreas: „Was machst du denn?!“

Sascha schoss um die Ecke und heftete sich an die Fersen des silbernen Wagens vor ihm, in dem Annika saß. „Da vorne fährt meine Freundin mit einem fremden Mann durch die Gegend! Ich muss wissen, wo sie hinwollen!“

Andreas schwieg einen Moment verblüfft. Dann schimpfte er los. „Sag mal – geht's noch?! Wir sind im Dienst! Du kannst doch hier keine private Verfolgungsjagd veranstalten! Dreh um und fahr ins Präsidium!“

„Ja, ja, nur fünf Minuten. Wenn sie auf die Autobahn fahren, gebe ich auf.“

Andreas merkte wohl, dass Sascha sich von nichts abhalten ließ, und änderte seine Taktik. „Ich wundere mich über deine Eifersucht. Ich dachte, ihr hättet eine lockere, offene Beziehung.“

„So offen nun auch wieder nicht!“

„Aber was ist dabei, am helllichten Tag mit einem Mann durch die Stadt zu fahren? Vielleicht ist er ein guter Bekannter oder ein Cousin oder ihr Bruder."

„Annika hat keinen Bruder! Und außerdem müsste sie um diese Zeit im Geschäft sein!" Sascha merkte selbst, dass er für kaum noch etwas anderes Augen hatte als für diesen silbernen Wagen. So ging das nicht. Er reagierte über. Jetzt hieß es, die ausgebrochenen Gefühle wieder einzufangen. Was mochte Andreas wohl von ihm denken?! Sascha begann sich über sich selbst zu ärgern.

Sie standen jetzt an der Ampel Ecke Endenicher Straße/ Viktoriabrücke, um nach links abzubiegen, und kurz bevor die Ampel grün wurde, drehte sich Annika um, starrte nach hinten, erkannte ihn und winkte ihm zu. Sascha tat so, als sei er überrascht, sie zu sehen, und winkte wie in großer Begeisterung zurück.

Er kam sich dämlich vor wie selten in seinem Leben. Trotzdem fuhr er hinter dem silbernen Wagen die Endenicher Straße hinauf und gerade, als er dachte, die beiden seien unterwegs zur Autobahn, da bogen sie rechts zu Knauber ab. Was hatte das denn zu bedeuten?

„Du fragst dich sicher, was die beiden bei Knauber zu suchen haben", hörte er plötzlich Andreas' ungeduldige Stimme neben sich. „Ruf deine Freundin heute Abend an und frag sie! Und nachdem wir jetzt einmal lustig im Kreis gefahren sind, nimmst du sofort Kurs auf's Präsidium! Mir tut die Schulter weh und ich hab meine Tabletten im Büro liegen lassen."

Nach dieser Aussage schwieg er wieder und auch Sascha sagte nichts, weil er mit seinen Gedanken bei Annika und dem fremden Mann war, die sich womöglich auf dem Parkplatz hinter Knauber von Leidenschaft überwältigt in den Armen lagen.

*

Gegen 15 Uhr nahm Andreas in seinem Büro die zweite Tablette zu sich. Er hatte kurz daran gedacht, die Schmerzen zu ignorieren und kein Medikament zu schlucken. Aber das ging nicht. Die Schmerzen zogen alle Aufmerksamkeit auf sich, störten seine Konzentration, und die brauchte er jetzt, um die richtigen Schlüsse zu ziehen und Maßnahmen zu treffen.

Denn Peer hatte ihm einen Kurzbericht ins Büro legen lassen: Das Blut an der Axtschneide ist eindeutig das von Horst A. Schneyder. Auf dem Stiel jede Menge Fingerabdrücke, und zwar ausschließlich von seinem Bruder Matthias Schneyder. Die beiden Zigarettenkippen neben der Treppe sind von seinem Sohn Ludger Schneyder.

Andreas reichte den Zettel an Sascha weiter, der seine Eifersucht anscheinend vorläufig unter Kontrolle gebracht hatte.

„Nun sieh mal an", murmelte er, „unser Alkoholiker... war er also doch am Tatort."

„Möglicherweise. Ruf bitte die Kollegen aus Siegburg an und frag nach, ob gegen Ludger Schneyder was vorliegt, und ob sie ihn mal eben vorbeibringen können."

Während Sascha telefonierte, schrieb Andreas ein paar Namen auf die Tafel, die er sich auch in seinem neuen Büro hatte an die Wand schrauben lassen. In die Mitte kamen die Initialen H.A.S., darum herum die Namen Matthias S., Ludger S., Hansen-Hardt und Thomas Marquardt.

Sascha stellte sich mit verschränkten Armen neben Andreas und studierte die Tafel, während Andreas zu referieren begann.

„Ich habe jetzt erst mal die Leute aufgeschrieben, auf die die Spuren am Tatort bzw. am Tatwerkzeug hinweisen. Allerdings sind diese Spuren so auffällig, als wären sie mit Absicht gelegt. Warum beispielsweise sollte Ludger Schneyder – Alkoholiker hin oder her – zwei Zigarettenkippen hinterlassen, wo er doch Gelegenheit hat, im Fernsehen jeden Tag fünf Krimiserien zu konsumieren, die ihm nahe legen, so etwas nicht zu tun? Und wie kann Matthias Schneyder, wenn er denn seinen Bruder abgeschlachtet hat, so nachlässig sein, das Blut und seine Fingerabdrücke nicht von der Axt zu entfernen?"

„Stimmt. Und Thomas Marquardt hätte nach der Tat sicher seine Drohbriefe wieder mit nach Hause genommen. Die lagen schließlich ziemlich unoriginell in einer Schublade herum."

Gut, Sascha arbeitete wieder mit. Andreas nickte. „Und Hansen-Hardt hätte vermutlich auch andere Methoden gefunden, um H.A.S. außer Gefecht zu setzen, als diese Botox-Spritzen, mit denen er sich selbst belasten würde."

„Was schließen wir daraus?", fragte Sascha, runzelte die Stirn und gab selbst die Antwort: „Dass uns jemand an der Nase herumführen will."

„Könnte sein. Oder jemand will, dass wir das denken. Dann wäre es doch einer der vier, der zur Verwirrung Spuren gelegt hat, die zu den drei anderen Tätern und zu sich selbst führen."

Sascha rieb sich das Kinn. „Und was, wenn die vier sich zusammengetan hätten? So wie in dem Agatha-Christie-Krimi `Mord im Orientexpress´. Sie haben doch schließlich alle ein Motiv."

„Ja, und ein bombenfestes Alibi hat auch keiner", ergänzte Andreas, und seine Finger spielten mit der Kreide. „Trotzdem glaube ich, es war eine fünfte Person... wen haben wir denn da noch? Ich halte ja unseren Malermeister Joachim Winkler, den Schwiegersohn, für ausreichend aggressiv... mir fehlt nur noch das Motiv. Wir sollten auch Dietmar Schneyder in die engere Wahl nehmen, und vielleicht sogar die Verlobte, sie könnte jemanden für den Mord bezahlt haben."

Er schrieb die drei Namen oben an die Tafel, und dann tauchte Saschas Finger auf und zeigte auf die untere rechte Ecke. „Und hierhin schreibst du die Zahl 100."

„Wieso denn das?"

„Die steht für die ca. 100 Personen, die H.A.S. sonst noch den Tod gewünscht haben."

Andreas legte die Kreide beiseite. „Na, danke. Dann könnte es ja Wochen dauern, bis wir alle Verdächtigen zusammenhaben."

„Natürlich. Nicht jeder Mord wird in wenigen Tagen aufgeklärt. Es gibt sogar Morde, die überhaupt nicht aufgeklärt werden", belehrte ihn Sascha.

„Ach was! Nein, hier in Bonn passiert so was nicht."

„Darauf trinke ich einen." Sascha ging zurück zu seinem Schreibtisch, ließ sich breitbeinig auf seinem Stuhl nieder, trank aus seiner Coladose und blätterte durch ein paar Papiere. „Ich hab übrigens heute Morgen noch einen kleinen Leckerbissen gefunden."

„Erzähl mal." Andreas setzte sich an seinen eigenen Schreibtisch, lehnte sich zurück und verschränkte die Hände am Hinterkopf. Was im Moment kaum wehtat.

„Also, ich habe mich folgendes gefragt: Wenn Horst Adolf verlobt war, was ist dann aus seiner Ehefrau geworden, der Mutter der drei Kinder? Ich habe ein bisschen gegraben und eine Akte gefunden über eine Ruth Schneyder, die vor 14 Jahren freiwillig aus dem Leben schied. Der Fall wurde untersucht, weil er ein wenig kurios war. Die Frau hat sich nicht etwa mit Schlaftabletten vergiftet oder auf dem Dachboden erhängt, sondern im Pool ertränkt. Da sie aber gut schwimmen konnte, musste sie sich was einfallen lassen, um unter Wasser zu bleiben." Sascha nahm schnell noch einen Schluck Cola und berichtete weiter.

„Die Schneyders wohnten damals in einem Ort hinter Siegburg, und ihr Grundstück fiel leicht zum Wald und zum Pool hin ab. Es war eine warme Sommernacht, und Ruth, die nur ein dünnes, cremefarbenes Kleidchen trug - ja, das steht hier in der Akte, da brauchst du nicht den Kopf zu schütteln! - holte sich aus der Garage das Motorrad ihres Gatten, eine mittelschwere Maschine, band sich mit Stricken und Tausenden von Knoten darauf fest und ließ es einfach abwärts rollen, bis ins Wasser hinein. Das Motorrad zog sie nach unten, und sie schien noch versucht zu haben, sich wieder loszubinden, als ihr die Luft knapp wurde. Natürlich hat sie es nicht geschafft."

„Und es gab keinerlei Spuren von Fremdeinwirkung?"

„Nach diesem Bericht hier wurde ein Mord ausgeschlossen."

„Gab es einen Grund für den Selbstmord oder einen Abschiedsbrief?"

„Angeblich gab es einen, aber er liegt nicht bei, und als Grund steht hier: schwere klimakterische Depression."

Andreas schüttelte noch einmal den Kopf. „Sehr hübsche Diagnose. Aber der Selbstmord passt ins Muster."

„Wenn du mir nicht sofort sagst, was du mit diesem Muster meinst, erschieße ich dich!"

„Aber Sascha, wie willst du das meiner Mutter erklären?"

„Verdammt, du hast Recht! Ok, wenn du mir nichts von dem Muster erzählst, erzähle ich dir den genauen Inhalt aller fünf Teile von `Rocky´!"

„Sascha, du bist wirklich ein sehr grausamer Mensch. Also gut, pass auf: Dieser Horst Adolf Schneyder war ein tüchtiger, erfolgreicher Chirurg, der anscheinend in Geld schwamm, der mit Sicherheit eine Menge einflussreicher Leute kannte, und der seinen Kindern eigentlich den Weg in ein sorgenfreies, ebenso erfolgreiches Leben hätte ebnen sollen. Hätte nicht jeder vermutet, dass unter seinen Kindern wenigstens ein Arzt, eine Rechtsanwältin oder ein Bankdirektor anzutreffen sein würde?"

„Jetzt, wo du es sagst... ja, hätte ich auch gedacht. Stattdessen haben wir es mit einem kleinen Finanzbeamten, einer verängstigten Hausfrau und einem arbeitslosen Alkoholiker zu tun." Sascha strich über sein Bärtchen. „Die Kinder freuen sich, dass der Vater tot ist, und die Mutter begeht Selbstmord. Daraus schließe ich, dass wir es hier mit einer sehr kaputten Familie zu tun haben. Missbrauch?"

„Möglich, glaube ich aber nicht. Vermutlich ging es eher um schwere körperliche und seelische Misshandlung. Das passt besser zu Horst Adolf. Er hat wahrscheinlich –"

Jemand riss die Tür auf und steckte den Kopf ins Zimmer. Manfred und sein unübersehbarer, an den Enden gezwirbelter Schnauzbart. „Hallo, ihr zwei! Ich hab gerade nicht viel Zeit, also in aller Kürze: Die Nachbarn von Horst Adolf haben nichts mitbekommen und interessanterweise kannte ihn auch niemand näher. Er war wohl ziemlich arrogant und abweisend. Und anscheinend hielt er sich für unsterblich, weil nirgendwo ein Testament aufzufinden ist. Also geht's nach der gesetzlichen Erbfolge, die Kinder erben das meiste. Und dann soll ich euch noch Bescheid sagen, dass die Kollegen aus Siegburg eben diesen Ludger Schneyder vorbeigebracht haben. Der Typ sitzt schon im Vernehmungsraum und schimpft pausenlos vor sich hin."

„Danke, wir werden uns bemühen, ihn zu beruhigen." Andreas stand auf, holte sich einen Kaffee und saß kurz darauf dem jüngsten Sohn Horst Adolf Schneyders am Tisch gegenüber. Sascha schaltete das Aufnahmegerät ein, stellte sich mit verschränkten Armen neben Andreas und sagte vorerst nichts.

„Herr Schneyder –", begann Andreas, aber der fiel ihm sofort ins Wort. „Ich will einen Anwalt und ich will rauchen!"

„Können Sie beides haben. Hier ist der Aschenbecher. Darf ich Ihnen noch ein Fläschchen Bier dazu reichen?"

„Ihr braucht euch gar nicht lustig über mich zu machen! Ich verklag euch alle!", zeterte Schneyder, während er aus der Innentasche einer leicht fleckig aussehenden, blaugrauen Steppjacke die Zigarettenschachtel hervorzuzerren versuchte.

„Ja, verklagen Sie uns. Das ist Ihr gutes Recht. Hat Ihr Vater Sie als Kind misshandelt?"

Schneyder tat, als habe er die Frage nicht gehört, und zündete sich mit seinen mageren Fingern und einem blauen Billigfeuerzeug die Zigarette an. Aufgrund seiner langen Haare sah er aus wie ein Rocksänger aus den frühen Siebzigern. Er zog an der Zigarette und richtete seinen Blick an Andreas vorbei auf ein Fenster... und in diesem Blick lag für Sekunden eine unbändige Wut, die durchaus eine Antwort auf die Frage sein konnte.

„Noch mal, Herr Schneyder: Hat Ihr Vater Frau und Kinder misshandelt?"

Schneyder nahm einen tiefen Zug aus der Zigarette, bohrte seinen Blick in den Tisch und knurrte: „Daran kann ich mich wirklich nicht erinnern. Könnt ihr mir vielleicht endlich verraten, warum ich hier bin?"

„Aber natürlich", antwortete Andreas zuvorkommend und nahm einen Schluck Kaffee. „Am Tatort wurden zwei Zigarettenkippen mit Spuren Ihrer DNS gefunden."

Darauf schwieg Schneyder erst einmal. Seine Blicke wanderten hin und her, er schien heftigst nachzudenken. Und plötzlich hatte er die Lösung, denn er zerstieß die Zigarette im Aschenbecher und empörte sich: „Ihr haltet mich wohl für blöd! Der Kerl da", er zeigte auf Sascha, „war gestern bei mir in der Wohnung und hat mich aus dem Zimmer geschickt, und da hat er mir zwei Kippen geklaut, und jetzt wollt ihr mir hier den Mord unterjubeln, weil ihr sonst keinen Verdächtigen habt! Wo bleibt mein Anwalt! Das geht an die Zeitung und an RTL!"

Dazu musste Sascha etwas sagen. „Ich schwöre bei allem, was mir heilig ist, ich habe keine Zigarettenkippen geklaut!"

„Ja, klar! Euch glaube ich doch sofort alles! Wisst ihr was? Euch würd ich nicht mal 4 Euro für Zigaretten anvertrauen!", wetterte Ludger und fuchtelte mit erhobenem Zeigefinger herum. „Und wie hätte ich überhaupt in die Hausdorffstraße kommen sollen? Mit der 66 und dann umsteigen am Hauptbahnhof? Und das alles mit meiner Axt unter'm Arm, mit der ich ja sonst mein Kaminholz hacke?"

„Woher wissen Sie das mit der Axt?", fragte Andreas.

„Lest ihr keine Zeitung?"

„Doch. Wie Sie zum Tatort gekommen sind, dazu hab ich eine Theorie: Ihr Onkel Matthias hat am Freitagabend seine Freundin Irmgard nach Hause gebracht, nach Sankt Augustin, wo auch Sie wohnen. Vielleicht hat er Sie anschließend mit nach Bonn genommen."

Ludger sah Andreas an, als halte der einen Vortrag über die wissenschaftlichen Hintergründe des Bermuda-Dreiecks. „Onkel Matthias?!

Seid ihr total bekloppt?! Den hab ich seit 100 Jahren nicht gesehen! Den will ich auch gar nicht sehen!“

„Was hat er Ihnen getan?“

Schneyder nahm die zweite Zigarette aus der Packung und spielte trotzig den Nichtwissenden. „Ich weiß überhaupt nicht, was ihr von mir wollt!“

Andreas lächelte freundlich. „Schön, Herr Schneyder, Sie sind vorläufig wegen Mordverdachts festgenommen.“

„Das könnt ihr nicht machen! Ich hab ein Alibi! Wo bleibt dieser verdammte Anwalt?!“

„Nennen Sie doch mal ein paar Namen Ihrer Kumpel, mit denen Sie an der Imbissbude essen waren. Wir werden ihr so genanntes Alibi dann schnellstmöglich überprüfen.“

Das aber erwies sich als nicht so einfach, da Schneyder hauptsächlich die Vornamen seiner Kumpel kannte und ungefähr das Stockwerk, in dem sie wohnten. Andreas versprach ihm, sie ausfindig zu machen, und ließ ihn in Untersuchungshaft bringen, was Ludger Schneyder mit ein paar Schimpfwörtern und originellen Verwünschungen kommentierte.

„Eigentlich müssten wir uns ja nach Irmgard Dietz’ Aussage und Peers Untersuchungsergebnissen Matthias Schneyder noch mal vornehmen.“ Andreas sah auf die Uhr: kurz nach sechs. „Aber ich gehe jetzt nach Hause. Mir tut die Schulter weh, und wir können den Mann genauso gut morgen früh befragen, nicht wahr?“

Sascha schien nicht zugehört zu haben. „Was?“

„Ich sagte, wir kümmern uns morgen früh um Matthias Schneyder. Du löst jetzt erst mal den Fall Annika und der fremde Mann und das ist eine sofort auszuführende Dienstanweisung!“

Andreas ließ den immer noch in anderen Gedankenräumen weilenden Sascha stehen und ging zu Fuß nach Hause.

Sankt Augustin
Dienstag, 21. November, 19.05 Uhr

Irmgard Dietz streifte im Umkleideraum die Sporthose ab, setzte sich auf die schmale Bank und begann sich anzuziehen.

Ungefähr fünf andere Frauen aus dem Kurs „Bauch-Beine-Po“ machten das gleiche. Weitere fünf oder sechs Frauen pflegten regelmäßig die Duschen hinter dem Umkleideraum zu benutzen und liefen nur mit Badelatschen bekleidet oder von einem Handtuch umschlungen zwischen den schwatzenden Kursteilnehmerinnen herum.

Was man da für Figuren zu Gesicht bekam! Frauen mit faltig herabhängenden Hintern, Bäuchen und /oder Brüsten. Dicke Frauen mit Orangenhaut nicht nur an den Oberschenkeln. Oder Frauen mit völlig merkwürdigen Proportionen oder mit halb verkrüppelten Füßen. Im Vergleich mit diesen Frauen kam sich Irmgard dann immer wie eine Schönheit vor, obwohl das nicht ganz fair war: Die meisten Frauen im Kurs hatten die Sechzig schon hinter sich, sie selbst war gerade 56 geworden und hatte ihr Leben lang Sport getrieben. Jedenfalls zog sie es vor, in Ruhe zu Hause zu duschen

Sie wechselte noch ein paar Worte mit der einen oder anderen Bekannten, packte ihre Sachen in die große Tasche und verließ den Sportpark `Am Kreuzeck´ um 19.15 Uhr.

Bis zur Bahnstraße brauchte sie keine zehn Minuten zu Fuß. Allerdings musste sie über ein schlecht beleuchtetes, unbebautes Stück Straße, das an einem Wald vorbeiführte und für Autos gesperrt war. Dort war ihr immer unheimlich. Sie war froh, als sie endlich vor dem alten Backsteinhaus stand, in dem sie ganz allein wohnte.

Als sie links vom Haus in die Toreinfahrt einbog, wo ihr Wagen stand, hätte eigentlich automatisch die Lampe an der hinteren Hausecke angehen sollen, aber es blieb genauso dunkel wie vorhin, als sie das Haus verlassen hatte. Wahrscheinlich war die Birne kaputt. Irmgard musste mit den Fingern nach dem Schloss tasten, um die Tür an der Rückseite des Hauses aufzuschließen.

Im Flur schaltete sie das Licht ein. Geradeaus in der Küche stellte sie die Tasche auf dem Tisch ab, holte Brot, Wurst und Käse aus dem Kühlschrank, weil sie nach dem Duschen (auch wenn sie sich eigentlich das Gegenteil vorgenommen hatte) noch etwas essen würde.

Schließlich stieg sie die lange, steile Treppe in den ersten Stock hinauf, suchte im Schlafzimmer ein paar frische Sachen zum Anziehen aus der Kommode und ging unter die Dusche. 20 Minuten später setzte sie sich in Unterwäsche auf ihren Badezimmerhocker, um ihre Strümpfe anzuziehen, und merkte, dass sie sie im Schlafzimmer vergessen hatte.

Da sie die langen Haare noch nicht geföhnt hatte, und da es im Treppenhaus vermutlich gefühlte 20 Grad kälter sein würde als im Bad, hüllte sie sich in ihren bodenlangen, rosa Bademantel, schlug die Kapuze über den Kopf und trat auf den Flur.

Und blieb sofort stehen, während ihr Herz von einer Sekunde zur nächsten schneller schlug. Gleich rechts von ihr befand sich die Schlafzimmertür, daneben, in ca. einem Meter Abstand, die Tür zum Gästezimmer. Sie war angelehnt, stand einen Spalt offen. Dahinter brannte Licht. Irmgard hielt die Luft an - sie hatte garantiert kein Licht im Gästezimmer gemacht! Nein, definitiv nicht! Oder doch?

Aber wenn sie kein Licht gemacht hatte, wer dann? War sie nicht allein im Haus?!

Sie atmete so flach und so wenig wie möglich, bewegte sich nicht und lauschte. Aber nichts war zu hören. Was nun? Hier oben hatte sie kein Telefon und das Handy lag gut verstaut in der Sporttasche auf dem Küchentisch. Verflixt und zugenäht!

Vielleicht sollte sie sich im Bad einschließen und vom Fenster aus um Hilfe rufen... aber was, wenn sie nun doch die Lampe im Gästezimmer eingeschaltet hatte? Ihr Blick wanderte die zweite Treppe hinauf, die ins Dachgeschoss führte. Gab es tatsächlich einen Eindringling, der sich irgendwo versteckte? Verbarg er sich hinter irgendeiner Tür und atmete genauso leise wie sie? Oder hatte er längst das Haus verlassen?

Sie musste handeln – erst würde sie einen Blick ins Gästezimmer werfen und dann... dann würde sie schon wissen, was zu tun war.

Langsam und behutsam setzte sie einen Fuß vor den anderen. Ihr war bewusst, dass sie in diesem alten Haus auf dem alten Dielenboden jederzeit auf eine Stelle treten konnte, die unüberhörbar knarren und ihre Anwesenheit verraten würde. Sie hatte Glück. Beinah geräuschlos schlich sie an der dunklen Türöffnung des Schlafzimmers vorbei auf die danebenliegende Tür des Gästezimmers zu. Und traute sich plötzlich nicht mehr, sie aufzustoßen.

Reglos, aber mit rasendem Herzen, verharrte sie ein paar Sekunden vor der Tür. Etwa einen Meter weiter führte die Treppe nach unten. Irmgard versuchte, klar zu denken: Vielleicht sollte sie doch lieber nach unten laufen und Hilfe rufen. Sie wandte sich der Treppe zu, ging in ihren rosa Plüschpantoletten fast auf Zehenspitzen, und gerade, als sie die Treppe erreicht hatte, hörte sie hinter sich das Knarren einer Holzdiele.

Bevor sie sich umdrehen konnte, erhielt sie einen so kräftigen Stoß in den Rücken, dass sie nach vorn kippte. Und plötzlich waren keine beleuchteten Gästezimmer oder unbekannten Eindringlinge mehr in ihrem Kopf, sondern nur noch ein Gedanke: Festhalten! Du musst dich festhalten!

Sie streckte die Arme aus, fiel zur Seite und prallte mit der Hüfte gegen die Wand. Schmerz explodierte in ihrem Körper. Ihre Füße traten ins Leere, ihre Hände fanden keinen Halt. Sie fiel seitwärts und krachte mit dem Schulterblatt auf eine Stufe. Noch mehr Schmerz flammte auf. Irmgard schrie. Jetzt polterte sie auf dem Rücken, Kopf voran, Stufe für Stufe abwärts, wobei ihre schmerzenden Körperteile immer wieder mit Ecken und Kanten zusammenstießen.

Irmgard versuchte, sich wieder auf die Seite zu drehen, dorthin, wo das Geländer war. Während sie sich abmühte, sah sie plötzlich die dünne, schwarz vermummte Gestalt oben an der Treppe stehen. Die jetzt langsam und vermutlich in bösester Absicht nach unten stieg.

Irmgard verdoppelte ihre Anstrengungen und fühlte sich wie ein Käfer, der auf dem Rücken liegt und darum kämpft, auf die Füße zu kommen. Auf halber Treppe wurde sie langsamer, aber ihr Kopf zeigte immer noch nach unten. Sie zog die Beine an, drehte sich unter Schmerzen mühsam und ächzend auf die Seite, die Hüfte tat weh, die Arme, mit denen sie sich aufzustützen versuchte, waren kraftlos, die Beine verhedderten sich im Bademantel, und dann bekam sie einen Tritt gegen den Oberschenkel, der sie regelrecht nach vorne fliegen ließ.

Wieder streckte sie die Arme aus, um sich abzufangen. Als ihre rechte Hand mit einer Stufe zusammenstieß, knackte es, und ein greller Schmerz schoss durch Irmgards Arm, vom Handgelenk bis in die Schulter. Sie schrie auf, schlug mit dem Kinn auf eine Stufe, rutschte noch einen halben Meter tiefer und blieb keuchend auf dem Bauch ausgestreckt liegen.

Alles tat ihr weh... und irgendwie lief ihr das Blut in den Kopf und machte sie benommen... sie musste aufstehen... unbedingt aufstehen... aber alles fühlte sich so bleischwer an... und plötzlich war da etwas Rundes, Hartes in ihrem Rücken... etwas wie ein Knie... und zwei behandschuhte Hände legten sich seitlich an ihren Kopf, packten kräftig zu und –

Oberdollendorf
20.27 Uhr

Sascha schloss die Tür zu seinem Appartement auf, knipste ein paar Lampen an und wusste ganz genau, warum er so lange im Büro geblieben war und nach Ludger Schneyders Saufkumpanen geforscht hatte: Er wollte die Entscheidung hinauszögern. Die Entscheidung, ob er Annika nun anrief oder nicht. Ob er nach dem fremden Mann fragen sollte oder nicht.

Andreas hatte gut reden. Wie kam überhaupt einer wie er, der vermutlich seit Jahren keine Frau in sein Schlafzimmer gelassen hatte, dazu, anderen diesbezüglich Ratschläge zu geben?! Das war kaum weniger absurd als die Tatsache, dass sich der Papst über die Ehe ausließ!

Sascha setzte sich auf einen Sessel, weil sein Bettsofa nicht zusammengeklappt war, und blätterte in seiner Fernsehzeitschrift.

Nein, er würde Annika nicht anrufen! Allein der Gedanke kam ihm saublöd vor! Er lief doch keiner Frau hinterher! Wenn sie ihn nicht wollte, sollte sie gehen! Und wenn sie ihn betrog, sollte sie erst recht gehen! Auch wenn sie nicht zusammenlebten, war es für ihn selbstverständlich, dass sie ihm treu war! Das war er ja auch!

Sascha warf die Zeitung auf's Bett und rieb sich mit beiden Händen durch sein Gesicht. Dieser verfluchte Beziehungskram! Was das an Zeit und Energie kostete! Diese –

Halt. Annika hatte ihn bisher nicht angerufen und sich in irgendeiner Art zu rechtfertigen versucht. Also war die ganze Sache möglicherweise doch völlig harmlos. Er würde sich furchtbar lächerlich machen, wenn er sie jetzt anrief und ausfragte!

Genug gegrübelt. Sascha stand auf und begann nach der Fernbedienung zu suchen. Er war am Donnerstag mit Annika verabredet, dann würde er schon herausfinden, was er wissen wollte. Schließlich war er bei der Polizei.

Die Fernbedienung lag auf dem Tisch unter einer DVD. Sascha schaltete den Fernseher ein. Er würde sich die neueste Folge von `Desperate Housewives´ ansehen, um Abgründe zu bestaunen, die im Großraum Bonn so noch nicht vorgekommen waren.

4

Bonn, Präsidium
Mittwoch, 22. November, 8.30 Uhr

Andreas gähnte. Er hatte schlecht geschlafen. Vor Schmerzen. Am Abend hatte er keine Tablette genommen, um auszuprobieren, ob es nicht auch ohne ginge. Anscheinend ging es nicht. Jetzt sah er sich Saschas Notizen durch, die dieser am Vorabend beim Telefonieren gesammelt hatte: Namen und Adressen von Ludger Schneyders Freunden aus den Hochhäusern in Sankt Augustin.

Sascha schrieb indessen eifrig etwas in seinen PC. Er trug ein schwarzes Hemd mit feinen weißen Streifen, was richtig gut aussah... und Andreas dachte tatsächlich darüber nach, ob ihm selbst so ein Hemd wohl auch stehen würde. Was war da los?! Hatte das etwas mit Frau Berger zu tun? Mit Frau Sabine Berger?

Er ertappte sich dabei, dass er vergnügt vor sich hin lächelte. Beim nächsten Zusammentreffen würde er sie nach ihrem Sternzeichen befragen. Er war sicher, dass sie zu den Frauen gehörte, die ohne albernes, kokettes Herumgeziere ihr genaues Geburtsdatum preisgaben. Manche Frauen legten ja, sobald ein Mann in der Nähe war, ein Getue an den Tag, das schon an Peinlichkeit grenzte. Obwohl natürlich auch Männer zu Verhaltensauffälligkeiten neigten, sobald eine attraktive Frau –

Die Tür ging auf und ein uniformierter Kollege verkündete, Matthias Schneyder werde soeben in den Vernehmungsraum gebracht. Kurz darauf trafen auch Sascha und Andreas dort ein. Schneyder wurden gerade die Handschellen abgenommen. Seine hellblauen Augen blickten leicht verärgert von Sascha zu Andreas und zurück und er legte sofort los, kaum dass sie im Raum waren.

„Wieso werde ich nicht freigelassen?! Mein Anwalt hat gesagt, mit meinem Alibi dürften Sie mich gar nicht hier festhalten!"

„Im Prinzip hat er Recht", antwortete Andreas. „Aber die Dinge haben sich geändert. Setzen Sie sich."

Als sie sich gegenübersaßen, begann Andreas ernst und ohne Schneyders Gesicht eine Sekunde aus den Augen zu lassen: „Tja, lieber Herr Schneyder, Ihre Bekannte, Frau Dietz, ist nicht bereit, Ihnen ein Alibi bis weit nach 24 Uhr zu geben." Schneyders Stirn runzelte sich. „Genauer gesagt hat sie uns erzählt, Sie hätten sie gegen halb zehn vor ihrem Haus abgesetzt, weil ihr nach zuviel Popcorngenuss übel war."

Schneyders Augen hatten sich ungläubig geweitet, sein Mund stand halb offen. Aber dann empörte er sich: „Was ist denn das für ein Unsinn! Sie hat überhaupt kein Popcorn gegessen! Und ich hab sie auch nicht so früh nach Hause gebracht! Das stimmt nicht! Die Frau lügt!"

Andreas war sich selten so sicher gewesen, dass die Entrüstung eines Menschen echt war. Aber warum hatte Irmgard Dietz gelogen?

„Herr Schneyder, Frau Dietz hat des Weiteren erklärt, Sie hätten sie am Sonntag überreden wollen, Ihnen ein falsches Alibi zu geben, weil Sie am Freitagabend bei einem Streit Ihren Bruder getötet hätten."

Schneyder guckte wie jemand, der ein Ufo auf der Wiese neben seinem Haus landen sieht. Auf seinen Wangen tauchten rote Flecken auf. Es verschlug ihm fast die Sprache. „Warum sagt sie so was?", krächzte er fassungslos und schaute zu Sascha hinüber, der mit verschränkten Armen am Fenster stand und einen angedeuteten Zug von Spott um die Mundwinkel spielen ließ.

Anscheinend fühlte sich Sascha angesprochen, als Schneyder ihn ansah, denn er ergriff das Wort. „Sie sind wirklich brillant. Aber nicht nur, dass Sie kein Alibi mehr haben, Herr Schneyder – auf dem Stiel der Axt, an der das Blut Ihres Bruders klebt, gibt es keine Fingerabdrücke außer Ihren. Haben Sie für diesen Umstand irgend so was wie eine logische Erklärung, die Sie entlasten könnte?"

„Nein, natürlich nicht!", rief Schneyder aus. „Ich weiß, wie verdächtig das alles aussieht! Mein Verhalten, als Sie bei mir waren, und dass die Axt bei mir gefunden wurde, und das mit den Fingerabdrücken auch! Und ich verstehe nicht, warum diese Frau lügt! Ich kannte sie ja kaum drei Wochen! Ich habe langsam den Verdacht, da will mir jemand was in die Schuhe schieben!" Seine in kaum vorstellbarem Winkel abstehenden Ohren waren jetzt so rot wie die Flecken in seinem Gesicht. Sein Blick war verzweifelt, seine Unterlippe zitterte.

„Wissen Sie was?", ließ Andreas plötzlich verlauten. „Ich glaube das eigentlich auch. Das Problem ist, wir können es nicht beweisen. Noch nicht. Aber mein Kollege und ich werden uns sofort daran machen, die Sache aufzuklären. Aber Sie müssen uns helfen. Bitte erzählen Sie uns alles, was Sie über Ihren Bruder, Ihre verstorbene Schwägerin, die drei

Kinder, über Irmgard Dietz und Dr. Hansen-Hardt wissen. Erzählen Sie uns alles, was Ihnen zu diesen Menschen einfällt."

Andreas ließ für alle Kaffee bringen, und Schneyder begann zu reden, nachdem das Aufnahmegerät eingeschaltet war. Vieles von dem, was er sagte, wusste Andreas schon, manches schien vorerst ohne Bedeutung, und über die Dietz und Hansen-Hardt konnte Schneyder so gut wie nichts berichten. Ihm fiel nur ein, dass Irmgard vor gut einer Woche erwähnt hatte, sie sei von Horst Adolf angerufen und zu irgendeiner Feier eingeladen worden. Natürlich habe ihn das wütend gemacht, und es sei ihm sehr wohl klar, dass ihn diese Aussage eher be- als entlaste.

An einigen Stellen hatte Andreas das deutliche Gefühl, dass Schneyder ihm etwas verschwieg. Er hakte nach. „Herr Schneyder, Sie sollten offen zu uns sein, sonst hat das hier alles keinen Sinn. Immer wenn ich auf die Kindheit der drei Geschwister zu sprechen komme, weichen Sie beredt aus. Also, ich frage Sie ganz konkret: Hat Ihr Bruder seine Kinder misshandelt? Ja oder nein?"

Schneyder senkte den Blick und schwieg einen Moment. Dann kam ein leises „Ja."

„Hat er auch seine Frau, die sich umgebracht hat, misshandelt?"

„Na ja... "

„Was heißt das?"

„Sie musste mit ansehen, was er mit den Kindern gemacht hat."

„Und sie hat sich keine Hilfe geholt?"

„Das hat er ihr verboten."

„Mein Gott, wie kann sich eine Frau so was verbieten lassen!", warf Sascha vom Fenster her ein.

„Sie kannten meinen Bruder nicht", murmelte Schneyder.

„Na, da haben wir ja großes Glück gehabt!", Sascha klang ungehalten. „Und Sie haben selbstverständlich auch nichts unternommen!"

Schneyder sah auf den Tisch. „Ich hab ja nie was mitbekommen. Nicht direkt jedenfalls. Wie hätte ich denn was beweisen sollen?"

Andreas schaltete sich ein. „Sie wissen also nicht, was er den Kindern angetan hat?"

„Nein!" Schneyder schüttelte entschlossen den Kopf und Andreas war sicher, dass er log.

„Nun gut, darum geht es ja jetzt auch nicht. Natürlich können wir Sie zu diesem Zeitpunkt nicht entlassen, aber wir werden uns bemühen, die

Sache schnellstmöglich aufzuklären. Und wenn Ihnen noch was Wichtiges einfällt, das uns helfen könnte, melden Sie sich."

Nachdem Matthias Schneyder abgeführt worden war, fragte Sascha. „Was machen wir jetzt?"

„Wir essen jetzt was und fahren anschließend nach Augustin, zu Irmgard Dietz und zu Ludgers Saufkumpanen."

„Ganz hervorragende Vorgehensweise", knurrte Sascha. „Ich hoffe nur, ich muss nicht kotzen nach dem, was ich gerade gehört habe."

„Ach was. In deinem Horoskop steht nichts davon, dass du übermäßig sensibel bist", behauptete Andreas und nahm zwei der Kaffeebecher mit zurück ins Büro.

*

40 Minuten später fuhr Sascha in Ramersdorf auf die Autobahn. Wie immer kamen sie an der Kommende vorbei und wie immer ärgerte sich Sascha darüber, dass das imposante Gebäude von hässlichen Autobahnein- und ausfahrten umgeben war. Und zum 52sten Mal (war das nicht ein Anzeichen beginnenden Alzheimers?) erzählte Andreas, dass das ursprüngliche Gebäude im zwölften Jahrhundert als Niederlassung des Deutschen Ritterordens vom Grafen von Sayn errichtet worden sei, verschiedene Besitzer (Freifrauen und Freiherren sowie zwei Bankiers) gehabt habe und im neunzehnten Jahrhundert im Gründerzeitstil umgestaltet worden sei. Heutzutage beherberge es ein Hotel, ein Restaurant, ein Museum sowie ein Antiquitätengeschäft.

„Wenn du mir das noch mal erzählst, darf du mich zum Essen ins Kommende-Restaurant einladen, hast du verstanden?!"

Andreas lächelte gnädig und redete weiter. Die Autobahn habe in seiner Jugend gar nicht existiert, dort habe es nur Wald, Wald und nochmals Wald gegeben, und den Märchensee und die Dornhecke, einen See, der damals noch komplett im Wald gelegen hatte, und in dem angeblich immer wieder Menschen ertrunken und spurlos verschwunden seien.

Während Andreas in Erinnerungen vom Wald und von Spaziergängen über dem Steinbruch schwelgte, hing Sascha anderen Gedanken nach. Bis er plötzlich Andreas fragen hörte: „Und, hat sich der Fall Annika aufgeklärt?"

Sascha holte einmal tief Luft und sagte so natürlich und überzeugend wie möglich: „Ja, klar, alles in Ordnung." Er sah zur Seite, um Andreas' Reaktion zu überprüfen. Andreas grinste. Irgendwie unverschämt, und sagte: „Ich weiß nicht, ob du weißt, dass ich seit Jahren bei der Kriminalpolizei bin. Ich lasse mich doch nicht von dir belügen!"

„Gut, dann drücke ich es anders aus." Sascha dachte kurz über eine nicht zu harte Formulierung nach und erwiderte: „Ich brauche von einem Mann mit stark verblasster Erfahrung keine guten Ratschläge."

Es geschah, was Sascha erwartet hatte: Andreas stellte sein Grinsen ein und hielt während der nächsten Minuten den Mund. Als Sascha schließlich von der Autobahn abfuhr, hielt er es für angebracht, das Gespräch wieder in Gang zu bringen. „Das Finanzamt liegt doch gleich gegenüber der Kinderklinik, oder?"

„Richtig", bemerkte Andreas knapp und sachlich.

Sascha amüsierte sich. „Weißt du, Herr Schwarzenegger, ich komme mir vor wie in einem Filmdialog aus 'Terminator I'."

Das Finanzamt Sankt Augustin, ein mehrstöckiger, länglicher Betonkasten mit vielen Fenstern, lag gegenüber der Kinderklinik in der Hubert-Minz-Straße. Durch eine Drehtür betrat man einen mit Licht erfüllten, aber bescheidenen Vorraum, an dessen linker Seite es einen Infoschalter gab. Dort saß eine junge Frau, die durch schulterlanges, dreifarbiges Haar auffiel.

Andreas ging mit dezentem Lächeln und gezücktem Ausweis auf sie zu und fragte, ob man wohl mit Frau Irmgard Dietz sprechen könne. Nach einem Anruf in ihrem Büro bekam er zu hören, Frau Dietz sei vermutlich krank, da sie nicht zur Arbeit erschienen sei.

Als sie wieder im Auto saßen, fragte Sascha: „Suchen wir sie trotzdem heim?"

„Natürlich!"

Sascha ließ sich per Stadtplan zur Bahnstraße dirigieren, die im älteren Teil von Niederpleis gelegen war. Es handelte sich um eine Sackgasse mit kleinen, alten Häuschen, die der Straße einen sehr dörflichen Charakter verliehen. Im hinteren Teil gab es ein paar schmale, höhere, gut 100 Jahre alte Backsteinhäuser. In einem davon wohnte Irmgard Dietz.

Sascha und Andreas parkten gegenüber vom Haus, stiegen aus und suchten nach der Eingangstür, die anscheinend auf der Rückseite des Hauses lag. Sie marschierten durch eine Toreinfahrt, wo vor einer Garage der blaue Kleinwagen der Dietz abgestellt war. Rechts führten vier oder fünf Stufen hinauf zur überdachten Haustür, die in der oberen Hälfte lauter kleine Scheiben besaß.

Andreas war als erster vor der Tür und sah sich in dem mit immer noch blühenden Geranien geschmückten Hinterhof um, während Sascha auf die Klingel drückte und gleichzeitig durch die Scheiben in den Hausflur spähte. Plötzlich stutzte er, brachte das Gesicht näher an die Scheibe, legte auf beiden Seiten die Hände an die Schläfen, um das Licht abzublenden, und informierte Andreas: „Ich glaube nicht, dass Irmgard uns öffnen wird! Sieh dir das an, verdammte Scheiße noch mal!"

Man konnte deutlich erkennen, dass im Flur ein menschlicher Kopf mit braunen Haaren auf den cremeweißen Fliesen lag, der Rest des Körpers war von einem Treppengeländer verdeckt.

Sofort war Andreas' Gesicht neben seinem. „Vielleicht lebt sie noch! Wir müssen die Tür aufbrechen!"

Sascha handelte. Er probierte zuerst den Türknauf, aber der ließ sich nicht drehen. Er zog die Jeansjacke aus, wickelte sie um seinen Ellbogen und stieß ihn gegen eine der kleinen Scheiben über dem Schloss. Aber da hätte er sie genauso gut gegen die Wand stoßen können.

„Das muss Spezialglas sein!", stöhnte er und rieb seinen Ellenbogen.

„Probier's mal mit dem Schlüssel", ordnete Andreas an.

„Der ist im Wagen, ich hole ihn eben."

Die Einbruchsspezialisten hatten ihnen vor einiger Zeit einen Schlüssel überlassen, mit dem man angeblich jede Tür öffnen konnte. Man hatte ihnen den Gebrauch sogar eindrucksvoll demonstriert, aber jetzt, als Sascha mit dem Schlüssel im Schloss herumstocherte, tat sich gar nichts.

„Blödes Mistding! Wir haben jetzt weder die Zeit noch die Ruhe, uns stundenlang mit der Tür aufzuhalten! Wir müssen da rein! Ich versuch's mit meiner Lieblingsmethode." Sascha lief noch einmal zum Wagen und war keine dreißig Sekunden später mit einem Stemmeisen zurück. Er setzte es in Höhe des Schlosses an und drückte mit seinem ganzen Gewicht dagegen. Holz knackte hässlich, splitterte, und die Tür sprang auf. Sascha ließ Andreas den Vortritt und befühlte seinen schmerzenden Ellbogen. Hoffentlich war nichts gebrochen.

Andreas zog dünne Plastikhandschuhe über, von denen er immer ein paar mit sich trug, kniete neben dem reglosen Körper nieder und suchte nach Lebenszeichen. Die Frau lag im rosa Bademantel und mit arg verrenkten Gliedern auf dem unteren Teil der Treppe. Ihre langen, braunen Haare verdeckten das halbe Gesicht. Sascha ging um ihren Kopf herum, unter dem sich ein sehr bescheidenes, bereits eingetrocknetes Blutrinnsal gebildet hatte, und sah in ein halb offenes Auge, das mit leerem Blick in Richtung Küche starrte. Diese Frau lebte garantiert nicht mehr. Seit Stunden nicht.

„Sag Peer, er soll mit seiner Truppe hier antanzen, und sag auch den Kollegen aus Augustin und Siegburg Bescheid", verkündete Andreas, erhob sich, stemmte die Hände unter seine blaue Jacke auf die Hüften und sah sich die Situation im Ganzen an, während Sascha kurz telefonierte.

„Auf den ersten Blick spricht nichts dagegen, dass die Frau über ihren langen Bademantel gestolpert, die Treppe hinabgestürzt und mit dem Kopf auf den harten Fliesen aufgeschlagen ist", dachte er laut nach.

„Ja." Sascha steckte sein Handy ein. „Sieh dir mal die rosa Pantöffelchen an, damit kann man wunderbar fallen."

„Woher weißt du das? Hast du die auch zu Hause?"

„Ja klar, ich hab sie in hellblau."

„Ach so. Auf den zweiten Blick frage ich mich natürlich, warum Irmgard Dietz gerade jetzt, wo sie eine wichtige Zeugin in einem Mordfall ist, eine Treppe herunterfällt… Zufall oder kein Zufall? Hören wir mal, was Peer dazu sagt."

Als Sascha gerade registrierte, dass im ganzen Treppenhaus Licht brannte, stand plötzlich ein großer, vollbärtiger, älterer Mann mit Strickjacke in der Eingangstür.

„Was machen Sie da?", fragte der Mann in scharfem Ton.

Andreas holte seinen Dienstausweis hervor und ging auf ihn zu. „Wir sind von der Polizei und haben Frau Dietz eben so vorgefunden. Und wer sind Sie?"

„Ich bin Herr Pütz von nebenan." Er zeigte nach rechts zur Garageneinfahrt und verrenkte dann den Hals, um an Andreas vorbeizugucken. „Was ist denn passiert?"

Andreas trat nicht zur Seite. „Frau Dietz hatte vermutlich einen Unfall und ist die Treppe hinuntergestürzt."

„Um Himmelswillen! Ist sie etwa tot?!" Pütz versuchte, einen Blick auf seine gestürzte Nachbarin zu erhaschen.

„Ja. Sie können nichts mehr für sie tun. Aber unter Umständen für uns, Herr Pütz... denn möglicherweise war es doch kein Unfall, und Frau Dietz wurde die Treppe hinunter gestoßen."

„Was? Sie reden von Mord?!" Pütz' schokobraune Augen starrten Andreas zwei Sekunden lang erschrocken an, dann glitt ihr Blick hierhin und dorthin, als fürchte er, der Mörder sei noch am Tatort und könne hinter irgendeiner Tür hervorspringen.

„Ich sagte, möglicherweise. Und da hier überall Licht brannte, und Frau Dietz schon eine Weile tot ist, gehe ich davon aus, dass es vermutlich am Vorabend passiert ist. Und jetzt kommen Sie ins Spiel: Ist Ihnen gestern Abend irgendetwas aufgefallen?"

Der Mann strich mehrmals über den Bart unter seinem Kinn. „Was heißt aufgefallen... ich hab jemanden gesehen, ja. So um Viertel vor acht war ich auf dem Klo... äh... also auf der Toilette, oben bei uns im ersten Stock, und ich wollte schon runtergehen, da dachte ich mir, mach doch lieber mal das Fenster zum Lüften auf, das hab ich gemacht, aber ohne Licht einzuschalten, und da hab ich einen Mann aus der Einfahrt gehen sehen, groß, schlank, dunkel gekleidet, und ich meine, er hätte eine Wollmütze oder so was aufgehabt."

„Ist er in ein Auto eingestiegen?"

„Also das konnte ich von da oben nicht sehen!", stellte Pütz klar. „Er ging aus der Einfahrt nach links und war weg."

„Ist das hier nicht eine Sackgasse?"

„Ja, für Autos. Fußgänger können geradeaus durchgehen bis zur Heerstraße."

Sascha hatte auch eine Frage. „Frau Dietz war geschieden?"

„Ja, seit fünf oder sechs Jahren."

„Hat sie danach viele Männerbekanntschaften gehabt? Können Sie uns was darüber erzählen?"

„Nee, also wirklich nicht! Da müssen Sie meine Frau fragen!"

„Ist sie zu Hause?"

„Klar, sie hat Sie ja vorhin mit dem Brecheisen durch die Gegend rennen sehen und mir Bescheid gesagt."

Andreas griff wieder ein und lobte den Mann. „Ich finde es bemerkenswert, dass die Leute hier so gut aufeinander aufpassen. Aber jetzt informieren Sie erst mal Ihre Frau darüber, was hier passiert ist, und dass wir gleich rüberkommen, um ihr ein paar Fragen zu stellen."

Herr Pütz wollte schon gehen, doch er wandte sich noch einmal um.

„Ach übrigens, da fällt mir noch was ein: Nachdem der Mann weg war, hab ich mich gewundert, dass das Licht unten im Hof nicht angegangen ist. Ich dachte noch, Irmgard wird mich sicher in den nächsten Tagen fragen, ob ich ihr die Lampe reparieren kann."

„Sie hat draußen eine Lampe mit Bewegungsmelder?"

„Genau."

„Sehen wir uns die doch mal an."

Alle drei verließen das Haus und begutachteten die laternenförmige Lampe, die an der Hausecke angebracht war und zwar so, dass ein großer Mann mit der Hand eben noch heranreichte. So wie Andreas, der von Natur aus lang und dünn gewachsen war, oder Pütz, ebenfalls nicht gerade klein und ein bisschen stämmig. Sascha kam sich vor wie ein Zwerg. Er tat so, als ginge ihn die Lampe nichts an, und sah zu, wie Andreas den Bewegungsmelder unter der Lampe an der Seite vorsichtig betastete.

„Könnte sein, dass jemand die Sensoren abgeklebt hat... das werden unsere Leute mit Sicherheit feststellen. Und wenn sie Rückstände finden, ist klar, dass Irmgard Dietz' Sturz kein Unfall war. Herr Pütz, wir gucken uns jetzt im Haus um und kommen dann gleich zu Ihnen rüber."

„Ja, gut. Dann kann meine Frau noch schnell ein bisschen aufräumen."

Als er weg war, meinte Sascha kopfschüttelnd: „Die Leute immer mit ihrem Aufräumen! In was für einer Drecksbude wohnen die denn?! Wahrscheinlich liegt eine Zeitung auf dem Couchtisch, oder ein Sofakissen steht nicht im richtigen Winkel an der Rücklehne!"

„Ja und? Ordnung ist doch nichts Schlimmes - Ordnung halten spart Zeit, die man dann wiederum mit anderen Tätigkeiten füllen kann."

„Woher wusste ich bloß, dass so was von dir kommen würde!" Sascha umrundete die Leiche und betrat die kleine Küche.

„Dafür kann ich nichts", verteidigte sich Andreas. „Das ist mein Jungfrau-Aszendent. Was ist in der Tasche da auf dem Tisch?"

Nun streifte auch Sascha Handschuhe über und inspizierte die Tasche. Sie enthielt Sportkleidung und zwar kürzlich benutzte. Er machte sich Notizen: Zu der Tasche sollte man Frau Pütz befragen. Auf der Anrichte lagen eine Packung Brot und zwei Plastikdosen. In einer Käse, in der anderen Wurst, die gar nicht mehr gut roch.

Sie sahen sich gerade im Wohnzimmer um, als Peer und die Spurensicherung eintrafen. Andreas informierte die Leute über alles, was sie bereits herausgefunden hatten. Er hielt sich auffallend von Renate fern. Was lief da ab zwischen den beiden? Die Frau hatte in den letzten Monaten sicher 20 Kilo abgespeckt. Unglücklicherweise hatte das Auswirkungen auf die Faltenbildung in ihrem Gesicht gehabt: jetzt sah sie aus wie Vierzig. Aber vielleicht war sie Vierzig, Sascha hatte keine Ahnung.

Jedenfalls kniete sie auf der Treppe und fummelte mit einer Pinzette an einem von Irmgards rosa Pantöffelchen herum. Wirkte ihr Hintern im Vergleich zu vorher nicht geradezu zierlich? Und –

„He, Sascha, genug gestarrt! Ich hab Peer Bescheid gesagt, dass er nach Terminkalendern oder Briefen Ausschau halten soll, und dass wir jetzt nach nebenan gehen, um die Nachbarn zu befragen."

An der Haustür war Einbruchsexperte Wilfried damit beschäftigt, durch seine dicken Brillengläser von außen den Türknauf zu beäugen. Andreas wies ihn auf die Lampe und den Bewegungsmelder an der Hausecke hin, die auf Klebespuren und Fingerabdrücke untersucht werden mussten.

Bevor sie durch das Tor auf die Straße traten, wurde Sascha von seiner eigenen Neugier überrumpelt. Ohne lange zu überlegen, fragte er: „Warum willst du eigentlich nichts von Renate wissen? Sie ist intelligent, witzig, weiß, was es heißt, bei der Polizei zu sein, und sieht demnächst möglicherweise richtig gut aus."

Andreas blieb im Hof stehen, und Sascha war sicher, dass er eine gepfefferte Antwort zu hören bekam und dann wochenlang gar nichts mehr.

Aber Andreas wandte sich zu ihm um, musterte ihn lange mit diesen graublauen Augen, die so naturwissenschaftlich nüchtern gucken konnten, und eröffnete ihm: „Ich war tatsächlich eine zeitlang hin- und hergerissen, was Renate angeht. Ich finde sie durchaus attraktiv, und sie hat was, das ich unbedingt voraussetze: Interesse an mir und an meiner Arbeit. Doch ich habe schlechte Erfahrungen gemacht mit Beziehungen am Arbeitsplatz. Wenn es nicht funktioniert und man sich trennt, läuft man sich bei der Arbeit ja ständig über den Weg, und das tut weh. Dafür bin ich einfach zu empfindsam."

„Zu empfindsam?! Gute Ausrede! Aber das ist typisch für dich! Du hast noch nicht einmal eine Beziehung angefangen und machst dir schon Gedanken über ihr Ende! Du verzichtest also aus Vernunftgründen auf Renate?"

Jetzt grinste Andreas. „Natürlich. Aus welchen Gründen auch sonst."

„Was soll das heißen? Gibt es noch einen anderen Grund?"

Andreas sah weg und setzte sich wieder in Bewegung. „Vielleicht hab ich mich ja in eine andere Frau verguckt."

„Was?! Sag schon, wer ist sie, wie sieht sie aus, was macht sie und wo –"

„Ich werde den Teufel tun und dir irgendwas erzählen! Darf ich vielleicht erst mal mit ihr ausgehen?"

„Ihr seid also noch ganz am Anfang des Frühstadiums? Habt ihr wenigstens schon ein Wort miteinander gewechselt?"

„Mehrere. Und jetzt lassen wir das Thema mal ein paar Wochen ruhen, klar?!" Andreas trat auf die Straße und Sascha folgte ihm. Auf der Straße war einiges los: Polizeiwagen, Krankenwagen, neugierige Nachbarn und Passanten. Auch Herr Pütz stand mit seiner Gattin in der eigenen Toreinfahrt und schaute ernst, aber gefasst zu Andreas hin, der sie kurz darauf beide in den Hof hinein schob, auf die ebenfalls an der Rückseite des Hauses gelegene Eingangstür zu.

Im Wohnzimmer unterhielt sich Andreas mit Frau Pütz, einer gut genährten Person mit kurz geschnittenen, dunkelrot gefärbten Haaren, braungebranntem Gesicht, goldenen Ringen an den Ohren und - wahrscheinlich gerade erst - rosa bemalten Lippen.

Während Andreas und Sascha auf dem burgunderfarbenen Ledersofa Platz nehmen durften, berichtete Frau Pütz, dass Irmgard ein- bis zweimal im Jahr ihr Glück bei Männern versucht habe, nein, öfter nicht, sie sei eine seriöse Person gewesen, der letzte Mann, von dem sie wisse, habe Matthias Schneyder geheißen, aber nein, am Freitagabend habe sie leider nicht bemerkt, wann Irmgard nach Hause gekommen sei.

Irmgard habe regelmäßig Kurse im Sportpark `Am Kreuzeck´ besucht, erzählte Frau Pütz leutselig, wie sie selbst übrigens auch, aber andere Kurse. Dienstags von 18 bis 19 Uhr werde „Bauch, Beine, Po" angeboten, da werde Irmgard wohl am Vorabend gewesen sein. Dann ließ sie sich noch über Irmgards komische Frisur aus, über ihren komischen Ex-Mann und über ihre komischen Andeutungen, dass sie wohl bald das Geld hätte für das dringend benötigte, neue Dach. Genaueres wusste Frau Pütz aber nicht.

Zum Schluss bat Andreas darum, kurz aus dem Toilettenfenster im ersten Stock sehen zu dürfen. Die Sicht von dort oben auf die Straße war tatsächlich durch das nebenan liegende Haus und die hohe Mauer stark eingeschränkt.

Schließlich bedankte sich Andreas bei Familie Pütz und verordnete sich und Sascha einen Fußmarsch zum Sportpark, der nur fünf Minuten entfernt lag und aus einem gewaltigen, fensterlosen Würfel mit diversen Anbauten bestand. Der Eingangsbereich war düster und zudem mit dunklem Holz eingerichtet. War wohl mal schwer modern gewesen, vermutete Sascha.

Rechts ging es zur Badmintonhalle, links reihten sich Räume mit Glasfront aneinander, in denen Squash gespielt wurde. Am Tresen empfing sie eine ältere Frau vom Service und schickte sie freundlich und mit stark rheinischem Akzent nach oben in den Fitnessbereich.

Dort wuselte geschäftig eine sehr schlanke, sehr braungebrannte End-Zwanzigerin in sehr schicker Sportkleidung herum, die augenscheinlich von Kopf bis Fuß nur aus Muskeln und Sehnen zusammengesetzt war. Sie schaute im Computer nach, welche Kollegin den Dienstagskurs leitete. Die Kollegin war natürlich nicht anwesend. Also suchte die Braungebrannte nach den Namen der Kursteilnehmerinnen, was sie nah an den Rand der Überforderung zu bringen schien.

Währenddessen schaute sich Sascha im Trainingsraum nach attraktiven, jungen Frauen im hautengen Sportdress um, doch was er sah, waren überwiegend Fünfzig- bis Siebzigjährige, die sich auf den Fahrrädern abstrampelten, Laufbänder und Stepper abnutzten und Gewichte zogen und drückten. War heute Fitness-für-Senioren-Tag oder ging es hier immer so zu?

Diese Frage konnte Sascha der Braungebrannten nicht mehr stellen, denn Andreas nahm soeben eine Liste mit Namen und Telefonnummern der Kursteilnehmerinnen in Empfang, und schon machten sie sich auf den Rückweg zur Bahnstraße.

Dort packte Peer bereits seine Sachen zusammen. In dem tomatenroten Pullover, den er trug, wirkte er außerordentlich blass, und in Verbindung mit seinen extrem hellen Augen und seinen wulstigen, gut durchbluteten Lippen sah das ziemlich übel aus. Vermutlich hätte er in jeder Geisterbahn mit großem Erfolg Menschen erschrecken können. Besonders, wenn er auf die Art lächelte, wie er es jetzt tat.

„Nach den ersten Untersuchungen habe ich euch zwei Theorien anzubieten", verkündete er. „Übrigens ist die Frau nicht an ihren Kopfverletzungen gestorben, sondern an einem Genickbruch. Sie war definitiv schon tot, als ihr Schädel auf die Fliesen knallte: Das schließe ich aus dem wenigen Blut, das aus der Wunde trat. Erste Theorie: Sie hat sich in ihrem Bademantel verheddert, ist die Treppe hinuntergefallen, gegen die Wand dort geprallt, wobei ihr Genick brach, und dann noch ein Stück weitergerutscht, bis der Kopf auf die Fliesen schlug. Zweite Theorie: Ein Täter hat sie die Treppe hinunter gestoßen und ihr, als sie irgendwo liegen blieb, den tödlichen Genickbruch beigebracht und schließlich ihren Kopf auf die Fliesen fallen lassen. Oder gehämmert. Oder er hat sie erst umgebracht und dann die Treppe hinuntergeschubst. In Verbindung mit dem Mann, der gesehen wurde, und der nicht funktionierenden Außenlampe sowie der Tatsache, dass sie Zeugin in einem Mordfall war und anscheinend eine Falschaussage gemacht hat, ist die zweite Theorie wohl wahrscheinlicher. Und auch der Todeszeitpunkt passt in etwa zu dem Zeitpunkt, an dem der Mann sich hier herumtrieb."

„Sehr gut", fand Sascha. „Kannst du uns auch noch sagen, wie der Mann heißt?"

„Sicher. Aber das müsst ihr selbst rausfinden, ihr werdet schließlich dafür bezahlt." Jetzt grinste Peer. Es war grauenerregend. „In der Küche liegt was für euch", informierte er sie noch und verließ mit seinem Köfferchen das Haus.

Auf dem Küchentisch stand ein mit großblumigem Geschenkpapier beklebter Schuhkarton voller Briefe. Daneben lagen ein türkisblauer Ter minkalender und ein gleichfarbiges Tagebuch.

Sascha schlug sofort das Tagebuch auf. Der letzte Eintrag datierte vom 22. Mai 2001. Irmgard ließ sich darin über ihre Gefühle angesichts der Scheidung vom Vortag aus. Danach schien sie das Buch als Kummerkasten nicht mehr gebraucht zu haben. Schade, wäre doch nett gewesen, wenn dort gestanden hätte: im Oktober diesen Jahres beschlossen Herr XY und ich, Matthias Schneyder in die Pfanne zu hauen, und zwar aus dem Grund YZ. Dann machte ich einen Fehler, und Herr XY drohte mir an, mich umzubringen, was ich natürlich nicht ernst nahm. Denn ich –

„Hast du was gefunden?", fragte Andreas.

„Nein, leider hat unsere Irmgard schon vor Jahren mit dem Tagebuchschreiben aufgehört. Wir werden uns wohl ihre Briefe durchlesen müssen."

„Auch das noch", seufzte Andreas. „Aber jetzt fahren wir erst mal zu Ludgers Freunden."

Während die Spurensicherer das Haus weiter unter die Lupe nahmen, machten sich Andreas und Sascha auf den Weg ins andere Niederpleis, in das mit den labyrinthartigen Neubaugebieten und den anheimelnden Hochhäusern.

Sie trafen tatsächlich alle drei Kumpel, die Ludger Schneyder ein Alibi geben sollten, zu Hause an. Alle drei waren arbeitslos, zwei über fünfzig, zwei alleinstehend, zwei saßen (um fünf Uhr nachmittags!) mit einem Bierchen vor dem Fernseher und sahen sich Gerichtsshows oder Automagazine an. Alle waren sich einig, dass Ludger am Freitagabend mit ihnen im Imbiss gesessen hatte, aber von wann bis wann, darüber gingen die Angaben dann plötzlich weit auseinander.

Eine gute halbe Stunde später stiegen Andreas und Sascha ins Auto, und Andreas bat ihn, über die Nordbrücke in die Innenstadt zu fahren, weil er dort um 18.30 Uhr einen Termin beim Optiker hatte.

„Du willst dir also jetzt wirklich eine neue Brille anschaffen?", wunderte sich Sascha.

„Nein! Hörst du nicht zu?! Ich will sie mir richten lassen, und vielleicht brauche ich stärkere Gläser!" Andreas klang einigermaßen ungehalten.

Was für ein sturer Hund! Sascha fuhr kurz vor der Brücke nach Siegburg auf die Autobahn. „Du bist nicht zufällig mit Woody Allan verwandt, der die Leute auch seit Jahrzehnten mit der gleichen klobigen Brille erschreckt?"

„Für mich ist es ein Zeichen von Charakterstärke, wenn man nicht jede Mode mitmacht!" erwiderte Andreas nachdrücklich. „Außerdem würde man Woody Allan mit anderer Brille gar nicht erkennen! So, und jetzt reden wir über den Mordfall Dietz! Was denkst du, warum ermordet jemand eine Frau wie Irmgard Dietz?"

„Ich biete dir drei Möglichkeiten an. Erstens: Raubmord. Sie besaß eine unfassbar wertvolle Teekanne oder ein ebenso wertvolles Sofakissen, das jemand unbedingt haben wollte. Oder vielleicht hatte sie eine Menge Bargeld unter der Matratze gehortet. Zweitens: Sexualmord. Sie hatte Herrenbesuch, wofür die nette Unterwäsche unter dem Bademantel spricht, und der Herr und die Dame fanden nicht so zueinander, wie der Herr sich das vorstellte, und so wurde er aus Enttäuschung ein wenig grob zu der Dame." Sascha warf einen kurzen Blick nach rechts und beschwerte sich: „Nun guck mich nicht an, als hätte ich vergammeltes Fleisch gegessen! Ich komme ja schon zur dritten Möglichkeit: Bei diesem Mord geht es um das Alibi von Matthias Schneyder!"

„Das erscheint mir doch auch am wahrscheinlichsten. Wenn Schneyder die Wahrheit sagt, war Irmgard bis weit nach Mitternacht mit ihm zusammen. Wenn ihm nun jemand den Mord an seinem Bruder in die Schuhe schieben will, muss dieser jemand dafür sorgen, dass die Dietz eine Falschaussage macht. Wie sorgt man dafür?"

Sascha kam sich vor wie in der Zwischenprüfung. „Durch Erpressung oder Bestechung?"

„Richtig. Die Frau wirkte aber nicht, als werde sie erpresst. Hat nicht die Nachbarin etwas von einem neuen Dach erzählt, das die Dietz sich demnächst würde leisten können? Also hat sie Geld dafür bekommen, dass sie Schneyder belastet."

„Und ermordet wurde sie, weil sie den wahren Täter kannte", spekulierte Sascha. „Er räumte sie aus dem Weg, sobald sie ihre Aufgabe erledigt hatte."

„Möglich. Entweder das, oder sie hat versucht, noch mehr Geld aus ihm herauszuholen", fügte Andreas hinzu. „Aber eins ist auch klar: Er hat einen Fehler gemacht – er wollte uns diesen Mord als Unfall verkaufen, rechnete aber nicht damit, dass er gesehen wurde. Das sollten wir ausnutzen und gegenüber der Öffentlichkeit und unseren Verdächtigen so tun, als glaubten wir an den Unfall. Wir könnten –" Andreas' Handy klingelte.

Andreas hielt sich den Apparat ans linke Ohr, lauschte, sagte einmal „Interessant" und einmal „Ok, bis morgen" und beendete das Gespräch. „Das war Peer. Er hat sich Irmgards Kopf genauer angesehen und fand, dass sie für ihr Alter eine sehr faltenfreie Stirn habe. Könnte Botox sein, meinte er."

„Nun sieh mal einer an, unser Dr. Stottlemeyer! Der Arzt mit der Axt. Hätte ich dem gar nicht zugetraut, so harmlos und vernünftig, wie der aussieht."

Sie fuhren jetzt über die Nordbrücke. Auf der anderen Rheinseite funkelte im Dunkeln die Bonner Skyline. Auf der Gegenfahrbahn staute sich der Feierabendverkehr. Und Andreas hatte Bedenken: „Wir sollten nicht zu voreilig sein. In meinen Augen ist die Verbindung zwischen Irmgard Dietz und Dietmar Schneyder viel verdächtiger."

„Sunnyboy Dietmar? Wieso das?"

„Er hat Irmgard mit Matthias Schneyder zusammengebracht. Und er hat seinen Vater auf's Innigste gehasst. Ich schlage vor, wir besuchen ihn morgen früh im Finanzamt und hören uns auch unter seinen Kollegen um."

„Ja, machen wir das." Sascha fuhr hinter der Brücke von der Autobahn ab und nahm Kurs auf die Innenstadt. „Übrigens, wenn wir davon ausgehen, dass der Mörder von Horst Adolf und von Irmgard der gleiche ist, dann sind Matthias und Ludger wohl ziemlich aus dem `Schneider´."

„Ja, ja, nettes Wortspiel. Aber du hast Recht, trotz aller Spuren, die gegen sie sprechen. Ganz schön raffiniert aufgezogen. Wem traust du das eher zu – dem Doktor oder Dietmar?"

Darüber dachte Sascha nicht lange nach. „Aus meiner gesamten Filmerfahrung heraus würde ich sofort behaupten, dass Chirurgen von Natur aus mehr kriminelle Energie haben als Finanzbeamte. Und vielleicht guckst du dir mal die Planetenkonstellationen der beiden an."

„Mach dich ruhig lustig, aber genau das werde ich tun!"

Sascha bog in die Kölnstraße ein. „Wir sollten Marquardt nicht vergessen, den verzweifelten Vater und Mathelehrer, der womöglich mit scharfem Verstand all diese auffälligen Spuren gelegt hat und völlig unverdächtig im Hintergrund bleibt."

„Nein, den vergesse ich schon nicht. Lass mich doch bitte da vorne an der Ecke raus. Mach's gut, bis morgen."

*

Als Andreas den Suttnerplatz überquerte, wurde ihm bewusst, wie lange er schon nicht mehr hier gewesen war: Die modernisierte, höher gelegte Straßenbahnhaltestelle kannte er noch gar nicht.

Durch die Wenzelgasse schoben sich wie immer Menschenmengen in zwei Richtungen. Andreas nahm die Hände aus den Jackentaschen, weil ihm zu warm war. Der Markplatz war ebenfalls noch ordentlich bevölkert, auch wenn einige der Händler schon anfingen, Obst, Gemüse, Eier, Fisch, und was sie sonst noch anboten, einzupacken.

Während sich Andreas mitten durch die Menge kämpfte, brüllte ihm jemand mit dieser gutturalen Marktschreierstimme von der Seite ins Ohr: „Spanische Clementinen hier! Saftig und kernlos! Ein Euro pro Kilo! Spanische Clementinen!"

Aber Andreas mochte keine Clementinen. Er ging weiter bis zum Münsterplatz, wo sich die Menge ein wenig verlief. Die gedrungene Münsterbasilika mit den drei großen Türmen und dem wunderschönen Kreuzgang im Innern wurde an mehreren Stellen eingerüstet, gerade rechtzeitig zum bald beginnenden Weihnachtsmarkt. Tauben stolzierten gurrend über das Pflaster auf der Suche nach Brotresten, es roch, je nachdem wo man gerade war, nach Crêpes mit Zimt, nach frisch gebackenen Brötchen, nach Bratwurst.

Andreas eilte nach rechts am Kaufhof vorbei und dann wieder rechts in eine schmale Seitenstraße hinein, die von alten Häuschen gesäumt wurde. Und da sah er sie vor einem Möbelgeschäft stehen: Frau Berger, Frau Sabine Berger, die sich im Schaufenster die Lampen anguckte. Sofort fing Andreas noch mehr an zu schwitzen. Sollte er sie auf sich aufmerksam machen oder nicht?

Er warf einen Blick auf seine Uhr, noch zehn Minuten Zeit bis zum Termin. Natürlich konnte er so tun, als hätte er sie nicht bemerkt. Aber eigentlich würde er gern ein paar Worte mit ihr wechseln und ihr dabei in die faszinierend blaugrünen, ernsten Augen schauen.

Ihre hellblonde Dauerwellfrisur erinnerte ihn wieder einmal an die von Marilyn Monroe, genau wie ihre stets sehr weibliche Aufmachung. Er hatte sie noch nie in einer Hose gesehen, sie trug nur Röcke oder Kleider und im Altenheim dazu weiße, fußfreundliche Schuhe. Jetzt stand sie da in bis zu den Knien reichenden, schwarzen Stiefeln mit mittlerem Absatz, und auf einmal drehte sie sich um – und erkannte ihn. Ein erfreutes Lächeln leuchtete in ihrem Gesicht auf.

„Herr Kommissar! Was machen Sie denn hier?" Sie kam auf ihn zu und streckte die Hand aus.

„Ach, ich habe einen Termin", meinte er vage und gab ihr die Hand, die sie kräftig drückte. „Und Sie machen einen Einkaufsbummel? Oder wohnen Sie hier in der Nähe?"

„Aber nein, ich wohne doch in Königswinter! Meine Schwester wohnt hier, ich besuche sie einmal in der Woche und sehe mich vorher ein bisschen in der Stadt um." Ihre blaugrünen Augen guckten bei weitem nicht so ernst wie sonst. Sie strahlten. „Und Sie haben um diese Uhrzeit noch einen Arzttermin?“

„Nein, einen Termin bei dem Optiker da vorne.“ Andreas wies mit der Hand die Straße hinunter.

„Ach, das finde ich gut, dass Sie sich verändern wollen! Nehmen Sie doch mal eine etwas zierlichere Brille, ich glaube, so eine würde Ihnen gut stehen.“

In ihrem Blick kam geradezu Begeisterung auf, und Andreas wusste einen Moment lang nicht, ob er sich über so viel Engagement ärgern oder freuen sollte. Und schon rutschte ihm etwas heraus, für das er sich zehn Sekunden später in den Hintern hätte beißen können.

„Haben Sie Zeit, mich ein bisschen zu beraten? Für Kurzsichtige ist es außerordentlich schwierig, die richtige Brille zu finden.“ Gott, was war nur in ihn gefahren?! Frühlingsgefühle im Spätherbst?

Sabine sah ihn mit großen Augen an, fast so, als hätte er sie zu einer Weltreise eingeladen, und brach dann in ein so liebreizendes Lächeln aus, dass Andreas weggucken musste.

„Aber das mache ich doch gerne, Herr Kommissar! Lassen Sie uns gehen, wir werden schon was Schönes für Sie aussuchen!“

Zwei Minuten später hielt Andreas Sabine die Tür in den kleinen Laden auf und ließ sie vorangehen. Ein angenehm würziger Geruch nach Sandelholz streifte seine Nase. Im Laden, der bis in die letzte Ecke von Halogenlicht durchflutet war, hielten sich zwei weitere Kunden auf, die bereits bedient wurden. Aus irgendwelchen hinteren Räumlichkeiten stürzte plötzlich ein langer, schlanker Mann mit schwarzen Haaren und klobiger Nase auf Andreas zu und fragte nach seinen Wünschen.

„Ich heiße Montenar und habe einen Termin.“

„Ach ja, die Lesebrille!“, freute sich der Mann, der eine schwarze Hose, ein weißes Hemd mit hellblauer Krawatte und ein Namensschild am Hemd trug: Knollenkötter.

Der arme Mann. Wer wollte ihm verübeln, dass er angesichts dieses Namens sogar dem Suff verfallen war – denn Andreas roch, als er an ihm vorbei in einen kleinen Raum ging, eine Alkoholfahne, die sicher nicht auf ein bis zwei Schnapspralinen zurückzuführen war.

Sabine wartete draußen, während Andreas' Augen vermessen wurden. Die Werte hatten sich, wie kaum anders zu erwarten, nur geringfügig verändert, und so hätte Andreas ruhigen Gewissens mit seiner alten Brille und einer neuen Lesebrille aus dem Laden spazieren können. Als er aber wieder neben Sabine im Verkaufsraum stand, kam vom Optiker die Frage, vor der er sich gefürchtet hatte.

„Soll ich Ihnen die alte Brille nur richten oder möchten Sie vielleicht ein neues Gestell ausprobieren?"

„Zeigen Sie mal, was Sie so da haben", wich Andreas aus und wurde zusammen mit Sabine zu einem Tischchen mit drei Stühlen bugsiert, das an einer verspiegelten Wand stand. Die Lesebrille war schnell ausgesucht, während das Gestell seiner alten Brille plötzlich Gegenstand einer aufgeregten Diskussion zwischen Sabine und Knollenkötter wurde. Zu altmodisch, zu groß, falsche Farbe, falsche Form.

Andreas war beunruhigt. Vor allem von den Gestellen, die Knollenkötter nun anschleppte und die in Andreas' Augen für ihn schlichtweg untragbar waren. Glücklicherweise schlug sich Sabine wieder auf seine Seite und ermahnte den eifrigen Optiker in strengem Ton (wie eine Lehrerin den albernen Schüler), er möge doch bitte mal was vorbeibringen, was zum seriösen und doch eigenwilligen Typ des Kommissars passe: Ein filigranes Metallgestell in Dunkelblau zum Beispiel.

Knollenkötter schaffte es herbei, Andreas setzte es auf, und Sabine geriet fast in Verzückung: „Das steht Ihnen ja so was von hervorragend, Herr Kommissar!"

„Das ist wie für Sie gemacht!", fiel Knollenkötter ein.

„Sie sehen damit aus wie ein Professor!", befand Sabine.

„Und zehn Jahre jünger!", behauptete der Optiker.

Andreas betrachtete sich im Spiegel, so gut es eben ging... und das Wunder geschah: Er gefiel sich selbst mit der Brille! Er wandte sich an Sabine. „Die Brille steht mir wirklich? Seien Sie ehrlich, ich werde schließlich die nächsten dreißig Jahre damit herumlaufen."

Sie strahlte ihn an wie ein Teenager seinen Lieblingspopstar. „Ich hätte nicht gedacht, dass Sie so gut aussehen."

Andreas guckte noch einmal in den Spiegel und fragte sich, ob das gerade ein Kompliment gewesen war oder nicht. „Gut, Herr Knollenkötter. Machen Sie mir in das neue Gestell bitte auch neue Gläser. Extra brechender Kunststoff, extra kratzfest, entspiegelt, leicht getönt. Die Werte haben Sie ja. Wann sind die Brillen fertig?"

„In einer Woche etwa. Da haben Sie aber wirklich eine gute Wahl getroffen, Herr Montenar. Wie ich höre, sind Sie bei der Polizei, dann werden wir uns natürlich besonders viel Mühe geben... nicht, dass Sie uns verhaften, wenn Sie unzufrieden sind!" Knollenkötter lachte über seinen eigenen Witz, als sei er der beste seit Erfindung des Humors.

„Na, na, wir sind doch hier nicht in Nordkorea!", stellte Andreas klar und folgte dem Mann zur Verkaufstheke, wo er ihm seine Adresse und zwei Telefonnummern diktierte.

Ein paar Minuten später stand Andreas mit Sabine auf dem Münsterplatz unter dem Denkmal des grimmig guckenden Beethoven und wusste nicht, wie es nun weiterging. Denn etwas in ihm wollte nicht, dass dieses Zusammentreffen schon zu Ende war.

Plötzlich schaute Sabine auf ihre Armbanduhr und sagte geradezu forsch: „Ich hab noch eine Stunde Zeit, sollen wir nicht was trinken gehen?" Dann tauchte in ihrem Blick eine Spur Unsicherheit auf, als frage sie sich, ob sie ihn mit ihrer Forschheit verschreckt hatte.

Andreas schenkte ihr ein beruhigendes Lächeln. „Ja, gerne. Wir können auch was essen gehen."

„Heute leider nicht. Meine Schwester kocht gleich für uns, da kann ich mir nicht vorher den Bauch vollschlagen. Wo gehen wir denn hin?"

„Im Mauspfad war doch mal ein Weinlokal. Gibt's das noch?"

„Nein, da ist jetzt ein Irish Pub drin."

„Gott, war ich lange nicht mehr in der Gegend. Egal, trinken wir eben ein Bier."

„Gut. Gehen wir?"

Bald darauf saßen sie sich in dem rustikalen Lokal im gemütlich gedämpften Licht an einem Tischchen gegenüber und jeder bestellte ein Glas Bier. Es folgte die Small-Talk-Phase, in der sie sich ganz allgemein über das Wetter, die Politik und ihre jeweilige Arbeit austauschten. Dann stieß Sabine in persönlichere Regionen vor und befragte Andreas nach Eltern, Geschwistern, Kindern.

Da er nichts zu verbergen hatte, erzählte er ihr wahrheitsgemäß, dass er nie verheiratet gewesen war und seines Wissens nach auch keine Kinder gezeugt hatte.

„Oh je!", lachte sie. „Dann sind Sie einer von diesen schrulligen, alten Junggesellen, die womöglich noch bei der Mutter wohnen?!"

Andreas versuchte zu lächeln. „Natürlich, was dachten Sie denn? Ich könnte mich alleine versorgen? Ich sei pflegeleicht und charmant und könne gut mit Frauen und Kindern umgehen?"

Sabines Heiterkeit verflog jäh. Sah sie nicht aus, als hätte sie sich am liebsten unter dem Tisch verkrochen? „Ach, ich kann manchmal meinen dummen Mund nicht halten! Ich wollte sie nicht beleidigen!"

„Nein, nein, Sie haben ja nicht völlig unrecht... manchen Leuten komme ich sicher ganz schön schrullig vor. Aber `alt´ bin ich nun wirklich nicht." Andreas hatte auf einmal sehr gemischte Gefühle für die Frau, die ihm gegenüber saß.

Sabine hingegen begann, ausführlich über ihr Leben zu berichten, was vielleicht so eine Art Wiedergutmachung sein sollte. Sie erzählte, dass sie seit fünf Jahren geschieden war und zwei Söhne hatte, die in Köln wohnten und studierten. Sie verriet ihm sogar ihr Alter (44) und auf Nachfrage auch ihr Geburtsdatum (5. Mai) und den Geburtsort (Bonn).

Dadurch fühlte sich Andreas ermutigt, das Thema Ex-Mann anzuschneiden. „Wie kam es eigentlich dazu, dass Sie und Ihr Mann sich getrennt haben?"

Ihre Finger spielten mit dem Stiel des Weinglases. „Er hatte während unserer Ehe zwei Affären, die ich gerade so eben noch verkraftet habe. Aber als er die dritte anfing, war für mich Feierabend. Ich bin ja sehr belastbar, aber man sollte den Bogen nicht überspannen!"

Andreas nickte verständnisvoll und trank einen Schluck Bier. „Hat er Ihnen je erklärt, warum er Sie betrogen hat?"

„Was heißt erklärt? Er sagte, er sei da halt so reingerutscht."

„Sind nicht immer beide Seiten für das Gelingen einer Ehe verantwortlich?"

„Wie meinen Sie das?" Sabines Blick hätte nicht erstaunter sein können, hätte er kundgetan, neueste Forschungen hätten bewiesen, dass die Erde doch eine Scheibe ist. „Ich wüsste nicht, was ich falsch gemacht haben soll."

Das klang nicht sehr selbstkritisch, aber Andreas nickte noch einmal mitfühlend. Die Frau war Stier. Stiere waren stur. Es war sicher nur eine Frage der Zeit, bis er mit dieser Eigenschaft in Konflikt kam. Vermutlich hatte es gar keinen Sinn, sich auf die Frau einzulassen, weil er sich ständig über unbedachte Dinge, die sie tat oder sagte, ärgern würde. Er würde -

Verflixt noch mal, hatte er nichts Besseres zu tun, als das auf beiden Seiten aufkeimende Interesse kaputt zu argumentieren, statt ihm die Chance zu geben, sich zu mehr zu entwickeln?! Er musste darüber nachdenken.

Andreas schaute auf seine Uhr. „Ich fürchte, Sie müssen sich allmählich auf den Weg zu Ihrer Schwester machen." Als er das Bedauern in ihrem Blick sah, fügte er hinzu: „Haben Sie am Wochenende Zeit?"

„Freitag und Samstag habe ich leider Spätdienst, aber am Sonntag könnte ich."

„Prima. Machen wir doch am Nachmittag einen Spaziergang und nachher lade ich Sie zum Essen ein."

„Ich kenne in Dollendorf ein kleines Restaurant, in dem ich gerne mal wieder essen gehen würde."

„Dann machen wir es doch so."

Sie verabredeten Zeit und Treffpunkt und verabschiedeten sich mit Händeschütteln und Sabines Hand drückte so kräftig zu wie die eines Bauarbeiters.

Sie gingen in entgegengesetzten Richtungen auseinander und eine halbe Stunde später stieg Andreas am Hauptbahnhof in die Linie 66, die nach Königswinter fuhr. Während die Bahn die Südbrücke überquerte, ließ Andreas den Post-Tower nicht aus den Augen, der in der Dunkelheit aussah wie ein bizarres, großartig beleuchtetes Raumschiff aus fernen Galaxien, das gerade am schönen Rhein gelandet war.

Zu Hause in seiner Dachwohnung tigerte Andreas dann noch eine Weile von einem Zimmer ins andere. Seine Gedanken gaben keine Ruhe. War es richtig gewesen, sich mit Sabine zu verabreden? War es nicht ein Fehler gewesen, ein neues Brillengestell zu kaufen? Von wem war Irmgard Dietz ermordet worden? Passte die hellblonde Renate nicht doch besser zu ihm? Wie wäre es, wenn er die Finger ganz von Frauen lassen würde?

Kurz nach 21 Uhr setzte er sich endlich hin und rief Udo Philipp an, den er im Juni kennen gelernt hatte, als er an einem anderen Fall arbeitete. Udo, der Onkel der Tochter eines Mordopfers, war ein kleiner, kugelbäuchiger Kettenraucher mit stark gelichtetem Haar, der Zeitungsartikel und politische Bücher verfasste und sich als überaus interessanter Gesprächspartner entpuppt hatte.

Andreas hatte sich bereits zweimal privat mit ihm getroffen, um sich mit ihm auszutauschen, und vielleicht brachte ihn ein kurzes Telefonat mit dem Mann auf andere Gedanken. Er wählte seine Nummer.

„Udo Philipp“, keuchte Udo in den Apparat.

Das hörte sich nicht gut an. „Hier ist Kommissar Montenar. Was ist passiert? Haben Sie einen Asthma-Anfall? Soll ich den Notarzt rufen?“

„Nein, nein, alles ok“, behauptete Udo und zog noch ein paar Mal rasselnd Luft in seine verteerten Lungen. „Ich komme gerade von unten. Ich musste mir Zigaretten ziehen.“ Pause. „Aber jetzt geht's gleich wieder.“ Schnaufen. „Das freut mich aber, dass Sie anrufen.“

„Ja, ich hatte mal wieder Lust auf ein anregendes Gespräch. Haben Sie am Samstag Zeit? Falls Sie dann noch leben.“

Kurzes Schweigen. „Das war jetzt nicht fair! Sie leben auf ihre Art genauso gefährlich wie ich! Wer weiß, ob Sie am Samstag nicht längst Opfer eines schießwütigen Verbrechers geworden sind!“

„Dann bin ich wenigstens in Ausübung des Dienstes für das Wohl der Allgemeinheit gestorben!“

„Jetzt muss ich aber lachen! Wissen Sie, was mir die Finanzminister der letzten Jahre und damit auch die Allgemeinheit zu verdanken haben?! Ich habe den Staat durch die Tabaksteuer, die ich gezahlt habe, vor dem Bankrott bewahrt!“

Andreas gab sich für's erste geschlagen. „Schön, wenn Sie meinen. Wir haben trotzdem ein Problem: Wir haben uns die ersten beiden Male draußen an der frischen Luft getroffen, aber jetzt, wo es dafür zu kalt ist –“

„Herr Kommissar“, fiel ihm Udo ins Wort. „Halten Sie mich für unterbelichtet?! Ich habe mir schon eine Lösung überlegt: Sie kommen zu mir, und wenn ich eine Zigarette brauche, gehe ich damit auf den Balkon. Dann haben wir beide was davon, ich rauche weniger, und Sie werden nicht belästigt.“

„Und Sie meinen, das halten Sie durch?“

„Sie müssen mich eben mit der Drohung unterstützen, dass Sie sofort nach Hause fahren, wenn ich im Zimmer rauche.“

Andreas ließ sich darauf ein. „Gut, versuchen wir es. Ich bin am Samstag um 19 Uhr bei Ihnen.“

5

Bonn, Polizeipräsidium
Donnerstag, 23. November, 8.05 Uhr

Kurz nach acht betrat Andreas das Büro. Er sah nicht gut aus.

„Morgen Andreas. Schlecht geschlafen?"

„Morgen. Ich konnte nicht einschlafen."

„Vor Schmerzen?"

„Eher weniger. Mir ging so viel durch den Kopf."

„Die Brille oder deine neue Eroberung?"

„Ach was, hör auf damit!"

Den Mann sollte man vorläufig in Ruhe lassen. Sascha wandte sich der Liste mit Namen aus dem Fitness-Kurs zu und beschäftigte sich weiter damit, fehlende Angaben zu ergänzen. Er hatte nicht die Absicht, all die älteren Damen selbst zu befragen - er würde den auch nicht mehr ganz taufrischen Manfred damit beauftragen. Und er würde ein paar Stichpunkte notieren, damit Manfred die richtigen Fragen stellte.

Er war fast fertig, als er Andreas murmeln hörte: „Hat Peer sich schon gemeldet?"

„Nein. Das hätte ich dir wohl gesagt!"

„Lass uns zum Finanzamt fahren, ich mag jetzt nicht hier herumsitzen."

Sascha machte betont ruhig den Zettel fertig, brachte ihn persönlich bei Manfred vorbei, lud Andreas ins Auto und fuhr los.

Dieser gab geschlagene fünf Minuten keinen Ton von sich. Sascha musste eingreifen. „Ich bin gespannt, was die Arbeitskollegen über Dietmar Sonnenschein zu sagen haben. Ich hab mal einen Film gesehen – ich weiß nicht mehr, wie er hieß – da wurden verschiedene Leute zu einem bestimmten Menschen befragt, und jeder beschrieb die Seite an ihm, die er kannte, und zusammen ergab das ein sehr widersprüchliches Bild."

„Das kann ich mir vorstellen." Andreas klang jetzt etwas motivierter. „Seine Ehefrau wird ihn sicher vorwiegend positiv sehen, die Arbeitskollegen vielleicht überkritisch. Wir müssen dann die Mitte finden."

„Ja, die Wahrheit liegt immer in der Mitte. Oder so ähnlich. Was sagt denn sein Horoskop über ihn?"

Andreas lachte leise und es hörte sich an, als wüsste er genau, dass Sascha ihn friedlich zu stimmen versuchte. „Dietmar Schneyder ist Widder, genau wie du. Ein Mann der Tat also, der durchaus zur Aggressivität neigt, sein Mars im Skorpion könnte ihn zu einem rachsüchtigen, verschwiegenen Menschen machen, der nur Freund oder Feind kennt."

Sascha bog auf die B56 ab. Die Birken am Straßenrand trugen noch vereinzelte Blätter, die tiefstehende Sonne versteckte sich hinter den Häusern.

„Der Mann wirkt aber gar nicht aggressiv", widersprach Sascha. „Außerdem ist er gehbehindert."

„Na, das ist ja mal eine geniale Argumentation! Seit wann braucht man zwei gesunde Beine, um jemanden die Treppe hinunterzustoßen und ihm das Genick zu brechen?! Nein, ich halte Dietmars Fröhlichkeit für reine Fassade und wir müssen nachsehen, was sich dahinter verbirgt."

Sascha stellte den Wagen in der Hubert-Minz-Straße ab (die übrigens eine Sackgasse war), und betrat gemeinsam mit Andreas den Vorraum des Finanzamts mit dem Info-Schalter links, wo an diesem Morgen eine Mittdreißigerin mit blonder Löwenmähne Dienst tat.

Natürlich wusste sie, wie vermutlich das ganze Amt, über den `Unfall´ von Irmgard Dietz Bescheid und schickte Andreas und Sascha in den ersten Stock, wo sie in einem langen Flur landeten, von dem rechts und links eine Menge Türen abgingen. Manche waren geöffnet, andere geschlossen. Neben den Türen gab es Namensschilder an der Wand, so dass sie gleich informiert waren, dass sie jetzt rechts bei Frau Groß durch die offene Tür traten: Einer rundlichen Mittfünfzigerin im jeansblauen Rollkragenpullover, mit stoppelkurzen, rotgefärbten Haaren und einer schmalen, hypermodernen Brille mit weißem Gestell im Gesicht.

Andreas ließ sich von Frau Groß erzählen, was sie über Irmgard wusste, aber das war auch nicht viel mehr, als man schon von Nachbarin Pütz erfahren hatte. Und dann kam er zu dem, was ihn wirklich interessierte. „Arbeitet Dietmar Schneyder nicht auch hier in der Abteilung?", fragte er beinah beiläufig.

„Ja, wieso?"

„Hatten Sie den Eindruck, dass Herr Schneyder und Frau Dietz in letzter Zeit besonders viel miteinander zu tun hatten?"

„Da hab ich, ehrlich gesagt, nicht drauf geachtet."

„Wie ist denn Ihre Meinung über Herrn Schneyder?"

Frau Groß schilderte Dietmar Schneyder als meist gut gelaunten, freundlichen Kollegen, der gern mit den Damen flirtete, aber auch gern und viel arbeitete. Daraufhin ließ Andreas Frau Groß die Namen der Kollegen aufschreiben, mit denen Schneyder engeren Kontakt hatte: Frau Knipp, Zimmer 108, und Frau Waldheim, Zimmer 113.

„Waren Sie am Freitag mit zum Bowling?"

Frau Groß lachte. „Nein, um Himmelswillen, Bowling finde ich blöd! Ich habe auf meine beiden Enkel aufgepasst, weil meine Tochter mit ihrem neuen Freund ins Konzert wollte."

„Wissen Sie zufällig, wann Frau Dietz und Herr Schneyder am Dienstag das Haus verlassen haben?"

„Ich bin mir nicht sicher, da hören Sie besser bei Frau Knipp nach. Aber warum wollen Sie das alles wissen... ich dachte, Irmgard hatte einen Unfall?"

„Ja, davon gehen wir im Moment aus, aber es gibt immer die eine oder andere Ungereimtheit, die geklärt werden muss. Eine letzte Frage: Arbeitet Herrn Schneyders Frau auch hier in der Abteilung?"

„Nein, die sitzt ganz oben, in der Umsatzsteuervoranmeldungsstelle."

Sie bedankten und verabschiedeten sich und suchten Frau Knipp auf, eine nach herkömmlichen Maßstäben sehr attraktive, gutgewachsene Blondine mit langen, glatten Haaren, nordisch-kühl, gekonnt geschminkt, in den Dreißigern, graue Hose, grauer Pullover. Sascha bevorzugte ja eher den üppigen, dunklen, sinnlichen Typ, den Typ Annika... verdammt noch mal, er musste sie am Abend anrufen!

Frau Knipp versuchte den Eindruck zu erwecken, der Tod von Kollegin Dietz sei ihr nicht gleichgültig. Ihre Augen wurden sogar ein wenig feucht, als sie berichtete, was Irmgard doch für eine liebenswürdige Person gewesen war, wenn auch nicht uneitel und ein kleines bisschen geldgierig.

Als aber Andreas nach dem Verhältnis zwischen Irmgard und Dietmar fragte, bekam ihre Stimme einen spitzen Unterton. Die beiden seien sehr freundschaftlich miteinander umgegangen in letzter Zeit, so freundschaftlich, dass Frau Knipp schon gedacht hatte, die beiden hätten was miteinander, bis sie erfuhr, dass Dietmar Irmgard mit seinem Onkel verkuppelt habe.

Bei diesen Worten entspannten sich ihre Gesichtszüge, und als Andreas sie um ein paar Worte zu Dietmar Schneyder bat, begann sie gar irgendwie sehnsüchtig zu lächeln., Sie beschrieb ihn als charmanten, witzigen, aber dennoch korrekten Mann, dem sie anscheinend (vermutete Sascha) sofort willenlos vor die Füße gesunken wäre, hätte er es verlangt.

„Waren Sie letzten Freitag mit zum Bowling, Frau Knipp?“, fragte Andreas.

„Ja, sicher. Es war ein sehr netter Abend, wir waren diesmal über 25 Leute, weil doch Heike ihren fünfzigsten Geburtstag gefeiert hat. Dietmar ging es allerdings nicht gut; er sagte, er hätte den ganzen Tag über schon so komische Magenschmerzen und ein Rumpeln im Darm, und am Nachmittag hätte er bereits eine halbe Stunde auf der Toilette verbracht.“

„So was erzählt er Ihnen?“, wunderte sich Sascha.

„Warum nicht, wir kennen uns seit über 15 Jahren, und wir können über alles miteinander reden.“

Sascha hatte eine Idee. „Auch über die Familie, aus der er stammt?“

Die blonde Frau Knipp, die ihnen auf der anderen Seite des Schreibtischs gegenübersaß, starrte auf den türkisfarbenen Locher, der neben einem Stapel mit ausgefüllten Formularen stand. „Nein, kaum, da spürte man immer eine gewaltige Wut, die im Laufe der Jahre komischerweise nie abgenommen hat.“

Andreas übernahm das Gespräch wieder. „Sie erzählten gerade von Freitagabend und Herrn Schneyders Darmproblemen. Ist er früher nach Hause gegangen?“

„Nein, er war nur plötzlich so blass und flüsterte mir ins Ohr, er müsse jetzt dringend auf Toilette, und wir sollten die nächste Runde, falls er noch nicht zurück sei, ruhig ohne ihn spielen, er werde sie dann nachholen.“

Alle Müdigkeit und schlechte Laune schienen mit einem Mal von Andreas abzufallen, und auch Sascha hatte begriffen, dass Schneyders Alibi möglicherweise im Begriff war, einen Riss zu bekommen!

Andreas hakte nach. „Frau Knipp, können Sie sich daran erinnern, von wann bis wann ungefähr sich Herr Schneyder auf der Toilette aufgehalten hat?“

Frau Knipps Blick sprang wie suchend durch das Büro. Sie musste von dem Mord an Dietmars Vater gehört haben, und vermutlich war soeben der Groschen gefallen, dass es um ein Alibi für ihren umschwärmten Lieblingskollegen ging. Kämpfte sie mit sich, ob sie für ihn lügen sollte oder nicht?

Dann fiel ihr wohl ein, dass es unter den 25 übrigen Zeugen vielleicht den einen oder anderen gab, der zufällig auf die Uhr gesehen hatte, als Schneyder verschwand, oder als er wieder auftauchte. Und so sagte sie einigermaßen glaubwürdig: „Es wird so gegen halb neun gewesen sein, als er mit mir gesprochen hat... und ich meine, dass ich ihn kurz nach neun kreidebleich zurück auf die Bahn kommen sah, jedenfalls waren die über 25 Leute noch nicht durch mit ihrem Spiel. Anschließend ging es ihm wohl besser, denn er blieb bis zum Schluss."

„Wo spielen Sie noch mal?"

„Im Bonn-Center."

„Mensch, das ist ja praktisch um die Ecke!", entfuhr es Sascha.

„Ich weiß." Andreas lächelte undurchsichtig. „Frau Knipp, ab wann ist Herr Schneyder morgens im Büro?"

„So wie ich, ab halb sieben. Wir sind Frühaufsteher."

„Dann geht er gewöhnlich also um drei Uhr nachmittags nach Hause. Ist er am Dienstag auch um drei gegangen?"

„Ich denke schon, aber ich habe ihn nicht weggehen sehen."

Andreas bedankte sich und sie verließen das Zimmer. Im Flur blieb Sascha stehen und flüsterte: „Meinst du, es ist möglich, in einer guten halben Stunde vom Bonn-Center in die Hausdorffstraße zu kommen, einen etwas zeitaufwändigen Mord zu begehen und wieder zurückzufahren?"

„Werden wir ausprobieren. Aber jetzt fragen wir mal Frau Waldheim nach ihren Erinnerungen an den Abend."

Frau Waldheim, 50, residierte in Zimmer 113 und war eine schlanke Frau mit kinnlangen, dunklen Haaren. Unübersehbare Falten gruben sich von ihrer Nase zu den Mundwinkeln, und der Stirn hätte ein Besuch bei Dr. Hansen-Hardt gut getan.

Andreas ließ sich von ihr zunächst ein Bild der verstorbenen Irmgard Dietz geben, und es unterschied sich kaum von dem Bild, das schon Frau Knipp in so pastelligen Farben gemalt hatte: Eine patente, kluge Frau, die sehr auf ihr Äußeres achtete und keine erkennbare Abneigung gegen Geld hatte.

Dann fragte Andreas nach ihrer Meinung über Dietmar Schneyder, und sie überlegte nicht lange: Dietmar sei ein Frauentyp, obwohl er weiß Gott nicht danach aussehe, aber es sei eben nicht das Aussehen wichtig - wie beispielsweise Irmgard irrtümlich immer angenommen hatte – sondern die Ausstrahlung, die Art, wie man mit Menschen umgehe.

„Auch wir sind geradezu begeistert von Dietmar Schneyder", konnte sich Sascha nicht verkneifen, in die Runde zu werfen. „Gibt es in dieser Abteilung vielleicht irgendjemanden, der ihn nicht leiden kann?"

Frau Waldheim sah ihn über ihre höchstens ein Zentimeter breite Lesebrille hinweg an, und in ihrem Blick funkelte unterschwellige Aggressivität auf. „Ja, hier schräg gegenüber sitzt Kurt Gebhardt, der macht sich gerne über Dietmar lustig, vor allem über seine Angewohnheit, immer und überall im Anzug aufzutauchen. Bevor Dietmar zu unserer Bowling-Gruppe dazukam, schloss Kurt mit diversen Leuten Wetten ab, dass Dietmar im Anzug bowlen würde. Aber natürlich kam er in Sportkleidung."

Andreas machte plötzlich sein Moment-ma,-wie-war-das?-Gesicht. „Wann etwa kam denn Herr Schneyder zu Ihrer Gruppe?"

„Ach, das ist noch nicht so lange her... vor vier, fünf Wochen vielleicht."

Na, das war ja interessant! Sascha machte sich eifrig Notizen.

Andreas war schon bei der nächsten Frage. „Kommen wir doch noch mal zu Ihrer Geburtstagsfeier zurück, Frau Waldheim. Nach Angaben von Frau Knipp war Herr Schneyder wegen schwerer Magendarmverstimmung längere Zeit auf der Toilette. Können Sie sich erinnern, von wann bis wann Sie ihn nicht gesehen haben?"

„Sie sind vielleicht gut! Glauben Sie, ich hatte an dem Abend nichts anderes zu tun, als zu beobachten, wann Dietmar aufs Klo geht?!", ereiferte sie sich. „Nein, da kann ich Ihnen nicht helfen! Was wollen Sie dem armen Mann überhaupt anhängen?! Sie glauben doch nicht ernsthaft, dass er seinen eigenen Vater umgebracht hat?!"

„Nun, soweit wir wissen, verstand er sich nicht besonders gut mit ihm. Hat er Ihnen mal was darüber erzählt?"

„Sie glauben das wirklich, nicht wahr?" Frau Waldheims Gesicht hatte sich in den letzten Sekunden irgendwie noch mehr zu ihren Ungunsten verändert. Ihr Mund stand halb offen, als begreife sie nur langsam die ganze Tragweite dessen, was Andreas angedeutet hatte. Sascha konnte sich kaum beherrschen, nicht zu grinsen, stellte er sich doch gerade bildhaft vor, wie sich der ungeheuerliche Verdacht schnell wie ein Wirbelsturm in den Büros verbreiten und das Haus in zwei Lager spalten würde. Der arme Dietmar.

„Nein, er redet nicht über seine Familie", sagte Frau Waldheim und schloss den Mund wieder.

„Nun, es gibt bisher auch keinerlei Anhaltspunkte, dass er etwas mit der Tat zu tun hat. Wir müssen aber trotzdem jedes Alibi, das man uns angibt, gründlich überprüfen."

Andreas bedankte sich bei der Frau, die mit ihren Gedanken schon ganz woanders zu sein schien, und machte sich mit Sascha auf den Weg zu Kurt Gebhardt auf der anderen Flurseite. Dieser schien gerade zu frühstücken, denn er kaute auf etwas herum, als sie sein Büro betraten. Er trug eine dicke, kreisrunde Brille und sein weißes Haar auf einer Seite gescheitelt.

Mit mürrischer Miene legte er sein Käsebrot in eine Plastikdose zurück und beantwortete ein paar Fragen zu Irmgard Dietz, was keine neuen Erkenntnisse brachte, aber seine Miene hellte sich auf, als Andreas auf Dietmar Schneyder zu sprechen kam. Sogar seine Mundwinkel schienen sich kurzfristig zu heben. Und was er ihnen über Schneyder erzählte, hatten sie so noch nicht gehört.

„Er hat was von einem Wolf, der Kreide frisst, um alle zu täuschen", charakterisierte Gebhardt ihn und sein Blick bekam etwas Besorgtes. „Er tut immer so freundlich, aber wenn Sie ihn mal richtig provozieren, dann zeigt er sein wahres Gesicht."

„Wie meinen Sie das?", fragte Andreas.

„Ach, der hält sich ja für so superschlau!" Gebhardt machte eine wegwerfende Handbewegung. „Vor ein paar Monaten wurde hier ein neues Computerprogramm für bestimmte Berechnungen eingeführt. Kurz darauf prahlte Dietmar sogar vor dem Chef damit herum, dass er als erster mit dem Programm zurecht gekommen sei. Also habe ich mir seine ersten Berechnungen mal angesehen und zwei dicke Fehler entdeckt. Als ich sie ihm zeigen wollte, riss er mir die Papiere aus der Hand und zwar mit einer Wut im Gesicht, dass ich dachte, der zieht jetzt irgendwo eine Pistole raus und knallt mich über den Haufen!"

Die Erinnerung an diese Szene schien ihn so mitzunehmen, dass er sich mehrmals nervös räusperte. „Aber statt herumzutoben und auszurasten, schob er seinen Krawattenknoten zurecht, strich zwei-, dreimal über die Krawatte, senkte den Blick und sagte mit leiser, eisiger Stimme: Das geht dich zwar nichts an, aber danke, dass du mich darauf aufmerksam gemacht hast. Das war derart unheimlich!“

Gebhardt hüstelte. „Wissen Sie, was mir da zum ersten Mal in den Sinn kam? Der läuft nicht zufällig immer mit Anzug und Krawatte durch die Gegend... der braucht das, das ist für den, was der Käfig für's Raubtier ist. Nimmt man den Käfig weg, ist das Raubtier nicht mehr zu kontrollieren... ja, irgendwie hält der sich selbst mit so formalen Sachen unter Kontrolle.“

„Ist ja interessant, diese Theorie“, befand Andreas. „Hatten Sie den Eindruck, dass Herr Schneyder in letzter Zeit noch aggressiver war als sonst?“

Gebhardt sah auf. „Nein, eher im Gegenteil, er wirkte irgendwie... wie soll ich sagen... gelöst.“

„Woran haben Sie das gemerkt?“

„Ich hab ihn kürzlich mal gefragt, ob er auch abends im Anzug vor dem Fernseher sitzt, und da hat er mich nur komisch angelächelt, ohne diese Wut im Blick, und geantwortet: Dir sollte mal jemand sagen, dass du ein dummes Arschloch bist.“

Andreas warf Sascha einen Blick zu, und vermutlich dachten sie beide das gleiche: Da war endlich jemand seine Wut losgeworden und zwar auf nicht ganz legale Weise.

Andreas bedankte sich für die aufschlussreichen Auskünfte und zückte auf dem Flur sein neues, klappbares Handy. „Manfred? Kannst du was dazwischen schieben? Ich brauche dich hier im Finanzamt St. Augustin. Wenn's geht, bring bitte Gernot und Ulli mit, wenn sie Zeit haben... ja... ok.“

Sascha stand einen Moment auf der Leitung. „Was hast du vor? Willst du das Raubtier Dietmar verhaften?“

Andreas sah ihn an wie den Lehrling, dem man noch viel beibringen muss. „Wie kommst du denn darauf?! Wir haben null Beweise! Kein Staatsanwalt der Welt – nun gut, vielleicht einer aus Nordkorea – würde uns einen Haftbefehl ausstellen! Nein, wir haben noch über 20 Zeugen zu befragen, und ich wollte nicht den ganzen Tag hier verbringen!“

„Das kommt mir entgegen“, urteilte Sascha und tat so, als habe er die Frage nach Dietmars Verhaftung nicht wirklich ernst gemeint. „Was hältst du denn von der Aussage, Dietmar wirke in letzter Zeit gelöster?"

„Ich sehe das so: Er hat jahrzehntelang in Racheplänen geschwelgt, ohne aber wirklich etwas zu ihrer Realisierung zu unternehmen. In den letzten Wochen hat er einen konkreten Plan ausgeheckt und war entschlossen, ihn durchzuführen. Er hat eine Entscheidung getroffen – das erleichtert."

„Stimmt." Sascha strich sich über sein Bärtchen. „Aber wieso gerade jetzt und nicht vor zehn oder zwanzig Jahren?"

„Es wird schon einen Auslöser gegeben haben. Wenn wir herausfinden, was es war, haben wir das aktuelle Motiv. Und jetzt statten wir dem Meister der Selbstkontrolle einen Besuch ab."

Sie wollten sich eben in Bewegung setzen, als Andreas' Handy klingelte. „Ja? Hallo Peer, hast du was für uns?"

Andreas lauschte eine Weile und informierte anschließend Sascha. „Es handelt sich wieder mal um Spuren, die fast zu schön sind, um wahr zu sein: Hundehaare an Irmgard Dietz' Pantoffeln und fremde Fingerabdrücke auf Geldscheinen, die Peer in einer Schublade in ihrem Kleiderschrank entdeckt hat. 10000 Euro waren es, und die Fingerabdrücke gehören –"

„Nicht Dietmar Sunnyboy", fiel ihm Sascha ins Wort. „Komisch, dass ihn das umso verdächtiger macht."

„Ja, nicht wahr? Es sind die Abdrücke unseres guten Dr. Hansen-Hardt. Falls wir mal davon ausgehen, dass Dietmar der Täter ist, der massenhaft falsche Spuren gelegt hat, frage ich mich schon, wie er an Geldscheine von Hansen-Hardt gekommen ist."

„Gute Frage. Hatte übrigens Irmgard einen Hund?"

„Laut Peers Nachforschungen nicht. Und was ist mit Dietmar? Du warst doch in seiner Wohnung."

„Ich hab keinen Hund gesehen." Grinsend fügte Sascha hinzu: „Und ich wette mit dir um die erste, zweite, dritte und vierte DVD-Staffel von `Scrubs´, dass er auch keinen hat. Könnten natürlich Haare von Bruno sein, aber so einen Fehler würde unser Täter nicht machen, denn Matthias Schneyder sitzt doch in U-Haft."

Andreas rieb sich über die lange, schmale Nase. „Vielleicht sollen wir glauben, Matthias' Tochter oder sein Schwiegersohn hätten die Finger im Spiel."

„Warum sollten sie die Dietz umbringen, nachdem sie ihre Aussage gemacht hat? Aus Rache?"

„Unwahrscheinlich. Peer hat übrigens in Irmgards Gesicht und am Kopf schwache Druckstellen gefunden, zehn Stück, um genau zu sein, woraus er schließt, dass jemand ihren Kopf gepackt und ihr das Genick gebrochen hat. Gehen wir endlich zu Dietmar, der vermutlich längst Bescheid weiß, dass wir hier sind und die Kollegen über ihn ausfragen."

*

Eine Minute später standen sie in Dietmar Schneyders Büro. Als sie ohne zu klopfen eintraten, hatte er mit angriffslustiger Miene aufgeschaut, aber als er sie erkannte, brach er umgehend in begeistertes Strahlen aus, sprang auf, eilte leicht hinkend um den Schreibtisch herum und schüttelte Hände, als seien sie alle langjährige, beste Bekannte.

Andreas gab sich ebenso freundlich, allerdings war er sicher, dass Schneyder die gute Laune schon bald vergehen würde.

„Setzen wir uns doch", schlug Schneyder vor.

Er trug einen eleganten, grauen Anzug, dazu ein graues Oberhemd und eine dunkelgraue, leicht glänzende Krawatte. Die passende Kleidung für den Vorstandsvorsitzenden eines großen Konzerns, zu fein für einen Bürojob im Finanzamt. Was versuchte er zu kompensieren? Seine Gehbehinderung? Seine innere Verdorbenheit?

„Möchten Sie vielleicht einen Kaffee?", fragte Schneyder freundlich. „Nein? Mir ist zu Ohren gekommen, dass Sie Erkundigungen über mich einholen. In Bezug auf mein Alibi von Freitagabend und auf meine Beziehung zu Irmgard Dietz."

„Richtig. Können Sie uns zu diesen beiden Punkten etwas sagen?" Andreas sah ihm in die bemerkenswert strahlenden blauen Augen und Schneyder erwiderte den Blick ein paar Sekunden lang, bevor er zum Fenster hinausschaute und genau das erzählte, was Andreas schon wusste.

Trotzdem hörte er Schneyders Ausführungen geduldig zu und fragte, als er fertig war: „Wie kamen Sie auf die Idee, eine Frau wie Irmgard Dietz, die die Annehmlichkeiten der Stadt gewöhnt war, mit einem Mann wie Ihrem Onkel Matthias zusammenbringen, der das Landleben und die Natur liebt?"

Mit dieser Frage schien Schneyder nicht gerechnet zu haben. Er musste überlegen und während er sekundenlang schwieg, machte sich seine rechte Hand selbstständig, hob sich und rieb seitlich an der Nase entlang zweimal quer durch die rechte Gesichtshälfte. Und als er dann antwortete, war sich Andreas so sicher wie selten in seinem Leben, dass der Mann vor ihm nicht die Wahrheit sagte.

„Ach wissen Sie, Irmgard hat mir mal erzählt, sie sei im Dorf aufgewachsen und wolle irgendwann wieder aufs Land ziehen."

„Aha. Herr Schneyder, wo waren Sie am Dienstagabend zwischen halb acht und halb neun?"

Schneyder machte große, fragende Augen. „Warum wollen Sie denn das wissen?! Ich dachte, Irmgard sei verunglückt?!"

„Ja, davon gehen wir aus. Aber da sie auch Zeugin in einem Mordfall war, müssen wir wohl genau hingucken, ob nichts anderes dahintersteckt", erklärte Andreas.

„Das verstehe ich ja, aber warum fragen Sie mich?" Jetzt gab Schneyder die gekränkte Unschuld. Er legte die Stirn in Falten und schob das Kinn ein wenig vor.

„Reine Routine, Herr Schneyder, reine Routine." Andreas lächelte beschwichtigend.

Schneyder lächelte ausnahmsweise nicht. „Sind Sie sicher, dass Sie nicht einfach nur die ganze Familie Schneyder hinter Gitter bringen wollen?"

Andreas war zufrieden: Das klang doch schon leicht aggressiv. Er gab Schneyder keine Antwort auf seine Frage, sondern ihn nur an.

Schneyder strich mehrmals, als wolle er sich selbst besänftigen, von oben nach unten über seine grau glänzende Krawatte und meinte, da Andreas immer noch schwieg: „Ich setzte mich am Dienstagabend um ca. 19.30 Uhr ins Auto und fuhr zu Saturn nach Sankt Augustin, weil ich nach der Arbeit vergessen hatte, eine neue Druckerpatrone zu kaufen. Ich hab dann noch ein bisschen in den CDs und DVDs gestöbert, kurz vor acht die Druckerpatrone und eine CD bezahlt - den Kassenzettel kann ich Ihnen zeigen - und war so um 20.15 wieder zu Hause. Ich kann mich erinnern, dass ich noch den Rest der Wetterkarte im Ersten mitbekommen habe. Da können Sie meine Frau fragen, die guckt das nämlich immer."

Und schon breitete sich ein gutgelauntes Strahlen über sein Gesicht wie Sonnenschein über eine Regenlandschaft, und das Strahlen sagte: Ist das nicht ein perfektes Alibi?

Andreas blieb bei seinem ruhigen Ton, auch wenn es ihm angesichts Schneyders Selbstherrlichkeit schwer fiel. „Schön“, befand er. „Den Kassenzettel möchte ich gleich mal sehen. Jetzt habe ich noch ein paar andere Fragen. Kennen Sie Thomas Marquardt?“

Nachdenklich wiederholte Schneyder den Namen und sagte dann (strahlend): „Nein.“

„Und was ist mit Dr. Hansen-Hardt? Kennen Sie den?“

Schneyder hörte auf zu strahlen. „Sicher. Vor ein paar Jahren hatte ich solche Schmerzen im Knie, dass man mir riet, mich operieren zu lassen. Ich war bei Hansen-Hardt im Krankenhaus, der hat mir ins Knie geguckt und hätte mich am liebsten gleich an Ort und Stelle aufgeschnitten, aber ich habe ihn dann doch nicht gelassen.“

Wahrscheinlich wartete er auf die Frage, warum nicht, und wie es mit seinem Knie weitergegangen sei, aber Andreas hätte sich eher die Zunge abgebissen, als danach zu fragen. „Hatten Sie in letzter Zeit Kontakt zu dem Doktor?“

„Nein. Wieso?“

„Hansen-Hardt hat mit Ihrem Vater zusammengearbeitet und die beiden hatten richtig Streit miteinander. Ich dachte, Sie wüssten etwas mehr darüber als wir.“

„Ich sagte doch, der kam mit niemandem zurecht.“ Ein abfälliges Lächeln.

„Nach allem, was ich gehört habe, war Ihr Vater ein Sadist, der Frau und Kinder körperlich und Patienten und Kollegen seelisch misshandelt hat.“ Andreas beobachtete Schneyder genau. Was würde er wohl mit dieser Aussage anfangen?

Zunächst einmal griff Schneyder nach einem Kugelschreiber und begann damit herumzuspielen. Sein Lächeln wurde mit jeder Sekunde künstlicher, sogar das strahlende Blau seiner Augen wurde dunkler. Und plötzlich platzte er in ungehaltenem Ton heraus: „Unsinn! Er hat uns nicht misshandelt! Wer erzählt so einen Mist?!“

„Ihr Onkel Matthias höchstpersönlich.“

„Na, der hat’s gerade nötig“, knurrte Schneyder, jonglierte mit einer Hand mit dem Kugelschreiber herum, strich mit der anderen die Krawatte glatt und bemühte sich sichtlich, irgendwelche aufgewühlten Gefühle in den Griff zu bekommen. „Und was sagt Ludger dazu?“

„Ihr Bruder zieht es – wie Sie – vor, das Thema nicht näher zu vertiefen.“

„Da gibt es auch nichts zu vertiefen!“, stellte Schneyder klar und schien nicht gewillt, ein weiteres Wort darüber zu verlieren.

Andreas nickte und wechselte das Thema. „Sie wissen ja, dass Ihr Onkel und Ihr Bruder in Untersuchungshaft sitzen. Trauen Sie eigentlich einem der beiden den Mord an Ihrem Vater zu?“

Diese Frage schien ihn zurück auf sicheres Terrain zu bringen. Er legte den Kugelschreiber weg und lehnte sich in seinem Stuhl zurück.

„Onkel Matthias brüllt zwar manchmal etwas cholerisch herum, aber er ist kein Mann der Tat.“ Das kam sehr von oben herab, sehr verächtlich. Und doch ließ Dietmar ein breites, vergnügtes Grinsen sehen. „Er hätte viel zu viel Angst vor irgendwelchen Konsequenzen, die er auch gar nicht einschätzen könnte. Bei meinem Bruder ist es genau umgekehrt: Er hätte in seinem besoffenen Kopf wahrscheinlich überhaupt keine Angst und keine Hemmungen gehabt, jemanden umzubringen, aber er hätte mit der Axt auch womöglich nicht einmal das Bett getroffen, und er hätte 250 Spuren hinterlassen, die auf ihn hinweisen. In nüchternem Zustand würde er so etwas nicht tun, was hätte er auch für ein Motiv?“

„Vielen Dank für diese Informationen, Herr Schneyder. Haben Sie den Kassenzettel von Saturn dabei?“

„Nein.“

„Würden Sie dann bitte mit uns zu Ihrer Wohnung fahren und ihn uns zeigen?“

Ungläubigkeit blitzte in Schneyders Blick auf, aber er behielt sein Lächeln bei. „Hat das nicht Zeit bis nach der Arbeit?“

„Nein.“

Kurz darauf standen Sascha und Andreas auf der Straße an ihrem Wagen und warteten auf Schneyder, der sich noch irgendwo abmelden wollte. Doch vor Schneyder trafen der schnauzbärtige Manfred, Ulli mit dem runden Rücken und ein rotgesichtiger Gernot ein, denen Andreas einen Überblick über die Zeugenaussagen gab.

Drei Minuten später stieß Schneyder zu ihnen. Sie ließen ihn mit seinem eigenen Auto vorausfahren, damit sie ihn hinterher nicht wieder zurückbringen mussten, und folgten ihm auf die B56.

Sascha, der an diesem Morgen in einem sehr engen, türkis und blau gemusterten Hemd unterwegs war, musste anscheinend endlich seine Meinung loswerden. „Du hattest Recht, dieser Dietmar ist ein ganz komischer Typ. Der erinnert mich an Gary Oldman im Film `Leon, der Profi´, wo Oldman einen Polizisten spielt, der auf den ersten Blick ganz harmlos wirkt, der aber ausrasten kann wie ein Geisteskranker. Hast du in Schneyders Büro den Kalender an der Wand bemerkt, wo vorne dieses Bild von Van Gogh drauf ist? `Straßencafé unter Sternenhimmel´ oder wie das heißt? Vielleicht ein unbewusster Hinweis? Der eine Verrückte hängt sich ein Bild des anderen Verrückten auf, verstehst du? So was wie Seelenverwandtschaft."

„Ach ja? Mir ist nicht bekannt, dass Van Gogh Leute umgebracht hat! Aber ich habe das Foto von Schneyders Vater neben der Kaffeemaschine gesehen, und ich frage mich, wer stellt das Foto eines Menschen auf, den er hasst?"

„Also ich mag unseren Dietmar schon gar nicht mehr `Sunnyboy´ nennen. Wie wär's mit `Der Psychopath vom Finanzamt´?", schlug Sascha vor.

„Klingt wie ein alberner Filmtitel. Um übrigens noch mal auf den Hund zurückzukommen: dazu werden wir gleich Schneyders Nachbarn befragen. Nicht, dass es sich um einen kürzlich verstorbenen Hund handelt. Und außerdem nehmen wir Schneyders letzte Telefonabrechnungen mit."

Als sie endlich in seiner Wohnung ankamen, die erwartungsgemäß gediegen in Beige und Braun eingerichtet war, eilte Schneyder sofort in die Küche, kramte irgendwo herum und präsentierte ihnen mit unverhohlen triumphierendem Blick den Kassenzettel von Saturn.

Andreas klappte seine Brille nach oben und hielt sich den Zettel vor die Nase. Ja, da stand: 21. 11., 19.57 Uhr. Wenn er um 19.30 gefahren und um 20.15 wieder zu Hause gewesen war, hätte er Irmgard nur umbringen können, wenn der Besuch bei Saturn nicht stattgefunden hätte. Aber das wusste Schneyder wohl am besten.

Andreas gab ihm den Zettel zurück und fragte nach den letzten Telefon- und Handyrechnungen. Schneyder suchte sie heraus und händigte sie Andreas mit ungewohnt ernster Miene aus. „Sie verdächtigen mich wirklich", staunte er und schüttelte den Kopf, als könne er es nicht fassen.

„Nein, nein, das ist wirklich reine Routine", versicherte ihm Sascha und ließ ein falsches Lächeln sehen.

Sie verabschiedeten sich, setzten sich ins Auto und warteten darauf, dass Dietmar Schneyder zurück zur Arbeit fuhr. Das dauerte eine gute Viertelstunde.

„Er muss sich wahrscheinlich erst von dem Schock erholen, dass wir ihn wirklich verdächtigen", spottete Sascha. „Er hat also gedacht, er braucht nur ein paar falsche Spuren zu legen, und die einfältigen Polizisten kommen im Traum nicht darauf, dass er seine Finger im Spiel haben könnte!"

„Nimm es ihm nicht übel, er will nun mal nicht ins Gefängnis."

„Klar, da dürfte er ja auch nicht im Anzug rumlaufen." Sascha verschränkte die Arme und lehnte den Kopf gegen die Stütze. „Ich verstehe nicht, warum er so hartnäckig die Misshandlungen leugnet."

„Na, erstens würde er damit ein Motiv liefern, aber wichtiger ist zweitens, dass es ihm furchtbar peinlich ist. Es passt nicht zu seinem Selbstbild von Stärke und Überlegenheit. Es macht ihn wütend auf sich selbst, dass er sich nicht gewehrt hat."

„Aber er war doch ein Kind. Wie hätte er sich wehren können?"

„Lieber Sascha, du gehst an dieses Thema mit Logik und gesunder Vernunft heran, aber der Mann ist krank... ist krank gemacht worden. Er hasst seinen Vater, aber dennoch hätte er ihn wahrscheinlich nicht umgebracht, wenn es nicht plötzlich für ihn notwendig geworden wäre, schließlich war er sein Vater, und eigentlich sollte man seinen Vater nicht hassen und schon gar nicht umbringen, egal, was er einem angetan hat. Das führt zu einem schweren Gewissenskonflikt, zu schrecklichen Schuldgefühlen, gegen die man vom Verstand her nicht ankommt. Wenn Dietmar der Mörder seines Vaters ist, dann könnte er zur Zeit sehr gefährlich sein."

Sascha sah ihn mit seinen zu großen Augen in gespielter Bewunderung an. „Was so eine zweiwöchige Zusatzausbildung zur psychologischen Koryphäe doch ausmacht."

„Warte nur ab, du wirst noch an meine Worte denken!"

Bevor Andreas diese Ankündigung näher erläutern konnte, tauchte Dietmar Schneyder auf, setzte sich in seinen silbernen Wagen und fuhr davon. Ob er oben im Wohnzimmer noch einmal seine Taten, seine Alibis und seine falschen Spuren durchgegangen war? Um zu ergründen, ob und wo er einen Fehler gemacht hatte?

„Was machen wir jetzt?“, wollte Sascha wissen.

„Wir fragen Schneyders Nachbarn nach dem Hund, fahren nach Bonn rein, essen was, und besuchen noch mal die Marquardts.“

„Gut, wenn’s denn unbedingt sein muss“, maulte Sascha und stieg umständlich aus dem Wagen

*

Thomas Marquardt parkte das Auto vor der Garage. Früher hatte er sich darauf gefreut, nach Hause zu kommen. Jetzt spielte er mit dem Gedanken, das Haus zu verkaufen und ganz woanders hin zu ziehen. Aber er war sich nicht sicher, ob auch Astrid das wollte. Sie hatten nicht darüber geredet.

Thomas schloss die Haustür auf und betrat den Flur. Pfui, wie das hier nach Zigaretten stank! Er musste unbedingt weniger rauchen! Diese Vorstellung beunruhigte ihn derart, dass er sofort die Zigaretten aus der Jackentasche holte und sich eine anzündete.

Wo steckte Antoinette? Er sah in dem kleinen Arbeitsraum neben der Küche nach. Himmel, wie es dort aussah! Aber er hatte keine Lust aufzuräumen, nicht die geringste, eigentlich war sowieso alles egal. Er musste ein paar Mal sehr kräftig an der Zigarette ziehen, um dieses Gefühl von Sinnlosigkeit ganz weit in den Hintergrund zu verbannen.

Immerhin lag Antoinette auf dem kleinen Sofa neben dem Fenster. Bisher hatte sie ihn gar nicht bemerkt, sie war offensichtlich schon ziemlich schwerhörig Nun hob sie träge den Kopf, bellte einmal kurz und dumpf und wedelte andeutungsweise mit dem Schwanz. Sehr vital wirkte das nicht. Hoffentlich hielt sie noch ein, zwei Jahre durch, denn wenn jetzt auch noch der Hund starb, tat sich Astrid womöglich etwas an.

Manchmal war es auch ihm zuviel. Manchmal dachte er, es wäre besser, sich vorübergehend vom Schuldienst befreien zu lassen und irgendwohin zu fliehen, wo alles ganz anders war, warm, sonnig, heiter. Aber er wusste, dass die schwarzen Gedanken hinter ihm herreisen und ihn einholen und selbst an den schönsten Plätzen der Welt quälen würden. Da konnte er auch gleich hier bleiben und sich mit der Arbeit ablenken, zumal er keine sechsjährigen Kinder unterrichten musste.

Thomas ging in die Küche und überlegte, was er essen sollte. Er hatte nicht den geringsten Appetit. Vielleicht sollte er einfach gar nichts mehr essen.

Aber dann machte er sich doch ein Leberwurstbrot, goss sich ein Glas Rotwein ein, setzte sich an den Küchentisch und las Zeitung. Als er zu den Todesanzeigen kam, blätterte er rasch weiter. Draußen auf der Straße fuhr ein Bus vorbei. Im Haus war es schrecklich still. Nur die Küchenuhr tickte aufdringlich laut und gleichmäßig... klack klack klack... hackte mit jeder Sekunde ein Stückchen Lebenszeit ab.

Thomas zündete sich die nächste Zigarette an, goss Rotwein nach und vertiefte sich in einen Artikel über die neue Gesundheitsreform. Er schrak auf, als es an der Haustür klingelte. Hatte Astrid ihren Schlüssel vergessen? Die Uhr zeigte 14:07. Nein, so früh konnte sie nicht zu Hause sein.

Er eilte in den Flur und öffnete. Es waren die beiden Kommissare: Der lange, dünne mit den angegrauten Haaren und der scheußlichen Brille, und der kleinere, breitere mit der hellblonden Kurzfrisur und dem albernen Bärtchen.

Er bat sie in die Küche. Als er das Weinglas auf dem Tisch stehen sah, fragte er sich, was die beiden wohl jetzt über ihn denken mochten, aber im nächsten Moment wurde ihm klar: Es war ihm egal, es war ihm so gottverdammt scheißegal, was sie dachten!

Sie ließen sich alle am Küchentisch nieder, und Thomas bot den Kommissaren ein Gläschen Wein an, was sie natürlich mit traurigem Lächeln ablehnten - anscheinend hatten sie Mitleid mit ihm. Aber war das nicht komplett egal?! Dann überraschten sie ihn mit der Frage, ob er einen Hund besitze.

„Ja“, antwortete Thomas, „eine uralte Schäferhündin, die die Türklingel nicht mal mehr hört und bestimmt keinem Menschen etwas zu Leide tun könnte... dazu fehlen ihr die Zähne.“

„Darum geht es nicht“, erklärte der lange, ältere der beiden. Die Namen hatte Thomas längst vergessen. „Eine Zeugin im Mordfall Horst Adolf Schneyder wurde vorgestern ebenfalls umgebracht und an ihrem Schuh fand man Schäferhundhaare.“

Thomas versuchte sich mit bitterem Sarkasmus. „Der Hund hat das Haus seit Tagen nicht verlassen. Das kann ich bezeugen.“

Die beiden guckten ihn an, als habe er sich soeben für die Psychiatrie qualifiziert. Dann meinte der ältere Kommissar sanft: „Herr Marquardt, es geht nicht um den Hund. Es geht darum, dass die Hundehaare Sie mit einem Mord in Verbindung bringen. Was haben Sie am Dienstagabend gemacht?"

„Dasselbe wie fast jeden Abend! Vor dem Fernseher gesessen! Sie wollen mir noch einen Mord anhängen?! Hören Sie, ich habe zwar die Briefe geschrieben, aber deswegen bringe ich doch nicht zwei Leute um!"

Erst als er die Überraschung auf den Gesichtern sah, wurde ihm bewusst, was er gerade gesagt hatte. Und auf einmal war ihm auch das egal. Er nahm noch eine Zigarette aus der Schachtel. „Ja, ich gebe zu, ich habe diese Drohbriefe geschrieben, aber ich wollte dem Doktor doch nichts antun! Eigentlich wollte ich ihm nicht mal Angst einjagen... ich wollte einfach all meine Wut herauslassen, meine Traurigkeit und meinen Hass! Ich musste das loswerden, ich musste irgendwohin damit. Zuerst ging es mir auch etwas besser, aber glauben Sie mir, das hielt nicht lange an!"

„Ja, und genau deshalb sind Sie noch einen Schritt weitergegangen", warf der Blonde ihm vor und musterte ihn streng mit seinen ungewöhnlich großen, rauchblauen Augen. „Sie haben Schneyder abgeschlachtet, weil Sie dachten, dass Sie sich dann wieder ein bisschen besser fühlen!"

„Nein, ich habe niemanden umgebracht." Thomas blieb ruhig. War es nicht vielleicht auch egal, wenn sie ihn ins Gefängnis schickten? Nein, war es nicht. „Ich brauche im Moment meine ganze Energie, um meinen Alltag zu bewältigen... ich hätte nicht mal mehr die Kraft gehabt auszukundschaften, wo dieser Dr. Schneyder wohnt. Ich wette nämlich, er steht nicht im Telefonbuch."

Der Ältere, der mit einer dunkelblauen Jacke herumlief, die ihre besten Tage schon länger hinter sich hatte, rückte seine Brille zurecht und ließ lange einen einschätzenden Blick auf ihm ruhen. „Haben Sie eine Erklärung dafür, wieso wir bei der toten Irmgard Dietz Hundehaare gefunden haben?"

„Der Name sagt mir überhaupt nichts. Und wieso sind Sie so sicher, dass die Haare von meinem Hund stammen?"

„Weil Sie ein Motiv haben. Und wir können sehr leicht feststellen, ob die Haare zu Ihrem Hund gehören. Also, haben Sie eine Erklärung?"

Thomas wollte eben mit einem trotzigen Nein antworten, als ihm plötzlich etwas einfiel, das in den Schrecken der letzten Zeit als unwichtig und unbedeutend untergegangen war. Es tauchte auf wie ein Ball auf der Wasseroberfläche, den man nach unten gedrückt und losgelassen hatte.

Thomas nahm einen großen Schluck Rotwein zu sich und begann zu erzählen. „Möglicherweise habe ich tatsächlich eine Erklärung: Vor ein paar Wochen bin ich mit Toni so gegen drei Uhr nachmittags spazieren gegangen, aber das ist ganz schön anstrengend, weil sie alle fünf Minuten stehen bleibt und jappst und keucht, als sei es jeden Moment zu Ende mit ihr. Ich stehe also da hinten am Weg, der in den Wald führt, da spricht mich ein großer Mann von der Seite an und fragt, ob ich wüsste, wie man von hier aus zur Kreuzbergkirche kommt. Ich hab's ihm erklärt, und währenddessen hat er unentwegt Toni über den Rücken gestreichelt oder am Hals gekrault. Das wär mir nicht mal komisch vorgekommen, wenn der Mann nicht so... ja, so verkleidet ausgesehen hätte."

„Wie meinen Sie das?", fragte der Kommissar, der seine grauen, welligen Haare für einen Beamten in seinem Alter reichlich lang trug – und der auf einmal sehr interessiert wirkte.

„Der Mann hatte einen weitgeschnittenen, schwarzen Jogginganzug an, eine schwarze Baseballkappe auf dem Kopf und eine Sonnenbrille im Gesicht. Gut, die Sonne schien an dem Tag, aber nur leicht, und sie war schon fast hinter den Häusern verschwunden." Thomas machte eine Pause und versuchte sich genau zu erinnern... da war noch etwas gewesen...

„Hat der Mann gehinkt?", wollte der Kommissar wissen.

„Keine Ahnung. Ich hab ihn nicht kommen sehen... und als ich mit Toni weiterging, stand er noch da rum."

„Interessant", behauptete der ältere Kommissar. „Hatte der Mann vielleicht –"

„Halt, jetzt fällt's mir noch was ein!", triumphierte Thomas. „Der Mann hat einmal oder zweimal gelächelt, und ich dachte noch, der hat aber schön schräge Zähne!"

Diese Information veränderte die Mienen beider Kommissare schlagartig - der ältere ließ ein zufriedenes Lächeln sehen, der andere spitzte die Lippen, als wolle er pfeifen.

„Hilft Ihnen das weiter?", fragte Thomas, und die Antwort war ihm nicht egal.

„Sehr sogar. Würden Sie den Mann bei einer Gegenüberstellung wiedererkennen?"

„Klar, wenn er sich eine Baseballkappe und eine Sonnenbrille aufsetzt. Das war ein Scherz! Ich weiß, Sie denken, in meiner Lage sollte man keine Scherze machen, aber es lenkt ab, und ich bin so dankbar für alles, was mich ablenkt. Also, ich würde ihn an der Stimme wiedererkennen, an den Zähnen... und an den Händen vielleicht, die waren ungewöhnlich gut gepflegt und schmal und feingliedrig."

„Sehr schön." Der ältere Kommissar stand auf, der jüngere tat es ihm nach. „Wenn Ihnen sonst noch was einfällt, melden Sie sich. Ansonsten melden wir uns bei Ihnen."

Thomas nickte und spürte auf einmal sein Bedauern, dass die beiden schon gehen wollten. Denn er ahnte, was passieren würde, wenn sie weg waren. Und so kam es auch: Als er die Tür hinter den Kommissaren schloss, war es schlagartig wieder unheimlich still im Haus. Und die schwarzen Gedanken krochen aus allen Fugen.

Thomas floh zurück in die Küche, wo der rettende Rotwein und die überlebenswichtigen Zigaretten auf ihn warteten. Hoffentlich war Astrid bald zu Hause.

*

„Scheiße." Sascha ließ sich hinters Lenkrad fallen und sah einen Moment in die Ferne.

„Wieso?" kam es von rechts.

„Man kann niemanden verhaften, nur weil er einen Hund gestreichelt hat, oder?"

„Das war ja wohl eine rhetorische Frage, oder? Aber ich hatte den gleichen Gedanken: Falls uns dieser Lehrer nicht nach Strich und Faden belogen hat, deuten immer mehr Anhaltspunkte darauf hin, dass Dietmar Schneyder die Morde begangen hat. Aber wir haben, verdammt noch mal, keine Beweise! Keine Fingerabdrücke, keine DNA-Spuren, und wir können ihm auch nicht nachweisen, dass seine Alibis falsch sind! Du hast Recht, das ist Scheiße!"

„Und was machen wir jetzt?" Sascha ließ den Wagen an und sah in den Rückspiegel.

„Wir fahren ins Präsidium und strengen unsere Gehirne an! Es muss doch einen Weg geben, wie wir den Mann überführen können!" Andreas klang ernsthaft verärgert.

Sascha beschloss, von Ippendorf aus eine Abkürzung über den Venusberg auszuprobieren, um nicht den Riesenumweg über Poppelsdorf machen zu müssen. „Man kommt sich vor wie bei `Colombo´, der ja meist schon fünf Minuten nach dem Mord weiß, wer der Täter ist, und dann den Verdächtigen mit Ausdauer in den Wahnsinn treibt und spitzfindig nach dem winzigen Fehlerchen sucht, das der Mörder gemacht hat."

„Schön, und wer von uns beiden ist Colombo?"

Sascha seufzte. „Du natürlich, und ich bin der dumme Assistent, dem der berühmte Kommissar immer alles dreimal erklären muss."

„Colombo hat keinen Assistenten."

„Mann, du kannst manchmal so kleinlich sein!"

Auf dem Venusberg verfuhr sich Sascha zweimal, was Andreas aber überraschenderweise nicht kommentierte. Er schien mit seinen Gedanken woanders zu sein.

Zwanzig Minuten später erreichten sie endlich die Südbrücke und von dort aus den neuen Kreisel, den man statt Ampel am Anfang von Oberkassel auf die große Kreuzung platziert hatte. Sascha nahm die erste Kreiselausfahrt und parkte in der Nähe eines Seiteneingangs des Präsidiums.

Sie setzten sich an ihre Schreibtische und sahen sich Telefon- und Handyrechnungen an, und zwar die von Dietmar und Irmgard. Und anschließend gleich noch die von Horst Adolf, von Matthias und Ludger Schneyder. Im letzten Monat hatten sie alle ein- oder zweimal miteinander telefoniert, aber wirklich verdächtig war das ja auch nicht.

„Wenn Dietmar und Irmgard ein Geschäft miteinander gemacht haben, konnten sie im Büro so oft miteinander reden wie sie wollten, da brauchten sie kein Telefon", stellte Andreas missmutig fest.

Sascha nickte nur kurz.

Kurz vor vier Uhr meldeten sich Manfred und sein nach oben gezwirbelter Schnurrbart zurück. „Ich fasse mal zusammen, was die Zeugen mir so alles erzählt haben." Er holte sich einen Stuhl heran, setzte sich und fasste zusammen: Die Damen aus dem Gymnastikkurs schilderten Irmgard als nette Person, ohne dass sie sie näher gekannt hätten. Die eine oder andere allerdings meinte mitbekommen zu haben, dass Geld eine große Bedeutung in ihrem Leben gehabt hätte.

„Sehr aufschlussreich", brummte Andreas und notierte sich etwas.

Bei den Mitgliedern des Bowlingklubs sähe es in Bezug auf Dietmar

Schneyder auch nicht viel besser aus, urteilte Manfred. Die meisten hätten ihn überhaupt nicht vermisst an jenem Abend. Andere hätten gesehen, wie er wegging, wieder andere, wie er zurückkam. Wenige konnten sich an genaue Uhrzeiten erinnern.

„Nachdem ich alle Aussagen abgeglichen habe, würde ich sagen, Schneyder war zwischen ca. 20.30 und 21.15 Uhr nicht anwesend. Habt ihr schon überprüft, ob die Zeit ausreicht für den Mord an Horst Adolf Schneyder?"

„Nein, haben wir nicht."

„Soll ich das mal eben für euch erledigen?"

„Jetzt?" Andreas sah auf die Uhr. „Jetzt ist Rushhour, das sind ganz andere Bedingungen. Um die Zeit kann man es vielleicht gar nicht schaffen. Morgen ist Freitag. Mach es morgen Abend um die gleiche Zeit, zu der es vielleicht auch Dietmar Schneyder getan hat."

„Ja, das ist gut", befand Manfred und verließ das Büro.

„Versuchen wir doch, noch was über Schneyder rauszukriegen. Verflucht, ich hab vergessen, Manfred nach Schneyders Frau zu fragen. Ich rufe ihn an."

Während Andreas telefonierte, machte sich Sascha bereits eine Liste, von wem er welche Informationen über Dietmar bekommen konnte.

Nachdem Andreas sein Telefonat beendet hatte, sah er Sascha durch seine große Brille mit Analyseblick an und meinte: „Na, das passt ja wunderbar in unsere Theorie. Manfred hat Schneyders Frau gefragt, was er anhatte, als er am Dienstag angeblich zu Saturn gefahren ist. Was glaubst du wohl?"

Sascha hasste diese Quizfragen! „Er hatte auf gar keinen Fall einen Anzug an?", antwortete er auf Verdacht hin.

„Genau. Er fuhr in seinen schwarzen Sportklamotten zum Einkaufen. Das kam sogar seiner Frau spanisch vor. Höchst ungewöhnlich nannte sie es."

„Und was sagt seine Frau zu den Zeiten, die er angegeben hat? Stimmen die?"

„Fast auf die Minute."

„Sehr verdächtig."

„Richtig. Fangen wir an, den Mann zu durchleuchten."

Sascha machte sich an die Arbeit. Gegen 18 Uhr hatte er herausgefunden, dass Dietmar Schneyder nicht vorbestraft war, nicht einmal Punkte in Flensburg hatte und weder im Bertelsmann-Club noch im örtlichen Swingerclub Mitglied war. Noch am interessantesten war, dass Dietmar in den letzten zwei, drei Wochen sowohl Bruder Ludger als auch Onkel Matthias nach Jahren erstmals wieder einen persönlichen Besuch abgestattet hatte.

Um 18.15 Uhr verlor der Name Schneyder allmählich an Bedeutung, denn Sascha dachte zunehmend an Annika, mit der er um 19.30 Uhr verabredet war. Falls nicht wieder ein Mord dazwischenkam. Und außerdem wollte er vorher unbedingt unter die Dusche. Und sich ein paar Gedanken darüber machen, wie er ein ganz spezielles Thema ansprach.

Also packte er fünf Minuten später seine Sachen zusammen und verabschiedete sich mit der Begründung, er müsse sich jetzt um sein Privatleben kümmern. Andreas sah ihm mit leicht melancholischem Blick hinterher. War das Neid oder Mitleid?

Als Sascha ins Auto stieg, bekam er fast Mitleid mit sich selbst: Warum mussten Beziehungen immer irgendwann schwierig werden? Vermutlich, weil zwei erwachsene Menschen niemals die gleiche Weltsicht haben konnten, weil jeder seine eigenen Wünsche, Ängste, Vorstellungen und Eigenheiten hatte. Und jeder wollte seinen Kopf durchsetzen, das führte zu einem ständigen Kampf, damit man etwas bekam und nicht immer nur gab.

Sascha kroch durch das verkehrsberuhigte Oberkassel und musste an das Gespräch von Montagabend denken, als er sich mit Annika wegen ihres Vorschlags, mal gemeinsam was zu kochen, gestritten hatte. Was hatte er mit Kochen zu tun! Das interessierte ihn so wenig wie das Paarungsverhalten der Stabheuschrecken! Der Vorschlag war eine Zumutung gewesen und überraschenderweise hatte Annika ihre Idee sehr schnell aufgegeben.

Sascha bog in die Heisterbacher Straße ab und stand zehn Minuten später unter der Dusche. Bevor er sich auf den Weg nach Birlinghoven machte, rasierte er sich ein zweites Mal an diesem Tag, sprühte ein wenig Duft auf und zog sich ein besonders enges Hemd und eine extra knapp sitzende Hose an.

Dann raste er durch die Dunkelheit hinauf auf den Berg, zwischen Feldern und Wiesen hindurch Richtung Birlinghoven, und er hatte zum ersten Mal, seit er diesen Weg fuhr, ein zwiespältiges Gefühl: Da war nicht nur Vorfreude, sondern irgendwie... Unruhe.

In Birlinghoven, das hauptsächlich aus einem alten, ländlichen Kern mit schmucken Fachwerkhäusern und einem freundlichen Neubaugebiet bestand, bog Sascha in den Höldersteg ab. Annika wohnte im ersten Stock eines Mehrfamilienhauses.

Sie öffnete ihre Wohnungstür in einem äußerst hautengen, pinkfarbenen Hausanzug mit tiefem Ausschnitt, der unter normalen Umständen Saschas Blutdruck sofort in lebensbedrohliche Höhen gejagt hätte. Aber heute riet er sich selbst zur Vorsicht und gab Annika ein eher freundschaftliches Küsschen auf den Mund, nachdem er eingetreten war.

Sie guckte irritiert, stellte dann aber mit kokettem Lächeln fest: „Du riechst gut."

„Danke. Hier riecht es auch gut – hast du gekocht?"

„Aber klar. Ich hab dir eins deiner Lieblingsgerichte zubereitet."

Er ging voraus in die kleine Küche, die Annika gemütlich mit hellen Holzmöbeln und Stoffen in warmen Farben eingerichtet hatte. „Was gibt's denn?"

„Thunfischpizza aus der Kühltruhe."

Sascha wurde schlagartig noch wachsamer. Hier lief doch irgendetwas falsch. Der winzige Küchentisch, den man an die Wand hochklappen konnte, war nur für eine Person gedeckt. Was ging hier vor sich?!

„Ich trinke heute nur Mineralwasser", kündigte Annika an. „Ich muss ein paar Gramm abnehmen."

Unter normalen Umständen hätte Sascha nun ein Kompliment über ihren perfekten Körper gemacht, aber jetzt wollte nichts Derartiges über seine Lippen kommen. Kurz darauf saß er am Tischchen und verdrückte Pizza, obwohl er keinen Appetit hatte. Im Gegenteil, allmählich bekam er Magenschmerzen. Annika saß ihm mit ihrem Wasserglas gegenüber, und ihre dunkelbraunen Augen beobachteten ihn unentwegt. Als er nichts mehr herunterbrachte, fragte er in leicht gereiztem Ton: „Hast du vielleicht ein Gläschen Wein für mich?"

„Aber sicher. Hat es dir nicht geschmeckt?"

Das klang so scheinheilig, dass er sich umgehend an den Film `Der Rosenkrieg´ erinnert fühlte. Was hatte sie in die Pizza getan?! Hatte sie ihn vergiftet?!

Annika nahm zwei Gläser aus einem Schrank und ging vor Sascha her ins Wohnzimmer, wo der Wein schon auf dem Tisch stand. Ihr in pinkfarbenen Samt gehüllter Hintern schwang verlockend von einer Seite zur anderen. Sascha war hin- und hergerissen, sein Körper tendierte allmählich zum Ja, sein Kopf warnte ihn und sagte: Warte mal ab, hier stimmt was nicht!

Und schon saßen sie dicht nebeneinander auf dem Sofa, tranken Wein und redeten nicht viel. Doch plötzlich ging Annika zum Angriff über, setzte sich rittlings auf seine Oberschenkel, schlang die Arme um seinen Hals und küsste ihn so leidenschaftlich, als hätte sie jahrelang keine Gelegenheit dazu gehabt.

Sascha ließ sich halbherzig darauf ein, aber auf einmal blitzte dieses Bild in seinem Kopf auf: Annika küsst nicht ihn auf dem Sofa, sondern den fremden Mann auf dem Rücksitz des Autos. Sofort stellte sein Körper jede Art von Erregung ein. Sanft, aber nachdrücklich schob Sascha Annika von sich herunter und griff nach seinem Weinglas. Er musste mit ihr reden, jetzt sofort.

„Was ist denn los? Bist du sauer oder was?“, fragte sie.

„Nein, ich bin verunsichert.“ Verdammt noch mal, was, wenn er sich jetzt zum Vollidioten machte?! Egal, raus damit! „Wer war der Mann, mit dem du am Dienstag zu Knauber gefahren bist?!“

Sekundenlang starrte sie ihn an, als hätte er eine Frage aus dem Fachgebiet Atomphysik gestellt, dann schien sie zu begreifen, um was es ging. Aber sie lachte ihn nicht aus, sondern blieb seltsam ernst.

„Das war Herr Hackenstab, mein Chef. Wir fahren jedes Jahr um diese Zeit gemeinsam zu Knauber, um neue Weihnachtsdekoration für die Schaufenster zu kaufen.“

Scheiße. Das glaubte er ihr sogar. Doch warum lächelte sie immer noch nicht?

„Ich finde es ja einerseits richtig süß, dass du eifersüchtig bist. Das zeigt immerhin, dass dir etwas an mir liegt“, führte sie in einem Ton aus, als sei sie Frau Dr. Freud und analysiere einen Patienten. „Andererseits finde ich es unverschämt, dass du mir so etwas überhaupt zutraust. Wofür hältst du mich?!“

Bevor sich Sascha eine besänftigende Antwort einfallen lassen konnte, holte Annika bereits zum nächsten Schlag aus. „Und da wir gerade dabei sind: Ich werde nächstes Jahr 30 und ich mache mir Gedanken übers Kinderkriegen. Ich will Kinder, und zwar nicht erst mit 45 und künstlicher Befruchtung! Ich hab dich wirklich sehr, sehr gern, Sascha, aber du hast ja sogar Angst vor dem Zusammenziehen – vermutlich sind Kinder für dich Kreaturen direkt aus der Hölle. Ich kann nicht jahrelang eine Beziehung auf dieser Basis mit dir führen, um dann festzustellen, dass es mit uns doch keinen Sinn hat. Ich werde schließlich nicht jünger." Sie warf ihr langes, schwarzes Haar zurück und schaute gedankenverloren an Sascha vorbei aus dem Fenster.

Er hielt vorerst den Mund. Er hatte ein ganz übles Gefühl im Magen. Es würde noch schlimmer kommen.

Und schon sprach sie weiter. „Ich bin mir auch nicht sicher, ob du wirklich reif für Kinder bist und ernsthaft Verantwortung übernehmen kannst mit deinen 34 Jahren. Dir scheint ja mancher Film im Fernsehen wichtiger zu sein als eine Verabredung mit mir! Ich hingegen würde mich als Ehefrau eines Kripo-Beamten mit den unregelmäßigen Dienstzeiten voll arrangieren und mich auch nicht dauernd beschweren, dass du wegen deiner Arbeit keine Zeit für mich und die Kinder hast. Nein, in dieser Hinsicht wäre ich grenzenlos tolerant, schließlich wüsste ich, worauf ich mich einlasse. Und wenn du frühzeitig erschossen würdest, wäre ich eine sehr stolze Witwe."

Das sollte wohl ein Scherz gewesen sein, denn jetzt lächelte sie und ließ die winzige Lücke zwischen den oberen Schneidezähnen sehen. Sascha hingegen fand das überhaupt nicht lustig. Er griff nach seinem Weinglas und wusste immer noch nicht, was er sagen sollte.

„Könntest du dich dazu wohl mal äußern!", verlangte Annika plötzlich in autoritärem Ton.

„Könntest du mich vielleicht nächstes Mal vorwarnen!", gab er giftig zurück. „Ich fühle mich ziemlich überfahren! Was genau willst du eigentlich?!" Er sah ihr angriffslustig in die Augen, und sie wich seinem Blick nicht aus.

„Ich will wissen, ob du dir vorstellen kannst, eine Familie mit mir zu haben! Und wenn ja, möchte ich wissen, wann wir zusammenziehen, damit wir feststellen, ob wir im Alltag miteinander zurechtkommen, oder ob es nur für guten Sex reicht!"

Einen Moment lang schien alles auf der Kippe zu stehen. Hätte sie nur eine winzige Bewegung auf ihn zu gemacht, hätten sie sich zwei Sekunden später in den Armen gelegen, und es wäre noch ein schöner Abend geworden. Aber sie rührte sich nicht, sondern starrte ihn weiter herausfordernd an.

Das war ja nicht auszuhalten! Sascha stellte das Glas ab und erhob sich. „Ich werde darüber nachdenken. Aber ich muss jetzt fahren, weil in einer halben Stunde ein Film anfängt, den ich unbedingt sehen will!"

„Du brauchst das gar nicht ins Lächerliche zu ziehen!", wies sie ihn zurecht. „Ich möchte bis spätestens Sonntagabend eine Antwort haben!"

Was bildete diese Frau sich eigentlich ein?! „Und wenn ich mich bis dahin nicht entschieden habe?!"

Annika lehnte sich auf dem Sofa zurück und verschränkte die Arme unter ihrem Busen, was augenblicklich zu einem noch üppigeren Dekolleté führte. Doch Sascha war so verärgert, dass er seinen Blick problemlos davon losreißen konnte. Unterdessen Annika gab ihm eine Antwort, aber sie sah an ihm vorbei, während sie redete.

„Ich habe dieses Thema schon des öfteren angesprochen, das heißt, ich habe es versucht, aber du hast mich immer irgendwie hingehalten. Wenn du keine ernsten Absichten mit mir hast, sag es bitte, denn dann werde ich mich nach jemand anderem umsehen müssen... so leid es mir tut... denn wie gesagt, ich hab dich sehr gern."

Himmel noch mal, jetzt drückte sie auch noch auf die Tränendrüse! Das erfüllte glatt den Tatbestand der Erpressung! Bloß raus hier!

Er griff nach seiner Jacke, hob grüßend die Hand, zwang sich zu einem (vermutlich grässlich verkrampft aussehenden) Lächeln und versicherte mit kratziger Stimme: „Ich sage dir Bescheid."

Als er im Wagen durch die dunkle Landschaft raste, gingen ihm 100000 Dinge gleichzeitig durch den Kopf. Zum Glück für ihn und die anderen Autofahrer hatte er die Straße weite Strecken für sich allein.

Verfluchte Scheiße aber auch! Wie konnte sie ihm so etwas antun! Gerade jetzt, da er begriffen hatte, wie viel sie ihm bedeutete, gerade jetzt wollte er sie nicht verlieren! Verdammt noch mal! Sie konnte ihn doch nicht dazu zwingen, jetzt schon eine Familie zu gründen! Er fühlte sich wirklich noch nicht reif dafür! Hatte das nicht noch gut drei, vier Jahre Zeit?! Was sollte jetzt dieser ganze Stress?!

Sascha schnitt die Kurven und überfuhr eine rote Ampel, und er ahnte bereits, dass er in dieser Nacht nicht besonders viel Schlaf bekommen würde.

6

Bonn-Oberkassel
Freitag, 24. November, 7:25 Uhr

Andreas klopfte an die Wohnungstür seiner Mutter. Er hatte keineswegs vor, das Frühstücken bei ihr zur Gewohnheit werden zu lassen. Spätestens am Wochenende war Schluss damit, dann sollte sie begriffen haben, dass er seine Verletzungen überleben würde.

Sie öffnete ihm im weißen Morgenmantel die Tür, aber die blond gefärbten, etwas schütteren Haare waren bereits frisch gekämmt. Andreas setzte sich, ließ sich Kaffee einschenken und nahm sich eine Scheibe Rosinenstollen.

„Und, wie sieht's aus mit euren Verdächtigen?", wollte seine Mutter wissen. Unter den Augen wirkte sie ein wenig angeschwollen.

Andreas überlegte kurz, ob er auf dieses Thema eingehen sollte, aber er war gut gelaunt an diesem Morgen, und so antwortete er: „Unsere vier Hauptverdächtigen sind es vermutlich nicht gewesen, wir haben jetzt eine fünfte Person im Visier."

„Siehst du, das habe ich doch gleich gesagt!"

So hatte sie es nicht gesagt, aber er hatte keine Lust auf rechthaberische Diskussionen, behauptete „Ja, du bist genial", und erzählte ihr von Udo Philipp, mit dem er sich am nächsten Tag zu treffen gedachte.

Daraufhin ließ sie auf Umwegen durchblicken, dass sie neidisch sei auf Andreas' interessanten Gesprächspartner, und am liebsten mitkommen würde zum Treffen. Einen Moment lang wusste Andreas nicht, was er sagen sollte. Das war natürlich undenkbar! Das musste er ihr sofort ausreden! Ganz abgesehen davon, dass sicher auch Udo nicht erpicht darauf sein dürfte, sich mit seiner Mutter zu unterhalten!

Also formulierte er so vorsichtig wie möglich: „Ich glaube nicht, dass ihr die gleichen Interessengebiete habt, auch wenn es dir auf den ersten Blick so vorkommen mag."

„Ach Unsinn! Ich interessiere mich für alles!"

„Ja, das stimmt. Aber Udo hat studiert und redet oft über Wissenschaftliches und drückt sich kompliziert und manchmal sehr umständlich aus, und –"

„Du hältst mich also für ungebildet und blöd?", argwöhnte seine Mutter mit einem Gesichtsausdruck zwischen Entsetzen und schwerstem Gekränktsein.

„Um Himmelswillen, nein! Ich will damit nur sagen, dass ein Gespräch mit Udo Philipp nicht so locker und unterhaltsam ist, wie du vielleicht denkst... es ist geradezu anstrengend, mit ihm zu reden! Und ihr beide passt überhaupt nicht zusammen!"

Seine Mutter guckte immer noch skeptisch, aber auch sie schien keine Lust auf Streit zu haben, und so schwärmte sie lieber übergangslos von dem schönen warmen Wetter, das im Vorgarten sogar noch ein paar Rosen hatte aufblühen lassen.

Kurz vor acht brach er zur Arbeit auf. Am Himmel keine Wolke, im Vorgarten tatsächlich lachsfarbene Rosen. Noch war es ein wenig kühl. Der Osten färbte sich orange, die Königswinterer Straße war gut befahren, der Fels des ehemaligen Steinbruchs leuchtete. Zehn Minuten später durchschritt Andreas die großzügige Eingangshalle des neuen Polizeipräsidiums.

Sascha saß bereits im Büro und schien metertief in irgendwelchen Akten versunken, denn er bemerkte Andreas erst wirklich, als der sich Kaffee aus der Maschine holte.

„Morgen. Hast du was Interessantes gefunden?"

Sascha sah auf und sein Gesicht war ungewohnt ernst. Außerdem hatte er Schatten unter den Augen, als hätte er kaum geschlafen. „Nein, leider nicht. Ich hab vorhin mal eben die Briefe überflogen, die wir in Irmgards Haus gefunden haben, aber der letzte ist vier Jahre alt und hat eher mit Irmgards Ex-Mann zu tun als mit unserem Fall. Die Staatsanwaltschaft hat uns übrigens mitteilen lassen, dass die beiden Schneyders wegen der Spurenlage und der unzureichenden Alibis in U-Haft bleiben, solange wir nichts Entlastendes vorweisen können."

„Ich habe nichts anderes erwartet. Sag mal, ist ein naher Verwandter von dir verstorben?"

„Nein. Wieso?"

„Du siehst irgendwie mitgenommen aus." Darauf antwortete Sascha nicht einmal. Er blätterte weiter in den Akten, und Andreas stöberte mit der Hoffnung auf eine Eingebung ein wenig durchs Internet. Um halb zehn hatte er die Nase voll. „Wie wär's, wenn wir unseren Doktor mal fragen, wie seine Fingerabdrücke auf das Geld in Irmgard Dietz' Schrank kommen?"

Sascha schien dankbar für diese Abwechslung zu sein, auch wenn er sich erst einmal als düsteres Orakel versuchte. „Ich bin sicher, Hansen-Hardt hat eine wunderbare, fast überzeugende Erklärung für diesen Tatbestand. Und wir sind hinterher genauso schlau wie vorher."

„Vermutlich. Wen könnte man fragen, um etwas über den Mann herauszufinden?"

„Ich wüsste da jemanden."

„Nun sag schon!"

„Dietmar Schneyder."

Andreas verdrehte die Augen. „Was bin ich froh, dass du deinen albernen Humor wieder gefunden hast!"

Sie verließen das Präsidium. Draußen schien die Sonne. Als Sascha ins Auto stieg, bemerkte er wie nebenbei: „Ich dachte auch schon, ich hätte meinen Humor verloren."

„Was ist denn los?", drängte Andreas, aber Sascha schwieg, bis sie auf der Südbrücke waren.

„Ich möchte eine kurze Beschreibung des Sternzeichens Löwe von dir haben, bevor ich dir was erzähle."

Andreas staunte nicht schlecht. „Gerne, aber du weißt, das Sternzeichen sagt nicht alles."

„Ja, ja, aber ein paar Grundeigenschaften werden doch da sein!"

„Natürlich", bestätigte Andreas und konzentrierte sich. „Der Löwe an sich ist stolz, gerne dominant, lebenslustig, liebt einen gewissen Luxus. Er ist hilfsbereit und großzügig und mag es, wenn man bewundernd zu ihm aufschaut, schließlich ist sein Planet die Sonne, der Mittelpunkt unseres Planetensystems. Der Löwe ist übrigens wie der Widder ein Feuerzeichen, und wenn die beiden aneinander geraten, kann es schon mal ordentlich krachen."

„Ist der Löwe besonders kinderlieb?"

„Nicht unbedingt. Aber wenn deine Freundin zum Beispiel einen Krebsaszendenten oder den Mond im fünften Haus stehen hat, können Kinder zu einem zentralen Thema werden."

„Wie kommst du darauf, dass es um Annika geht?"

„Ach Sascha, das meinst du jetzt nicht ernst, oder? Also sie will Kinder und du nicht?"

Sascha fuhr auf einmal langsamer, als hätte er Schwierigkeiten, sich gleichzeitig auf den Verkehr und das Gespräch zu konzentrieren. Andreas begann sich Sorgen um seine Sicherheit zu machen.

„Es ist nicht so, dass ich überhaupt keine Kinder will... aber jetzt noch nicht." Sascha seufzte. „Und außerdem - was vielleicht noch schlimmer ist - will Annika möglichst bald mit mir zusammenziehen, um herauszufinden, ob es überhaupt klappt mit uns. Ich empfinde das als ernste Bedrohung meiner Freiheit."

„Kein Wunder, mit Venus im Widder. Es stellt sich die Frage, ob sie die Richtige für dich ist."

Sascha ließ sich von einem Fiesta überholen, was er unter normalen Umständen niemals zugelassen hätte. „Ja, ich weiß, aber ich hatte schon viele Freundinnen, und wenn eine von ihnen die Wörter zusammenziehen, heiraten oder Kinder nur in den Mund nahm, war die Beziehung am nächsten Tag zu Ende. Aber mit Annika ist das anders, mit ihr könnte ich was Dauerhaftes aufbauen. Einerseits. Andererseits kotzt mich dieser ganze kleinbürgerliche Scheiß an!"

„In der Tat ein schreckliches und tragisches Dilemma", stellte Andreas fest und zügelte dann seinen Sarkasmus. Könnte doch sein, dass er demnächst vor einem ähnlichen Problem stand. „Wie wäre es mit einem Kompromiss? Man kann als Vater und Mutter doch auch in getrennten Wohnungen leben und –"

Er brach ab, als Sascha den Kopf wandte und ihn ansah, als bezweifle er seine geistige Gesundheit.

„Ja, so ist das", brummte Andreas. „Sobald man mal einen unkonventionellen Gedanken ausspricht, wird man für geisteskrank gehalten. Also, einen besseren Rat kann ich dir auch nicht geben... oder halt, wie wäre es mit: Folge deinem Herzen? Du wirst sicher wissen, aus welchem Film das stammt."

„Das kommt in abgewandelter Form in ungefähr 623 Filmen vor, die ich kenne."

„Na, dann muss doch was dran sein."

Daraufhin sagte Sascha erst einmal nichts mehr, sondern fuhr grübelnd durch Bonn, was Andreas mehrmals erschrocken zum Handgriff über der Tür fassen ließ.

Im Krankenhaus angekommen, erfuhren sie, dass Hansen-Hardt im OP beschäftigt war. Es würde noch eine gute halbe Stunde dauern, bis die Operation beendet war. Andreas beschloss, die Zeit zu nutzen, um sich ein wenig unter Ärzten und Schwestern umzuhören.

Eine Schwester Edelgard erzählte ihnen bereitwillig, was für ein netter Mensch Hansen-Hardt doch war, im Vergleich jedenfalls zu Horst Adolf Schneyder, den nicht nur das gesamte Krankenhauspersonal, sondern auch nicht wenige Patienten zum Teufel gewünscht hätten. Wo er sich zurzeit hoffentlich auch aufhalte. Kurz blitzte Schadenfreude in ihren Augen auf, dann fiel ihr ein, dass sie sich in einem katholischen Haus befand, und so sagte sie schnell noch etwas Gutes über ihn: Dass er fachlich natürlich der Beste gewesen sei, besser auch als Hansen-Hardt, und dass er in seinem Beruf als Chirurg noch nie einen Fehler gemacht habe, bis zu diesem furchtbaren Tod des kleinen Lars.

„Können Sie mir Genaueres darüber sagen, was eigentlich passiert ist?", fragte Andreas die Frau, die älter war als er, die kurzen Haare rotblond gefärbt hatte und nun die Fäuste auf die nicht eben schmalen Hüften stützte.

„Ich war nicht dabei, aber soviel kann ich Ihnen sagen: Kurz nach Narkoseverabreichung gab es einen Zwischenfall. Mittlerweile geht man davon aus, dass der Junge auf ein Narkosemittel mit einem anaphylaktischen Schock reagiert hat, der aber aufgrund seiner anderen Erkrankung nicht ganz die üblichen Symptome zeigte, weshalb man ihm ein falsches Medikament gab."

Andreas nickte. „Man wusste also nicht, dass er auf die Narkose allergisch reagieren würde."

Eigentlich war das nur eine Feststellung und keine Frage, aber Schwester Edelgard senkte den Blick und die Stimme: „Die Eltern haben hinterher wohl hundert Mal behauptet, sie hätten die Allergie angegeben, weil der Junge kurz nach der Geburt in einem anderen Krankenhaus schon einmal operiert werden musste und damals auch allergisch reagierte, was anscheinend gerade noch mal gutgegangen ist. Jedenfalls war hier bei uns in keiner Unterlage ein Hinweis auf diese Allergie zu finden."

Andreas beugte sich ein wenig zu ihr hinab und ein wenig näher zu ihrem Ohr hin und fragte genauso leise: „Gibt es irgendwelche Spekulationen darüber, woran das lag?"

„Spekulationen gibt es immer, aber ich höre meistens nicht hin."

„Schade", meinte Andreas und lächelte sie traurig an. „Mit Hilfe solcher Gerüchte haben wir schon so manchen Mord aufgeklärt."

Damit aber kam er bei Schwester Edelgard nicht an – sie blieb dabei, dass sie nichts Genaueres wisse. Sascha, der mit seinen Gedanken nicht voll bei der Sache zu sein schien, stellte keine Fragen. Auch nicht an die zwei Ärzte und drei Schwestern, die Andreas nach Schwester Edelgard auszuhorchen versuchte, ohne dass er etwas Neues erfahren hätte. Eine vierte Schwester teilte ihnen mit, dass Dr. Hansen-Hardt die Herren von der Polizei bereits in seinem Sprechzimmer erwarte.

Der Doktor lehnte im Sessel hinter seinem Schreibtisch, die Ellbogen auf den Armlehnen, die Hände auf dem Bauch gefaltet. Ein Bild der Entspanntheit. Jedenfalls bis Andreas sich ebenfalls niedergelassen und die erste Frage gestellt hatte.

„Guten Morgen, Herr Doktor, Sie kennen doch sicherlich Dr. Schneyders ältesten Sohn Dietmar. Wann haben Sie ihn das letzte Mal gesehen?"

Hansen-Hardts Lächeln verblasste, sein Blick sprang auf die Zigarettenschachtel, die auf dem Tisch lag, er hüstelte, erhob sich, riss das Fenster sperrangelweit auf, setzte sich wieder und zündete sich eine Zigarette an.

Andreas war zufrieden. Hier gab es irgendeine verdächtige Verbindung. Raucher konnten sich deutlich schlechter verstellen als Nichtraucher. Das sollten Politiker unbedingt in ihre Überlegungen mit einbeziehen, wenn sie das Rauchen großflächig verbieten wollten. Hansen-Hardt ließ sich noch zwei Züge Zeit, bevor er antwortete.

„Dietmar Schneyder? Das dürfte ungefähr ein Jahr her sein, dass ich ihm begegnet bin."

Schlechte Absprache. Hatte Schneyder nicht von mehreren Jahren geredet? Andreas bohrte weiter. „Bei welcher Gelegenheit war das?"

„Er kam mit schlimmen Schmerzen im Knie zu mir. Ich hab mir das angesehen und ihm zur Operation geraten. Aber er wollte nicht."

„Aha." Andreas sah neben sich, dorthin, wo Sascha saß, aber der schrieb nichts auf und hörte anscheinend auch nicht zu. Andreas stieß ihn mit dem Ellbogen an und zischte: „Wolltest du dir nicht Notizen machen?"

Dann fragte er Hansen-Hardt: „Kennen Sie eine Irmgard Dietz?"

Sofort wich Hansen-Hardt Andreas' Blick aus. Er zögerte kurz und tat, als dächte er nach, bevor er behauptete: „Nein, die Dame ist mir nicht bekannt. Ich habe allerdings gestern gelesen, eine Irmgard Dietz sei am

Mittwoch in ihrem Haus in St. Augustin tot aufgefunden worden."

„Ja, um diese Frau Dietz geht es. Sie haben ihr nicht zufällig hin und wieder die Stirn geglättet?"

„Nein, das war ich nicht. Aber das machen in Bonn auch noch andere Kollegen."

„Davon bin ich überzeugt. Ist ja auch eine nette Einnahmequelle." Andreas lächelte zuvorkommend. „Aber das ist nicht der einzige Grund, warum ich Sie frage, ob Sie sie kennen."

„Nein? Warum denn noch?" Er strengte sich mächtig an, ruhig und desinteressiert zu wirken.

Andreas lächelte weiter. „Weil es erklären könnte, warum wir Ihre Fingerabdrücke auf Geldscheinen gefunden haben, die die Frau in ihrem Schrank versteckt hatte."

„Was haben Sie gefunden?!" Hansen-Hardt quollen fast die blauen Augen aus den leicht geschwollenen Lidern.

Andreas kaufte ihm den unangenehm Überraschten durchaus ab. „Ihre Fingerabdrücke. Können Sie sich vorstellen, wie es dazu kommen konnte?"

Der Doktor saugte an seiner Zigarette, als wolle er den Filter gleich mitrauchen. Er dachte nach, das sah man ihm an... und auf einmal straffte sich sein Gesicht zu einem überheblichen Ausdruck, sein Kinn hob sich, seine Stimme klang unterkühlt. „Ja, das kann ich mir vorstellen! Ich habe in den letzten Monaten beim Einkaufen eine Menge Geldscheine aus der Region hier angefasst und die sind zufällig alle bei der Frau gelandet."

Andreas hatte den Eindruck, dass sein Blutdruck stieg. Der Mann verkaufte ihn für dumm! Und dann in diesem Ton! Er hörte auf zu lächeln. „Sie zahlen also immer mit Bargeld?! Und Sie haben zufällig auf fast 100 druckfrischen 100-Euro-Scheinen gut erhaltene Fingerabdrücke hinterlassen?! Und diese Scheine sind zufällig alle bei Frau Dietz gelandet?!"

Andreas schaffte es eben noch, seine Verärgerung herunterzuschlucken und beruhigte sich mit dem Gedanken, dass er diesen Mann hinter Gitter bringen würde. Das war beschlossene Sache.

Und so beantwortete er sich scheinbar gleichmütig seine Fragen selbst: „Na ja, möglich ist das natürlich schon, unwahrscheinlich, aber möglich. Ich hätte da noch eine andere Frage: Haben Sie eine Ahnung, wieso in der Krankenakte des kleinen Lars Marquardt nichts über die Narkosemittelallergie steht?“

Jetzt huschte Panik durch den Blick des Doktors und Andreas wurde klar, dass er auf den nächsten wunden Punkt gestoßen war.

Hansen-Hardt griff derweil zur zweiten Zigarette und beantwortete, während er Rauch in Richtung Fenster blies, die Frage mit einer Gegenfrage: „Woher soll ich das wissen? Schlampereien kommen im besten Krankenhaus vor. Außerdem wurde immer noch nicht genau geklärt, was damals im OP passiert ist.“

Andreas hatte plötzlich das Bedürfnis zu gehen und stand auf. „Komm, Sascha, wir haben noch viel Arbeit vor uns.“ Vom Doktor verabschiedete er sich mit grimmigem Lächeln und einem beinah freundlichen: „Wir sehen uns!“

Anscheinend war Sascha mit seinen Gedanken wieder bei der Sache, denn als sie im Auto saßen, merkte er an: „Hast du auch den Verdacht, dass zwischen Dietmar, Irmgard, Hansen-Hardt und dem toten Kind ein Zusammenhang besteht?“

„Na klar. Ein mögliches Szenario wäre dieses: Hansen-Hardt ist schuld am Tod des Kindes, Dietmar erfährt davon, erpresst von ihm 10000 Euro und zahlt sie weiter an Irmgard für ein falsches Alibi. Und legt durch die Fingerabdrücke gleich noch eine falsche Spur zu Hansen-Hardt.“

„Kommt irgendwie auf seinen Vater, der Dietmar“, kommentierte Sascha.

„Da gäbe es allerdings noch einige Fragen zu klären: Was hat der Doktor mit dem Kind gemacht, wie hat Dietmar davon erfahren, warum bringt er Irmgard um? Verdammt noch mal, wir können ihm nach wie vor nichts nachweisen! Das kotzt mich an! Ich werde gleich Feierabend machen und zwei Tage lang nicht über diesen Fall nachgrübeln! Ich muss den Kopf wieder freikriegen, und vor allem hoffe ich, dass ich nächste Woche diese verdammten Tabletten nicht mehr nehmen muss! Ich habe den Eindruck, als müsste ich dauernd gegen leichte Benommenheit andenken!“

Sascha lachte bitter auf. „Das Gefühl hab ich im Moment auch.“

„Ok, fahren wir was essen, und im Büro fassen wir noch mal gemeinsam unsere Gedanken zusammen. Und dann ist Feierabend.“

St. Augustin, Parkplatz Finanzamt
14.00 Uhr

„Ich mache mir Sorgen, Dietmar. Was geht da vor sich?" Anthea, die neben ihrem Wagen stand, sah Dietmar mit ihren schönen, dunklen Augen fragend an.

Das hatte er schon am Vorabend kommen sehen. Als er seine Anthea in den Arm hatte nehmen und küssen wollen, war sie aufgestanden und hatte behauptet, sie habe Magenschmerzen und wolle schlafen gehen, ja, diese ganze Mordsache schlage ihr schwer auf den Magen.

„Hör zu, Schatz, die Polizei verdächtigt immer auch die Familie, das ist ganz normal", versuchte er sie zu beruhigen. „Sei froh, dass man mich nicht verhaftet hat wie Matthias und Ludger. Wahrscheinlich haben die vom Morddezernat noch keine andere Spur, aber das wird sich schon ändern."

Sie guckte immer noch skeptisch, und so stellte er die große Vertrauensfrage, die ihr hoffentlich klar machte, was sie hier tat: „Du glaubst doch nicht, dass ich zwei Menschen umgebracht habe?"

„Nein, natürlich nicht", sagte sie und sah schnell zur Seite.

Toll, da hatten es die beiden verdammten Kommissare mit ihren verdammten Fragen tatsächlich geschafft, den einzigen Menschen (außer Marlies natürlich), der ihm wirklich etwas bedeutete, gegen ihn aufzuhetzen! Wie immer ging er äußerlich leichtfüßig über ihre offensichtliche Lüge hinweg und scherzte: „Na, dann ist ja gut. Denn wenn ich der Mörder wäre, müsste ich dich auch ins Jenseits befördern – du weißt zu viel über mich."

Anthea reagierte mit leicht verstörtem Lächeln und ließ ihn wissen, dass sie nun nach Hause fahren werde, um Fenster zu putzen. Sie gab ihm noch "Liebe Grüße an Marlies" mit auf den Weg und fuhr davon.

Fünf Minuten später bog Dietmar hinter Hangelar von der B 56 auf die Autobahn Richtung Königswinter ab. Das Wetter war immer noch ungewöhnlich mild und trocken für Ende November, aber Dietmar machte sich eher weniger Gedanken über irgendwelche Klimaveränderungen und ihre Auswirkungen auf Bonn und Umgebung, als über die Auswirkungen der Polizeiarbeit auf seine Gefühlslage.

Zum Beispiel träumte er in letzter Zeit mehr. Grässliche Dinge. Letzte Nacht hatte er geträumt, dass er noch ein Kind war, und dass sein Vater ihn in einen winzigen Käfig gesperrt hatte, so niedrig, dass er kaum darin sitzen konnte. Dann hatte sein Vater das Kinderzimmer, in dem der Käfig stand, verlassen, und Dietmar hatte gewusst, dass er nie mehr zurückkommen, und dass er selbst verhungern und verdursten würde. Vor Entsetzen war er aufgewacht.

In der Ferne wurde links das weiße Hotel auf dem Petersberg sichtbar, rechts stach die spitze Ruine des Drachenfels in den blauen, kaum bewölkten Himmel.

Mittlerweile war Dietmar klar, dass sein Traum Unsinn war. Niemals hätte sein Vater seine Kinder sterben lassen: Dann hätte er ja sein liebstes Spielzeug verloren, dann hätte er sie nicht mehr bestrafen und sich an ihrem Leid und an ihrer Angst weiden können!

Im wirklichen Leben hatte er sie nur in den Keller gesperrt, stundenlang und einzeln natürlich. Als wäre es gestern gewesen, erinnerte sich Dietmar an die völlige Dunkelheit und an die Kälte und einen widerlichen, schimmeligen Geruch... und an die Angst vor den ekligen Krabbeltieren, die er nicht kommen sah, an die Angst vor unvorstellbaren Kreaturen, die ihn in schwarze Spalten im Boden zogen und wahrhaft unaussprechliche Dinge mit ihm machten, und nicht zuletzt die Angst davor, dass sein Vater, wenn er ihn aus dem Keller herausließ, ihn mit dem Besenstiel verprügelte, weil er sich gegen das Einsperren gewehrt hatte.

Dietmar fuhr bereits an den Lemmerz-Werken vorbei, als er sich erinnerte, was genauso schlimm gewesen war, wie selbst in den Keller hinuntergestoßen zu werden: Miterleben zu müssen, wie seine Schwester (seine kleine, schmale Schwester Marlies mit den braunen Rehaugen) vor Angst schrie, wie ihr hübsches Gesichtchen von Panik verzerrt war, wenn der Vater, immer angetan mit einem dunklen Anzug, sie unerbittlich zur Kellertür zog.

Damals hätte Dietmar seinen Vater erschießen, erschlagen oder lebendig verbrennen mögen. Aber damals hatte er keine Chance gegen ihn gehabt.

Er verließ die Autobahn und fuhr einmal um die Innenstadt herum, um in die Wilhelmstraße zu kommen, wo er problemlos einen Parkplatz fand. Er ging davon aus, dass Joachim noch bei der Arbeit war, obwohl sein Schwager manchmal - als hätte er etwas geahnt - unerwartet zu Hause aufkreuzte, wenn Dietmar seine Schwester besuchte. Dann kam es regelmäßig zu heftigen Auseinandersetzungen, bis Dietmar das Feld räumte, mit einer Wut und einem Hass im Herzen, die ihm jeden klaren Gedanken raubten. Einmal hatte er deswegen auf der Heimfahrt sogar einen Auffahrunfall verursacht.

Dietmar stieg aus dem Wagen, strich ein paar Mal über seine Krawatte und klingelte an Marlies' freundlich bunter Haustür. Kurz darauf riss Romina die Tür auf und rief nach hinten in den Flur: „Mami, Onkel Dietmar ist hier!"

Sie ließ ihn herein und hüpfte vor ihm her in Richtung Küche. Sie war ihrer Mutter sehr ähnlich, mehr jedenfalls als Mandy. Klein, dünn, große, braune Augen, braune Locken, von Natur aus eigentlich lebhaft und heiter, vom Vater aber bereits eingeschüchtert und misstrauisch und vorsichtig gemacht. Mit acht Jahren. Ein Trauerspiel. Dietmar wäre längst beim Jugendamt gewesen, wenn Marlies ihn nicht angefleht hätte, es nicht zu tun. Also fühlte er sich verpflichtet, wenigstens auf sie und die Kinder aufzupassen.

In den letzten zwei Wochen hatte er Marlies allerdings aus Zeitmangel nicht gesehen, sondern nur mit ihr telefoniert, und als er jetzt die Küche betrat, war er schockiert. Schlank war sie ja schon immer gewesen, aber nun hatte sie etwas Skelettartiges an sich. Sogar die Wangen waren eingefallen, dunkle Schatten malten sich unter den Augen ab. Dietmar eilte auf sie zu und hatte fast Angst, sie zu umarmen und dabei zu zerdrücken.

Sie fühlte sich knochig und zerbrechlich an, und Dietmar glaubte zu spüren, wie sein Adrenalinspiegel anstieg. Was hatte dieser Abschaum von Schwager wieder mit ihr angestellt?!

„Setz dich doch. Möchtest du einen Kaffee?", fragte sie, nachdem sie sich aus Dietmars Umarmung gewunden hatte. Möglicherweise war ihr eigener Anblick ihr peinlich.

„Ja, gerne." Dietmar ließ sich auf der Eckbank aus Kiefernholz nieder, die mit dicken, von Blümchenstoff umhüllten Kissen gepolstert war. Der gleiche Blümchenstoff lag als Decke auf dem Tisch. An den Wänden hingen in bunten Rahmen Dutzende Fotos von den Mädchen. Auf einem alten Küchenschrank stand allerlei Nippes herum, am Herd lagen selbstgehäkelte Topflappen.

Marlies verschönerte aufwändig ihr Heim, weil ihr sonstiges Leben so unschön war. Jedenfalls sah Dietmar es so und er konnte es verstehen.

Ja, wahrscheinlich verstand er sie wie sonst kein Mensch auf dieser Welt, und deshalb musste er jetzt ein paar deutliche Worte mit ihr reden.

Er strich zweimal seine Krawatte glatt. „Schwesterchen, du siehst aus, als hättest du in letzter Zeit wenig Appetit gehabt."

Sie hantierte mit dem Rücken zu ihm an der Kaffeemaschine herum. „Eigentlich nicht, ich hatte nur öfters mal leichte Magenschmerzen."

„Und, warst du beim Arzt?", fragte Dietmar, obwohl er die Antwort bereits kannte.

„Nein. Joachim meinte, das sei nicht nötig. Ich bräuchte nur ein bisschen Schonkost." Sie schaltete die Kaffeemaschine ein, setzte sich zu Dietmar an den Tisch, lächelte müde und strich sich die langen Haare (die sie vermutlich auf Wunsch ihres Gatten blond gefärbt hatte) hinter die Ohren.

Die ganze Zeit über war Romina auf der Bank herumgeturnt und hatte Dietmar zwei Dutzend Mal aufgefordert, mit in ihr Zimmer zu kommen, weil sie ihm unbedingt etwas zeigen müsse. Marlies wirkte arg genervt davon, und auf einmal platzte ihr der Kragen.

„Romina, du gehst jetzt sofort nach oben und wartest, bis ich mit Onkel Dietmar zu Ende geredet habe. Jetzt sofort!"

Romina schob beleidigt die Unterlippe vor, aber sie gehorchte. Sofort. Normal fand Dietmar das nicht.

Marlies stand auf, stellte zwei Tassen auf den Tisch, goss Kaffee ein und setzte sich wieder. Ihr Gesicht war blass, ihr Blick wich Dietmar ständig aus, und als sie nun die Tasse zum Mund führte, rutschte der Ärmel ihrer orangeroten Bluse ein wenig zurück. An ihrem Handgelenk wurde ein blauroter Bluterguss sichtbar.

Dietmar strich sich über die Krawatte und riss sich zusammen. Es hatte keinen Sinn, Marlies darauf anzusprechen. Sie würde doch nur behaupten, sie habe sich gestoßen oder aus Versehen die Hand in irgendeiner Tür gequetscht. Langärmelige Shirts oder Pullover trug sie sowieso das ganze Jahr hindurch, nicht nur, um die sichtbaren Zeichen von Joachims Brutalität zu verdecken, sondern auch, weil sie sich wegen der hässlichen Narbe schämte, die ihren linken Unterarm entstellte.

Sie war weiß, diese Narbe, und dreieckig, denn sie stammte vom vorderen Teil eines heißen Bügeleisens, das Horst Adolf Schneyder persönlich vor gut 30 Jahren auf den Arm seiner Tochter gepresst hatte. Um sie dafür zu bestrafen, dass sie zwei Minuten zu spät zum Essen kam. Natürlich war Marlies nie wieder zu spät zum Essen gekommen.

Dietmar verscheuchte die Erinnerung und lächelte seiner Schwester aufmunternd zu. „Komm, nun sag schon, warum hast du solche Magenschmerzen, dass du kaum noch essen kannst?“

Und plötzlich stiegen Marlies, die gerne so tat, als sei sie Weltmeisterin im Alles-Aushalten, Tränen in die braunen Augen, was Dietmar zumindest in diesem Haus noch nicht erlebt hatte. Er war erschüttert und äußerst beunruhigt, denn es musste etwas wahrlich Ungeheuerliches passiert sein, dass sie so aus der Fassung geriet. „Wenn du mir nicht sofort sagst, was los ist, schleife ich dich ins nächste Krankenhaus!“

Marlies schluchzte auf, stellte die leicht zitternde Kaffeetasse ab, kramte ein Taschentuch aus der Hosentasche und tupfte damit unter ihren Augen herum.

„Er hat es herausgefunden!“, presste sie auf einmal hervor und begann dann, richtig heftig zu weinen.

„Was denn?!“, verlangte Dietmar zu wissen. Irgendwie hatte er allmählich das Gefühl, auf den Rand eines Abgrundes zuzugehen.

„Das mit dem roten Gemüse!“, eröffnete sie ihm unter Tränen und stieß ihn hinab in den Abgrund einer Erinnerung, die er fast verdrängt hatte. Jetzt packte sie ihn und augenblicklich wurde ihm sterbensübel.

Es ist Samstag. Vater, Mutter und die drei Kinder sitzen am Mittagstisch. Es gibt Kartoffelpüree mit Bratwurst und Erbsen. Dietmar schmeckt es gut, nur das Püree ist ein bisschen fad. Er fragt seine Mutter, ob er sich Salz holen darf. Da wirft sein Vater das Besteck auf den Tisch und schreit: Eure Mutter hat mir erzählt, dass ihr schon die ganze Woche am Essen herummeckert! Das werde ich euch austreiben!

Er steht auf, verlässt das Zimmer, kommt zurück. In der Hand ein braunes Glasfläschchen. Er hält es hoch, mit gemeinem Lächeln. Dietmar macht sich fast in die Hose.

Das hab ich euch aus dem Operationssaal mitgebracht, informiert der Vater die Familie, von einem Patienten, der an Darmkrebs gestorben ist.

Er stellt sich neben Dietmar, zieht eine Pipette aus dem Fläschchen und träufelt eine rote, leicht klumpige Flüssigkeit über sein Püree und die Erbsen. Das ist Blut, sagt er und verteilt rote Flecken auch über Marlies’ und Ludgers Essen.

So, und jetzt wird der Teller leer gemacht, befiehlt der Vater, sonst gibt es eine Nacht im Keller.

Dietmar schaut zur Mutter hinüber, aber die sagt nichts und tut nichts. Er sieht auf sein Püree mit den rot zerfließenden Flecken und glaubt ein paar Momente lang, zu schlafen und einen Alptraum zu haben. Denn das kann ja nicht wirklich sein. Doch der Vater verpasst ihm einen leichten Schlag gegen den Hinterkopf und zetert: Los, du sollst essen!

Dietmar nimmt seine Gabel und weiß, dass alle ihn anstarren. Ihm ist jetzt schon übel.

Glotzt nicht, esst! herrscht der Vater die Geschwister an.

Dietmar isst erst einmal tapfer um die roten Stellen herum. Sein Magen scheint sich mit jedem Bissen schmerzhaft weiter zusammenzuziehen. Dann wird es ernst. Auf seiner Gabel häuft sich Kartoffelpüree mit Blut. Der Ekel ist unbeschreiblich. Er öffnet den Mund, schiebt die Gabel hinein, versucht an sein neues Fahrrad zu denken, schmeckt etwas Salziges, und das ist zuviel für seinen Magen.

Dietmar springt auf, erreicht in letzter Sekunde die Gästetoilette und erleichtert sich. Als er zurückkommt, sieht er die Bescherung: Ludger hat sich auf den Boden erbrochen, Marlies auf ihren Teller. Der Vater macht ein erbostes Gesicht und verlangt, dass sie die Teller leer machen.

Marlies fängt an zu weinen. Und Ludger, kaum fünf Jahre alt, lässt sich auf den Boden fallen, rollt sich zusammen und steckt den Daumen in den Mund.

Und die Mutter sagt und tut nichts.

Weg! Nur weg aus dieser Erinnerung! Dietmar holte tief Luft und trank ein paar Schlucke Kaffee. Er wusste noch, dass sein Vater diese kranke Bestrafung für vollkommen minimale Verstöße gegen lächerliche Regeln, die er selbst aufgestellt hatte, ein paar Wochen lang jeden Samstag veranstaltete. Was letztlich dazu führte, dass alle drei Geschwister für den Rest ihres Lebens nichts Rotes mehr auf ihren Tellern ertragen konnten. Obwohl Dietmar eines Tages herausgefunden hatte, dass in dem Fläschchen natürlich kein Blut aus dem Operationssaal, sondern eingefärbtes, angedicktes Wasser gewesen war.

Gott, war er froh, dass dieses alte, perverse Stück Scheiße für das alles hatte bezahlen müssen!

Aber jetzt sollte er sich um seine Schwester kümmern. Er griff nach ihrer Hand, streichelte sie beruhigend und fragte: „Zwingt dich Joachim, etwas zu essen, das du nicht magst?“

„Nicht direkt.“ Sie schnäuzte sich die Nase. „Er will neuerdings fast jeden Tag Paprika, Tomaten, Möhren, Rotkohl, rote Bohnen und all so was essen. Aber mir wird ja schon schlecht, wenn ich das nur ausspreche, und erst recht, wenn ich dieses rote Zeug auf anderer Leute Teller sehe!“ Sie hatte aufgehört zu weinen und starrte abwesend auf ein Foto von Romina.

„Kannst du deinem Mann nicht erklären, um was es geht? Sollte er als liebender Ehemann nicht verständnisvoll und einfühlsam auf deine Probleme eingehen?“ Die Eigenschaften liebend, verständnisvoll und einfühlsam klangen im Zusammenhang mit Joachim so absurd, dass Dietmar fast gelacht hätte.

Marlies entging der Sarkasmus keineswegs, aber sie reagierte wie immer: Sie nahm ihren liebenden Ehemann in Schutz. „Ich möchte ihn mit so was nicht belasten, er kann doch nichts dafür, dass ich so überempfindlich bin.“

So viel krankhafte Aufopferungsbereitschaft machte Dietmar wütend, und nicht zum ersten Mal juckte es ihn in den Fingern, Marlies zu packen und zu schütteln, bis sie die Dinge klar sah. Das tat er natürlich nicht, stattdessen schimpfte er: „Wenn ich gegen eine Wand reden würde, könnte ich wahrscheinlich mehr erreichen, als wenn ich mit dir rede! Ich hab dir schon hundert Mal gesagt, du brauchst keine Angst zu haben, wenn du diesen Mistkerl verlassen willst! Ich helfe dir und ich kenne genug Leute, die dir auch helfen würden! Du musst dich nur einfach mal entscheiden!“

Bevor sie antworten konnte, sagte jemand von der Tür her: „Wofür entscheiden? Ich wusste gar nicht, dass du heute Besuch bekommst.“

Dietmar wandte sich um. Da stand er, der liebende Ehegatte, nicht sehr groß, aber kräftig, in seiner weißen Malerhose, die mit Farbe bekleckert war, und einem ähnlich bekleckerten Pullover. Als er in die Küche kam, kniff er die eisblauen Augen ein wenig zusammen, was wohl gefährlich aussehen sollte.

Aber Dietmar hatte, was ihn selbst immer wieder überraschte, nicht die geringste Angst vor diesem Mann. Er beschloss, ihm sein strahlendstes Lächeln zu schenken. „Hallo Joachim, ich habe mich bei Marlies nicht angemeldet. Du brauchst sie also nachher nicht zu bestrafen.“

Joachim starrte ihn feindselig an. „Was redest du für einen Stuss?! Ich will nur nicht, dass du sie hinter meinem Rücken mit deinen bekloppten Lügen gegen mich aufhetzt! Du gehörst doch in eine Anstalt!"

Dietmar lächelte immer noch. „Ich weiß wirklich nicht, ob du das beurteilen kannst. Woher stammt eigentlich der Bluterguss an Marlies' Handgelenk?"

Marlies war längst aufgestanden und hatte sich bis zur Arbeitsplatte zurückgezogen. Jetzt meldete sie sich mit müder Stimme zu Wort. „Ich hab mich in der Tür geklemmt."

„Ja, ich dachte mir schon, dass du das sagst", meinte Dietmar. „Aber du weißt, dass ich das nicht glaube."

Schwager Joachim kam langsam auf ihn zu, verschränkte die muskulösen Arme, baute sich großspurig vor ihm auf und sah auf ihn herab: „Das interessiert uns einen Scheißdreck, was du glaubst oder nicht, du Lackaffe! Wie du schon immer daherkommst, in deinen lächerlichen, geschniegelten Anzügen! Du machst dich jetzt sofort vom Acker, kapiert?! Verpiss dich, du blödes Arschloch!"

Dietmar stand auf und er war gut einen halben Kopf größer als Joachim, aber gegen einen so kräftigen, durchtrainierten Schläger, der zudem keine großen Hemmungen überwinden musste, um seine Fäuste zu benutzen, hatte er keine Chance. Er verkniff sich sogar, den Mann verbal zu provozieren, sonst ließ er seinen Frust hinterher an Marlies aus.

„Ist ok, ich wollte sowieso gerade gehen", behauptete Dietmar ruhig und wollte sich an Joachim vorbeischieben.

Doch der verstellte ihm den Weg und ließ ein breites Grinsen sehen. Ein gemeines Grinsen. Das widerwärtige Grinsen von Menschen, die andere besonders gerne treten, wenn sie schon winselnd am Boden liegen. Das Grinsen seines Vaters.

„Du ziehst den Schwanz ein? Wenn ich gewusst hätte, dass das bei dir so einfach zu erreichen ist, hätte ich mich nicht so aufgeregt." Joachim lachte und schaute zu Marlies hinüber. Wahrscheinlich wollte er in ihren Augen die Bestätigung sehen, was für ein toller Kerl er war. Marlies lächelte, aber dieses Lächeln wirkte ziemlich unecht.

Dietmar musste enorme Kraftreserven in seine Selbstbeherrschung stecken, um wenigstens nach außen hin ruhig zu bleiben. Er ließ ein geringschätziges Lächeln um seine Lippen spielen und schwieg.

Das ärgerte Joachim möglicherweise derart, dass er noch eine Zugabe aus dem Hut zauberte: „Weißt du, was ich mir gerade überlegt hab? Ich finde, du solltest überhaupt nicht mehr kommen! Ab heute hast du Hausverbot! Und Marlies wird sich auch sonst nirgendwo mit dir treffen! Daran wirst du dich doch halten, nicht wahr, Schatz?"

Über dieses Verbot hätte Dietmar vielleicht gelacht, hätte er nicht in Marlies' Gesicht gelesen, dass sie sich tatsächlich daran halten würde.

Da reichte es ihm. Wortlos stieß er Joachim beiseite und eilte, so schnell es mit seinem steifen Knie ging, aus dem Haus. Schwer atmend setzte er sich in sein Auto und strich über seine Krawatte wie ein Geisteskranker. Er durfte das nicht zulassen! Er durfte nicht zulassen, dass Marlies so wurde wie seine Mutter, die alle im Stich gelassen hatte, die sie angeblich liebte! Denn es sah ganz so aus, als würde Marlies zunächst ihren eigenen Bruder aufgeben, und dann würde sie ihre Kinder im Stich lassen, wie ihre Mutter es getan hatte! Das durfte er nicht zulassen!

Dietmar atmete jetzt ruhiger, aber in seinem Innern brodelte ein hochbrisantes Gemisch aus Hass und Wut. Es glich einem leise glimmenden Schwelbrand, der seit Jahrzehnten in seinem Herzen vor sich hinglühte. Und dem er ab und zu durch schreckliche Erinnerungen Nahrung gab. Damit er nicht erlosch..

Dietmar ist 13 und lang aufgeschossen, aber immer leicht kränklich. Der Vater schreit im Haus herum. Er sucht einen Schuldigen für irgendein läppisches Vergehen, an das sich Dietmar nicht erinnern kann.

Ludger ist nicht zu Hause, Marlies hat sich im Keller versteckt (ausgerechnet - aber da sucht er sie garantiert nicht), nur Dietmar steht zur Verfügung. Doch Dietmar will sich nicht bestrafen lassen für etwas, mit dem er gar nichts zu tun hat. Er entwischt seinem Vater, rennt nach draußen. Es ist ein sonniger, warmer Nachmittag im August, den er sein Leben lang nicht vergessen wird. Dietmar streift eine Weile durch die Felder und Wiesen hinter Lengsdorf und versucht die Natur, die Aussicht und den Sonnenschein zu genießen, aber im Hinterkopf tobt permanent sein Vater, und so kann sich Dietmar nicht freuen.

Schließlich lässt er sich auf einem Hügel mit herrlichem Ausblick über die weite Landschaft nieder und denkt, vielleicht wird sein Leben ja doch eines Tages schön. Am liebsten würde er für immer dort sitzen bleiben, aber gegen Abend bekommt er Hunger und hofft, dass sein Vater sich beruhigt hat, weil er vielleicht (Dietmar schämt sich für diesen Gedanken) ein anderes Opfer gefunden hat.

Als er nach Hause kommt, sitzen seine Eltern in der Küche, sein Vater natürlich im dunklen Anzug. Niemand sieht ihn an, niemand sagt ein Wort. Auf dem Tisch liegt ein Hammer.

Darf ich mir was zu essen machen? fragt Dietmar. Immer noch keine Reaktion. Also geht er zum Kühlschrank, öffnet ihn, stöbert darin herum – und wird plötzlich von hinten gepackt, rückwärts gerissen und festgehalten wie mit stählernem Arm. Ein ganz spezieller Geruch dringt ihm in die Nase, dass ihm übel wird. Diese unverkennbare Mischung aus Schweiß und Krankenhaus.

Und während eine eisige Stimme in sein Ohr knurrt: Du wirst mir nicht mehr davonlaufen!, holt ein schwerer Hammer aus und donnert gegen sein Knie. Der Schmerz ist so überwältigend, dass Dietmar nicht einmal Luft zum Schreien hat. Beim zweiten Schlag verliert er das Bewusstsein.

Dietmar merkte, dass er das Lenkrad so fest umklammerte, dass ihm die Finger wehtaten. Noch heute konnte er nicht fassen, was sein Vater ihm damals angetan hatte. Genauso wenig konnte er fassen, dass ihm niemand geholfen hatte. Weder seine Mutter, die dabei zugesehen hatte , noch einer der Ärzte, denen er aus lauter Angst natürlich nicht die Wahrheit gesagt hatte. Aber hätte nicht irgendein gottverdammter Verwandter oder Nachbar oder Lehrer etwas merken müssen?!

Aber er würde die Augen nicht zumachen! Er würde seiner Schwester helfen, bevor Joachim anfing, sich auch noch an den Kindern zu vergreifen!

Dietmar lehnte sich zurück, und während rechts von ihm lautstark ein Güterzug über die Schienen rumpelte, fasste er den Entschluss, einen herausragenden Plan zu schmieden und für ein perfektes Alibi zu sorgen, bevor er Joachim eine Lektion erteilte.

7

Oberdollendorf
Samstag, 25. November, 8:58 Uhr

Als Sascha gegen 9.00 Uhr wach wurde, blieb er erst einmal im Bett liegen. Es dauerte nur Sekunden, bis ihm das Hauptthema des gestrigen Abends wieder über die Leber lief, alle anderen Gedanken nach Hause schickte und ihn irgendwie und allgemein schwer belastete.

Zusammenziehen mit Annika? Ja oder nein? Kinder mit Annika? Ja oder nein? Er hatte angefangen, im Kopf eine Liste zusammenzustellen mit Pro und Kontra, und die Pro-Seite sah nicht gut aus.

Für ein Zusammenziehen sprach:

1. Er konnte Annikas Superkörper jeden Tag jederzeit sehen und anfassen.

2. Er würde nie mehr alleine einschlafen müssen.

3. Er hatte eine deutlich bessere Kontrolle über das, was sie nach Feierabend tat.

Was den Haushaltsbereich betraf, würde sich vermutlich nicht viel ändern, es sei denn, er konnte sie überreden, seine Hemden zu bügeln.

Gegen ein Zusammenziehen sprach:

1. Er stand natürlich genauso unter Kontrolle wie sie.

2. Falls er ein bisschen Ruhe brauchte, könnte es schwierig werden zu sagen: Sorry, ich möchte dich heute mal nicht sehen.

3. Er hatte fast schon all die Vorwürfe im Ohr, mit denen Annika ihn garantiert irgendwann beglücken würde: a) Wo kommst du so spät her? b) Du hast viel zu wenig Zeit für mich. c) Musst du deine Klamotten in der ganzen Wohnung verteilen? d) Wir sollten was gegen deine Schnarcherei unternehmen. e) Kannst du nicht ab und zu mal die Klobürste benutzen?

4. Und was das vielleicht Angsterregendste war: Mit dem hemmungslosen Konsumieren von Film und Fernsehen war es dann vorbei.

Sascha drehte sich auf die andere Seite. Mit dem Thema Kinder konnte er eigentlich noch weniger anfangen. Er fand es nicht so dringend, seine Gene weiterzugeben oder sich zu reproduzieren, damit ein Teil von ihm bis in alle Ewigkeit lebte. Natürlich, die bedingungslose Liebe, die diese kleinen Geschöpfe ihren Eltern entgegenbrachten, hatte etwas Rührendes. Zumindest so lange, bis sie irgendwann in Entfremdung oder gar Hass umschlug.

Frauen sahen das sicher anders... vielleicht sollte er Annika vorschlagen, dass er sich als Samenspender zur Verfügung stellte und selbstverständlich für das Kind zahlen würde, aber das alles doch lieber in getrennten Wohnungen. Oh ja, Annika würde ihm auf Knien danken für diesen Vorschlag.

Sascha bekam allmählich Hunger von seiner Grübelei. Er stand auf, machte sich Kaffee und zwei Brote mit Käse und Marmelade, schob eine Jackie-Chan-DVD in das Gerät, legte sich wieder aufs Bett und ließ sich ein wenig ablenken. Es dauerte aber nicht lange, da schlich sich dreist die Frage durch seinen Hinterkopf, ob er diese Art der freien Morgengestaltung für eine Frau und/oder ein Kind aufgeben wollte. Er stellte sich vor, dass Annika neben ihm lag, in ihrer roten Unterwäsche, und so unangenehm war das gar nicht. Jetzt noch ein Kleinkind, das aufgekratzt auf seinem Bauch herumturnte... aber das verdarb dann doch ein bisschen die Stimmung.

Herrgott noch mal! Was sollte er tun?! Annika in die Wüste schicken und sich eine andere Frau suchen?! Nein, dafür mochte er sie zu sehr. Sie war so selbstständig, so temperamentvoll, so warmherzig und verständnisvoll, so intelligent und witzig und im Bett einfach eine Klasse für sich. Verfluchter Mist! Solche Frauen standen nicht an jeder Straßenecke herum, und in seinem Alter wurde die Auswahl auch nicht größer! Nein, er wollte keine andere!

Schluss jetzt, er brauchte eine Denkpause. Als der Film zu Ende war, fiel ihm ein, dass er noch einkaufen musste. Cola und eine neue Zahnbürste (Ist da jemand mit der Dampfwalze drübergefahren? hatte Annika bemerkt) sowie Papiertaschentücher einer nicht ganz so billigen Marke (Du liebes Bisschen, sind die hart! hatte sich Annika beschwert) und noch ein paar Flaschen Wasser, weil sich Annika momentan wieder einmal ein wenig zu füllig fühlte und abnehmen musste.

Er plante also so einzukaufen, als sei alles in gewohnter Ordnung, als stünde die Beziehung nicht auf der Kippe, als sei Annika wie fast jedes Wochenende sein von ihm verwöhnter Gast.

*

Am Samstagvormittag packte Andreas seine Mutter ins Auto und fuhr mit ihr zum Supermarkt, weil sie einen Großeinkauf zu tätigen gedachte. Im Laden schwitzte Andreas derart, dass er die Jacke auszog. Wieder zu Hause, sah er auf das Thermometer, das er außen an seinem Küchenfenster angebracht hatte: unglaubliche 17°! Das war selbst für das wärmeverwöhnte Rheinland ungewöhnlich.

Gegen 18.30 Uhr machte sich Andreas auf den Weg zu Udo Philipp. Es war längst dunkel, als er auf die Autobahn fuhr, aber ein warmer Südwestwind brachte immer noch (vermutlich aus Nordafrika) milde Luft mit nach Deutschland. Das traf sich gut, denn so würde Onkel Udo, wenn er auf seinem Balkon rauchte, keine Erfrierungen davontragen.

Im Übrigen hatte Andreas den halben Tag damit verbracht herauszufinden, was ihn eigentlich zu Sabine Berger hinzog. Waren es wirklich ihre vernünftigen Ansichten? Oder war es ihre weit entfernte Ähnlichkeit mit Marilyn Monroe? Es war sicher nicht ihr mütterlich-autoritärer Stil, mit dem sie Personal und ältere Menschen führte! Oder doch?

Auf der Nordbrücke entschied er sich dann, dass es ihre stark ausgeprägte Weiblichkeit war, die zu seiner reifen, kraftvollen Männlichkeit passte wie Himbeereis zum Hochsommer. Genau. Oder so ähnlich.

Andreas lachte leise. Ja, mit den Frauen war das so eine Sache. Seine erste Freundin damals war 17 Jahre alt gewesen, hatte ein bisschen Speck auf den Hüften gehabt, dafür aber Dutzende entzündeter Pickel im Gesicht. Die er allerdings gar nicht mehr bemerkte, wenn er in ihre braunen Augen sah. Nach ein paar Monaten (nachdem er ihr mehrfach empfohlen hatte, ihr Zimmer aufzuräumen und zum Hautarzt zu gehen) machte sie jedoch Schluss mit ihm, weil er angeblich zu unromantisch, zu nüchtern und zu pedantisch sei.

Als er die Autobahn verließ, fiel ihm noch Uschi ein, in die er sich während seines Mathematikstudiums verliebt hatte. Sie war die einzige Frau in seiner Arbeitsgruppe, hatte schulterlanges, blondes Engelshaar, schminkte sich dezent, lief aber mit schmutzigen Fingernägeln herum, weil sie in der Freizeit in der Gärtnerei ihrer Eltern mithalf - was für Andreas bis heute ein völlig unzureichendes Argument war. Sie war intelligent und interessierte sich für alles Mögliche und unterhielt sich mit

Andreas stundenlang über die Umlaufbahnen der Saturnmonde oder die richtige Therapie bei Juckreiz im Intimbereich.

Andreas seufzte. Ja, es war eine schöne Zeit gewesen. Nach einem halben Jahr wagte er es dann erstmals, sie auf ihre Fingernägel anzusprechen. Ihre Reaktion war überraschend heftig: Sie habe ihn schon länger für einen kleinlichen, unerträglich sarkastischen und negativ eingestellten Menschen gehalten und außerdem hätte sie kürzlich einen anderen Mann kennen gelernt.

Andreas war derart enttäuscht, um nicht zu sagen, angewidert von der Frau und der ganzen Welt, dass er sogar sein Mathematikstudium, das irgendwie auch nicht richtig lief, aufgab und das tat, was sein Vater ihm seit Jahren schmackhaft zu machen versuchte: Er ging zur Polizei.

Als Andreas in der Dorotheenstraße ankam, fand er erstaunlicherweise sofort einen Parkplatz. Auch das schmale, hohe Jahrhundertwendehaus mit dem dezent abblätternden Putz fand er auf Anhieb wieder, aber der Hauseingang, zu dem drei Steinstufen hinaufführten, war schlecht bzw. gar nicht beleuchtet, und Andreas hatte Mühe, die richtige Klingel zu finden. Schließlich drückte er auf gut Glück den Finger auf die oberste, und kurz darauf ging im Flur das Licht an, was er durch das mit schnörkeligem Gitter versehene Fenster in der Tür sehen konnte. Minuten später tauchte der kleine, kugelbäuchige Udo im Flur auf, sichtbar schwer atmend, mit gemächlich steifem Schritt. Sie begrüßten sich freundschaftlich und machten sich gemeinsam an den Aufstieg ins Dachgeschoss. Mehrmals war Andreas versucht, Udo aus lauter Mitgefühl (und weil es ihm zu lange dauerte!) die Treppe hinauf zu schieben, was natürlich außerordentlich taktlos gewesen wäre. Also übte er sich in Geduld und freute sich, dass der Mann überhaupt lebend in seiner Wohnung ankam.

Dort erwartete Andreas leichter Zigarettengeruch, überlagert von einem chemischen, undefinierbaren Duft, der sich ihm unangenehm auf die Atemwege legte. Sicher hatte Udo die Zimmer im Übermaß mit einem Anti-Geruchs-Spray bearbeitet.

Ansonsten wirkte das Wohnzimmer wie bei seinem ersten Besuch, als er Udo zum Mordfall 'Angelika Philipp' befragt hatte: Mandarinfarbene Wände, auf einer Seite eine starke Schräge mit ausgebauter Gaube, deren zweiflügelige Tür auf einen winzigen Dachbalkon führte, Bücher und Zeitschriften, so weit das Auge reichte. Immerhin hatte Udo den

Couchtisch und zwei breite, braune, mindestens dreißig Jahre alte, mit Brandlöchern verzierte Sessel freigeräumt. Auf dem Tisch hatte er Salzstangen, Chips und eine Pyramide aus Dominosteinen aufgebaut. Andreas kam sich vor wie in einem anderen Jahrzehnt. Was ihm gar nicht so schlecht gefiel.

Jetzt bot ihm „Onkel" Udo, der immer noch nicht ganz bei Atem war, ein Glas Wein an und öffnete den zweiten Knopf seines blauen Polo-Shirts, das seinen Bauch gnadenlos eng umspannte wie eine zweite Haut. Andreas setzte sich, ließ sich Wein einschenken und fragte beiläufig, als ginge es ihn eigentlich nichts an: „Haben Sie jemals versucht, mit dem Rauchen aufzuhören?"

Udo plumpste in seinen Sessel und stieß ein keuchendes Lachen aus. „Na klar! Ich bin ein Besonderer-Anlass-Aufhörer. Schon während meines Studiums hatte ich mir fest vorgenommen: Wenn du das nächste Examen schaffst, hörst du mit dem Rauchen auf, dann: Wenn dein erstes Buch erscheint, hörst du mit dem Rauchen auf, oder: Wenn du 20 kg abgenommen hast, hörst du mit dem Rauchen auf, und so weiter und so fort. Aber irgendwie kam bis heute immer was dazwischen."

Andreas prostete ihm mit dem Weinglas zu. „Dann wollten Sie es wohl nicht wirklich. Ich verstehe einfach nicht, was diese stinkenden Dinger den Menschen geben."

„Sie beruhigen und dämpfen negative Gefühle." Udo zog ein Taschentuch aus der schwarzen Hose und wischte sich über die feuchte Halbglatze.

Andreas war sich bewusst, dass er Udo mit diesem Thema vermutlich geradewegs zur nächsten Zigarette trieb, trotzdem musste er noch eins loswerden. „Ich habe gelesen, es sei eine Illusion, dass Zigaretten beruhigen, denn sie erhöhen im Gegenteil den Blutdruck und machen noch nervöser, weshalb man dann ja auch zur nächsten Zigarette greifen muss, um sich wieder zu beruhigen."

„Ich hab das auch gelesen." Udo klang ein wenig unwillig, als wolle er dieses Thema so schnell wie möglich abhaken. „Trotzdem habe ich den Eindruck, dass mich eine Zigarette erst mal beruhigt!"

„Durchaus möglich. Und wissen Sie auch, warum? Das liegt an der größten Kraft, die es auf Erden gibt. Nein, nein, ich meine nicht die Liebe. Ich rede von Autosuggestion. Es ist unfassbar, was man sich alles selbst einredet! Besonders gern so negatives Zeug wie: Ich bin dumm, ich bin hässlich, ich kann dies nicht und jenes nicht, niemand mag mich, ich bin schuld daran, dass die Welt so schlecht ist und dass es auch noch regnet. Was könnten Menschen alles erreichen, wenn sie sich das Gegenteil einredeten!"

„Dann wäre die Welt ja voller Größenwahnsinniger!"

„Nein, ich bin überzeugt, dass es dann weniger Elend und weniger Verbrechen auf der Welt gäbe", behauptete Andreas und bemerkte Udos grimmigen Blick. „Die Frage ist aber, wie man Menschen zu einer positiven Einstellung sich selbst gegenüber verhilft. Eigentlich ist das Aufgabe der Eltern, doch die denken ja genauso schlecht über sich", ruderte Andreas vorsichtig zurück, denn auf einmal schien es ihm, als sei er zu angriffslustig ins Gespräch gegangen.

Udo stand auf, griff zu seiner Zigarettenschachtel, die neben den Chips lag, und meinte, während er die Tür zum Balkon öffnete. „Es ist ziemlich überflüssig, mit einem Raucher über das Aufhören zu reden, da können Sie jeden Arzt fragen. Der Gedanke ans Aufhören macht den Raucher nervös und schon braucht er die nächste Zigarette."

Udo verschwand auf dem dunklen Balkon, und Andreas wusste nicht recht, was er tun sollte: Sich zu ihm gesellen oder sitzen bleiben und überlegen, in welche Richtung er das Gespräch lenken sollte.

Plötzlich informierte er Udo ganz spontan vom Wohnzimmer aus: „Sie werden es nicht glauben, Herr Philipp, aber ich habe morgen eine Verabredung mit einer Frau!"

„Na, das ist doch mal eine Neuigkeit! Erzählen Sie!", antwortete Udo aus der Dunkelheit.

Also erzählte Andreas, wie und wo er sie kennen gelernt hatte, dass sie ihn am letzten Mittwoch zum Optiker begleitet und dort glatt restlos überfahren hatte. „Unglaublich, ich habe Dinge getan, die ich gar nicht tun wollte!", wunderte sich Andreas über sich selbst.

Udo, der inzwischen wieder in seinem Sessel saß, lachte.

„Nicht nur, dass ich mir eine neue Brille zugelegt habe", fuhr Andreas fort, „ich habe die Frau auch noch für morgen zum Essen eingeladen, womit ich mich praktisch selbst überrumpelt habe!"

„Was ist das denn für ein Gefühl, wenn Sie an morgen denken?", wollte Onkel Udo wissen und faltete die Hände über seinem dicken Bauch.

Andreas dachte ernsthaft darüber nach. „Ich freue mich darauf, Sabine wiederzusehen, aber andererseits merke ich auch, dass ich meine skeptische Grundhaltung Frauen gegenüber nicht einfach abstreifen kann."

Mit dieser Antwort hatte Udo anscheinend gerechnet, denn jetzt schoss er zurück. „Haben Sie nicht gerade einen Vortrag über Autosuggestion gehalten? Reden Sie sich Ihre Skepsis also nur ein? Oder haben Sie Angst vor irgendwas?"

Seltsamerweise fühlte sich Andreas ertappt. Aber ging das Udo etwas an? Nein. Also ablenken. „Wissen Sie, ich frage mich wirklich, ob sie die Richtige ist. Kennen Sie sich ein bisschen mit Astrologie aus?"

„Ich kenne mich sehr gut damit aus. Ich habe mich eine Zeitlang mit den psychologischen Aspekten beschäftigt, und die sind in der Tat sehr interessant und stimmig. Was für ein Sternzeichen sind Sie?"

„Ich bin Wassermann, Aszendent Jungfrau. Und Sie?"

„Zwilling, Aszendent Stier." Udo schlug sich auf den dicken Oberschenkel. „Zwei Luftzeichen mit Erdaszendent! Kein Wunder, dass wir uns so gut verstehen! Ist das nicht faszinierend?!"

„Ja, wir sollten heiraten und zusammenziehen", schlug Andreas vor, schüttelte sich innerlich bei diesem Gedanken und fuhr fort: „Na, jedenfalls hab ich von Sabine ein Horoskop erstellt: Sie ist Stier-Frau mit Krebsaszendent und hat auch sonst ziemlich viel Wasser und Erde im Horoskop. Außerdem gibt es ein paar unschöne Oppositionen und Quadrate zwischen ihren und meinen Planeten. Ich weiß nicht, ob wir zusammenpassen."

„Vielleicht nicht, aber jetzt wissen Sie wenigstens, was Sie erwartet, und Sie als flexibles Luftzeichen sollten damit umgehen können!"

Andreas nahm sich einen Dominostein und biss die Hälfte ab. Doppelt gefüllt. Lecker. Er kaute noch, als er antwortete. „So habe ich das noch gar nicht gesehen. Ich werde das zu Hause vertiefen, vielen Dank für die Anregung. Wo wir schon dabei sind - würden Sie mir Ihr genaues Datum und den Geburtsort verraten?"

„Klar. Haben Sie was zu schreiben?"

Andreas notierte sich die Zeit und den Ort: Bonn. „Wo denn in Bonn?"

Udo beugte sich vor und nahm sich eine Handvoll Chips aus einem Schälchen. „Ich komme aus Godesberg. Und Sie?"

„Ich bin auf der anderen Rheinseite geboren, in Oberkassel. Da hätten wir uns ja beinah zuwinken können." Andreas aß noch einen Dominostein und kam ohne Umwege auf eins seiner Lieblingsthemen zu sprechen. „Wo wir gerade bei Bonn sind... soll ich Ihnen sagen, was mich unglaublich wütend macht? Wenn ich wieder mal in irgendeinem Schmierblatt lesen darf, dass Bonn ein verträumtes Dorf ist oder – noch schlimmer - dass Bonn Provinz ist! Das ist unerhört! Da könnte ich zum Rächer der Stadt werden und ein paar Leute erschießen! Bonn ist eine moderne Großstadt mit mehr als 300000 Einwohnern und gehört quasi zum größten Ballungszentrum Europas dazu! Und das soll Provinz sein?! Was ist denn dann Berlin?! Da ist doch rundum nichts als plattes Land!"

„Na, Sie sind mir ja ein reinrassiger Lokalpatriot! Hätte ich gar nicht von Ihnen gedacht." Udo knabberte geräuschvoll Chips und lächelte Andreas an. „Über so was rege ich mich schon lange nicht mehr auf. Ich sage mir einfach, dass die Berliner neidisch sind auf unser einzigartiges, liebreizendes Rheintal, auf unser mildes Klima, auf die weltoffenen, toleranten, freundlichen Menschen hier in unserem internationalen Schmelztiegel und auf die über 2000 Jahre, die Bonn alt ist!"

Andreas war begeistert. „Ganz genau so ist es! Die haben da ein paar nette Schlösser und Gärten in Berlin und Filmfestspiele und Modemacher und was sich sonst noch so Künstlerszene nennt, aber da steckt so viel hohle Selbstverliebtheit drin, dass mir schlecht wird! Haben die in Berlin vielleicht einen Mann wie Friedrich Wilhelm August Argelander, der als erster ein Verzeichnis der Sterne des nördlichen Himmels erstellt hat?! Haben sie einen Mann wie unseren großen, berühmten Ludwig van Beethoven, den jeder halbwegs gebildete Mensch auf der Erde kennt?!"

„Und den jeder sofort mit Bonn in Verbindung bringt."

„Das will ich doch hoffen!"

Udo schmunzelte. „Waren Sie schon mal in Berlin?"

„Nein, und ich würde mir eher die Haare einzeln ausreißen, als dort hinzufahren! Nein, schon aus Prinzip nicht!"

Udo häufte sich zum zweiten Mal Chips auf die linke Hand. Essen statt rauchen. „Anscheinend halten Sie gerne und ausdauernd", er wies auf Andreas' Brille, „an Dingen und Meinungen fest."

„Wenn ich mich hier so umsehe, würde ich behaupten, Sie tun das auch!", konterte Andreas.

„Stimmt. Aber ich kann auch, wenn ich denke, dass es nötig ist, meine Meinung ändern. Schließlich entwickelt man sich weiter."

Das führte geradewegs in ein Streitgespräch über die Frage, von welchem Punkt an häufige Meinungsänderungen in Opportunismus umschlagen.

Udo nahm die Diskussion anscheinend derart mit, dass er dreimal innerhalb einer halben Stunde auf dem Balkon verschwand. Als er wieder einmal zurückkam und sich hustend in seinen Sessel fallen ließ, wandte er sich - nachdem er fertig gehustet hatte - den Naturwissenschaften zu, die, wie er meinte, durchaus geprägt waren vom Über-den-Haufen-Werfen von Theorien und Meinungen.

„Da haben Sie Recht", meinte Andreas. „Aber was zum Beispiel bei Politikern fast täglich vorkommt, dauert in den Naturwissenschaften Jahrzehnte. Kleines Beispiel: Die so genannte String-Theorie." Er lehnte sich in seinem Sessel zurück, drehte sein Wasserglas zwischen den Fingern und hob an: „Diese Theorie besagt ja, dass alles, was existiert, auf unvorstellbar winzige - und bisher in keinster Weise nachgewiesene - Fädchen zurückgeht, die auf unterschiedliche Weise vibrieren. Allerdings könnte die Theorie in der Praxis nur funktionieren, wenn es wahnsinnig viele neben-, über- oder ineinander existierende Universen gäbe. Viele Physiker bezeichnen das als kompletten Unsinn. Die anderen meinen: Warum sollte es diese vielen Universen nicht geben – Hauptsache, unser schönes, elegantes Modell fällt nicht in sich zusammen."

Andreas trank mit zwei großen Schlucken sein Glas leer und fuhr fort: „Ein weiterer Fachmann kritisiert, dass sich durch das Festhalten an der String-Hypothese (wie gesagt: ohne einen einzigen Beweis!) die gesamte theoretische Physik seit 30 Jahren nicht weiterentwickelt hat. Dieser Fachmann hat natürlich gleich ein neues Modell zur Hand: Die sogenannte Schleifenquantengravitations-Theorie. Leider auch durch nichts bewiesen. Toller Name für nichts als eine Behauptung."

„Ja, ja, die Physiker", nickte Udo und schenkte sich ein Glas Wein ein, während Andreas nur noch Wasser nahm. Dann starrte Udo kurz ins Nichts und überraschte seinen Gast mit einem Abstecher auf das Gebiet des Amoklaufs.

„Warum eigentlich passieren Schießereien immer an Schulen?", fragte er sich gewissermaßen selbst. „Und nicht etwa in der Eisdiele, im Kino oder in der Disko? Warum in der Schule? Weil dieser Ort für Jugendliche ein Inbegriff fröhlichen Lernens und lebendigen Gedankenaustauschs ist?"

Andreas musste lachen. „Klar, auch ich bin furchtbar gern zur Schule gegangen. Weil es da so einfühlsame und wahnsinnig kompetente Lehrer gab... und so liebevolle Mitschüler. Von Angst, Lehrerwillkür und Demütigung weit und breit keine Spur!"

„Natürlich", betonte Udo und begann zu schimpfen. „Und in der Öffentlichkeit verdammt man erst mal alle angeblich gewalttätigen Computerspiele, statt sich die nächsten Bezugspersonen anzugucken, die Eltern, Lehrer und Freunde und deren Verhältnis zum ausgerasteten Schüler. Was bin ich froh, dass Hitler und Stalin in ihrer Jugend keine PC-Spiele zur Verfügung hatten, sonst wären sie glatt zu Verbrechern geworden!"

„Sie meinen also, die Spiele haben nichts mit dem Amoklauf zu tun."

„Doch, aber hier wird wieder mal Wirkung mit Ursache verwechselt!", ereiferte sich Udo. „Die Spiele sind doch nicht die Ursache für so eine Tat – sonst gäbe es auf der ganzen Welt ja nur noch amoklaufende Schüler und keinen geregelten Unterricht mehr! Nein, gefährlich wird es dann, wenn so ein Spiel auf eine bereits gestörte Persönlichkeit trifft, auf einen Jugendlichen, dessen Selbstwertgefühl schon vor längerer Zeit fast völlig vernichtet wurde (von wem wohl?), und der diesen Verlust durch Allmachtsphantasien in den Spielen kompensiert. Aus einem selbstbewussten, kommunikationsfähigen Jugendlichen wird kein Killerspiel der Welt einen Amokläufer machen! Man nimmt ja auch nicht allen Leuten das Auto weg, nur weil der eine oder andere damit Selbstmord begeht!"

„Also der Vergleich hinkt ein wenig", fand Andreas und steckte sich den fünften oder sechsten Dominostein in den Mund. Er hatte gar nicht gewusst, wie sehr er die Dinger mochte. „Was mich sowieso wundert, ist die Blauäugigkeit mancher Menschen, die glauben, man könne die Gewalttätigkeit auf der Erde ganz abschaffen. Wir haben die Aggressivität in den Genen, wir brauchten sie zum Überleben... und nicht nur wir Männer. Erinnern Sie sich an Marianne Bachmeier? Die Frau, die im Gerichtssaal den Mörder ihrer Tochter erschossen hat? Und sie hat viel Beifall dafür bekommen, auch von Frauen."

„Ja, ich erinnere mich. Damals wurde mir klar, wie fest der Gedanke an Rache und Auge um Auge in den Köpfen verankert ist. Dagegen kommt man mit dem Verstand nicht an."

„Richtig", stimmte Andreas zu. „Und dann wird die Gewalttätigkeit ja auch gerne von einer Generation an die nächste weitergegeben!"

Er erzählte Udo von seinem aktuellen Fall (natürlich ohne Namen zu nennen oder zu sehr ins Detail zu gehen), in dem ein Vater ermordet worden war, der seine drei Kinder vor über 25 Jahren schwer misshandelt hatte.

Udo fand das spannend. Als er sich daran machte, Zusammenhänge zu analysieren, Beweise zu suchen und nach Einzelheiten zu fragen, entzog ihm Andreas kurzerhand den Fall mit der Begründung, Udo solle ihm gefälligst nicht die Arbeit wegnehmen. Außerdem kenne Udo die Gewalt ja nur aus der Theorie, er aber habe täglich in der Praxis damit zu tun. Genau wie der nahöstliche Terrorist.

„Der hat doch keinen anderen Beruf gelernt. Der braucht die Gewalt", argumentierte Andreas. „Wenn man in diesen Gebieten von Frieden oder Waffenstillstand spricht, sieht der Terrorist seinen Lebensinhalt bedroht."

Udo wuchtete sich mühsam aus seinem Sessel und verzog sich mit einer Zigarette auf den Balkon.

„Sie meinen also", hörte Andreas ihn fragen, „denen geht es gar nicht mehr um die Sache, sondern nur noch um ihren Arbeitsplatz?"

„Gewissermaßen."

Damit war Udo nicht einverstanden. Und so diskutierten sie eine Weile über Terrorismus im Allgemeinen, und Andreas fragte sich irgendwann, ob Udo eine anarchistische Ader in sich hatte, oder ob er zu den Menschen gehörte, die bei bestimmten Themen reflexartig in Opposition gingen und schwarz sagten, wenn der andere weiß sagte, und umgekehrt.

Mittlerweile war es fast 21 Uhr, und Andreas verspürte von all dem Wasser, das er getrunken hatte, ein dringendes Bedürfnis. Udo zeigte ihm den Weg zur Toilette.

Das Bad erwies sich als überraschend groß und bot Platz für eine Wanne, eine separate Duschkabine, eine Waschmaschine, ein WC und ein Waschbecken. Alles in Weiß. Die Ausstattung schien aus den frühen Sechzigern des letzten Jahrhunderts zu stammen: Halbhoch marineblaue Fliesen an den Wänden, darüber weiß gestrichen, in der Ecke über der Wanne beginnende Schimmelbildung, im Waschbecken ein feiner Sprung, die Duschkabine stand leicht schräg. Mitten im Raum war ein kleiner Wäscheständer aufgestellt, über dem mehrere überdimensionale Unterhemden und Unterhosen hingen. Ansonsten lagen auch hier überall Bücher und Zeitschriften herum, leicht wellig von der Feuchtigkeit, die regelmäßig im Raum herrschte.

Nachdem sich Andreas erleichtert und mit einem winzigen Stückchen Seife gründlich die Hände gewaschen und mit einem blauen, frischen, brettharten Handtuch abgetrocknet hatte, kämmte er sich schnell die Haare (wobei er Schmerzen im Arm verspürte), machte sich die Nägel sauber und kehrte zu Udo ins Wohnzimmer zurück. Er kramte seine Tabletten aus der Jackentasche, schluckte eine und erzählte Udo von seiner verletzten Schulter.

Natürlich wollte dieser die Geschichte in ganzer Länge und Breite hören, denn damit war man auch sofort bei einem seiner Lieblingsthemen angelangt: Der Krankheit an sich. Er begann über ein paar hochgefährliche und exotische Viren zu referieren, die in diesen Breitengraden glücklicherweise nicht zu finden waren.

„Es sei denn, dass sich durch die globale Erwärmung die Grenzen für Tropenkrankheiten in unsere Richtung verschieben“, fügte Udo nachdenklich hinzu, und tupfte sich die Halbglatze trocken.

„Na, na, zu viel Bildzeitung gelesen?“, spottete Andreas, der die Klimakatastrophe vorerst für ein unnötig aufgeblasenes Schreckgespenst hielt, das man wunderbar gewinnbringend in Zeitung und Fernsehen vermarkten konnte.

Aber anscheinend verstand Onkel Udo bei diesem Thema keinen Spaß. Er warf mit Zahlen und angeblichen Fakten um sich, dass sogar beredteren Leuten als Andreas die Lust auf Widerspruch vergangen wäre. Also ließ er Udos Argumente und Horrorszenarien über sich ergehen und wartete, bis der kleine Mann wieder einmal auf den Balkon eilte, um sich mit Nikotin zu beruhigen.

Udo schaffte es, geschlagene vier Minuten den Mund zu halten. Andreas nutzte die Gelegenheit, darüber nachzudenken, welches ungefährlichere Thema er nun anschneiden sollte.

Er empfing den zurückkehrenden Udo mit den Worten: „Woran arbeiten Sie eigentlich zur Zeit?“ Hoffentlich nicht an einem Artikel über Klimaveränderung, durchfuhr es ihn.

Udo räusperte sich mehrmals lautstark, als müsse er giftige Ablagerungen von seinen Stimmbändern entfernen, und antwortete mit immer noch kratziger Stimme: „Ich habe den Auftrag, Vor- und Nachteile der Geothermie-Technologie zusammenzutragen. Viele Leute, unter anderem auch ich, sind hochgradig verärgert über die Apothekenpreise der Energiekonzerne... ach Gott, das ist ja lustig – wissen Sie, was mir gerade einfiel? Warum haben Pharma- und Energiekonzerne sich noch nicht zusammengeschlossen? Die könnten Geld scheffeln ohne Ende! Oder haben sie es längst getan, und wir haben es nur noch nicht gemerkt? Denen traue ich alles zu!"

Andreas griff dieses Angebot dankbar auf – über gierige Energiekonzerne zu schimpfen machte Spaß, und in einem Rundumschlag beleidigte er gleich noch die handlungsschwache Regierung, die anscheinend nicht die Macht besaß, ihre Bürger vor Halsabschneidern, Heuschrekken und schlechtem Fernsehprogramm zu schützen.

Zwischendurch bemerkte Udo amüsiert: „Herr Kommissar, Sie sollten in die Politik gehen."

„Aber nicht nach Berlin!", protestierte Andreas sofort, und schon befanden sie sich im Thema „Lokalpolitik", das sie bis gegen 23 Uhr beschäftigte.

Udo vergaß sogar einmal für fast 40 Minuten das Rauchen. Was allerdings seinerseits zu zunehmend aggressiv-genervten Äußerungen führte. Vielleicht sollte man dem Mann die Zigaretten einfach lassen, bevor er in die Kriminalität abrutschte.

Um Viertel nach elf verabschiedeten sie sich voneinander. Auf der Heimfahrt rekapitulierte Andreas weniger sein Gespräch mit „Onkel" Udo, als dass er sich Sorgen über den morgigen Tag machte. Wie würde die Verabredung mit Sabine wohl verlaufen? Hatten sie ausreichend Gesprächsstoff für einen Spaziergang und ein Abendessen? Und was geschah danach? Sollte er sie ins Kino einladen? Oder zu sich nach Hause?

Herrgott noch mal, das konnte man doch nur spontan in der jeweiligen Situation entscheiden! Und das beunruhigte ihn. Dass man eben nicht vorher planen konnte. Verdammt!

All diese Überlegungen und Bedenken führten denn auch letztlich zu einer Frage, die ihn ein wenig erschütterte: War er nach so vielen Jahren des Alleinlebens überhaupt noch fähig, eine Beziehung aufzubauen?

8

Bonn-Oberkassel, Kalkuhlstraße
Sonntag, 26. November, 9.45 Uhr

Andreas nutzte den Sonntagvormittag, um einiges an Hausarbeit zu erledigen. Er hatte sich verboten, über den Verlauf des Nachmittags nachzugrübeln, obwohl es sich beim Staubsaugen oder Bügeln nur schwer vermeiden ließ. Sobald sich seine Gedanken in die Nähe von Treffen mit Sabine stahlten, schob er sie rigoros beiseite und dachte stattdessen an Dietmar Schneyder, den scheinbar soliden, sympathischen Finanzbeamten, der möglicherweise auf raffiniertest Art zwei Menschen umgebracht hatte. Wo konnte man ansetzen, um ihm die Verbrechen nachzuweisen?

Um 11 Uhr rief ihn seine Mutter an und gab Bescheid, dass sie mit ihrer Bekannten auf dem Weg nach Köln sei. Andreas wünschte ihr viel Spaß und putzte ein paar Fenster, die nach hinten zum Garten hinausgingen.

Zu Mittag aß er nicht viel. Nach dem Essen informierte er sich ein letztes Mal über die Stier-Frau. Als ungefähren Leitfaden für sein Verhalten.

Der unter der Venus geborene weibliche Stier schätzt die Freuden der Liebe und weiß sich elegant und wirkungsvoll zu präsentieren. Die Stier-Frau geht Beziehungen langsam an. Sie möchte umworben werden mit Komplimenten, gutem Essen und anregenden Gesprächen. Sie prüft den Mann, an den sie sich binden will, ganz genau. Familienleben ist ihr wichtig, und sie wird die, die sie liebt, in einem gemütlichen Heim gerne verwöhnen.

Der Stier im Allgemeinen ist dem Praktischen und Materiellen zugetan, er schätzt Bequemlichkeit, Vergnügen und schöne Dinge. Er neigt aber auch zur Korrektheit, zur Beharrlichkeit oder gar Sturheit.

Andreas schlug das Buch zu. Es reichte. Er hatte ihr bereits eine Kleinigkeit gekauft, etwas, das schön anzusehen war und gut schmeckte: Eine Schachtel teurer Pralinen. Ansonsten durfte er eben nicht gleich bei der ersten Verabredung über sie herfallen (was er sowieso nicht vorgehabt hatte), musste ihr ab und zu etwas Nettes sagen (was ihm nicht leicht über die Lippen kommen dürfte, ungeübt, wie er war) und ein anregendes Gespräch mit ihr führen (was natürlich auch von ihr abhing, er war ja schließlich kein Alleinunterhalter!).

So vorbereitet machte er sich gegen Viertel nach drei auf den Weg zum Waldparkplatz Langemarckstraße/ Vinxeler Straße.

Oberdollendorf
Sonntagvormittag, 10.05 Uhr

Sascha lag auf dem Bett, die Übergardinen waren zugezogen, der Fernseher lief. Fast den ganzen Samstagnachmittag hatte er auf die gleiche Art und Weise verbracht. Trotzig. Wie kam die Frau dazu, ihn derart unter Druck zu setzen! Er würde das einfach ignorieren, er würde keine Listen mehr machen, er würde sie nicht anrufen! Sie hatte sich auch noch nicht bei ihm gemeldet!

Sascha konzentrierte sich wieder auf den Film `Starship Trooper´, ein harter SF-Horror-Streifen, den er sich niemals mit Annika zusammen hätte ansehen können. Hieß das nicht, dass er sich, wenn sie zusammenzogen, bestimmte Filme überhaupt nicht mehr würde ansehen können?! Das war Freiheitsberaubung!

Verdammt noch mal, diese Gedanken ließen ihn einfach nicht los! Es hatte keinen Sinn, länger auszuweichen. Annika wollte heute eine Entscheidung, also würde sie eine bekommen. Sobald der Film zu Ende war, würde er eine Runde durch den Wald drehen und sich noch einmal alles durch den Kopf gehen lassen. Sascha lehnte sich zurück und schob Annika gedanklich zur Tür hinaus.

Zwei Stunden später lief er über einen trockenen Waldweg und versuchte, seine Pro- und Kontraargumente zu sortieren. Der Himmel war bedeckt, aber die Luft war mild, und Sascha geriet bald ordentlich ins Schwitzen.

Ungefähr nach einer halben Stunde kam ihm die Erleuchtung. Es war ein Kompromiss, mit dem er unter Umständen leben konnte. Jawohl, er würde es ausprobieren, das war er ihr schuldig.

Er machte auf dem Absatz kehrt und fuhr in bester Laune und mit großer Erleichterung (wie man sich eben so fühlt, wenn man den Fels der Entscheidung von den Schultern gewälzt hatte) nach Hause. Er wollte Annika die gute Nachricht sofort zukommen lassen. Noch bevor er unter die Dusche ging, rief er sie an.

„Assenmacher", meldete sie sich in forsch-dynamischem Ton.

Was hatte sie doch für eine herrliche Stimme. „Hallo Schatz, ich bin's. Ich habe mich dafür entschieden, mit dir zusammenzuziehen! Weil du mir so wichtig bist, werde ich alles für dich aufgeben, meine Liebste... äh... natürlich nicht meinen Beruf, und auch nicht meine Familie oder mein Auto... und ein paar Hobbys würde ich auch gerne beibehalten, und es wäre schön, wenn wir hier in der Nähe eine Wohnung finden könnten... und dann habe ich noch eine klitzekleine Bedingung."

Annika lachte (Gott sei Dank!). „Was bitte gibst du denn überhaupt auf außer deiner Miniaturbehausung?"

„Meine Unabhängigkeit! Meine Freiheit! Hast du eine Ahnung, was das bedeutet?! Aber du bist es mir wert. Wirklich."

Annika klang jetzt leicht zweifelnd. „Ich bin echt gespannt, wie lange dein Enthusiasmus anhält."

„Du solltest es wissen: Wenn ich mir was in den Kopf gesetzt hab, dann zieh ich es durch."

„Stimmt. Aber was ist denn das nun für eine `klitzekleine Bedingung´, die du so nebenbei erwähnt hast?"

Irgendwie war es für Sascha bedeutsam, dass sie jetzt auch einen Schritt auf ihn zu machte. „Wie wäre es, wenn du, sagen wir mal, um fünf zu mir kommst und wir reden drüber?"

Konnte es sein, dass sie ihn sehr vermisst hatte? Sie zögerte jedenfalls nicht eine Sekunde. „Klar, mache ich... aber versuch nicht, mich zu verführen, bevor du mich nicht restlos von deinen ernsten Absichten überzeugt hast!"

„Aber Annika, was denkst du von mir!", rief er in übertriebener Entrüstung aus. „Wir werden uns zusammensetzen und sehr vernünftig miteinander klären, wie wir es schaffen können, zusammen in einer Wohnung glücklich zu sein."

Annikas Stimme wurde plötzlich noch eine Nuance dunkler. „Soll ich vielleicht eine Stunde früher kommen?"

„Im Prinzip könntest du sofort kommen." Sascha seufzte leise. „Aber ich muss unbedingt unter die Dusche und ein paar Sachen vorbereiten... sagen wir halb fünf, ok?"

Annika war einverstanden, und Sascha stellte sich unter die Dusche, unter eine lauwarme Dusche.

Bonn, Gottbergstraße
Sonntagnachmittag, 15.00 Uhr

Dr. Dominik Hansen-Hardt, Beinah-Chefarzt der chirurgischen Abteilung, kniete auf dem Teppichboden in Sarahs Zimmer und versuchte mit seiner Tochter ein Puzzle zusammenzusetzen.

Es zeigte eine Szene aus Disneys `Alice im Wunderland´, einem Film mit definitiv surrealistischem Inhalt. Genauso surrealistisch kam ihm im Moment sein Leben vor. Was er getan hatte, konnte er zeitweise selbst nicht glauben. Er, der vierfache, fürsorgliche Familienvater und beliebte, erfolgreiche Arzt, hatte ein Menschenleben auf dem Gewissen. Und das aus einem niedrigen Beweggrund. Eigentlich konnte er das gar nicht gewesen sein. Er hatte –

„Papi, das passt nicht!", schimpfte Sarah, als er ein Puzzleteil mit Gewalt in die falsche Stelle pressen wollte.

„Stimmt, du hast aber gute Augen... weißt du, wo das Teil hingehört?"

Sarah riss es ihm aus der Hand und suchte das Puzzle ab. In ihrem bonbonrosa Kleidchen und mit den blonden Locken sah sie aus wie eine Prinzessin. Und das war sie für ihn auch, seine Prinzessin, sein Sonnenschein, sein besonderer Liebling. Es rieselte ihm eiskalt den Rücken hinunter, als er sich vorstellte, jemand könne seiner Tochter etwas antun oder einem seiner anderen Kinder oder gleich allen Kindern auf einmal, es schnürte ihm die Kehle zu, wenn er sich so etwas vorstellte.

Aber er hatte einem Kind etwas angetan. Gut, er hatte es natürlich nicht gewollt, es war ein Unfall gewesen, wer hätte denn diese Komplikationen vorausahnen können! Obwohl... im Grunde hätte er sie vorausahnen müssen.

Und nun interessierte sich die Polizei für ihn. Verdammt, er hätte wissen müssen, dass man einem Irren wie Dietmar nicht trauen durfte! Was hatte er über ihn erzählt?! Wenn Dietmar alles sagte, was er wusste, dann konnte Oberarzt Hansen-Hardt einpacken! Dann war es vorbei mit Oberarzt, mit Haus, mit zwei Autos und dreimal im Jahr in Urlaub fahren! Dann landete er vielleicht sogar im Gefängnis!

Jetzt stiegen ihm doch tatsächlich Tränen in die Augen, aber er drängte sie zurück. Denn welche Geschichte sollte er seiner Frau erzählen, wenn er plötzlich losheulte wie ein Teenager mit Liebeskummer? Sie sah ihn sowieso in letzter Zeit an, als wittere sie irgendein Unheil. Gefragt hatte sie noch nicht, aber es würde nicht mehr lange dauern. Und obwohl sie eine großzügige, verständnisvolle Seele von Mensch war, wagte er nicht, sich vorzustellen, wie sie reagierte, wenn sie von seinem Fehlverhalten erfuhr.

Obwohl er jetzt mehr als alles in der Welt eine Zigarette gebraucht hätte, griff er nach einem Puzzleteil, das hauptsächlich intensiv himmelblau war, und bemühte sich, nur an das zu denken, womit er gerade beschäftigt war. Aber er ertappte sich bei dem Wunsch, dass Dietmar etwas zustoßen möge... etwas Tödliches, Endgültiges... bei dem er vielleicht nur ein bisschen nachhelfen musste.

Verdammt noch mal, war er am Ende kein bisschen besser als dieser schwer gestörte Sohn eines gottverfluchten Chirurgen?!

*

Andreas war als erster auf dem Parkplatz. Das hatte er vorausgeahnt. Vielleicht wollte sie testen, wie weit sie gehen konnte. Er gab ihr eine halbe Stunde, schließlich hatte sie seine Handynummer und konnte Bescheid sagen, wenn sie im Stau stand oder vergessen hatte, auf die Uhr zu sehen - was an sich schon ein schlechtes Zeichen gewesen wäre!

Er stieg aus, lehnte sich an seinen Wagen und beobachtete die Einfahrt des Parkplatzes, der dank des milden Wetters gut besucht war. Fünf Minuten später tauchte Sabine auf, in einem kleinen, schwarzen Renault, sah Andreas und fand einen Stellplatz nicht weit von ihm entfernt.

Andreas ging lächelnd zu ihr hinüber. Die Pralinen ließ er im Auto, aber einen Schirm hatte er vorsichtshalber mitgenommen. Sabine hatte die Tür bereits geöffnet, saß aber quer auf dem Fahrersitz, weil sie gerade ihre eleganten, schwarzen Stiefel gegen ein paar nicht ganz saubere, bequeme Sportschuhe austauschte. Sehr vernünftig.

„Hallo, Herr Kommissar", begrüßte sie ihn mit strahlendem Lächeln und schnürte den zweiten Schuh zu.

„Guten Tag, Frau Berger. Haben wir nicht tolles Wetter zum Spazierengehen? Was haben Sie denn den ganzen Vormittag so gemacht?"

„Ich habe mich schön gemacht, was denken Sie denn."

„Ach was, das haben Sie ja gar nicht nötig! Sie sind doch von Natur aus eine Schönheit!"

„Wissen Sie was? Ich lasse Ihnen diesen Glauben. So, ich bin fertig, wir können gehen."

Kurz darauf schritten sie zügig über den trockenen, weichen Boden, Andreas in seiner dunkelblauen Langjacke, Sabine im schwarzen, weitschwingenden Wollmantel. Sie plauderte über die bevorstehende Adventszeit, über Kerzen, Duftlampen und Weihrauch, aber da dieses Thema Andreas nicht gerade rasend interessierte, sagte er nicht viel dazu. Seine Einsilbigkeit fiel Sabine wohl auf, denn ganz unerwartet fragte sie ihn: „Waren Sie letzte Weihnachten allein?"

Andreas war fest entschlossen, all ihre Fragen vollkommen offen und ehrlich zu beantworten. „Ich habe mit meiner Mutter, meinem Bruder und seiner Familie gefeiert."

„Und vorletztes Weihnachten?"

„Das war nicht viel anders."

„Und davor?"

„Ein Tag Familie, also Mutter und Bruder, zwei Tage Bereitschaft im Büro... da konnte ich ein paar Sachen aufarbeiten."

Was sollten diese Fragen? Wollte sie vielleicht einfach nur wissen, wann er das letzte Mal Weihnachten mit einer Freundin verbracht hatte? Also das konnte er ihr nun wirklich nicht sagen – sie musste ja denken, er sei ein verbitterter und verklemmter, alter Mann, der mit Frauen nichts anfangen konnte!

Er sah zur Seite, direkt in Sabines blaugrüne Augen, die ihn erwartungsvoll anlächelten. „Sie möchten doch eigentlich wissen, wann ich das letzte Mal eine Freundin hatte, nicht wahr?"

„Ja, genau." Ein Hauch von Erröten flog über ihr Gesicht.

„Nun, das dürfte schon drei, vier Jahre her sein." Er blickte ihr immer noch in die Augen. Nur jetzt keine Unsicherheit zeigen.

„Na so was, wie bei mir... und ich finde es, wenn ich mal ehrlich sein darf, ganz furchtbar! Wo man hinguckt, Pärchen, die Händchen halten und schöne Dinge miteinander machen. Ist Ihnen das auch aufgefallen?"

„Ja", antwortete Andreas und sah wieder nach vorne auf den Weg. Im Wald waren viele Leute unterwegs, hauptsächlich als Pärchen mit Hund oder als Familie mit Kindern und Hund. Neid oder Wehmut empfand er aber überhaupt nicht. Er wusste, dass sich hinter vielen idyllischen Fassaden schreckliche Dramen abspielten. Misstrauen, Eifersucht, Hass, Geldnot, Grausamkeit, Krankheit, Kindesmisshandlung, Tierquälerei, Resignation. Alles oft genug gesehen. In dieser Hinsicht machte er sich wirklich keine Illusionen mehr. Aber das behielt er für sich.

„Erzählen Sie doch mal ein bisschen was über Ihre früheren Freundinnen. Wie waren die so?", forderte Sabine ihn auf, fast schon eine Spur zu kokett.

„Natürlich war keine von ihnen so hübsch wie Sie", begann er und hoffte, dass diese Antwort nicht zu plump gewesen war.

Egal. Er würde ihr jetzt ein paar Geschichten aus seinem Liebesleben erzählen, und sie würde lernen, was ihm wichtig war und was nicht, und was man sich bei ihm erlauben konnte und was nicht. So sah er das: informieren und Grenzen setzen.

Und so erzählte er von der pummeligen, pickeligen Nicole, seiner allerersten Freundin, und von Uschi mit den schmutzigen Fingernägeln, die ihn beide für einen pedantischen Pessimisten gehalten hatten.

Heutzutage allerdings, führte er aus, akzeptiere er einfach nicht mehr jede Kritik an ihm: Kein Mensch sei fehlerlos und manche Ecken und Kanten gehörten einfach zu ihm. Der nette Andreas war eben ohne den kleinkarierten Andreas nicht zu haben.

Er berichtete auch von Brigitte, die sich dauernd beschwert hatte, dass er zu wenig Zeit mit ihr verbrachte. Aber die Beschwerden über seine Arbeitszeiten könne er wirklich nicht mehr hören!

„Das kann ich gut verstehen, das ist bei mir das gleiche", stimmte Sabine nickend zu. „Wer will schon eine Frau haben, die auch am Wochenende arbeitet."

„Kann ich mir denken." Und Andreas schilderte seine Begegnung mit Beate, der entschiedenen Gewaltgegnerin, die es total erschreckend gefunden hatte, dass er ständig mit einer Waffe herumlief. Man könne doch mit den Tätern reden, das seien doch auch nur Menschen, die ein wenig Zuwendung bräuchten.

„Ich kann mich wirklich gut in andere Menschen hineinversetzen", ließ

Andreas durchblicken, „aber jemand, der auf mich schießt, bekommt in dem Moment definitiv nicht mein Verständnis und Mitgefühl."

Sabine kicherte. „Ja, manche Menschen wollen das Schreckliche in der Welt nicht sehen."

Andreas war stehen geblieben. „Ich glaube, wir sollten besser umkehren, es ist schon ziemlich dämmrig. Ich möchte nicht durch den Wald laufen, wenn man nicht einmal mehr den Weg erkennen kann."

„Na so was, ich hätte gewettet, Sie hätten eine Taschenlampe dabei." Sabines Augen waren in dem schwachen Licht fast schwarz.

„Wie kommen Sie darauf?"

„Sie haben doch auch einen Schirm dabei."

„Das ist nur Ihretwegen. Ich wollte nicht, dass Sie nass werden und sich erkälten, falls es doch regnet."

„Sehr aufmerksam von Ihnen. Aber warum, glauben Sie, schleppe ich eine so große Tasche mit mir herum? Darin ist ein Schirm und eine Taschenlampe." Und schon lachte sie wieder. „Nein, das mit der Lampe war ein Scherz! Aber Sie hätten Ihr Gesicht sehen sollen!"

Sie standen immer noch mitten auf dem Weg. Gerade spazierte ein junges Paar Hand in Hand an ihnen vorbei, als Sabine sagte: „Wissen Sie, was ich nach den vielen Jahren mal wieder möchte? Einfach mal in den Arm genommen werden, einfach mal gedrückt werden, können wir das machen?"

Hoppla, das kam jetzt aber –

Bevor Andreas nachdenken oder irgendwelche Schutzmaßnahmen ergreifen konnte, hatte sie die Arme ausgebreitet, er machte reflexhaft das gleiche, und schon umarmten sie sich, und Andreas war überrascht darüber, wie gut das tat, wie tröstlich und warm und angenehm und aufregend das war.

Sabine schmiegte sich einen Moment eng an ihn, und er glaubte, ihren beschleunigten Herzschlag zu spüren (oder war es sein eigener?), fühlte ihren weichen Körper unter seinen Händen und nahm einen fruchtigen Geruch in ihrem Haar wahr. Dieser schöne Moment zog sich eine Minute hin, vielleicht auch zwei, und dann endete er, weil sich Sabine aus der Umarmung löste. Andreas bedauerte es.

Leichte Verlegenheit kam plötzlich auf, und er meinte: „So, jetzt müssen wir aber zurück, bevor es ganz dunkel wird."

Sabine ließ ein schüchternes Lächeln sehen. Aber sie waren noch kaum richtig losmarschiert, als sie begann, ihn auszufragen. Und irgendwie konnte er sich nicht recht dagegen wehren.

„Wie alt sind Sie eigentlich, Herr Kommissar?"

„48. Im Februar werde ich 49."

„Und Sie leben mit Ihrer Mutter zusammen?"

„Nein! Wir leben in einem Haus in zwei getrennten Wohnungen, und ich sehe sie manchmal tagelang nicht! Und ich putze, wasche, koche und bügele selbst!"

„Um Himmelswillen – ich wollte Sie nicht beleidigen!" Sabine schwieg zehn Sekunden. „Erzählen Sie mir doch mehr über Ihre Ecken und Kanten."

Umarmung hin oder her, jetzt hieß es aufpassen, denn Ecken und Kanten waren durchaus auch Schwächen, und mit einem fremden Menschen über die eigenen Schwächen zu reden, konnte gefährlich sein: Alles, was Sie sagen, kann gegen Sie verwendet werden.

Und so redete er mehr allgemein und unverbindlich über Sparsamkeit und Ordnungsliebe, über vorsichtige und misstrauische Menschen, über Zynismus und Verschlossenheit. Sabine hörte es sich an und sagte nicht viel dazu. Hatte sie bereits die Nase voll von ihm? War er wieder einmal zu unromantisch, zu kopflastig, zu sarkastisch?

Als sie den Parkplatz erreichten, rechnete er fast damit, dass sie sich verabschiedete und davonfuhr. Aber sie strahlte ihn an und sagte: „Ich hab jetzt richtig Hunger. Fahren Sie vor? Ich weiß nicht genau, wo das Restaurant ist."

Bevor sie losfuhren, tauschte sie noch schnell die Laufschuhe gegen ihre Stiefel aus. 15 Minuten später half ihr Andreas in dem feinen, kleinen Restaurant in Dollendorf aus dem Mantel, unter dem ein enger Jeansrock, der die Knie freiließ, zum Vorschein kam sowie eine kräftig rosafarbene Bluse mit Rüschen rund um den großzügigen Ausschnitt.

Sie nahmen an einem Zwei-Personen-Tisch Platz und bestellten je ein Glas Wein. Bis das Essen kam, unterhielten sie sich über ihre Hobbys: Sabine las gern dicke Krimis und sammelte – Gott, wie schrecklich – Puppen! Dass Andreas sich mit Astronomie beschäftigte, fand sie durchaus interessant, aber als das Wort `Astrologie´ fiel, wurde sie munter.

„Ich bin Stier", vertraute sie ihm an. „Können Sie mir was über mich sagen?"

Er ergriff die Gelegenheit, ihr ein paar hübsch verpackte Komplimente zu machen: Er hob die Anmut der Stierfrau hervor und lobte ihre Sparsamkeit und ihren Sinn für alles Schöne, was ihre blaugrünen Augen prompt zum Leuchten brachte. Das wiederum - vielleicht war es auch der Wein - ermutigte Andreas dazu, ihr zwei sehr persönliche Fragen zu stellen.

„Sagen Sie mal, Frau Berger, wollen Sie eigentlich noch Kinder?"

Sabine sah ihn an, als hätte er gefragt, ob sie sich gerne mit Syphilis anstecken möchte. „In meinem Alter?", fragte sie entgeistert zurück. „Noch mal von vorn anfangen? Nein, ich habe zwei Kinder, und das ist für dieses Leben genug!" Dann stutzte sie und sah ihm in die Augen. „Jetzt sagen Sie aber nicht, dass Sie noch Kinder wollen?"

Andreas lachte. „Nein, keine Angst. In meiner Lebensplanung kamen Kinder irgendwie nie vor. Sie können sich sicher denken, wie begeistert meine Mutter darüber war." Er machte eine kurze Pause und nahm die zweite Frage in Angriff. „Und was halten Sie vom Zusammenziehen?"

„Oh, Sie wollen mit mir zusammenziehen, Herr Kommissar? Nein, im Ernst, mit vorschnellem Zusammenziehen bin ich schon zweimal auf die Nase gefallen. Man sollte sich erst in Ruhe kennen lernen. Seien wir doch ehrlich, in unserem Alter fällt es schwer, sich anzupassen und mit einem anderen Menschen zusammenzuraufen, das braucht Zeit und Arbeit."

„Na, da sind wir uns ja einig. Darauf trinken wir." Andreas hob sein Weinglas und prostete ihr zu.

Sabine tat das gleiche und fügte hinzu: „Ja, auf die Einigkeit, und ich finde, wenn wir schon über Kinder und Zusammenziehen reden, wird es Zeit, dass wir uns duzen!"

Andreas war einverstanden. „Ich bin Andreas, und du heißt Sabine, ich weiß. Gut, dann also Prost! Sieh mal, da hinten kommt unser Essen."

Das Essen schmeckte ungewöhnlich lecker, aber die Preise waren auch ungewöhnlich hoch. Das lag vermutlich am französisch klingenden Namen der Lokalität.

Sabine schwärmte noch von ihrem Lammfleisch, als die Teller längst abgeräumt waren. Andreas hingegen bemängelte, dass das Kartoffelgratin ein wenig mehr Salz hätte vertragen können... aber er war ja auch ein extrem mäkeliger Esser, der dies nicht mochte und jenes nicht mochte, und der es für ein Menschenrecht an sich hielt, nicht alles probieren zu müssen, das andere ihm aufdrängten!

Sabine erzählte von ihrer Arbeit, und Andreas warf ab und zu unauffällig einen Blick in ihren rüschenverzierten Ausschnitt. Was eindeutig jedes Mal das Bedürfnis in ihm wachrief, sie noch einmal in den Arm zu nehmen.

Es ging auf 21 Uhr zu, als Sabine den Rückzug antrat. „Ich fühle mich jetzt, ehrlich gesagt, erschöpft. Es war ein langer Tag für mich, und ich werde sicher gleich ins Bett fallen und sofort einschlafen." Sie sah Andreas in die Augen, und ihr Blick war warm und ein wenig sehnsüchtig und sie fügte mit unschuldigem Lächeln hinzu: „Hast du am Dienstagabend Zeit? Ich würde dir gerne mal meine Wohnung zeigen."

Aber möglicherweise wollte sie ihm noch ganz etwas anderes zeigen. Wollte er das auch? Jedenfalls ging sie sehr zielstrebig zu Werke. Was war ihr Ziel?

„Nun hör schon auf und lass es auf dich zukommen!", schalt sich Andreas. „Du zierst dich ja schlimmer als eine millionenschwere Jungfrau, die sich fragt, was die Männer eigentlich von ihr wollen!"

Andreas lächelte zurück. „Klar habe ich Dienstag Zeit. Und ich seh mir gerne fremde Wohnungen an."

Nicht viel später standen sie auf dem Restaurantparkplatz und verabschiedeten sich von einander... und plötzlich und anscheinend auch gleichzeitig wurden sie von romantischen Gefühlen überwältigt, fielen sich in die Arme und küssten sich. Es war kein langer, leidenschaftlicher Kinofilmkuss, sondern ein zaghafter, zarter Teenagerkuss.

Aber so schnell, wie die Vernunft weggeguckt hatte, so schnell trat sie auch wieder dazwischen.

„Jetzt muss ich aber wirklich." Sabine nahm ihre Arme herunter.

„Ok, kein Problem. Ich komme, wenn mich kein Verbrecher daran hindert, am Dienstagabend um acht Uhr zu dir."

„Gut, und ich koche uns was Schönes und –"

„Nein, nein, mach dir keine Arbeit, stell ein paar Chips auf den Tisch, das reicht, wirklich. Du brauchst nicht zu kochen", betonte er mit Extra-Nachdruck und hoffte, dass sie sich daran hielt.

Ein letztes Winken, während beide in ihre Wagen stiegen und in entgegengesetzten Richtungen davonfuhren.

Zu Hause lag Andreas lange wach auf seinem Bett, ging in Gedanken den ganzen Nachmittag noch einmal durch, fragte sich, ob er immer das Richtige gesagt und getan hatte, und überprüfte den Eindruck, den Sabine bei ihm hinterlassen hatte: Ein paar Kleinigkeiten hatten ihn durchaus gestört. Aber letztendlich kam er zu dem Schluss, dass er sich auf das Wiedersehen am Dienstag freute.

*

Anthea saß Dietmar schräg gegenüber und las in einem dicken Buch. Er hatte sich auf dem Sofa breitgemacht und gab vor, auf DMAX eine Dokumentation über Flugzeugträger zu verfolgen. Aber natürlich suchte er in Gedanken den Plan, den er seit Freitag entwickelt hatte, erneut nach Schwachstellen ab. Er schien perfekt zu sein.

Auf dem Flugzeugträger feierte indessen einer der Männer Geburtstag. Dietmar starrte die rot-weiß-blau-gestreifte Torte mit den brennenden Kerzen an, die vor dem Mann stand. Er atmete schneller, seine Brust fühlte sich eng an. Da war etwas gewesen... damals... vor 33 Jahren an einem warmen Tag im April... und eine Erinnerung kam plötzlich hoch, die kaum auszuhalten war...

Der eigentliche Geburtstag - Dietmar wird neun - ist für die Verwandtschaft reserviert, zwei Omas, zwei Opas, Tanten, Onkel. Alles ist wunderbar. Vater sitzt im dunklen Anzug am Tisch und erzählt unterhaltsame Geschichten aus dem Krankenhaus.

Am nächsten Tag kommen die Kinder zu Besuch, zwei Klassenkameraden, drei Nachbarskinder, ein Cousin. Das Wetter ist fast zu schön für Anfang April, alle sind draußen, fahren Rad und spielen Cowboy und Indianer, oder Verbrecher und Polizist. Bis die Mutter sie zum Kuchen- und Würstchenessen hereinruft. Eine bunt gestreifte Torte mit neun Kerzen.

Als die Mutter Dietmar ein Stück davon auf den Teller legt, steht unerwartet sein Vater in der Tür. Dietmars Eingeweide krampfen sich zusammen. Was hat er hier zu suchen? Was will er hier? Ihm die Feier verderben? Ihn für irgendetwas bestrafen, von dem Dietmar wieder einmal nichts weiß?

Es sind fremde Leute da, also tut sein Vater freundlich. Die Kinder finden ihn nett. Auch weil er nach dem Essen ein lustiges Spiel vorbereitet hat. Dietmar bekommt nur zwei Bissen von seinem Kuchen herunter. Er hat Angst vor dem `lustigen Spiel´. Am liebsten würde er weglaufen... aber was würden dann seine Freunde denken? Hätte er es nur getan.

Frank lässt sich als erster die Augen verbinden, dann holt der Vater etwas aus einer Plastiktüte und legt es ihm in die Hand. Frank soll es abtasten und raten, was es ist. Ein uralter Kirschkernentferner von Dietmars Oma. Frank weiß es. Großes Lob.

Michael erhält ein kleines, halbkugelartiges Metallteil in die Hand. Ein Spulenhalter aus der Nähmaschine. Kennt keiner. Der Vater lacht. Tobias drückt er ein kleines, chirurgisches Instrument in die Hand, dessen Namen Dietmar einen Tag später vergessen hat.

Was die letzten drei Jungen zu erraten haben, dringt gar nicht mehr bis in sein Bewusstsein vor. Es ist blockiert vor Angst. Sein Vater spart ihn auf bis zuletzt, weil er Schreckliches mit ihm vorhat. Das ist sicher.

Als sich das schwarze Tuch vor seine Augen legt, fällt Dietmar rücklings in den Keller. Er bewegt sich nicht mehr. Er atmet kaum noch. Um die Schrecknisse in der tiefschwarzen Dunkelheit nicht auf sich aufmerksam zu machen.

Er hört, dass irgendwo Kinder kichern. Er fühlt, wie sein Vater seine Hand packt, wie er seine Finger aufbiegt und etwas auf seine Handfläche legt. Etwas Großes. DAS SICH BEWEGT! AUF VIELEN DÜNNEN BEINEN!

Dietmar schreit laut auf, schüttelt panisch die Hand, reißt sich die Binde von den Augen, sieht die riesige Spinne zwei Meter entfernt auf dem Fußboden sitzen und erbricht alles, was er an diesem Tag gegessen hat. Unter dem schrillen Gelächter der anderen Kinder, die etwas von einer Plastikspinne grölen.

Als nichts mehr aus seinem Magen kommt, sieht er schnaufend seinem Vater ins Gesicht, und der Hass, der in ihm hochkocht, ist genauso schwarz und brennend heiß wie Teer im Kessel, und er tut auf eine schmerzhafte, bittere Art gut.

Dietmar rennt in sein Zimmer, das man natürlich nicht abschließen kann, kauert sich auf sein Bett und tröstet sich selbst mit grausamen Rachephantasien. Denn seine Mutter tröstet ihn nicht. Am Abend verprügelt ihn sein Vater dann noch wegen seines `unmöglichen Benehmens´ vom Nachmittag und sperrt ihn für zwei Stunden in den Keller.

Dietmar kehrte mit Hass im Herzen in die Gegenwart zurück und sah zu, wie auf dem Flugzeugträger ein Jet landete. Und er sah noch etwas: Den Blick, den befremdeten Blick, den ihm seine Frau über ihr Buch hinweg zuwarf. Hatte er sich wieder zähneknirschend durchs Gesicht gerieben, ohne es zu merken?

Er schenkte ihr sein liebevollstes, strahlendstes Lächeln, das er in diesem Moment zustande brachte, und versuchte gleichzeitig, keine Wut hochkommen zu lassen. Sie hatte ihm nichts getan. Noch nicht.

*

Es war kurz vor halb fünf, da klingelte es an Saschas Wohnungstür. Er zündete schnell das letzte von mehreren Teelichtern an, die er in farbigen Gläsern auf den Couchtisch gestellt hatte, und eilte zur Tür.

Annika knöpfte, als er öffnete, bereits ihren Mantel auf, und darunter war ein enger, kornblumenblauer Rollkragenpullover zu sehen, ein reizvoller Kontrast zu ihrem schwarzen Haar, das sie zu einem dicken Zopf geflochten hatte, der über ihre Schulter hinweg nach vorne hing. Auf ihren Lippen und in ihren Augen lag ein etwas unsicheres Lächeln, aber er würde sie jetzt trotzdem nicht küssen. Erst, wenn alles geklärt war!

Er nahm ihr den Mantel ab und ließ sie vorausgehen ins Wohnzimmer. Er hatte sogar seine Schlafcouch zum harmlosen Sofa zusammengeklappt. Dorthin setzten sie sich, nicht zu nah nebeneinander. Sascha schenkte Rotwein in zwei Gläser. Eben wollte er anfangen zu reden, als Annika die Arme verschränkte und ihm zuvorkam.

„Halt, bevor du irgendwelche Reden schwingst, will ich wissen, was das für eine klitzekleine Bedingung ist, von der du gesprochen hast!"

Sascha holte einmal tief Luft. Nun denn, das Schwierigste also zuerst. Mit kleiner Einleitung natürlich. „Also Schatz... ich erwähnte ja schon, dass ich das Gefühl habe, eine Menge Freiheiten aufzugeben, wenn wir zusammenziehen... aber wir können uns mit unseren beiden Gehältern doch locker eine 4-Zimmer-Wohnung nehmen, also, was ich damit meine... also ganz einfach ausgedrückt: Ich will ein eigenes Zimmer mit eigenem Fernseher!"

Er sah ihr in die Augen und versuchte, darin zu lesen, ob jetzt alles aus war oder nicht, aber Annika hatte sich überraschend gut unter Kontrolle. Ihre Miene verriet nichts – doch blitzte in ihren fast schwarzen

Augen nicht für den Bruchteil einer Sekunde so etwas wie verächtliche Wut auf?

„Du willst eine eigene Wohnung in der Wohnung?!"

Sein Ton wurde energischer. „Nein, verdammt noch mal! Ich möchte mich einfach nur zurückziehen können, wenn mir danach ist!"

Aha, jetzt hatte sie verstanden. Sie sah zur Seite. Er würde sich diese Bedingung nicht ausreden lassen! Wenn sie das nicht akzeptierte, dann hatte die ganze Zusammenzieherei keinen Sinn!

Annika starrte ein paar Momente lang auf die brennenden Kerzen, und schaute anschließend Sascha so lange in die Augen, dass er ziemlich nervös wurde. Doch plötzlich entspannte sich ihr ganzes Gesicht, ihr voller, dunkelrosa geschminkter Mund öffnete sich zu einem breiten Lächeln, und sie verkündete: „Ich will auch so ein Zimmer! Meinst du, unsere Gehälter reichen für eine 5-Zimmer-Wohnung?"

„Auf jeden Fall, und wenn nicht, gehe ich nebenher putzen, und du stellst ein Nacktfoto von dir ins Internet!", schlug Sascha vor und fühlte sich so erleichtert, als sei ihm gerade ein schmerzender Zahn entfernt worden.

Auf einmal rutschte Annika ganz dicht neben ihn. „Du meintest wohl umgekehrt, du stellst dein Nacktfoto ins Internet." Sie schlang beide Arme um seinen Hals und lächelte lasziv. „Ich hätte übrigens auch eine Idee: Wir sollten alles Weitere im Liegen besprechen."

Saschas Herzschlag hatte sich bereits beschleunigt, und jetzt wurde ihm heiß. „Super Idee! Lass uns gleich das Sofa aufklappen und –"

Der Satz wurde von Annikas weichen Lippen beendet, bevor Sascha weiterreden konnte.

9

Bonn, Polizeipräsidium
Montag, 27. November, 8.05 Uhr

Sascha war gedanklich und gefühlsmäßig noch nicht ganz im Montagmorgen angekommen - die Erinnerung an den Duft von Annikas Haar, an die Berührung ihrer zarten Haut, an ihre Lippen auf seinem Mund lenkten ihn erheblich von der Arbeit ab.

Ein bisschen kam er sich vor wie Michael Douglas, der von Sharon Stone verführt worden war... obwohl er ja eher auf dunkle Schönheiten stand... wie Annika... oder wie Michelle Rodriguez, die in ein paar Folgen von `Lost´ mitgespielt hatte, bevor sie erschossen wurde. Sie hatte auch in `Resident Evil´ mitgespielt, bis sie erschossen wurde, und in `S.W.A.T.´, wo sie überraschenderweise nur angeschossen wurde und -

Die Tür ging auf und Andreas kam herein, mit einem entspannten, fast hätte man sagen können zufriedenen Gesichtsausdruck. Und dann sagte er auch noch: „Einen wunderschönen guten Morgen, Sascha."

Was war hier los? Dafür gab es nur drei Erklärungen: Beförderung, Lottogewinn, Frauen. Beförderungen standen im Moment nicht an, Lotto spielte Andreas nicht, blieb also nur eine Begegnung der erotischen Art.

„Danke gleichfalls", antwortete Sascha und schob eine vorsichtige Frage hinterher: „Hattest du ein interessantes Wochenende?"

Andreas, der wieder auf dem neuesten Stand der Mode gekleidet war (dunkelblaue Hose, hellblaues Hemd mit dunkelblauem Pullover), ließ ein gnädiges Lächeln sehen.

„Ja, ich hatte ein sehr anregendes Gespräch mit Udo Philipp und –"

„Mit Udo Philipp, der rauchenden Kugel? Wie geht's ihm denn?"

„Danke gut. Er hat noch die selben Krankheiten wie vor einem halben Jahr. Und bevor du mir jetzt Löcher in den Bauch fragst, ja, ich hatte eine Verabredung mit Sabine Berger, die in dem Altenheim arbeitet, in dem meine Großmutter lebt. Wir haben einen Waldspaziergang gemacht, dann habe ich sie ins Restaurant eingeladen, wir haben uns lange unterhalten und sind um 21 Uhr nach Hause gefahren. Jeder in sein eigenes Zuhause. Und mehr Informationen gibt es zu diesem Thema heute nicht!"

Andreas marschierte beschwingt und augenscheinlich tatendurstig zu seinem Schreibtisch, setzte sich und räumte erst einmal auf. Er war noch nicht fertig, als Ulli im Büro erschien, schmal, leicht nach vorne gebeugt, mit seinen etwas längeren, nach hinten gegelten Haaren, was irgendwie massiv ungepflegt aussah. Das erdbraune Sweatshirt stand ihm auch nicht; er wirkte wie ein Bewohner aus dem schlimmsten sozialen Brennpunkt Bonns. Er legte je eine Mappe auf Saschas und Andreas' Schreibtisch und setzte sich kurz.

„Ich hab euch die Berichte über die Zeugenbefragungen mitgebracht. Außerdem sind Manfred und ich am Freitagabend um 20.30 Uhr sowohl im Auto, als auch zu Fuß mehrmals vom Bonn-Center in die Hausdorffstraße und zurück gefahren bzw. gelaufen, und wenn die Ampeln günstig geschaltet sind, kann man das ganz gut in der angegebenen Zeit schaffen."

„Prima, das hilft uns weiter", lobte Andreas. „Wo ist Manfred? Hat er heute frei?"

„Nee, ist krankgeschrieben. Bandscheibe am Wochenende." Ulli grinste.

„Das kommt davon, wenn man sich eine deutlich jüngere Freundin anschafft", kommentierte Andreas und sah, ebenfalls grinsend, zu Sascha hinüber.

Der fand es an der Zeit, ihm einen Rat zu geben. „Pass mal lieber auf deine eigenen, völlig untrainierten Bandscheiben auf, wenn es demnächst wieder zur Sache geht."

Andreas wurde schlagartig ernst, ignorierte Ullis prompt aufkommende Neugier und schickte ihn mit den Worten „Wir müssen dringend an dem Fall weiterarbeiten!" aus dem Zimmer.

Ulli zog eine verschmitzte Grimasse, als wolle er sagen: Keine Angst, ich finde ganz schnell raus, was hier los ist, und wandte ihnen beim Hinausgehen den runden Rücken zu. Wie oft hatte Sascha diesem Mann wegen der schrecklichen Spätfolgen bereits dringend geraten, einen Orthopäden aufzusuchen oder wenigstens seine Rückenmuskulatur aufzubauen! Aber Ullis gemütliches Wesen schien solche Ratschläge ungehört an sich abgleiten zu lassen.

„Lesen wir uns mal durch, was er da mitgebracht hat", meinte Andreas. „Streich dir an, wenn du was findest, das wir nachprüfen sollten oder bisher übersehen haben."

„Entschuldige, aber hat diese Susanne - oder wie sie heißt - dein Gedächtnis mit zu sich nach Hause genommen?! Ich mache das hier nicht zum ersten Mal!"

„Ja, ja." Andreas wirkte zerstreut. „Ich rufe jetzt Dietmar Schneyder im Finanzamt an... er soll uns heute Nachmittag seine Saturn-Quittung vorbeibringen, die möchte ich mir noch mal genau angucken. So was kann man doch sicher fälschen, oder?"

Er suchte die Nummer des Finanzamts heraus, ließ sich mit Schneyder verbinden und fragte ihn nach der Quittung.

„Was?!", rief Andreas plötzlich aus. „Das ist Ihr Alibi!"

Eine halbe Minute später legte er mit einem knappen „Wiedersehen" auf. Er klopfte mehrmals verärgert mit dem Kugelschreiber auf dem Tisch herum, bevor er ihn beiseite warf.

„Was ist passiert?", wollte Sascha wissen.

Andreas fuhr sich mit beiden Händen durch sein langsam ergrauendes, aber immer noch volles Haupthaar. „Entweder ist dieser Kerl unschuldig wie ein neugeborenes Lamm, oder er ist so raffiniert, dass wir ihm nie was beweisen werden! Er behauptet, er habe gedacht, da ich den Zettel ja gesehen habe und sein Alibi bestätigen kann, werde der Zettel nicht mehr gebraucht, und so hat er ihn weggeworfen! Kannst du mir sagen, wieso ich den Scheißkassenzettel am Donnerstag nicht sofort an mich genommen habe?!"

„Du warst vermutlich nicht auf der Höhe", schlug Sascha vor, schob aber schnell hinterher: „Und wir sind zu dem Zeitpunkt noch nicht so überzeugt gewesen wie jetzt, dass Schneyder Junior die Morde begangen hat."

„Mag sein, aber das ist doch keine Entschuldigung! Ich könnte mich in den Hintern beißen!" Andreas starrte auf sein Telefon.

„Sollten wir nicht sofort seine diversen Mülltonnen durchsuchen lassen?"

„Ach Sascha! Wenn die Quittung gefälscht war - und ich wette, das war sie! -, glaubst du, er hat sie netterweise in eine seiner Tonnen getan, damit wir sie finden? Es gibt Tausende von Mülleimern in Bonn und Sankt Augustin, in die er sie geworfen haben könnte, falls er sie nicht sicherheitshalber gleich verbrannt oder aufgegessen hat!"

„Aber wenn er einen Fehler gemacht und sie doch in seiner Altpapiertonne deponiert hätte, würden wir uns noch mehr ärgern."

„Nein, würden wir nicht, denn wir wüssten es ja nicht. Aber im Ernst", Andreas entspannte sich, „Du hast Recht. Ich sage gleich mal unserer Mülltonnendurchsuchungsspezialeinheit Bescheid. Und dann gehen wir die Berichte durch und werden nicht die kleinste Kleinigkeit übersehen, die unseren Hauptverdächtigen belasten könnte!"

Oberpleis
11.55 Uhr

Um fünf vor zwölf musste dieser degenerierte Halbidiot von Azubi unbedingt noch eine Riesenschweinerei veranstalten: Er stieß mit der Leiter gegen den Topf mit der frisch angerührten, orangeroten Wandfarbe, von der eine gute Handvoll überschwappte und durch einen Riss in der Abdeckung auf den hellen Teppichboden floss.

Spontan gab Joachim dem schlaksigen Jungen, der einen halben Kopf größer war als er, eine Ohrfeige und strich ihm die Mittagspause, damit er die Sauerei beseitigen konnte. Joachim wusste genau, dass der Farbfleck nicht komplett herausgehen würde, ein roter Schimmer würde bleiben. Wie gut, dass er gegen ungeschickte Lehrlinge und trottelige Mitarbeiter versichert war!

Alle, bis auf den Azubi Heiko, der von Versicherungen augenscheinlich noch nichts gehört hatte, setzten sich draußen in den weißen Lieferwagen mit der Reklame auf beiden Seiten, bissen in ihre Brote und tranken Kaffee oder Cola. Anschließend wurde geraucht, Zeitung gelesen oder diskutiert, ob und wann der 1. FC Köln wieder in die Bundesliga aufstieg. Das interessierte nur den schwarzhaarigen Anton nicht: Der Schwachkopf war Fan von Bayern München.

Eine halbe Stunde später machten sie sich wieder an die Arbeit. Azubi Heiko wischte immer noch an dem Farbfleck herum, der durch das Reiben zunehmend größer wurde. Um dem Jungen ein bisschen Feuer unter'm Hintern zu machen, behauptete Joachim, er müsse einen neuen Teppichboden von seinem kleinen Lehrlingsgehalt abbezahlen, wenn er sich weiter so blöd anstellte.

Dann gab er Anweisungen, wer wo was zu tun hatte, und strich persönlich eine Wand im Schlafzimmer. Gegen 14.30 Uhr klingelte sein Handy, das er im Flur deponiert hatte, wo noch nicht gearbeitet wurde. Das war garantiert Marlies, die wieder mit irgendwas nicht zurechtkam! Verdammt, das ging ihm auf die Nerven!

„Ja?", rief er angriffslustig ins Telefon.

„Du musst sofort herkommen, Joachim, es ist was Schreckliches passiert!", winselte seine Frau in sein Ohr.

Wie er diesen Tonfall hasste! „Was ist jetzt wieder los? Ist der Abfluss in der Küche verstopft... oder hast du wieder mal kein Haushaltsgeld mehr und kannst nicht einkaufen gehen?!"

Einen Moment schwieg sie, so, als verstünde sie gar nicht, wovon er redete, dann bekam ihre Stimme auf einmal einen hysterischen Unterton. „Nein, um so einen Scheiß geht es nicht! Es geht um Romina! Sie ist nicht von der Schule nach Hause gekommen! Und vor fünf Minuten hat ein Mann hier angerufen und gesagt, er hätte Romina entführt, und er will um halb vier noch mal hier anrufen und mit dir sprechen!"

Eine ganze Weile dachte Joachim, dass Marlies ihn verarschen wollte, dass sie ihm irgendetwas heimzahlen wollte, denn es war doch unmöglich, dass jemand sein Kind entführt hatte! War er Millionär?! War er auch nur halbwegs vermögend?!

„Hast du die Stimme erkannt?", wollte er wissen.

„Nein, es war eine ziemlich tiefe Männerstimme."

„Und er hat nicht gesagt, was er von mir will?"

„Nein! Bitte, komm sofort nach Hause!"

Joachim informierte seine Angestellten, dass er beinah einen dringenden Termin mit einem neuen Kunden vergessen hätte, sprang in seinen Jeep und raste von Oberpleis hinunter nach Königswinter. Den Jeep hatte er immer dabei, damit er flexibel war und ab und zu nach Hause fahren konnte, um zu überprüfen, welche Dummheiten seine Frau gerade machte.

Unterwegs ging er in Gedanken die Leute durch, mit denen er sich nicht so blendend verstand, und er kam auf gute 20 Stück... und ein Name stand dick und fett ganz oben auf der Liste: Dietmar Schneyder. Diesem arroganten Schweinehund traute er so eine Scheißaktion noch am ehesten zu! Der war doch krank im Kopf! Wieso steckte der immer seine Nase in anderer Leute Angelegenheiten?! Aber dem ging es sicher nicht um Geld, der würde irgendwas anderes wollen!

Als Joachim zu Hause ankam, nahm er sich erst einmal Marlies zur Brust, die heulend in der Küche saß. Sie sah echt Scheiße aus in letzter Zeit, aber das war jetzt nicht so wichtig. Er stellte sich vor sie hin und herrschte sie an: „Kannst du mal mit der Heulerei aufhören!"

Sie sah ihn erschrocken und mit rotverquollenen Augen an. Gut, dann fielen wenigstens die schwarzen Augenringe nicht so auf. „Du sagst mir jetzt sofort, ob dein verdammter Bruder dahinter steckt!"

„Nein, das war nicht Dietmar!" Eine Spur von Widerspenstigkeit in ihrer Stimme.

Das konnte er nicht durchgehen lassen. Und schon hatte sie seine Hand im Gesicht. Ihr Kopf flog zur Seite. Sie machte sich noch kleiner auf ihrem Stuhl und jammerte: „Nein, ganz bestimmt nicht – ich weiß doch, wie sich seine Stimme anhört."

„Du kannst mir viel erzählen!", brüllte er und merkte, wie er sich selbst in Rage brachte. „Ihr steckt doch unter einer Decke und wollt mir eins auswischen!"

Diesmal boxte er sie derart gegen den Oberarm, dass sie fast vom Stuhl fiel. Sie riss die Arme hoch und hielt sie vor ihr Gesicht. Wie er das hasste! Und ganz plötzlich hatte er keine Lust mehr, sie zu schlagen.

Er dachte an seine kleine, zierliche Romina mit den großen, braunen Augen, und er hämmerte vor Wut seine Faust auf den Tisch, dass die Tassen klapperten. Wer auch immer sie ihm weggenommen hatte, würde sich schon bald wünschen, diesen Fehler nie gemacht zu haben! So ging man nicht mit ihm um! Das hatte Folgen für diesen Dreckskerl! Schmerzhafte Folgen!

„Wann wollte das Schwein anrufen?", fuhr er Marlies an.

Sie starrte auf den Boden und hauchte: „Um halb vier."

Er schaute auf die alberne Blümchenuhr an der Wand: noch eine halbe Stunde, verdammt noch mal!

Er holte sich eine Flasche Bier aus dem Kühlschrank und setzte sich damit im Wohnzimmer vor den Fernseher. Weder Marlies noch Mandy, die auch schon zu Hause sein musste, wagten es, ihn zu stören. Das Telefon hatte er mitgenommen und vor sich auf den Tisch gelegt. Als es klingelte, schrak er zusammen, als sei ein Sprengsatz neben ihm detoniert.

Ohne auch nur eine Sekunde zu zögern, griff er nach dem Telefon.

„Ja, Winkler hier."

Eine männliche Stimme, die eindeutig verstellt und unangenehm näselnd klang (so, als halte sich jemand beim Sprechen die Nase zu), antwortete langsam und sachlich: „Herr Winkler, ich habe Ihre Tochter Romina in meinem Gewahrsam. Sind Sie bereit, 20.000 Euro Lösegeld für sie zu bezahlen?"

Verdammt, die Stimme konnte tatsächlich mindestens 10 Leuten gehören, die er kannte! Joachim sagte zunächst das, was er sich die ganze Zeit überlegt und was er in etlichen Entführungskrimis gesehen hatte. „Das kann ja jeder behaupten! Ich will sofort mit meiner Tochter reden!"

Kurzes Schweigen. Dann: „In Ordnung, einen Moment." Der Mann hielt die Hand vor den Apparat, so dass Joachim zehn Sekunden lang gar nichts hörte, und auf einmal piepste Romina ein fast fröhliches „Hallo Papa!" in sein Ohr.

„Hallo Schätzchen, wie geht es dir? Wo –"

„Das muss reichen, Herr Winkler. Zurück zum Geschäftlichen, wie sieht es aus mit den 20.000 Euro?"

„Wie kommen Sie eigentlich auf die Idee, ich hätte so viel Geld übrig?", beschwerte sich Joachim und trank die Bierflasche leer. Er hätte jetzt eher einen Schnaps gebraucht.

„Ach kommen Sie, Herr Winkler, wir wissen doch beide, dass sie sich ein bisschen was nebenbei verdienen. Schwarzarbeit nennt man das, und das Geld haben Sie nicht auf die Bank gebracht, das haben Sie zu Hause in einem Tresor. Oder meinetwegen in einer Kaffeedose. Und dieses Jahr ist doch wieder einiges zusammen gekommen, nicht wahr?"

Verfluchte Scheiße, war das etwa ein Kunde, bei dem er schwarz renoviert hatte?! Na, der würde sich wundern! „Ja, Sie haben Recht, ich hab ein bisschen Geld auf die Seite gelegt. Aber wie Sie auf 20.000 kommen, ist mir schleierhaft! Ich kann Ihnen 8.000 anbieten."

„Wenn Sie 8.000 haben, kriegen Sie auch 10.000 zusammen. Gehen Sie zur Bank, leihen Sie sich was!"

Joachim merkte, dass die Angst um seine Tochter allmählich in den Hintergrund trat. Eine kalte Wut machte sich in seinem Verstand breit. Er würde jetzt erst einmal scheinbar auf die Forderungen dieses Mistkerls eingehen.

„In Ordnung, irgendwie werde ich die 10.000 schon zusammenkratzen! Und wann sehe ich meine Tochter wieder?"

„Wir treffen uns heute Nachmittag um 18.00 Uhr in Pützchen in einem leer stehenden Fabrikgebäude in der Nähe der Maarstraße. Und die Polizei lassen wir aus dem Spiel, das ist doch wohl klar, oder?"

„Sicher", bestätigte Joachim. Mit so einem Amateur würde er nämlich selbst fertig werden! Und er würde mit seiner Tochter und mit seinem Geld nach Hause zurückfahren! Entweder war dieser Schweinehund ein ehemaliger Kunde, oder es war vielleicht doch Dietmar – aber weder Kunde noch Dietmar waren Profi-Killer, während er, Joachim Winkler persönlich, sehr wohl mit einer Waffe umgehen konnte!

„Können Sie mir die Straße noch mal nennen?" Sein Ton war ruhig, geradezu geschäftsmäßig. „Ich kenne mich in Bonn nicht aus. Vielleicht können Sie das Gebäude ein bisschen genauer beschreiben, damit wir uns nicht verpassen. Ich gebe Ihnen auch noch meine Handynummer."

Joachim schrieb sich alles auf und gab seine Handynummer weiter, und als das Gespräch beendet war, sickerte plötzlich wieder diese seltsam kalte Wut in jede Faser seiner Eingeweide. Nicht wie sonst eine heiße, unbeherrschte, planlose Wut, sondern eine eiskalte, kontrollierte und zielgerichtete.

Er steckte den Zettel in die Hosentasche und begab sich zurück in die Küche, wo Marlies mit verweinten Augen am Tisch saß. „Was hat er gesagt? Was will er? Geht es Romina gut? Rufen wir jetzt die Polizei an? Was -"

„Jetzt halt mal die Klappe, ja?! Ich muss nachdenken!", fiel Joachim ihr ins Wort. „Romina geht es gut. Der Mann will Geld, und das bekommt er, und fertig ist die Sache. Er will keine Polizei, und daran halten wir uns auch, klar?! Und jetzt hol mir mal den Stadtplan von Bonn aus meinem Büro... aber dalli!"

Marlies gehorchte prompt. Was so ein kleiner Klaps ab und zu doch ausmachte.

Joachim breitete den Plan auf dem Küchentisch aus und schickte Marlies aus dem Zimmer. Sie sollte von all dem so wenig wie möglich mitbekommen. Er traute ihr nicht.

Eine halbe Stunde später stand sein Plan fest: Er würde nicht um 18.00 Uhr in der leer stehenden Fabrik sein, sondern schon um 17.00 Uhr. Er würde dem Dreckskerl auflauern und ihn außer Gefecht setzen, bevor der wusste, wie ihm geschah. Er würde überhaupt kein Geld mit in die Fabrikhalle nehmen, sondern die Pistole, die noch aus seiner Zeit als Sportschütze stammte. Er würde diesem Hurensohn, der wahrscheinlich dachte, er sei schlauer als der einfältige Handwerker, schon zeigen, dass man sich mit einem Joachim Winkler besser nicht anlegte! Er würde ihm derart einheizen, dass er Romina freiwillig und völlig kostenlos herausrückte!

Er sah auf die Uhr: 16.20 Uhr. Zeit, sich fertig zu machen. Kurz dachte er daran, jemanden in seine Pläne einzuweihen, für den Fall, dass ihm doch etwas zustieß. Aber wen? Er traute absolut niemandem, wer wusste schon, mit wem der Kidnapper unter einer Decke steckte. Woher hatte das Schwein wohl seine Informationen? Von Marlies, von Bayern-Fan Anton oder gar von seinem dämlichen Lehrling, der sich an ihm rächen wollte? Nein, er traute niemandem! Außerdem würde ihm nichts passieren, weil sein Plan perfekt war!

Er rief Marlies in die Küche und erklärte ihr, er würde sich nun mit dem Entführer treffen, ihm das Geld übergeben und seine Tochter wieder nach Hause bringen. Marlies wurde leichenblass und wollte wissen, wo und wann die Übergabe war, und ob man nicht doch besser die Polizei einschalten sollte.

„Nein!“, entschied Joachim und ließ sie über den Rest im Unklaren. „Geh und kümmere dich um Mandy und lass mich mal machen. Oder denkst du, ich werde damit nicht alleine fertig?!“, fügte er drohend hinzu, und schon war sie verschwunden.

Eilig zog er sich eine dicke Jacke mit vielen Taschen über, holte, da es draußen bereits dämmerte, eine Taschenlampe aus der Abstellkammer und die Pistole aus einer verschlossenen Schublade in seinem Büro und überprüfte, ob das Navigationsgerät für den Wagen aufgeladen war.

Kurz darauf saß er in seinem Jeep und ließ sich von dem Gerät über die Autobahn bis zum Kreuz `Bonn-Ost´ dirigieren, wo er abfuhr und der Oberkasseler Straße durch den schon dunklen Wald bis zur Pützchens Chaussee folgte und durch noch mehr Wald bis zur Maarstraße, die links abging.

In der Maarstraße reihten sich einige Fabrikanlagen aneinander, kleinere Werkstätten, aber auch Schrebergärten, und das Ennertbad war ebenfalls ganz in der Nähe. Von dieser Straße führten mehrere schmale, nur in der Mitte asphaltierte Gassen zu weiteren Fabrik- und Lagerhallen. Dort durfte er natürlich nicht parken, denn womöglich kannte die Drecksau sein Auto.

Joachim erinnerte sich an den Supermarkt, an dem er gerade vorbeigekommen war, fuhr zurück und stellte seinen Wagen zwischen den schätzungsweise 200 bis 300 anderen Autos ab. Als er sich zu Fuß auf den Weg zu dem leer stehenden Fabrikgebäude machte, war es bereits stockdunkel. Unterwegs war er sehr wachsam und sah sich immer wieder nach einem bekannten Gesicht oder einem Verfolger um.

Aber als er von der Maarstraße abgebogen war, dauerte es nicht lange, da war er allein auf der Straße, die vor riesigen Schlaglöchern nur so strotzte. Nach 50 Metern bog er noch einmal ab, in eine unbefestigte Gasse, die mit sehr weit auseinander stehenden, sehr schwächlichen Straßenlaternen ausgestattet war. Schließlich glaubte er, die richtige Halle gefunden zu haben, denn auf einem verbogenen, verrosteten Schild war eben noch der Name der Firma zu erkennen, von der der Entführer gesprochen hatte.

Es handelte sich um ein flaches, aber breites Gebäude, das nur aus Erdgeschoss bestand und ehemals weiß gestrichen war. Joachim fand es klüger, von der Rückseite hineinzugehen. Das Handy schaltete er aus, damit es nicht zur falschen Zeit klingelte und ihn verriet.

Er bewegte sich langsam und vorsichtig zwischen zwei Gebäuden hindurch. Er hatte die Taschenlampe in einer Jackentasche verstaut, weil er sie jetzt möglichst noch nicht einschalten wollte. An der Rückseite hatten sich seine Augen einigermaßen an die Dunkelheit gewöhnt, und das war auch gut so, denn das Licht der schwachen Straßenlaterne erreichte die Schatten hinter der Halle überhaupt nicht mehr.

Überall lag kaum erkennbarer Müll herum, es roch nach Abfall und tierischen Ausscheidungen. Joachim entdeckte auf der Rückseite eine Stahltür, die abgeschlossen war, allerdings überflüssigerweise, denn rechts von der Tür taten sich schwarze, scheibenlose Fensteröffnungen auf.

Joachim kletterte, sportlich wie er war, problemlos durch eins der Fenster in das Gebäude hinein, in dem es finster, still und kalt war wie in einem Grab. Nachdem sich seine Augen auch an diese Lichtverhältnisse gewöhnt hatten, tastete er sich behutsam durch einen großen Raum, in dem ein paar verstaubte Kisten herumstanden und einiges an Abfall über den Boden verstreut war. Er passte genau auf, wohin er seine Füße setzte... konnte man doch eventuell in solchen Häusern durch morsche Fußböden in Löcher, Schächte und Keller fallen, aus denen man nie wieder herauskam.

Obwohl er so Acht gab, stieß er mit dem Fuß gegen einen zylinderförmigen, metallischen Gegenstand, der laut scheppernd davon rollte. Joachim fluchte.

Vor ihm tauchte jetzt eine Türöffnung auf, die in einen anderen Raum führte. Joachim hielt es für eine gute Idee, die Örtlichkeiten hier genauestens auszukundschaften, bevor der Entführer eintraf, dann war er klar im Vorteil. Als er durch die Tür trat, nahm er rechts von sich etwas wahr. Eine Bewegung? Ein Geräusch? Sehr schnell. Sehr leise. Bevor er reagieren konnte, erhielt er einen kräftigen Schlag auf den Kopf... das erschreckende Gefühl zu fallen... dann nichts mehr.

Joachim kam nur sehr, sehr mühsam zu sich. Sein Schädel schmerzte, als sei die Straßenbahn darüber gefahren. Er wollte sich an den Kopf fassen, aber das ging nicht, weil... verdammt, was war passiert?!

Wo war er?!

Auf jeden Fall in einem großen, dunklen Raum, der nur ausschnittweise von einer Taschenlampe beleuchtet wurde, die auf einer schmutzigen Kiste lag. Glücklicherweise schien sie ihm nicht direkt in die Augen – allein der Gedanke daran tat ihm weh. Und er wusste immer noch nicht, wieso er hier war, und wieso er im Sitzen an einen Betonpfeiler gefesselt war. Zumindest das hatte er inzwischen endlich begriffen. Er versuchte umherzusehen, aber das Wenden des Kopfes ließ das schmerzhafte Pochen unter seiner Schädeldecke anschwellen.

„Suchst du mich, du Superhirn?", fragte eine leise Stimme. Und als ein langer, schlanker Mann in schwarzer Kleidung und Maske über dem Kopf in sein Blickfeld trat, erinnerte er sich plötzlich an alles. Es ging um seine Tochter! Diese kranke Drecksau hatte sie entführt! Er würde das Schwein umbringen!

Wie ein wild gewordener Bär zerrte er an seinen Fesseln, und für einen Moment war er überzeugt, er könne sie mit seiner schieren Wut und Entschlossenheit zerreißen... aber stattdessen fuhr ein Schmerz durch seinen Kopf, dass er glaubte, sein Schädel sei in zwei Teile zerbrochen. Sofort bewegte er sich nicht mehr und der Schmerz ließ ein wenig nach.

„Warum hast du mich hier festgebunden? Ich dachte, wir wollten ein Geschäft miteinander machen... wo ist Romina?", verlangte Joachim zu wissen. Seine Stimme hörte sich jämmerlich an.

„Du wolltest das, ich will etwas anderes", antwortete der Mann in Schwarz mit einem wütenden, irgendwie gemeinen Unterton. „Romina ist übrigens zu Hause bei meiner Frau."

Verdammt, er kannte die Stimme, das war Dietmar, doch, ganz bestimmt, ganz eindeutig! Der arrogante Lackaffe, der krank im Kopf war! „Du kannst deine Scheißmaske abnehmen! Du bist Dietmar, der kranke Wichser, der meint, er muss seine Schwester aus meinen Klauen retten! Los, du feige Sau, nimm die Maske ab!"

Mit einer geradezu albern theatralischen Bewegung riss sich Dietmar die Mütze mit den augenscheinlich selbst geschneiderten Löchern vom Kopf, ließ sie auf den Boden fallen und höhnte: „Du bist ja so schlau, nicht wahr! Aber du warst zu dämlich, um zu merken, was für ein Fehler es war, Marlies den Umgang mit mir zu verbieten! Das kann ich nämlich nicht zulassen! Und du hast noch einen zweiten Fehler gemacht, du Intelligenzbestie: Du hast mich unterschätzt, statt mich zu fürchten!"

Joachim lachte verächtlich, obwohl das seinem Kopf nicht eben gut tat. „Ich soll mich vor dir fürchten?! Hast du noch alle Tassen im Schrank?! Was willst du erbärmliches, dünnes Männchen mir denn schon antun?! Mach mich los, dann zeig ich dir, wer hier vor wem Angst haben muss!"

„Ach ja? Reiß dein Maul nicht so auf, du Angeber! Du schlägst und schikanierst doch nur Schwächere! Und losmachen werde ich dich nicht, denn ich möchte dir einmal in deinem Leben beibringen, wie es ist, misshandelt zu werden, ohne sich wehren zu können! Einem hirnlosen, brutalen Schlägertypen wie dir muss man Einfühlungsvermögen doch regelrecht in den Leib prügeln!"

Dietmar war immer lauter geworden, seine Stimme scharf und von unbändigem Hass erfüllt. Er hinkte zu der Holzkiste, auf der die Lampe lag und nahm etwas empor, das Joachim bisher nicht gesehen hatte: Einen gewaltigen Hammer. Einen Moment lang glaubte er nicht, dass dieser mickrige, hinkende, feige Beamtenarsch ihm mit dem Hammer etwas antun würde... aber dann blickte er von den Händen, die den Hammer gepackt hatten, in Dietmars wütendes Gesicht und in seine sonst so strahlenden Augen, die vor Hass brannten.

Und plötzlich wurde ihm alles klar: Es war dieser Mann gewesen, dieser übergeschnappte Irre, der mit erbarmungsloser Brutalität seinen eigenen Vater abgeschlachtet hatte! Dieser Mann würde keine Sekunde zögern, seinen Schwager und angeblichen Schläger seiner Schwester mit dem Hammer zu Tode zu prügeln! Das musste er ihm ausreden!

„Hör zu, ich verspreche dir, dass ich –“, begann er, aber Dietmar hatte blitzschnell mit beiden Händen den Hammer erhoben und ließ ihn auf Joachims rechtes Knie niedersausen.

Joachim schrie auf. Der Schmerz war kaum zu ertragen und doch trat er für einen Moment in den Hintergrund, als Dietmar den Hammer erneut hob.

„Nein, warte doch, ich lasse mich von Marlies scheiden, wenn sie das will! Ich ziehe heute noch aus, ganz bestimmt! Sie kann die Kinder haben! Und das Haus! Ja, auch das Haus! Und ich sage niemandem, was du hier getan hast! Bitte hör auf damit! Bitte!“, bettelte Joachim, aber Dietmar schlug zum zweiten Mal zu, und der Schmerz explodierte im anderen Knie.

Joachim wollte aufschreien, aber der Schmerz nahm ihm einfach den Atem. Überwältigend, unerträglich! Die Welt um ihn herum verschwand. Da war nur Schmerz. Grell und unerträglich. Er brachte nichts heraus als ein tiefes, ihm selbst grässliches Stöhnen.

Als der Hammer Joachims rechte Schulter zerschmetterte, machte sein Bewusstsein das einzige, das ihm übrig blieb: Es flüchtete aus der Unerträglichkeit der Situation in die Schwärze der Bewusstlosigkeit, in der es keine Schmerzen mehr gab.

*

Während Dietmar Joachims linkes Knie zertrümmerte, sah er Marlies abgemagertes Gesicht vor sich, ihre rotgeweinten Augen, die Blutergüsse an ihren Armen, hatte die Demütigungen im Ohr, die verdammten falschen Anschuldigungen, erinnerte sich an die sadistischen Strafen eines dünnen Mannes im Anzug, der nach Schweiß und Krankenhaus roch, und der seinen eigenen Sohn zum Krüppel geschlagen hatte!

Und deshalb hörte er überhaupt nicht hin, was aus dem Mund dieser widerlichen Kreatur vor ihm quoll – das waren sowieso nur Lügen! Während er den Hammer gegen Joachims rechte Schulter schmetterte, sah er sich selbst im pechschwarzen Keller hocken, vor Angst erstarrt, für alle Zeiten traumatisiert! Kein Vater durfte seinen Kindern so etwas antun! Kein Vater! Auch dieses Schwein hier nicht! Nein, dieses Schwein würde seine Töchter nicht schlagen! In diesem Leben nicht!

Aber es war noch nicht genug.

Dietmar holte aus. Die linke Schulter. Seine Mutter. Eine feige Verräterin und Hure. Angeblich hatte sie vor Scham nicht mehr leben wollen. Wie gut, dass er ihr dabei geholfen hatte, sonst hätte sie es sich wieder anders überlegt! Fette, dumme, hilflose Kuh!

Joachim reagierte längst nicht mehr. Lächerlicher Versager!

„Du hast gedacht, du könntest mich reinlegen, was?!", brüllte Dietmar das verrenkte Bündel Mensch zu seinen Füßen an. „Ich wusste, was du vorhast, bevor du selbst darauf gekommen bist! Ich wusste, dass du denkst, mit dem armen Spinner wirst du allein fertig! Und ich wusste, dass du dumm bist! Dumm! Dumm!"

Mit jedem Dumm versetzte er ihm einen vernichtenden Hieb gegen den Kopf. Die linke Schläfe, die rechte Schläfe, oben auf die Schädeldecke. Es knackte, es platzte auf, Blut spritzte.

Aber irgendwie war auch das noch nicht genug. Er schlug ihm die Füße zu Brei, die Hände auch und donnerte den Hammer zwischen seine Beine... aber erst, als er ihn in Joachims Magengrube rammte, ließ seine Wut nach. Denn beim letzten Schlag hatte er etwas gehört, das klang, als sei der Hammer mit Metall zusammengestoßen. Was war das gewesen? Eine Taschenlampe?

Dietmar legte den Hammer beiseite, zog Einmal-Plastikhandschuhe aus seiner Hosentasche und streifte sie über seine dünnen, schwarzen Lederhandschuhe. Trotzdem brachte er es kaum über sich, Joachims blutigen Körper anzufassen. Er ging in die Hocke, klappte mit zwei spitzen Fingern seine blutfeuchte Jacke zur Seite und fand in den Innentaschen rechts eine Lampe und links eine Pistole.

Diese hinterhältige Ratte hatte ihn also erschießen wollen! Dann hatte der Mistkerl den Tod doppelt und dreifach verdient!

Dietmar war fertig hier. Er steckte die Pistole ein, hob die Wollmütze vom Boden auf, ohne sie überzuziehen, nahm Hammer und Lampe und sah sich um. Er ging davon aus, dass er keine Spuren hinterlassen hatte. Keine Fußspuren, keine Fingerabdrücke und auch sonst nichts.

Aus der anderen Hosentasche kramte er eine Plastiktüte hervor, in der er den Hammer, die Lampe und die Mütze verschwinden ließ, und machte, dass er nach draußen kam. Die Gegend war so menschenleer wie bei seiner Ankunft. Dietmar eilte zu seinem Auto, das er ein paar Straßen weiter abgestellt hatte. Jetzt zog er auch die beiden Paar Handschuhe aus, warf sie in die Plastiktüte, schloss den Wagen auf und ließ sich auf dem Fahrersitz nieder, den er mit einer alten, grauen Decke verhüllt hatte. Für den Fall, dass sich Blutspritzer an seiner Kleidung befanden.

Dann fuhr er nicht nach Hause, sondern in die entgegengesetzte Richtung, in den Wald. In der Nähe des Ennertwegs bog er in einen schmalen Waldweg ab, fuhr ohne Licht noch gute 50 Meter weiter und wartete zwei, drei Minuten, bis sich seine Augen an das wenige Licht angepasst hatten. Das Maß an Dunkelheit, das hier zwischen den Bäumen herrschte, war so ziemlich das äußerste, was er ertragen konnte, ohne in Panik zu verfallen.

Er stieg aus, legte die alte Decke auf den Boden direkt hinter das Auto, warf die Plastiktüte darauf, zog sich bis auf die Unterhose aus, ließ die schwarzen Kleidungsstücke inklusive Strümpfen und Schuhen auf die Decke fallen und öffnete frierend den Kofferraum, in dem er frische Sachen zum Anziehen mitgebracht hatte.

Drei Minuten später trug er einen mittelgrauen Anzug mit hellgrauem Hemd und Krawatte, sowie schwarze Socken und Schnürschuhe. Wie aus dem Ei gepellt.

Nachdem er sich noch kurz durch die Haare gekämmt hatte, knotete er die Enden der Decke zusammen und verfrachtete das Bündel in den Kofferraum, wo auch eine Schaufel lag. Bei der Planung seiner Tat hatte er nämlich in Erwägung gezogen, die Decke samt Inhalt gleich hier an Ort und Stelle zu vergraben, war aber dann doch zu dem Schluss gekommen, dass dieser Wald viel zu nah am Tatort lag. Er würde die Sachen woanders entsorgen.

Schließlich fuhr er die Oberkasseler Straße hinunter zur Autobahn und raste nach Königswinter.

Gegen 18 Uhr klingelte er an Marlies' Haustür, und selten war sie so schnell an der Tür wie an diesem Tag. Ihr Gesicht war rot und verquollen vom Weinen, in dem weiten, schwarzen Sweatshirt sah sie paradoxerweise noch dünner aus als sonst, und aus ihrem Blick sprach Angst, Angst, Angst. Jetzt musste er ihr behutsam beibringen, dass es mit der Angst vorbei war, und er hoffte, dass sie nicht ein gewisses Maß an Angst brauchte, um sich normal oder gar wohl zu fühlen.

„Um Himmelswillen, Dietmar, was machst du denn hier?! Du sollst doch nicht mehr herkommen!"

Netter Empfang. Sie umarmte ihn nicht einmal. Gott, was hatte dieser Mistkerl nur aus ihr gemacht! Dietmar brach übergangslos in ein strahlendes Lächeln aus. „Ich habe Neuigkeiten für dich, und zwar überaus gute Neuigkeiten! Bist du allein?"

„Ja, wieso? Du weißt ja noch gar nicht, was passiert ist! Romina wurde entführt, und Joachim hat sich mit dem Entführer getroffen, und ich habe bis jetzt kein Lebenszeichen von ihm. Wir müssen etwas unternehmen!"

„Und wo ist Mandy?"

„Ich hab sie zum Tischtennis geschickt, damit sie nichts mitbekommt. Dietmar, wir müssen die Polizei verständigen. Wir -"

„Marlies, du kannst dich beruhigen, Romina geht es gut, sie ist bei Anthea. Komm, setzen wir uns in die Küche."

Er ging einfach voraus, während seine Schwester aufgeregt hinter ihm hereilte. „Wieso ist sie bei Anthea? Was ist denn passiert?! Mensch Dietmar, nun sag doch was!"

Aber Dietmar setzte sich auf seinen Stammplatz auf der Eckbank und meinte: „Jetzt hol erst mal zwei Gläschen und deinen geliebten Eierlikör und dann erzähle ich dir alles."

Das Herbeischaffen der Gläser und des Likörs beruhigte sie keineswegs. Im Gegenteil. „Es ist also doch was passiert, irgendwas Schlimmes! Ist Romina verletzt, oder hat dieser Entführer sie... hat er sie... um Gotteswillen!"

„Nein! Du setzt dich jetzt hierhin und trinkst einen ordentlichen Schluck Likör! Ja, gut so! Mit deiner Tochter ist alles in Ordnung, aber deinem Mann ist etwas zugestoßen." Dietmar machte eine Pause und wartete, bis sie sich das Glas ein zweites Mal gefüllt hatte. Dann fuhr er fort: „Ich habe Romina heute von der Schule abgeholt und ihr gesagt, du hättest erlaubt, dass sie bei uns übernachten darf. Sie hat sich sehr gefreut. Dann habe ich den Entführer gespielt, weil ich einen Plan hatte."

„Du warst das?! Ich hab dich nicht erkannt!" Marlies starrte ihn an, als hätte er behauptet, er sei der Bundespräsident. „Wenn Joachim das erfährt, bringt er dich um!"

Dietmar lächelte immer noch. „Da stimme ich dir ganz und gar zu. Und deshalb bin ich ihm zuvorgekommen."

Sie schlug eine Hand vor den Mund, als sie begriff, was er gesagt hatte. In ihrem Blick wechselten sich mehrmals Ungläubigkeit und Entsetzen ab, bevor sie fragte: „Das hast du doch nicht ernst gemeint?"

Ihre Miene verriet ihm, dass er gut daran tat, seine Rolle im Tathergang ein wenig positiver darzustellen, als sie gewesen war. Er legte seine Hand auf ihre Hand und schaute ihr direkt in die Augen.

„Hör zu, Schwesterchen, ich habe deinem Mann diese Entführung vorgespielt, um ihn an einen Ort zu locken, wo ich ihn mal so richtig verprügeln konnte. Damit er merkt, wie das ist, wenn er so beschissen mit dir umgeht. Aber der Mistkerl hatte eine Pistole dabei und ich nur einen Holzknüppel. Und dann kam es prompt zum Kampf, ich konnte ihm die Pistole entwenden und ihn niederschlagen und dann... Marlies, ich hab einfach nur noch rot gesehen, ich hatte einen so unglaublichen Hass auf ihn", Dietmar wandte den Blick ab, „dass ich zugeschlagen habe, immer wieder und noch mal und noch mal, bis ich merkte, dass er sich nicht mehr rührte."

„Du meinst, er ist tot?"

„Ja."

Marlies starrte ihn mit weitaufgerissenen Augen an. Aber sie weinte nicht. Das hatte er sich gedacht. „Aber was sollen wir denn jetzt machen?!", fragte sie.

Dietmar zuckte nur mit den Schultern.

„Kannst du der Polizei nicht sagen, dass es Notwehr war?"

Dietmar seufzte und nahm ein Schlückchen Eierlikör. „Das werden sie mir nicht glauben, nicht so, wie er aussieht. Weißt du, die Vorstellung, für diesen... diesen schlechten Menschen ins Gefängnis gehen zu müssen, macht mich krank. Und am Ende", er sah ihr überrascht und erschrocken ins Gesicht, als sei ihm der Gedanke gerade erst gekommen, „am Ende werden sie noch behaupten, dass du mit mir unter einer Dekke steckst!"

„Ich?! Wieso denn das?!"

„Na, dein Motiv ist doch viel stärker als meins. Er hat dich geschlagen, dich gedemütigt, dir alles Mögliche verboten, er hat die Mädchen schlecht behandelt, und die Polizei wird vielleicht denken, du hast mich um Hilfe gebeten."

Dazu sagte Marlies erst mal nichts, sondern schenkte sich den dritten Likör ein und starrte abwesend aus dem Fenster. Sie weinte immer noch nicht. Aber das kam vielleicht noch. Jedenfalls schien jetzt ein günstiger Zeitpunkt zu sein, seine Schwester mit seinem Plan vertraut zu machen.

„Jetzt hör mir bitte mal genau zu. Auf der Fahrt hierher hatte ich eine geniale Idee: Wir geben uns gegenseitig ein Alibi! Wenn die Polizei uns verhört – und das wird sie tun, glaub mir –, erzählen wir ihr überhaupt nichts von Rominas angeblicher Entführung. Davon weiß außer dir, mir und dem toten Joachim sowieso niemand was. Du sagst einfach aus, du hättest gegen halb drei einen Anruf für Joachim bekommen von einem Mann, dem du seine Handynummer gegeben hast. Joachim sei gegen drei Uhr völlig aufgelöst hier eingetroffen, hätte was getrunken, hätte rumgetobt, hätte seine Pistole geholt – du behauptest, das hättest du gesehen! – und sei wieder davongefahren. Du weißt nicht wohin. Aber du hättest schon lange den Verdacht gehabt, dass er krumme Geschäfte mit irgendwelchen zwielichtigen Gestalten mache, und du hättest ihn mal mit einer Plastiktüte voller Geld erwischt. Weil du dich unter diesen Umständen natürlich nicht an die Polizei wenden wolltest, hättest du mir eine SMS geschickt, damit ich dich zurückrufe und wir besprechen können, was zu tun ist."

Das gleiche hatte er übrigens Anthea erzählt, kurz bevor er das Haus verlassen hatte. Wenn Marlies mitzog, war sein Alibi so schwer widerlegbar wie die anderen auch.

Marlies schien nachzudenken, was ihr möglicherweise durch die ganze Aufregung und nicht zuletzt durch die vielen Likörchen schwerer fiel als sonst. „Kann ich... kann ich vielleicht eine Nacht darüber schlafen? Das geht doch, oder? Oder müssen wir jetzt sofort die Polizei rufen?"

Dietmar entspannte sich ein wenig. Das lief gut. „Nein, nein, ich wollte sowieso vorschlagen, dass du Joachim erst morgen im Laufe des Vormittags als vermisst meldest. Es wäre schon ein enormer Zufall, wenn ihn vorher jemand finden würde."

„Wo ist er denn?"

„Das sage ich dir lieber nicht, dann brauchst du nicht zu lügen. So, und jetzt merkst du dir erst mal eins: Ich bin heute um ungefähr Viertel vor vier bei dir gewesen und bis kurz nach sieben geblieben. Willst du dir das aufschreiben? Gut, dann nicht. Ich werde morgen früh Romina hierher zur Schule bringen und komme anschließend bei dir vorbei, und wir reden noch mal über alles, ok? Kann ich dich jetzt damit allein lassen?"

„Ich bin ja nicht allein, Mandy kommt doch gleich vom Sport zurück." Sie versuchte sich an einem traurigen Lächeln, aber war da nicht auch so etwas wie eine Spur Stolz in ihrem Blick zu sehen? Und eine Menge Zuneigung? Ja, sie war stolz auf ihren großen Bruder, der ihr so oft aus ihren Notlagen herausgeholfen hatte. Und auf einmal war er sich völlig sicher, dass er das Richtige getan hatte.

Er erhob sich und ging in den Flur. Marlies folgte ihm, sie umarmten sich lange und herzlich, bevor sich Dietmar verabschiedete.

Es war jetzt Viertel vor sieben, und er hatte noch etwas zu erledigen. Er fuhr hinunter an den Rhein und folgte der Rheinallee und dann der Hauptstraße bis zu einer Stelle, wo er möglichst nah am Fluss parken konnte. Häuser gab es dort keine mehr, und um diese Uhrzeit auch keine Fußgänger, nur ab und zu Autos, die auf der zwanzig Meter entfernten Straße vorbeifuhren.

Dietmar holte das Bündel und eine Rolle Kordel aus dem Kofferraum, trug alles hinab bis nah ans schwarz schimmernde Wasser, breitete die Decke mit den Kleidungsstücken und dem Mordwerkzeug aus, packte ein paar von den dicken Basaltbrocken hinein, mit denen das Ufer ausgelegt war, und schnürte die Decke mit der Kordel gewissenhaft wieder zusammen.

Als gerade kein Auto in Sicht war, wollte er das Bündel aufheben, um es so weit wie möglich in den Rhein zu werfen, musste aber feststellen, dass er es kaum heben konnte. Er biss die Zähne zusammen, stemmte das Paket mit aller Kraft so hoch, wie es eben ging (sein Rücken beschwerte sich mit einem reißenden Schmerz), und schleuderte es von sich.

Es klatschte heftig auf die Wasseroberfläche und versank fast sofort. Rasch stieg Dietmar (Gott, tat sein Rücken weh!) zurück in sein Auto und sah auf die Uhr: Es wurde höchste Zeit, nach Hause zu fahren, damit er sich nicht selbst sein schönes Alibi versaute.

10

Bonn, Polizeipräsidium
Dienstag, 28. November, 7.55 Uhr

Auf dem Weg ins Büro machte Sascha einen Zwischenstopp am Kiosk (es war bedeckt und nieselte leicht) und kaufte sich eine Tageszeitung, die er um kurz vor acht Uhr auf seinem Schreibtisch auseinander faltete, und zwar unter der Rubrik Vermietungen.

Annika und er waren sich einig geworden, eine Wohnung im Großraum Rauschendorf zu suchen, möglichst in der Mitte zwischen ihren Arbeitsplätzen Oberkassel und Hennef.

Gewissenhaft ging er die Anzeigen durch. Hier: Stieldorf, die bauten ja wie die Halbwilden da oben, 4 ½ Zimmer, Neubau, 100 m², Südbalkon, Garage, Kaltmiete € 545,- . Hörte sich nicht schlecht an. Obwohl man sich im Grunde auf keine dieser Angaben verlassen durfte – das hatte er schon mehr als einmal am eigenen Leib erfahren.

Sascha malte mit seinem Kugelschreiber sorgfältig ein Kreuz neben die Neubauwohnung in Stieldorf und wollte eben weiter suchen, als Andreas das Büro betrat.

„Morgen“, grüßte er knapp und fragte, als er die Zeitung sah: „Siehst du dich nach einem neuen Job um?“

„Wieso? Wurde ich entlassen?“

„Wir sind Beamte, Sascha! Theoretisch können wir uns für die nächsten 30 Jahre allein in diesen Fall hier verbeißen und niemand kann etwas dagegen tun.“

„Um Gotteswillen! Ich wusste ja gar nicht, dass wir jetzt schon bis 80 arbeiten müssen! Wann hat die Regierung das beschlossen?“

„Keine Albernheiten bitte!“ Andreas setzte sich an seinen Schreibtisch und starrte nachdenklich auf einen schwarzweiß marmorierten Aktenordner. „Irgendwie stecken wir fest... was haben wir übersehen? Wo können wir noch ansetzen?“

„Wir könnten den Hauptverdächtigen in den Wahnsinn treiben“, schlug Sascha vor und faltete die Zeitung zusammen. „Weißt du noch? Inspector Colombo? Unserem Dietmar so lange unentwegt auf den Sack gehen, bis er einen Nervenzusammenbruch hat und freiwillig und unter Tränen ein Geständnis ablegt."

Andreas schmunzelte. „Ich könnte mir sogar vorstellen, dass wir unseren guten Herrn Schneyder mit solchen Methoden schwer nervös machen würden. Aber gestehen wird er nicht... eher bastelt er ein Bömbchen und schraubt es uns unters Auto."

„Ja, möglich. Und als Alibi wird er eine Ohnmacht von 18.30 Uhr bis 18.45 Uhr angeben, bei der 300 Zeugen anwesend waren, die sich zu der Zeit allerdings alle im Nebenzimmer aufgehalten haben."

„Da könntest du Recht haben." Andreas stand auf und lief, die Arme vor der Brust verschränkt, ein paar Schritte hin und her. Eine Zigarre hätte ihm nicht schlecht gestanden. „Wir wissen immer noch viel zu wenig über den Mann und das sollten wir ändern! Hast du hier noch was Dringendes zu tun oder kommst du mit?"

„Wohin?"

„Ich möchte endlich mal persönlich mit Schneyders Frau sprechen. Ohne dass ihr Mann dabei ist, also in ihrem Büro im Finanzamt."

„Also ich persönlich würde es ja jetzt vorziehen, Wohnungsanzeigen durchzuarbeiten", eröffnete er Andreas, aber dessen Blick motivierte ihn, umgehend hinzuzufügen: „Mann, das war ein Scherz! Was hast du denn gedacht?!"

Als sie im Wagen saßen und über die Autobahn nach St. Augustin rasten, kam Sascha ein sehr vielversprechender Gedanke: Wenn man Genaueres über Dietmar wissen wollte, war die Ehefrau eher zweite Wahl. Denn wer kannte den Mann seit mindestens 35 Jahren in- und auswendig? Seine Schwester natürlich. Die sollte man befragen und zwar, wenn dieser dummdreiste Mistkerl von Ehemann nicht anwesend war.

Genau das würde er Andreas vorschlagen, sobald sich herausstellte, dass Dietmars Frau nicht viel zu sagen hatte, und dann –

Im linken Seitenspiegel sah er auf einmal auf der Überholspur etwas Flaches, Rotes heranschießen. Noch bevor er Andreas darüber informieren konnte, zischte das Gefährt vorbei und davon. Das einzige, was Sascha vom Nummernschild erkennen konnte, war ein großes K.

„Hast du das gesehen?! Der hatte doch mindestens 200 drauf!"

„War da nicht vorhin ein Schild mit Geschwindigkeitsbegrenzung?!", ereiferte sich Andreas.

„Ja. Aber glaubst du ernsthaft, ich könnte den Kerl jetzt noch einholen?"

„Wenn du dich sofort hinter ihn geklemmt hättest! Du wolltest doch immer schon eine richtig wilde Verfolgungsjagd á la Hollywood!"

„Wie in `Blues Brothers´ oder in den Jackie-Chan-Filmen? Ach ja... ", seufzte Sascha wehmütig, „ich glaube, in den letzten Wochen bin ich reifer geworden, ich riskiere mein Leben doch nicht wegen einer Geschwindigkeitsüberschreitung. Ich spiele ja sogar mit dem Gedanken, eine Familie zu gründen."

Daraufhin fing Andreas doch tatsächlich an zu lachen. „Du bist reifer geworden? Dann muss ich dümmer geworden sein – ich hab's nämlich nicht gemerkt!"

„Stimmt, es muss an dir liegen." Sascha fand es an der Zeit, das Thema zu wechseln. „Wusstest du eigentlich, dass Radarkontrollgeräte Autos ab einer Geschwindigkeit von 250 km/h nicht mehr erfassen können?"

„Ja, wusste ich." Andreas lachte immer noch. „Das war jetzt aber eine reife Wendung!" Er nahm sogar seine Brille von der Nase und wischte sich über die Augen.

Sascha fühlte sich nicht ernst genommen, und dagegen half nur eins: Zurückschlagen. „Du bist albern, lieber Andreas. So albern wie eine verliebte Vierzehnjährige. Wann hast du deine nächste Verabredung?"

Toll, wie das wirkte. Andreas' Lachen ebbte ab, er setzte die Brille auf und ließ ihn in sachlichem Tonfall wissen: „Ich treffe mich heute Abend mit Sabine."

Stimmt, sie hieß Sabine. „Was habt ihr denn so vor?"

„Mal sehen."

Andreas' plötzliche Einsilbigkeit führte dazu, dass während der restlichen Fahrt jeder schweigend seinen eigenen Gedanken nachhing.

Dietmar Schneyders Frau empfing sie zehn Minuten später in ihrem Büro im Finanzamt mit einem merkwürdigen Gesichtsausdruck. Sie war eine zarte, aber große Frau um die Vierzig, mit blondem Pagenschnitt. Ihrer braunen Augen wegen vermutete Sascha, dass die Haarfarbe nicht echt war. Sie trug einen rosa Pullover mit V-Ausschnitt, den eine weiße Perlenkette zierte. Ihre weiblichen Rundungen hielten sich in sehr engen Grenzen.

Auch sie saß in einem Einzelbüro, an einem Schreibtisch, der überaus aufgeräumt wirkte, und den ein gerahmtes Foto ihres Ehemanns zierte.

Rechts an der Wand hing ein Kalender mit Schwarzweißfotos aus dem New York der vierziger Jahre.

„Guten Morgen, Frau Schneyder. Wir würden Ihnen gerne ein paar sehr persönliche Fragen über Ihren Mann stellen. Wir brauchen Ihre Hilfe."

Andreas, der sich eben noch wie ein bekiffter Teenager verhalten hatte, gab nun den verständnisvollen, charmanten, vernünftigen Kommissar.

Sie ließen sich auf den beiden Stühlen an der Vorderseite des Schreibtischs nieder und Andreas kam direkt zum Punkt. „Frau Schneyder, ich will offen zu Ihnen sein. Wir nehmen mittlerweile an, dass Ihr Mann etwas mit der Ermordung seines Vaters zu tun hat. Er weiß, dass wir das annehmen, und ich schätze, Sie wissen das auch. Was denken Sie darüber?"

Frau Schneyder ließ einen leisen Seufzer hören, stützte beide Ellbogen auf den Schreibtisch, legte die gefalteten Hände an den Mund und schien nachzudenken. Sie starrte zur Seite auf ihren Monitor, auf dem nichts zu sehen war außer einem Südsee-Bildschirmschoner. Plötzlich fing sie an zu reden.

„Ich bin jetzt seit fast 11 Jahren mit Dietmar verheiratet, und bis vor zwei, drei Monaten war er der Mann, der für mich gemacht schien, der mich zum Lachen gebracht hat, der mich getröstet hat, der mir alles gegeben hat, was ich brauchte. Auch wenn er ein paar ungewöhnliche Eigenheiten an sich hatte, ich hab sie in Kauf genommen. Unangenehm wurde es, als sein Vater diese neue Freundin hatte, die anders zu sein schien als die vielen Frauen, mit denen er sich seit Jahren amüsiert hatte. Ja, sein Vater verstand sich blendend mit Ingrid, und das machte Dietmar nervös."

Sie schwieg einen Moment und sammelte sich. „Als er aber Wind davon bekam, dass die beiden heiraten wollten, da... da muss eine Sicherung bei ihm durchgebrannt sein. Ich hab ihn noch nie so erlebt wie an jenem Abend: Er trank mehrere Flaschen Bier – was er sonst nie tat, ich schwöre Ihnen, ich hab ihn noch nie betrunken erlebt! – lief wie der Panther im Käfig im Wohnzimmer auf und ab und knurrte mehrmals: Das Geld steht ihr nicht zu! Wir haben dafür gelitten und es steht uns zu! Alles! Bis auf den letzten Cent steht uns das zu! Am nächsten Tag, als ich ihn darauf ansprach, tat er so, als wüsste er nichts mehr davon. In den folgenden Wochen wirkte er oft abwesend, als sei er in Gedanken mit Dingen beschäftigt, von denen ich nichts wissen sollte. Nachts knirschte er im Schlaf so laut mit den Zähnen, dass ich davon wach wurde! Das hörte dann schlagartig vor ungefähr zehn Tagen auf."

Sascha machte sich Notizen, während Andreas nachhakte: „Sie meinen den Tag nach dem Mord an Horst Adolf Schneyder?"

„Ja, und ich dachte damals, Dietmar sei einfach erleichtert, dass dieser Mord passiert war. Natürlich ist es nicht nett, sich über den Tod des Vaters zu freuen... aber ich konnte ihn irgendwie verstehen."

„Hat er Ihnen erzählt, was ihm sein Vater in der Kindheit angetan hat?" Andreas wirkte jetzt ein bisschen angespannt.

Schneyders Frau drehte ihren Ehering am Finger hin und her und betrachtete eingehend ihre Kugelschreibersammlung, die in einem ausrangierten, weißen Kaffeebecher mit abgebrochenem Henkel steckte. „Nun ja... eigentlich hat er immer nur Andeutungen gemacht. Ich habe mir vieles selbst zusammengereimt wegen seiner... seiner eigenartigen Angewohnheiten. Er geht zum Beispiel nie in unseren Keller, da hat er sich immer strikt geweigert. Er isst auch nur ganz bestimmte Sachen, wehe, ich probiere mal was Neues aus. Es kam schon vor, dass er wortlos aufstand, den Teller stehen ließ und einen Tag lang nicht mit mir geredet hat. Sie glauben gar nicht, wie schnell man daraus lernt."

Ein bitteres Lächeln glitt über ihr Gesicht und sie schaute zum Fenster hinaus, das einen Ausschnitt des Siebengebirges zeigte. „Am auffälligsten finde ich allerdings, dass nachts immer eine Lampe brennen muss. Dietmar kann ohne Licht nicht schlafen. Er muss schreckliche Dinge in der Dunkelheit erlebt haben. Und seine Erfahrung mit Krabbeltieren dürfte auch ungut verlaufen sein: Wenn ihm in der Wohnung eine Spinne oder ein Käfer über den Weg läuft, gerät er in Panik, so was haben Sie noch nicht gesehen. Er hat sich schon im Bad eingeschlossen, bis ich die Spinne entfernt hatte." Sie schüttelte den Kopf. „Bedauerlich ist, dass er nie Kinder wollte, gut, ich kann damit leben, sonst hätte ich ihn nicht geheiratet. Ich glaube, er hat Angst, er könne so werden wie sein Vater und seinen Kindern was antun. Nun, am Ende ist es auch besser so... vielleicht hat er sich richtig eingeschätzt."

Ihr Blick ging gedankenverloren ins Leere, aber Andreas holte sie unerbittlich zurück in die Gegenwart. „Frau Schneyder, warum haben Sie uns das nicht längst erzählt?"

„Meinen Sie nicht, dass man dazu neigt, den Gedanken, der Ehemann sei ein Mörder, völlig zu verdrängen?" Ihr Blick wanderte in Andreas' Gesicht, und mit einiger Resignation in der Stimme fügte sie hinzu: „Und außerdem beweist das alles doch überhaupt nichts."

Andreas klärte die Frau auf: „Sie haben Recht: Das beweist nichts. Trotzdem können uns solche Einzelheiten manchmal weiterhelfen. Sie haben Ihrem Mann doch für Dienstagabend kein Gefälligkeitsalibi gegeben?"

„Nein, ganz bestimmt nicht. Er ist gegen halb acht gefahren und war um Viertel nach acht wieder zurück. Ich verstehe nicht, warum er diese Frau umgebracht haben soll. Den Mord an seinem Vater könnte ich ja noch nachvollziehen."

„Das hängt auf sehr komplexe Weise zusammen und dazu möchte ich jetzt nicht ins Detail gehen. Fällt Ihnen sonst noch was ein, Frau Schneyder?"

Sie schaute wieder zur Seite, und ihre rechte Hand griff zur Perlenkette und spielte daran herum. „Am Freitag hat er mich gefragt, ob ich ihm den Mord an zwei Menschen zutraue. Mein `Nein´ klang möglicherweise nicht überzeugend genug... jedenfalls hat er mich am Sonntagnachmittag – als er dachte, ich merke es nicht – ein paar Mal auf eine Art angesehen, dass es mir eiskalt den Rücken runterlief. Und ich dachte: Ein falscher Blick, eine falsche Bemerkung, und ich muss als nächste dran glauben!" Ihre Augen wurden feucht. „Ist es nicht schrecklich, so etwas über seinen eigenen Ehemann zu denken?"

„Schrecklich, aber nachvollziehbar", urteilte Sascha.

Andreas nickte zustimmend. „Ich fürchte, wir müssen uns ab jetzt mehr um Ihren Mann kümmern. Wir werden – "

Frau Schneyder fiel ihm einfach ins Wort. „Ja, denn gestern ist noch etwas vorgefallen, das ich mir nicht erklären kann. Er war kurz nach halb 12 hier bei mir und sagte, er fahre nach Königswinter und hole seine Nichte Romina von der Schule ab. Marlies habe nachgefragt, ob die Kleine bei uns übernachten darf. Bevor ich etwas dazu sagen konnte, war er weg. Kaum kam ich nachmittags nach Hause, da drückte er mir das Kind in die Hand und behauptete, er müsse sofort zu Marlies fahren, da sei etwas nicht in Ordnung."

„Um wie viel Uhr war das?", wollte Sascha wissen.

„Er ist so gegen halb vier weggefahren und dann hab ich erst mal gute vier Stunden nichts mehr von ihm gehört. Er hatte sogar sein Handy ausgeschaltet. Gegen halb acht war er wieder zu Hause und erzählte mir eine ziemlich wilde Geschichte."

„Nämlich?", forderte Andreas sie zum Reden auf, weil sie kurz verstummt war und ihre viereckig gestalteten Fingernägel begutachtete.

„Marlies hatte, laut Dietmar, schon länger den Verdacht, dass ihr Mann irgendwelche krummen Geschäfte machte. Gestern Nachmittag erhielt er einen Anruf von einem Mann, woraufhin er angeblich wütend und mit seiner Pistole weggefahren ist. Bis zum Abend war er noch nicht wieder aufgetaucht, und heute, sehr früh am Morgen, rief Marlies an und berichtete, Joachim sei immer noch nicht zu Hause, und fragte, ob Dietmar vielleicht zu ihr kommen könne. Deswegen ist er jetzt auch nicht hier. Er hat Romina zur Schule gebracht und ist dann zu Marlies gefahren."

Mist! Sascha ärgerte sich. Sicher würden sie gleich ebenfalls zu Marlies fahren, und sein genialer Plan, mit der Frau in Abwesenheit ihres Ehemanns zu reden, würde überhaupt nicht zur Geltung kommen!

Währenddessen bohrte Andreas weiter. „Frau Schneyder, Sie nannten das gerade eine ziemlich wilde Geschichte, welchen Teil glauben Sie denn eher nicht?"

Sofort wanderte ihr Blick unruhig hin und her und sie begann zu gestikulieren. „Dieser Joachim ist ein ganz unangenehmer Mensch, nicht nur, weil er Gerüchten zufolge schwarzarbeitet und seine Frau schlägt, sondern auch, weil er wegen der geringsten Kleinigkeit an die Decke geht und sehr ordinär werden kann... wovon ich mich schon des öfteren selbst überzeugen durfte. Aber trotzdem glaube ich nicht, dass er sich eine Waffe schnappt und sich mit der sizilianischen, der russischen oder sonst einer Mafia eine Schießerei liefert! Da steckt etwas anderes hinter seinem Verschwinden."

„Haben Sie eine Vermutung, was das sein könnte?", fragte Andreas geduldig nach.

Frau Schneyder schaute irgendwie verschämt nach unten und ließ fast widerwillig verlauten: „Als Dietmar vor ein paar Wochen von einem Besuch bei Marlies nach Hause kam, sagte er auf eine Weise, dass es für mich nicht nach einem leeren Spruch klang: Wenn dieser Kerl sie weiter schlägt, wird er mich kennen lernen!"

Sie hob den Blick und sah Andreas an, das heißt, sie sahen sich beide sekundenlang gegenseitig in die Augen, und Sascha fragte sich gerade, ob die beiden gleich aufspringen und sich mit leidenschaftlichem Kuss in die Arme fallen würden, als Andreas seine Brille zurechtrückte und mit ungewohnt warmer Stimme meinte: „Frau Schneyder, ich danke Ihnen für Ihre Offenheit. Ihr Mann erfährt natürlich nicht, was Sie uns heute an Einzelheiten und Vermutungen anvertraut haben. Sollten Sie in den nächsten Tagen trotzdem den Eindruck haben, in Gefahr zu sein, rufen Sie uns bitte sofort an."

„Ja, sicher, klar. Wenn ich dann noch in der Lage dazu bin." Ein melancholisches Lächeln ließ sie aussehen, als habe sie soeben von ihrem Todesurteil erfahren.

Sascha verspürte das Bedürfnis, sie aufzumuntern, und versicherte: „Es wird Ihnen schon nichts passieren. Selbst ein Dietmar Schneyder mordet nicht wahllos."

Aber als sich wie auf Kommando beide Köpfe zu ihm hindrehten und vier Augen ihn irritiert ansahen, fügte er schnell hinzu: „Ich meine, er macht ja im Großen und Ganzen einen überlegten, kontrollierten Eindruck und plant generalstabsmäßig voraus, bevor er jemanden umbringt."

Andreas warf ihm einen vorwurfsvollen Blick zu, schüttelte den Kopf, stand auf und reichte Frau Schneyder die Hand. „Wir hören voneinander? Haben Sie meine Telefonnummern?" Sie verneinte und er schrieb sie ihr auf.

Kurz darauf rasten sie über die Autobahn zurück in Richtung Königswinter. Überraschenderweise hackte Andreas nicht auf Saschas vermeintlicher Taktlosigkeit herum, sondern schwieg erst einmal. Worüber mochte er nachdenken? Wie er die blonde Frau Schneyder mit den ausdrucksvollen, braunen Augen vor ihrem Mann beschützen konnte? Ja, das waren die Sonnenseiten ihres Berufs: Hilflose Frauen zu beschützen, gab einem dieses Superman-Batman-Spiderman-Feeling. Stark, unbesiegbar, unwiderstehlich. War das nicht Andreas, wie er leibt und lebt?

Erst als sie schon die Ausfahrt zur Südbrücke passiert hatten, fand Andreas seine Sprache wieder. „Wir hätten uns vielleicht schon letzte Woche intensiver mit Frau Schneyder befassen sollen", warf er in den Wageninnenraum.

Sascha widersprach ihm. „Sie hat doch selbst erkannt, dass alles, was sie uns erzählt hat, nicht das Geringste beweist."

„Das stimmt. Aber wir wären vielleicht auf die Idee gekommen, Schneyder zu observieren, und wüssten jetzt, was er mit seinem Schwager angestellt hat."

„Möglich, aber ich glaube, die Schneyder war letzte Woche noch nicht so weit, derart offen mit uns zu reden."

„Ja, wahrscheinlich", brummte Andreas und verfiel wieder in abgründiges Schweigen.

In der nur einseitig bebauten Wilhelmstraße in Königswinter fanden sie schnell einen Parkplatz. Als sie ausstiegen, polterte keine fünf Meter von ihnen entfernt ein Güterzug vorbei. Sascha notierte in Gedanken, bei der Wohnungssuche unbedingt auf Lärmquellen dieser oder anderer Art zu achten.

Sie klingelten an der regenbogenbunten Haustür der Winklers, aber diesmal dauerte es ein Weilchen, bis jemand öffnete. Dieser Jemand war Dietmar, der an diesem Morgen allerdings nicht zum Strahlen aufgelegt schien, sondern ein ernstes Gesicht machte und höflich, wie es nun einmal seine Art war, fragte: „Guten Morgen, die Herren Kommissare. Was kann ich für Sie tun?"

„Wir würden uns gerne mit Ihrer Schwester unterhalten, Herr Schneyder", antwortete Andreas ebenso formvollendet.

„Ich weiß nicht recht... es geht ihr nicht besonders gut. Können Sie nicht heute Nachmittag wiederkommen?"

„Nein, Herr Schneyder, das können wir nicht", stellte Andreas klar. „Wir wissen, dass Joachim Winkler verschwunden ist, wir kommen nämlich gerade aus dem Finanzamt, wo man uns mitteilte, dass Sie nicht anwesend seien. Ihre Frau hat uns freundlicherweise gesagt, wo wir Sie finden. Also, dürfen wir reinkommen?"

Mit sparsamem Lächeln gab Schneyder den Weg frei. „Gehen Sie bitte geradeaus weiter und dann rechts. Wir sitzen in der Küche."

Marlies Winkler sah in der Tat furchterregend aus: Ein weites, schwarzes Sweatshirt, das sie leichenblass aussehen ließ, die Wangen eingefallen, als stehe sie kurz vor dem Hungertod, beängstigend dunkle Ringe unter den hellbraunen Augen. Sie musterte die Eintretenden mit unruhigen, besorgten Blicken.

Auf dem Tisch, über den eine grässlich kitschige Blümchentischdecke gebreitet war, standen zwei Kaffeebecher, Milchkännchen, Zuckerdose, Süßstoff sowie ein Weidenkörbchen mit Krimskrams, der anscheinend in jeder Küche anfiel. Als Sascha die passenden Blümchenkissen auf der Eckbank entdeckte, nahm er sich vor, mit Annika vor dem Umzug über die gemeinsame Einrichtung zu reden.

Während sich Dietmar mit einem Gesicht auf der Bank niederließ, als hätte er Schmerzen bei dieser Bewegung, stand Marlies zur Begrüßung auf und fragte nach, ob die Kommissare auch einen Kaffee haben wollten. Sie wollten beide.

Nachdem sie mit Kaffee versorgt am Tisch saßen, ließ sich Andreas erzählen, was denn nun am Montagnachmittag passiert sei. Er bekam in etwa das zu hören, was schon Schneyders Frau berichtet hatte. Der Haupterzähler war Dietmar, der wohl gar nicht mitbekam, dass er seine Schwester genauso entmündigte, wie sein geliebter Schwager es tat.

Diese Liebe hörte man aus fast jedem Satz heraus. Ein Motiv, Joachim zu beseitigen, hatte Dietmar allemal, aber natürlich hatte er wie immer ein hervorragendes Alibi: Seine Schwester bestätigte, dass sie den ganzen Montagnachmittag mit Dietmar in der Küche gesessen und auf Joachims Rückkehr gewartet habe.

Die Kollegen aus Königswinter seien schon über Winklers Verschwinden informiert und suchten nach ihm, was sich natürlich schwierig gestaltete, weil niemand wusste, wohin er gefahren war.

Für Sascha war klar, sie hatten nur dann eine Chance, die Wahrheit herauszufinden, wenn sie Dietmar, der wieder einmal im schicken dunkelolivgrünen Anzug und passender Krawatte angetreten war, in die Wüste schickten und mit Marlies allein redeten.

Nach etwa zwanzig Minuten sah Andreas auf seine Armbanduhr und fragte Dietmar mit erhobenen Augenbrauen: „Müssen Sie nicht allmählich zur Arbeit fahren?“

Schneyder strich sich zweimal über die Krawatte, zauberte ein Pseudo-Lächeln in seine leuchtend blauen Augen und fragte zurück: „Meinen Sie nicht, dass das meine Sache ist?“

Andreas rückte mit beiden Mittelfingern seine Brille zurecht und gab seiner Stimme einen ganz sanften Klang, einen trügerisch sanften Klang. „Sicher, Herr Schneyder, da haben Sie Recht. Ich wollte Sie mit meiner Frage auch nur diskret darauf hinweisen, dass wir jetzt gerne allein mit Ihrer Schwester reden würden.“

„Denken Sie, sie erzählt Ihnen was anderes, wenn ich weg bin?“

Sascha horchte auf. Schneyder hatte die letzte Bemerkung lächelnd von sich gegeben und so, dass sie lässig und scherzhaft klingen sollte, aber Sascha war sicher, tief darunter eine Spur von Nervosität, wenn nicht gar Panik gehört zu haben. Und Andreas entging so etwas garantiert auch nicht.

Da er ihm schräg gegenüber saß, konnte er sehen, dass Andreas, während er langsam einen Schluck Kaffee trank, Schneyder mit einem langen, abwägenden Blick taxierte, den Becher sorgfältig auf dem Tisch abstellte und schließlich ebenfalls lächelnd, in ebenfalls scherzhaftem Ton antwortete: „Ja, klar. Wenn wir mit Ihrer Schwester, die sich nicht wehren kann, die nicht nein sagen und keine Grenzen ziehen kann, allein sind, werden wir sie massiv unter Druck setzen und die Wahrheit ganz rasch aus ihr herauspressen."

Würde Dietmar jetzt sein wahres Gesicht zeigen? Würde er seiner Wut und seinem Hass freien Lauf lassen? Sascha wappnete sich. Auch wenn Dietmar ein Stück größer war als er, er würde dieses muskellose Handtuch von einem Mann mit einem Schlag zu Boden schicken!

Aber Dietmar hatte sich durchaus noch unter Kontrolle. Er rieb sich zweimal durchs Gesicht und behauptete: „Ja, finden Sie die Wahrheit heraus, das soll mir nur Recht sein." Er stand auf und wandte sich an seine Schwester. „Also, Marlies, ich bin dann mal weg. Wenn was ist, ruf mich an, ok?"

Sie nickte und Dietmar verließ das Haus. Marlies wirkte keineswegs glücklich darüber, mit zwei Polizeibeamten allein zu sein – sie verschränkte die Arme und setzte eine steinerne Miene auf.

„So, Frau Winkler, würden Sie mir bitte noch mal kurz schildern, was gestern Nachmittag passiert ist", forderte Andreas sie freundlich auf.

Vermutlich hoffte er, sie werde sich mit irgendeinem Detail vertun, das sie mit ihrem Bruder abgesprochen hatte. Daher schrieb Sascha ihre Aussage fleißig noch einmal mit. Aber auf den ersten Blick fiel ihm kein entscheidender Unterschied auf: Joachim war kurz vor halb vier wutentbrannt mit seiner Pistole zu der Verabredung mit einem Unbekannten gefahren, um Viertel vor vier war Dietmar eingetroffen und bis kurz nach sieben geblieben.

Dann ging Andreas zum Angriff über.

„Könnte ich noch einen Kaffee haben, Frau Winkler? Der schmeckt echt gut. Ich finde, Sie haben sich hier sehr gemütlich eingerichtet... sind das Ihre beiden Töchter dort auf den Fotos?"

Mehrere Fotos von braunhaarigen Mädchen hingen an der Wand hinter der Eckbank.

„Ja, das ist Romina und das ist Mandy", erklärte sie stolz mit strahlendem Blick, nahm die Arme auseinander und zeigte auf die jeweiligen Fotos.

„Ihr Mann behandelt Sie nicht besonders gut, nicht wahr?"

Das Strahlen erlosch, und für ein paar Sekunden ließ sie sogar den Kopf hängen. Doch plötzlich sah sie auf und sagte fast trotzig: „Joachim war ein kranker Mensch. Wahrscheinlich konnte er selbst nichts dafür."

„Hat er in letzter Zeit angefangen, auch seine Töchter zu schlagen?"

„Nein, er war ein... ein guter Vater." Sie schaute weder Sascha noch Andreas an, während sie antwortete.

„Glauben Sie wirklich, dass Ihr Mann Geschäfte mit Kriminellen macht?"

Wieder dieses Trotzige. „Warum nicht? Er arbeitete ja auch schwarz! Wenn es um leicht verdientes Geld ging, war er immer sehr interessiert!"

„Frau Winkler, mir ist aufgefallen, dass Sie die ganze Zeit in der Vergangenheitsform über Ihren Mann reden. Wissen Sie bereits, dass er tot ist?"

Zum ersten Mal, seit sie hier waren, sah sie Andreas direkt ins Gesicht. Erschrocken. Schnell starrte sie zurück auf den Tisch und begann, mit beiden Händen über die Tischdecke zu streichen, als müsse sie ein paar hartnäckige Falten glätten.

„Ich... nein... ich denke nur, wenn... also ich meine, er ist verschwunden, und ich hab die ganze Nacht nichts von ihm gehört... also ich bin einfach davon ausgegangen, dass was Schlimmes passiert ist... ja, ich gehe immer vom Schlimmsten aus... ich... also... ja, ich bin sicher, dass er tot ist."

Andreas nickte und tat so, als sei er mit dieser Antwort vollauf zufrieden. „Gut, gehen wir davon aus, dass er tot ist. Müssten Sie dann nicht sehr erleichtert sein?"

Jetzt schabte Marlies mit ihrem rechten Daumennagel an der Tischkante herum, während sie ihr Gesicht möglichst ausdruckslos erscheinen ließ. Das hatte sie vermutlich sehr schnell in ihrer Ehe gelernt. Nicht zu viele Gefühle zeigen, vor allem keine negativen, sonst gab es eine Begegnung mit Joachims Faust. Sascha merkte, dass er wütend wurde. Auf die Frau. Denn er konnte sich denken, was sie antworten würde. Und sie sagte es tatsächlich.

„Aber er war doch mein Mann. Wir haben uns geliebt!", jammerte sie in einem Ton, als bräche sie jeden Moment in Tränen aus.

Ja, und der Vater meiner Kinder, und der Ernährer der Familie! Was soll ich jetzt nur tun, ich habe doch nichts gelernt außer Hilflosigkeit, einer perversen Loyalität und Gehorsamkeit, und – halt! schalt sich Sascha. Sie war vermutlich schon in ihrer Kindheit mit brutalster Gewalt gebrochen und zu dem gemacht worden, was sie heute war. Er selbst hatte großes Glück gehabt, dass sein Vater ihn nicht geschlagen, sondern nur regelmäßig unter Druck gesetzt hatte. Ja, Kindheit war etwas Schönes.

Anscheinend dachte sich auch Andreas seinen Teil, aber er meinte ruhig: „Wenn Sie das sagen, wird es wohl so sein. Eine andere Frage: Trauen Sie Ihrem Bruder zu, dass er Ihrem Mann etwas angetan hat? Sehen Sie mich bitte mal an, Frau Winkler!"

Und Marlies (eigentlich war es schrecklich) gehorchte. Sie sah Andreas an und gab sich - ziemlich vergeblich - alle Mühe, erstaunt zu gucken. „Dietmar? Aber er war doch den ganzen Nachmittag hier bei mir."

Sie log. Andreas klang jetzt ein wenig ungehalten. „Frau Winkler, Sie wissen, dass wir Ihnen das nicht abnehmen!"

Ja, richtig so! Die Frau hatte Angst vor wütenden Männern! Wenn man sie nur ein bisschen anbrüllte, dann –

Ohne Andreas anzusehen, murmelte sie. „Das ist mir egal. Beweisen Sie mir doch das Gegenteil!"

Was war denn das?! Die Frau gab Widerworte?! Das hörte sich nach O-Ton Dietmar Schneyder an!

„Gut, dann beantworten Sie mir bitte folgende Frage: Trauen Sie Ihrem Bruder zu, dass er Ihren Vater umgebracht hat?"

Marlies schaute auf die Wand mit den Fotos und behauptete nach einigem Zögern: „Nein, ich kann mir nicht vorstellen, dass er so was tut."

„Tja, Frau Winkler, dann werden wir Sie jetzt in Ruhe lassen. Aber ich möchte, dass Sie sich ein paar Gedanken machen über Folgendes: Wenn Ihr Bruder doch etwas mit dem Verschwinden Ihres Ehemanns zu tun hat und Sie ihm ein falsches Alibi geben, wandern Sie dafür ebenfalls ins Gefängnis. Was wird dann aus Ihren beiden Töchtern? Ohne Vater? Ohne Mutter?“

Dazu schwieg Marlies und starrte Löcher in die Blümchentischdecke.

Nach einer Minute unangenehmen Schweigens erhob sich Andreas und ließ sich die Adresse geben, bei der Joachim Winkler am Vortag gearbeitet hatte: Er wolle die Angestellten befragen, ob sie irgendetwas mitbekommen hätten.

Kurz darauf lenkte Sascha den Wagen über die Brücke, die die Autobahn überspannte, hinauf ins Gebirge. Ein paar hundert Meter weiter zweigte links die Straße zum Petersberg ab. Es nieselte immer noch leicht, die Scheibenwischer hatten nicht viel zu tun und quietschten ab und zu über das Glas. Die Natur präsentierte sich trist mit vielfach schon kahlen, schwarzen Bäumen, und Andreas fasste wieder einmal lehrerhaft zusammen, was Sascha ja längst wusste. Er hörte eher am Rande zu und fragte sich, ob als neuer Wohnsitz auch Ittenbach oder Oberpleis in Frage kamen.

Gegen 11 Uhr erreichten sie die angegebene Adresse, ein modernes Zweifamilienhaus in Hanglage, vor dem ein weißer Lieferwagen mit der sehr bunten Aufschrift

Malermeister Winkler

Wir bringen Farbe in Ihr Leben

abgestellt war. Die Hausbesitzerin ließ sie herein und führte sie in ein ausgeräumtes Wohnzimmer, in dem ein schwarzhaariger, älterer Mann und ein blonder Azubi mit der Fertigstellung der vierten orangeroten Wand beschäftigt waren. Im ersten Moment wurde man von der Farbe erschlagen... aber je länger Sascha sich umsah, desto mehr wuchs seine Überzeugung, dass er in der neuen Wohnung ein Zimmer in der gleichen Farbe haben musste.

Während sich also Sascha von einer Wandfarbe beeindrucken ließ, berichtete der Schwarzhaarige (Anton Hubermayer hieß er) von dem Anruf, den Winkler so um 14.30 bekommen hatte, und davon, dass der Chef hinterher behauptet hätte, zu einer Hausbesichtigung weg zu müssen. Das sei aber nicht wahr gewesen, beteuerte Hubermayer, und der Lehrling (Heiko Wehling hieß er) nickte vehement.

„Ich hab doch da direkt an der Tür zum Flur gestanden und alles gehört, was der Chef gesagt hat“, vertraute Hubermayer Andreas an. „Der flüstert ja nicht gerade, wenn der sich aufregt. Und der regt sich immer auf, wenn seine Alte anruft, und der –"

„Seine Frau hat ihn um 14.30 hier angerufen?", fiel Sascha ihm ins Wort. „Und sonst niemand?"

„Nein, hab ich jedenfalls nicht mitbekommen."

„Haben Sie denn mitbekommen, um was es ging bei dem Anruf?"

Bevor Hubermayer antworten konnte, meldete sich Azubi Heiko zu Wort: „Ich hab das gehört! Zunächst dachte der Chef, seine Frau braucht mehr Geld zum Einkaufen. Dann hat er sie gefragt: Hast du die Stimme erkannt? Er war ziemlich aufgeregt, und dann fragte er: Hat er nicht gesagt, was er von mir will? Ich kann mir so was unheimlich gut merken."

Der Junge ließ ein stolzes Lächeln sehen, wurde aber von Hubermayer sofort wieder auf den Boden zurück geholt. „Und warum kannst du dir dann nicht merken, wie man eine Wand ordentlich streicht?!"

Sascha griff ein. „Heiko, du hast dir den falschen Beruf ausgesucht. Vielleicht solltest du hauptberuflich Zeuge werden!"

Heiko guckte verdutzt, Anton konnte sich ein Grinsen kaum verkneifen, und Andreas warf Sascha einen missbilligenden Blick zu. Woraufhin dieser schnell hinzufügte: „Natürlich erst dann, wenn du mit der Lehre hier fertig bist."

Nach dieser Berufsberatung befragte er zusammen mit Andreas die beiden anderen Angestellten, die das Kinderzimmer renovierten. Vom Telefongespräch hatten sie nichts mitbekommen, sie hatten nur gesehen, wie der Chef nach draußen gelaufen war und mit dem Jeep einen Start hinlegte, dass der Kies spritzte.

Andreas ließ sich das Fahrzeug beschreiben und fragte nach der Autonummer, die man ihm nur unvollständig nennen konnte. Bis Heiko kam, der ihnen den genauen Fahrzeugtyp und die Nummer angab. Mit der Farbe hätte er vielleicht Schwierigkeiten gehabt, hätte es sich nicht um ein eindeutiges Schwarz gehandelt. Die gleichen Angaben hatte er bereits bei der örtlichen Polizei gemacht.

Als sie wieder im Auto saßen, verlangte Andreas, zurück nach Königswinter gefahren zu werden.

„Warum denn das?", fragte Sascha, machte sich aber auf den Weg.

„Nachdem wir nun also sicher sein dürfen, dass Marlies uns belogen hat, möchte ich ein paar Nachbarn befragen, ob sie Joachim oder Dietmar gestern Nachmittag haben ankommen oder abfahren sehen."

„Da fällt mir noch eine Frage ein: Warum war Marlies so daran gelegen, dass ihre Tochter mitten in der Woche bei den Schneyders übernachtet?"

„Stimmt. Und wo war die andere Tochter gestern Nachmittag? Wenn wir mit den Nachbarn fertig sind, gehen wir was essen. Danach fragen wir Marlies - du hast doch ihre Telefonnummer, oder? -, wann die Kinder aus der Schule kommen, und reden gleich persönlich mit ihnen."

„Davon wird Marlies aber entzückt sein", vermutete Sascha und fuhr gemächlich, da er sich mit den Tücken der Strecke nicht auskannte, die kurvige Straße hinunter.

Zurück in der Wilhelmstraße klingelten sie bei mehreren Nachbarn, aber um diese Uhrzeit schienen nur wenige Leute zu Hause zu sein. Ungünstig war auch die Tatsache, dass die Straße nur einseitig bebaut war: Die Nachbarn gegenüber, die vielleicht mehr mitbekamen als die von nebenan, fehlten. Die Befragung der drei Leute, die sie antrafen, ergab nichts.

Schließlich ließen sie den Wagen in der Wilhelmstraße stehen und begaben sich zu Fuß durch ein Gässchen zwischen Gärten, Hinterhöfen und Hauswänden am Krankenhaus vorbei zur Hauptstraße, wo jetzt, Ende November, die Touristen selbst schon fast eine Sehenswürdigkeit in Königswinter waren.

In einem kleinen, gemütlichen, italienischen Restaurant fanden Andreas und Sascha ohne Probleme einen freien Tisch. Draußen vor der Tür standen dank des milden Wetters auch zwei Tische, an denen jetzt, wo es aufgehört hatte zu nieseln, drei warm angezogene Gäste saßen und auf ihr Essen warteten.

Andreas ließ sich Saltimbocca mit Kartoffelgratin schmecken, während sich Sascha über eine Thunfischpizza hermachte. Nach dem Essen zückte er sein Handy, rief Marlies Winkler an und erfuhr, dass Romina schon zu Hause sei und Mandy in einer halben Stunde aus der Schule zurückerwartet werde.

Also bestellten sie sich zwei Kaffee und unterhielten sich über Wohnungen und worauf man unbedingt achten solle: Auf die Höhe der Nebenkosten natürlich, auf Schimmelbildung in unzugänglichen Ecken, auf Hellhörigkeit der Wände und unbedingt darauf, ob in unmittelbarer Nähe Kneipen oder Grundschulen angesiedelt waren.

Gerade, als sie sich gegen 12.45 Uhr auf den Weg zu Marlies machen wollten, klingelte Andreas' Handy.

„Ja? Montenar hier... ach, Herr Knollenkötter... die Brillen sind fertig? Prima, Sie haben doch bis mindestens 18.30 Uhr geöffnet... ja, gut, dann hole ich sie heute Abend ab, wenn ich es schaffe. Bis dann."

„Deine Brillen sind fertig? Da bin ich aber gespannt." Sascha sah sich seinen Kollegen mit den langen, grauen Haaren an und konnte sich sein langes, schmales Gesicht mit anderer Brille gar nicht vorstellen.

Zehn Minuten später standen sie erneut vor Marlies' Haustür. Die Frau, immer noch weiß wie ein Blatt Papier, ließ sie herein und schickte sie, als wolle sie nichts weiter damit zu tun haben, alleine nach oben, wo sich die Kinderzimmer befanden. Sie stiegen eine alte, an manchen Stellen knarrende, tiefblau gestrichene Treppe hinauf und kamen rechts zu Rominas Zimmer, farbenfroh gestaltet, ein wenig unaufgeräumt.

Romina war ein dünnes, lebhaftes Kind mit braunen Augen, das anscheinend einen Narren an Onkel Dietmar gefressen hatte und begeistert darüber gewesen war, dass dieser sie am Vortag überraschend von der Schule abgeholt hatte. Danach waren sie zu McDonalds gefahren, und Romina zählte auf, was sie und Onkel Dietmar gegessen hatten. Anschließend hatte er zu Hause in Beuel Schach mit ihr gespielt, was sie gerade gelernt hatte. Allerdings beschwerte sie sich darüber, dass er sie zweimal hatte gewinnen lassen. Das hatte sie gemerkt, sie sei ja nicht blöd.

Als Andreas sie fragte, ob irgendetwas anders gewesen sei als sonst, ob ihr irgendetwas komisch vorgekommen sei, überlegte sie lange und ernsthaft. Sie saß, mit den Beinen zappelnd, auf ihrem Bett und erzählte schließlich, dass Onkel Dietmar am Nachmittag kurz telefonieren gegangen sei und sie plötzlich ins Zimmer gerufen und ihr den Hörer hingehalten habe, damit sie ihrem Papa Hallo sagen konnte. Dann habe er sie aber geradezu aus dem Zimmer geworfen, wohl, damit sie nicht mitbekam, was er mit ihrem Vater besprach.

Bald darauf sei er weggefahren - an die Uhrzeit konnte sie sich nicht erinnern - und habe sie bei Tante Anthea gelassen, die irgendwie ein bisschen sauer gewesen war.

Andreas bedankte sich bei ihr und raunte Sascha auf dem Weg zu Mandys Zimmer zu: „Denk dran, dass wir überprüfen, wann Schneyder mit Winkler telefoniert hat."

Mandys Zimmer war noch ein wenig unaufgeräumter, aber nicht ganz so farbenfroh wie das ihrer Schwester. Sie war kräftiger und ruhiger als Romina und legte in epischer Ausführlichkeit dar, dass sie am Vortag nach der Schule mit zu einer Freundin nach Hause gefahren sei. Dort hätten sie ein bisschen Unsinn und auch ein paar Hausaufgaben gemacht und seien anschließend zum Judo-Training gefahren. Um zehn vor sieben sei sie zu Hause angekommen. Nein, Onkel Dietmar sei nicht mehr da gewesen.

Die zweite Marlies'sche Lüge: Sie hatte behauptet, Dietmar sei nach sieben Uhr gefahren. Zudem hatte sie ihren Kindern bisher verschwiegen, dass ihr Vater verschwunden war.

„Mama hat gesagt, Papa ist bei der Arbeit von der Leiter gefallen und hat sich die Hüfte gebrochen", berichtete Mandy mit sorgenvollem Blick. „Er soll erst operiert werden, bevor wir ihn besuchen dürfen."

Was würde Marlies ihnen erzählen, wenn sich herausstellte, dass Joachim tot war, wovon man wohl ausgehen musste? Dass er bei der Operation verstorben sei?

Nachdem sie Romina und Mandy befragt hatten, bohrte Andreas ein zweites Mal bei Marlies nach, warum Romina unbedingt bei Onkel und Tante hatten übernachten sollen, wie Dietmars Frau ausgesagt hatte.

Marlies sah ihn an, als hätte er sie nach der Durchschnittstemperatur in Kolumbien befragt. Es dauerte ziemlich lange, bis sie sich etwas ausgedacht hatte. „Ich wollte mit Joachim alleine und in Ruhe darüber reden, ob ich vielleicht zwei oder drei Tage in der Woche arbeiten gehen darf."

„Warum haben Sie Mandy dann nicht auch zu Onkel Dietmar fahren lassen?"

Darauf schien ihr gar nichts mehr einzufallen. „Entschuldigen Sie, aber ich kann kaum denken vor lauter Sorgen. Würden Sie bitte nach meinem Mann suchen, statt mir eine Frage nach der anderen zu stellen? Wenn Sie ihn gefunden haben, reden wir weiter."

War das etwa unterschwellige Kritik an ihrer Vorgehensweise? Da sollte man doch –

„Vielen Dank für den guten Ratschlag, Frau Winkler." Andreas ließ ein mitleidiges Lächeln sehen. Stand er wirklich so weit über ihren Vorwürfen? Seine nächsten Worte zeugten eher vom Gegenteil. „Wir sind nicht taub und nicht blöd, Frau Winkler. Wir wissen, dass Sie uns mehrfach belogen haben, und glauben Sie mir, wir werden Sie nicht in Ruhe lassen, bis Sie uns die ganze Wahrheit gesagt haben!"

Nach diesen deutlichen Worten ließen sie Marlies, die wirkte, als sei sie am Ende ihrer Kräfte und den Tränen nah, in ihrem Wohnzimmer mit den schönen lindgrünen Wänden stehen, setzten sich in den Wagen und fuhren zurück auf die Autobahn. Da Andreas mit verkniffenen Lippen schwieg, begann Sascha zu schimpfen: „In letzter Zeit scheint es ja zum guten Ton zu gehören, die Polizeiarbeit zu kritisieren! Und die Medien geben ihren Scheiß-Senf auch noch dazu!"

„Genau!", stimmte Andreas tatsächlich in die Klage mit ein. „Aber was die meisten vergessen, ist erstens: Wir haben nicht genug Personal und eine miserable Datenvernetzung, zweitens: Polizeibeamte sind auch nur Menschen und daher nicht unfehlbar, und drittens: Hinterher, wenn ein Fall aufgeklärt ist, ist man immer schlauer als vorher, und da kann man dann meckern: `Warum habt ihr dies nicht bedacht, warum habt ihr jenes nicht gemacht, ihr hättet doch wissen müssen, dass... es war doch bekannt, dass... ´ und so weiter und so fort! Natürlich sollten manche Dinge nicht schiefgehen, aber überall gehen ständig Dinge schief!"

„Du sagst es. Dabei reden wir hier nicht mal von den wirklich schlimmen Dingen wie Korruption und Vertuschung von Verbrechen in den eigenen Reihen. Wie in `L.A. Confidential´. Oder in `Dark Blue´ mit Kurt Russell... oder in `The Untouchables´ mit Robert de Niro, Kevin Kostner und Sean Connery."

„Kenne ich nicht, die Filme." Andreas Laune schien sich plötzlich gebessert zu haben. „Aber wie sich das anhört, handelt es sich ausschließlich um amerikanische Machwerke. Denn hier in Deutschland gibt es solche Dinge ja nicht."

„Jetzt, wo du es sagst." Sascha grinste, während er ein paar Lastwagen überholte. „Und da wir gerade bei polizeilichem Fehlverhalten sind... weißt du, was mir heute morgen, als Anthea Schneyder uns die Eigenheiten ihres Ehemannes auf dem Silbertablett servierte, durch den Kopf schoss?"

„Dass er Glück hat, so eine verständnisvolle Frau gefunden zu haben?"

„Quatsch! Ich wusste auf einmal, wie wir Dietmar dazu bringen könnten, alle Morde zu gestehen: Wir sperren ihn in einen Raum ohne Licht und geben ihm nur Sachen zu essen, die er nicht mag!"

Andreas lachte. „Geniale Idee! Das Problem ist nur, dass erzwungene Geständnisse – abgesehen davon, dass sie ungesetzlich sind – auch keinerlei Wert haben... denn ein ohne Licht eingesperrter Dietmar würde alles gestehen, was wir wollen. Er würde den Mord an John F. Kennedy gestehen und auch gerne zugeben, dass er die Titanic gegen den Eisberg gefahren hat."

„Du hast Recht. Für eine Schachtel Streichhölzer würde er vermutlich sogar die Verantwortung für den Ausbruch des Zweiten Weltkriegs übernehmen."

Daraufhin diskutierten sie ein paar Minuten lang die Frage, wie sie Dietmar wohl ein Geständnis entlocken könnten, aber eine wirklich brauchbare Idee war nicht dabei. Sie hatten schon fast das Präsidium erreicht, als sich Sascha fragte, ob es gut sei, Andreas auf den tiefen Blick anzusprechen, den er am Morgen mit Schneyders Frau in ihrem Büro getauscht hatte. Dann entschied er sich, dass es nicht gut sei. Na also, er konnte sehr wohl nachdenken, bevor er den Mund aufmachte!

Zurück im Büro machten sie sich daran, Telefonlisten durchzusehen, um zu überprüfen, mit wem und wann Marlies, Joachim und Dietmar telefoniert hatten.

Sascha konzentrierte sein Interesse auf drei Telefonate vom frühen Montagnachmittag: 1) um 14.25 Uhr hatte Marlies Winkler einen Anruf aus einer Telefonzelle in Ittenbach erhalten, 2) um 14.27 Uhr hatte sie ihren Mann auf seinem Handy angerufen und 3) um 15.25 Uhr war ein Anruf von Dietmars Festnetzanschluss an Marlies' Nummer gegangen.

Das stimmte mit ihrer Aussage überein, dass sie gegen halb drei von einem Unbekannten angerufen worden sei, der Joachims Handynummer haben wollte. Warum aber hatte sie zwei Minuten später ihren Mann angerufen, und warum hatten seine Angestellten nichts von einem zweiten Anruf (von dem Unbekannten) mitbekommen?

Sascha stellte diese Fragen Andreas, bevor dieser aber in aller Ausführlichkeit darüber nachdenken konnte, wurden sie um kurz nach drei Uhr von einer Beueler Polizeiwache informiert, dass der gesuchte Jeep des Joachim Winkler auf einem Supermarktparkplatz aufgefunden worden sei. Sascha stand auf, ging zu dem Stadtplan, der an der Wand hing, und zeigte mit dem Finger auf einen Bereich im westlichen Pützchen.

„Ist das nicht ein Industriegebiet hier? Da gibt es bestimmt ein paar dunkle Ecken oder leer stehende Gebäude, wo man jemanden in aller Ungestörtheit umbringen kann."

„Ja, ich denke auch, dass es nicht lange dauern wird, bis man Winkler findet. Vielleicht machen wir uns auf den Weg und suchen mit."

Sascha war skeptisch. „Und wenn das wieder eine falsche Spur ist? Mag ja sein, dass der Wagen da steht, aber was, wenn der Täter Joachim in sein Auto gebeten hat und mit ihm ins Siebengebirge oder... oder in den Kottenforst gefahren ist? Dann müssen wir warten, bis ein Spaziergänger einen grausigen Fund macht, wie es bei `XY ungelöst´ immer so hübsch heißt."

„Natürlich ist das möglich! Aber möglich ist auch, dass wir die Leiche nie finden!", erwiderte Andreas in einem Ton, als hätte er nicht die geringste Lust auf Diskussionen. „Du kannst gerne hier die Stellung halten, ich fahre jetzt nach Pützchen!"

„Moment mal, du willst die ganze Action für dich allein? Ich komme natürlich mit!"

Und so saßen sie kurz darauf wieder im Wagen und fuhren die Königswinterer Straße entlang, bogen bald rechts ab, und hier und da tauchte ein Streifenwagen auf; hier lief ja tatsächlich schon eine richtige Fahndung. Sascha steuerte sein Auto auf den Supermarktparkplatz an der Maarstraße, der dort, wo Winklers schwarzer Geländewagen stand, abgesperrt war.

Dort nämlich suchte die Kriminaltechnik bereits nach Spuren, im Jeep und auf dem Boden. Der Wagen würde später mitgenommen und noch genauer untersucht werden, es sei denn, sein Besitzer erschien in den nächsten Minuten gesund und munter hier am Fundort. Was höchst unwahrscheinlich war.

Spurensucher Wilfried widmete sich hingebungsvoll den äußeren Türgriffen, während sich ihnen aus dem Innenraum des Jeeps ein weiblicher Hintern entgegenreckte. Das konnte nur Renate sein, die den vorderen Fußraum unter die Lupe nahm.

Andreas stellte sich neben Wilfried, ließ seinen Blick einmal über die Schaulustigen wandern, die sich teilweise mit vollbeladenen Einkaufswagen an der Absperrung aufgereiht hatten, und fragte: „Na, schon was Entscheidendes gefunden?"

„Sichtbare Blutflecken bisher jedenfalls nicht, aber wir haben ja gerade erst angefangen."

„Der Wagen war abgeschlossen?"

„Ja."

„Die Pistole war nicht drin?"

„Nein."

Sascha beobachtete zwei in weiße Overalls gekleidete Gestalten mit Kapuzen, die jeden Zentimeter des grauen Asphaltbodens um den Jeep herum absuchten. Er kam sich sehr überflüssig vor an diesem Ort. „Andreas? Lass uns doch ein Stück da lang gehen." Er wies mit dem Arm nach Osten. „Da gibt es Lagerhallen oder so was."

Andreas stimmte zu und gemeinsam marschierten sie die Maarstraße entlang und bogen dann in eine schmale Seitenstraße ab, die keine befestigten Bürgersteige hatte, sondern an den Seiten in festgefahrene Erde und dann in Wiesenstreifen überging. Bäume gab es hier gar keine mehr. Sascha sah sich mehrmals um, denn er hielt es nicht für ausgeschlossen, dass sich der eine oder andere Schaulustige an ihre Fersen heftete. Aber im Moment war niemand zu sehen.

Als sie die erste Fabrikhalle erreichten, klingelte Andreas' Handy. „Ja, Montenar?" Er lauschte einen Augenblick und fragte: „So? Was denn?"

Nachdem er aufgelegt hatte, informierte er Sascha: „Wir sind auf dem richtigen Weg. Da drüben rechts rein gibt es eine leer stehende Halle, in der sie etwas gefunden haben. Als ich fragte Was denn?, meinte der Mann, da wären sie sich nicht ganz sicher. Wir sollten uns das ansehen."

„Klingt irgendwie nicht gut", fand Sascha.

Nach 50 Metern bogen sie in eine noch schmalere Straße ab und dort standen vor einem flachen Bau ohne Fenster bereits drei Streifenwagen. Neben dem Flachbau tauchte in einer Lücke zwischen den Gebäuden ein Uniformierter auf, der sie zu sich winkte.

Kurz darauf standen sie in der verlassenen Lagerhalle in einem Raum, in dem Zwielicht herrschte und von dem zwei Türöffnungen abgingen, durch die weitere Polizisten sowie Strahlen von Taschenlampen zu sehen waren. Links ein paar verstaubte Holzkisten, auf dem Boden Metallteile, Abfall.

„Wenn Wilfried sieht, wie die Leute hier fröhlich durch den Tatort latschen, kriegt er einen Herzinfarkt", flüsterte Andreas Sascha zu.

„Wahrscheinlich. Machen wir es ihnen nach, es kommt eh nicht mehr drauf an."

Doch als sie den nächsten Raum betraten, erblickten sie das Wunder: Drei Polizisten standen in der Türöffnung zu einem weiteren Raum links, leuchteten mit ihren Taschenlampen hinein (statt selbst darin herumzulaufen!) und debattierten darüber, was das sein könnte, das sich da im Schein ihrer Lampen darbot.

„Hallo, alle miteinander", grüßte Andreas, woraufhin sich die drei umwandten. „Habt ihr die Spurensicherung schon bestellt?"

„Klar, die müssten jeden Moment hier sein", beteuerte ein stämmiger Polizist mit kurzen, blonden Locken. „Deswegen waren wir ja auch noch nicht da drin... und helfen kann man dem... also dem, was da liegt, sowieso nicht mehr."

Saschas Magen war weder über diese Worte erfreut noch über den metallisch-süßlichen Geruch, der im Raum waberte. Unterdessen hatte sich Andreas zwischen zwei der Polizisten geschoben und spähte in den Nebenraum hinüber. Sascha drängte sich neben ihn. Im Licht der Taschenlampen sah man am Fuße eines Betonpfeilers etwas auf dem Boden liegen, etwas, das kaum zu beschreiben war: Eine blutige, formlose Masse aus Fleisch, Kleidungsstücken und bleichen Knochen. Sollte das einmal ein Mensch gewesen sein?

„Dietmar", sagte Andreas, und alle Polizisten drehten die Köpfe und starrten ihn an.

Einer fragte: „Erkennen Sie den Menschen etwa?"

„Nein, ich meine nicht das Opfer, sondern den Täter."

„Wer ist der Täter?", ertönte plötzlich von weiter hinten eine bekannte Stimme.

„Hallo Peer", begrüßte ihn Sascha. „Sieh dir das an: Keiner von uns hat den eigentlichen Tatort betreten. Ist das nicht vorbildlich?"

„Ja, ich bin beeindruckt, ihr bekommt gleich alle ein Stückchen Schokolade. Jetzt müssten wir ja jede Menge Spuren finden, vorausgesetzt, der Täter hat welche hinterlassen", erläuterte Peer und lächelte Sascha mit seinen dicken Lippen zu. Er hatte ein halbes Dutzend Mitarbeiter angeschleppt, die sich sofort daran machten, den Boden bis zum Opfer unter die Lupe zu nehmen, damit sich Peer der Leiche nähern und sich um sie kümmern konnte.

„Ich fürchte, die Spuren werden wieder nicht allzu üppig ausfallen", behauptete Andreas. „Wir gehen nämlich davon aus, dass es sich um den gleichen Täter handelt, der auch Horst Adolf Schneyder und Irmgard

Dietz umgebracht hat. Aber zunächst sollten wir klären, ob es sich bei der Leiche wirklich um Joachim Winkler handelt... du müsstest noch DNA-Proben von ihm im Labor haben. Denn weder seine Frau noch sonst jemand wird ihn in diesem Zustand sicher identifizieren können."

„Stimmt", meinte Peer und begann übergangslos von seinem jüngsten Sohn zu erzählen, der zum dritten Mal die praktische Führerscheinprüfung verhauen hatte. Das veranlasste Sascha, ein paar Sätze zum Thema Führerschein mit 17 zum Besten zu geben und wegen der Unreife und Selbstüberschätzung besonders der männlichen Jugend den Führerschein ab 25 zu empfehlen.

„Das muss gerade einer der leichtsinnigsten Raser zwischen Köln und Koblenz sagen", brummte Andreas.

Sascha gab sich empört. „Was soll denn das heißen?! Ich fahre zügig, aber umsichtig! Und ich habe noch keinen einzigen Unfall gebaut!"

„Ja, ja, mit dem Argument kommen sie alle. Bis es dann doch irgendwann kracht."

Das wollte Sascha so nicht auf sich sitzen lassen und schon war eine Diskussion über Geschwindigkeitsbegrenzungen im Gange, an der sich sämtliche noch anwesenden Polizisten beteiligten und die erst endete, als die Spurensucher einen gut zwei Meter breiten, genauestens abgesuchten Weg zum Opfer freigaben.

Peer war als erster an der Leiche, dicht gefolgt von Andreas. Sascha ließ sich Zeit, er war ein bisschen erschüttert vom Ausmaß der Gewalttätigkeit, deren Auswirkungen sich ihm dort auf dem Boden präsentierten. War eine solch gewalttätige Welt (in der es zudem von Polizeibeamten mit seltsamen Ansichten über das Autofahren zu wimmeln schien) seinem zukünftigen Sohn oder seiner Tochter überhaupt zumutbar? Darüber musste er ernsthaft mit Annika diskutieren.

Peer stocherte mittlerweile zwischen gebrochenen Knochen und aufgeplatztem Fleisch herum. Sogar der Schädel war, so weit man das erkennen konnte, in mehrere Stücke geschlagen.

„Mein lieber Mann", murmelte Peer, „hier ist aber eine lange aufgestaute Wut explodiert! Ich finde kaum einen Knochen, der nicht zertrümmert worden ist. Eine Dampfwalze hätte vermutlich weniger Schaden angerichtet. Habt ihr schon eine Theorie?"

Andreas stemmte die Hände in die Hüften. „Wenn das hier Joachim

Winkler ist, dann ja. Wir vermuten, dass der Mann seine Frau misshandelt hat. Die Frau ist Dietmar Schneyders Schwester und die beiden sind in ihrer Kindheit vom Vater ebenfalls schwer misshandelt worden. Vermutlich wollte Schneyder seine Schwester aus ihrem Elend befreien."

Sascha musste auch eine Theorie beisteuern. „Könnte es nicht auch die Ehefrau selbst gewesen sein? Dann hätte sie gar nicht Dietmar das Alibi gegeben, sondern er ihr."

„Die geschlagene Ehefrau? Das habe ich noch nie gehört… außer vielleicht in einer akuten Notwehrsituation, wenn es um die Kinder ging", erklärte Peer und wies auf den Betonpfeiler. „Nein, das sieht alles geplant und gut vorbereitet aus, seht ihr die Schnur? Damit war das Opfer am Pfeiler festgebunden, wie hätte die Ehefrau das alles bewerkstelligen sollen? Also ich persönlich schließe sie aus."

Aber Sascha gab noch nicht auf. „Vielleicht war es ein Kunde, dem Winkler das Haus in der falschen Farbe gestrichen hat."

„Das ist ja nun sehr an den Achselhaaren herbeigezogen!", befand Andreas. „Das meinst du doch nicht ernst, oder?!"

„Lass bitte meine Achselhaare aus dem Spiel", beschwerte sich Sascha. „Es sind schon Menschen aus weit lächerlicheren Gründen ermordet worden!"

„In welchem Film hast du das wieder gesehen?"

„Quatsch! Und wenn es nun doch irgendeine Mafia war, mit der er sich angelegt hat?"

„Ich glaube, wir sollten mal an die frische Luft gehen, damit du wieder klar denken kannst."

11

Bonn
Dienstag, 28. November, 17.45 Uhr

Andreas fuhr über die Südbrücke Richtung Innenstadt. Vor einer Viertelstunde waren sie nach einem Besuch bei Marlies Winkler wieder im Präsidium eingetroffen. Marlies hatte die Nachricht, dass ihr Mann wahrscheinlich ermordet und übel zugerichtet worden war, mit einer Gefasstheit entgegengenommen, die Andreas nicht weiter überraschte. Vermutlich wusste sie längst Bescheid.

Mit ihrem Einverständnis durchsuchte Sascha Joachims Computer nach Kundendaten und ließ sich seitenweise Material ausdrucken. Andreas hatte derweil Marlies ein zweites Mal in die Mangel zu nehmen versucht, aber irgendjemand (wer wohl?!) hatte ihr geraten, gar nichts mehr zu sagen. Also schwieg sie weitgehend.

Andreas fuhr ab auf die Friedrich-Ebert-Allee. Genug von dem Fall! Jetzt wollte er sich mit anderen Dingen beschäftigen!

Im Moment kroch er durch zähflüssigen Verkehr auf der Konrad-Adenauer-Allee und ihm war klar, dass seine Chancen, in der Innenstadt einen Parkplatz zu finden, gleich null waren. Also fuhr er lieber direkt in ein Parkhaus und betrat kurz vor halb sieben den Optikerladen, in dem er vom leicht alkoholisierten Knollenkötter empfangen wurde.

„Ach, Herr Montenai! Wie schön, dass Sie es noch geschafft haben! Kommen Sie bitte mit, wir probieren gleich mal die Brillen an!"

Knollenkötter führte ihn zu einem Tisch, an dem Andreas zuerst die schmale, rahmenlose, eckige Lesebrille anprobierte: Er sah ein bisschen streng, fast lehrerhaft damit aus, aber lesen konnte er jetzt hervorragend.

Dann setzte er die andere Brille mit dem dünnen, dunkelblauen Metallgestell auf und betrachtete sich lange im Spiegel. Eigentlich fand er sich selbst schon fast zu gut aussehend.

„Die steht Ihnen aber wirklich phantastisch, Herr Kommissar! Ihre Bekannte hat Sie gut beraten!", schleimte Knollenkötter. „Wollen Sie sie gleich anbehalten?"

„Nein, meine Augen müssen sich erst an die neuen Gläser gewöhnen."

Und aus irgendeinem Grund, der ihm noch nicht klar war, wollte er nachher nicht mit der neuen Brille zu Sabine fahren. Andreas bezahlte mit Karte, nahm die Brillen an sich und war eine Viertelstunde später auf dem Rückweg nach Oberkassel.

Eine halbe Stunde später machte er sich in seiner Dachwohnung ein halbes, gebratenes Hähnchen heiß, verschlang es, duschte, rasierte sich ausgiebig, putzte sich die Zähne und machte sich auf den Weg nach Königswinter.

Ganz am Ende der Stadt gab es ein paar einzelne, alte, villenartige Häuser am Hang, von denen man bei Tageslicht sicher einen unvergleichlichen Ausblick auf Godesberg, auf den Venusberg und vielleicht sogar auf die Eifel hatte.

Andreas parkte auf dem unbebauten Seitenstreifen gegenüber der Häuserzeile. Dann hatte er, hundert Meter von der nächsten Straßenlaterne entfernt, Schwierigkeiten, im Dunkeln zuerst die richtige Hausnummer und dann an dem verschlossenen Gartentor die richtige Klingel zu finden. Er hob die Brille, ging nah heran, und da stand es, auf dem obersten von drei Klingelschildern: Sabine Berger.

Unterwegs hierher hatte sich in seinem Magen ein leichter Druck aufgebaut, und als Andreas den Finger auf die Klingel presste, fragte er sich, ob es das Hähnchen war oder die Aufregung oder noch etwas anderes.

Ein Türöffner summte, und hinter dem Gartentor gingen mehrere Lampen an. Das war auch nötig: Hinter dem Tor führte eine schmale, steile, gewundene Steintreppe hinauf zur Haustür, und für den Aufstieg waren Ausdauer, guter Gleichgewichtssinn und Todesmut augenscheinlich Vorrausetzung. Oben an der Haustür angekommen, musste er erneut klingeln, und er kam sich vor wie der tapfere Ritter, der drei Prüfungen zu bestehen hatte, bevor er die Prinzessin in die Arme schließen durfte. Was mochte die nächste Prüfung sein?

Wieder surrte ein Türöffner und Andreas hatte zwei weitere, steile Treppen im Haus zu überwinden, an weißgestrichenen Wänden vorbei, die mit absolut gar nichts dekoriert waren. Oben an der zweiten Treppe wartete Sabine auf ihn, in einem knöchellangen, weitschwingenden, feuerroten Kleid mit fast unanständig tiefem Ausschnitt, das dem Betrachter auf drei Kilometer Entfernung zubrüllte: Achtung! Verführung!

Und er selbst kam sich plötzlich langweilig und bieder vor in seinem dunkelblauen Pullover. Hätte er sich nicht wenigstens einen schwarzen

String-Tanga kaufen sollen? Oder ein wild gemustertes Hemd, dessen obere drei Knöpfe er offen tragen konnte, damit seine zehn Brusthaare besser zur Geltung kamen? War er nicht ein bisschen zu alt für solche Sachen? Und wieso – fiel ihm schlagartig ein – hatte er vergessen, Sabine etwas mitzubringen?! Keine Pralinen, keine Blumen! Was war los?! Wie hatte das passieren können?!

Bevor er sich darüber weiter Gedanken machen konnte, hatte eine zitronig riechende Sabine ihn in Empfang genommen und umarmt. „Hallo Andreas, ich hab mich ja so gefreut auf heute Abend! Und ich bin so aufgeregt! Hoffentlich fühlst du dich wohl bei mir!"

Sie gab ihm einen Kuss, den er erwiderte... und genau da merkte er, dass bei ihm etwas fehlte. Das Feuer? Die Leidenschaft? Die Erregung? Das war ungewöhnlich. Das irritierte ihn. Er ließ Sabine los und schlug vor: „Dann wollen wir uns dein Heim doch mal ansehen."

Der Flur war schmal und vollgestopft. Mit Schuhschränken, mantelbepackter Garderobe, Taschen, Schirmen und Regalen mit Trachtenpuppen. Ach ja, die Puppen. Sie kamen an der fast geschlossenen Küchentür vorbei, und durch die Ritze wehte ein Geruch nach frisch gekochtem Essen, der ihm nicht wirklich zusagte.

Geradeaus führte eine geöffnete Tür direkt ins Wohnzimmer, wo es seltsam roch (was war das? Weihrauch?) und dessen Wände in Flieder und Aprikose gestrichen waren. Es war ein großes Zimmer mit einer mäßigen Dachschräge rechts, eingeteilt in einen Wohn- und einen Essbereich, angenehm beleuchtet vom milden Licht zweier altmodischer Stehlampen.

Völlig normal alles, wie in zahlreichen anderen deutschen Wohnzimmern auch, sogar die Wandfarben hätte Andreas noch verkraften können. Was ihn aber umwarf, waren die Regale voller Puppen... das war... das war so jenseits jeglicher Toleranzgrenze, dass er nicht einmal wusste, wie er auf diesen Anblick reagieren sollte. Als Sabine ihn gespannt fragte, wie es ihm bei ihr gefalle, meinte er mit gezwungenem Lächeln: „Nicht mein Geschmack, aber sonst recht nett."

Und er merkte, wie sich diese Verabredung auf den Weg in die Katastrophe machte, bevor sie ganze zehn Minuten alt war.

Sabine bemerkte das natürlich auch. In ihren so faszinierend blaugrünen Augen tauchte ein Hauch von Enttäuschung auf und sie musste sich ordentlich anstrengen, ihre Stimme heiter klingen zu lassen. „Ja, sicher, es gibt wohl kaum einen Mann, der mit Puppen etwas anfangen kann. Aber zum Trost hab ich uns was Leckeres gekocht."

Andreas konnte den Mund nicht halten. Er konnte es einfach nicht. „Hatte ich nicht gesagt, dass ich nichts essen möchte?"

Irgendwie standen sie beide verloren mitten im Wohnzimmer, Sabine in ihrem wunderschönen, roten Kleid, Andreas noch in seiner dunkelblauen Winterjacke.

Anscheinend hatte sie beschlossen, seinen Einwand zu ignorieren, denn sie sagte: „Aber ich habe extra für dich was Besonderes gemacht, es wird dir ganz bestimmt schmecken."

Andreas war selbst ein wenig überrascht über das Ausmaß an Wut, das er plötzlich verspürte. Woher weißt du, was mir schmeckt?! hätte er sie am liebsten angefahren. Oder: Warum, verdammt noch mal, ist es für manche Menschen so schwer, anderer Leute Wünsche zu respektieren?! Er gehörte nun mal nicht zu denen, die sich brüsteten, alles zu essen, nein, er war kein Allesfresser, es gab viele Sachen, die er nicht mochte, und das hatten andere zu respektieren!

Aber wenn er ihr seine Wut jetzt an den Kopf warf, konnte er genauso gut auf der Stelle das Haus verlassen. Also griff er doch wieder zur Notlüge. „Ich hab bis gerade eben gearbeitet, weil es noch einen neuen Fall gab. Und vor einer Stunde hatte ich solchen Hunger, dass ich unbedingt was essen musste. Tut mir leid, aber ich bin satt bis obenhin."

„Schade." Sie wandte sich ab, bevor Andreas ihren Gesichtsausdruck näher in Augenschein nehmen konnte. „Dann hole ich uns jetzt ein Gläschen Wein."

Sicher schritt sie auf ihren roten, hochhackigen Schuhen aus dem Zimmer, und Andreas überlegte ernsthaft, ob er seine Jacke überhaupt ausziehen und bleiben sollte. Nein, derart vor den Kopf stoßen, wollte er sie nun auch nicht. Er entledigte sich seiner Jacke, hängte sie über eine Stuhllehne und setzte sich an den Esstisch.

Als sie mit einem Tablett mit zwei Gläsern, einer Weinflasche und einem Schälchen Erdnussflips zurück ins Zimmer kam, warf sie Andreas einen überraschten Blick zu. „Ich dachte, wir setzen uns gemütlich auf die Couch und unterhalten uns ein bisschen. Ist dir die Musik recht?"

Erst jetzt nahm er die sehr leise gedrehte Musik im Hintergrund wahr - klang wie Klassik mit Klavier. Und aus irgendeinem Grund hatte er jetzt erst recht keine Lust mehr, sich auf die Couch zu setzen. Nein, er hatte keine Lust auf eine Beziehung und er hatte auch keine Lust auf Sex mit Sabine. Wenn er jetzt mit der Frau ins Bett (oder wahlweise auf die Couch) ging, würde sie ihn sofort vereinnahmen, würde ihn zu ihrem Freund erklären, würde für selbstverständlich halten, dass dies der Beginn einer wundervollen, langjährigen Liebesbeziehung war. Und das stimmte einfach nicht! Irgendetwas fehlte hier!

Andreas sah ihr in die Augen und wusste, dass es gleich Ärger geben würde. „Ja, die Musik ist ok... aber ich würde lieber hier sitzen bleiben und ein bisschen mit dir reden."

Sabine setzte das Tablett ab, ließ sich auf einem Stuhl gegenüber von Andreas nieder und begann ihre Hände zu kneten. „Du bist hergekommen, um mit mir zu reden? Am Sonntag kam das aber ganz anders rüber! Eigentlich hatte ich den Eindruck, dass du an mir genauso interessiert bist, wie ich an dir! Hab ich mich jetzt komplett zum Narren gemacht?!" Ihre Stimme war die Klang gewordene Enttäuschung, ihre Augen wurden feucht.

Andreas konnte das sogar verstehen: Er hatte ihr Hoffnungen gemacht. Was nun? Erst einmal schnell die nächste Notlüge nachschieben. „Nein, nein, du hast vollkommen Recht, natürlich interessiere ich mich für dich! Und ich habe mich auf heute Abend gefreut, bis... bis dieser schlimme Mord dazwischen kam, du glaubst nicht, wie das Opfer zugerichtet worden ist... das Bild geht mir nicht aus dem Kopf... und deshalb bin ich überhaupt nicht in Stimmung für... na, du weißt schon."

Andreas starrte wie schwer erschüttert auf die Kiefernholztischplatte, die schon ein paar Dellen und Kerben aufwies. Als Sabine nach zehn Sekunden immer noch nichts zu seinen Ausführungen gesagt hatte, sah er auf. Sie schien mit sich zu kämpfen, ob sie ihm glauben sollte oder nicht.

Und so fügte er hinzu: „Dieser Fall hat mich so beschäftigt, dass ich sogar vergessen habe, dir Blumen mitzubringen, wofür ich mich jetzt erst mal entschuldigen möchte."

Da Sabine immer noch keinen Ton von sich gab, fühlte sich Andreas verpflichtet weiterzureden. „Siehst du, das sind die Schwierigkeiten, die mein Beruf so mit sich bringt. Und ich weiß nicht, ob ich einer Frau so etwas überhaupt zumuten kann und –"

Auf einmal fiel sie ihm ins Wort, mit einer Spur Angriffslust in der Stimme. „Kann es sein, dass ich zu offensiv vorgegangen bin? Dass du vielleicht eher Frauen schätzt, die schüchtern und zurückhaltend sind und mühsam erobert werden müssen? Kein Problem, fangen wir noch mal von vorn an, ich ziehe mich um und spiele die Zugeknöpfte."

Andreas war so überrascht, dass er zwei Sekunden zu lange mit der Antwort zögerte, und so fuhr Sabine fort: „Oder kann es sein, dass du gar nicht mehr in der Lage bist, dich auf eine Frau einzulassen?"

Was meinte sie denn jetzt damit?! Dass er beziehungsunfähig oder dass er impotent war?! Sein Mund fühlte sich trocken an. „Könnte ich einen Schluck Wein haben, bevor wir weiter darüber diskutieren, wozu ich noch in der Lage bin und wozu nicht?!"

Vielleicht hatte er ein klein wenig zu viel Schärfe in seinen Tonfall gelegt, denn sie senkte den Blick und schenkte stumm Wein in die beiden Gläser ein.

„Danke." Andreas machte seine Stimme deutlich weicher und führte aus: „Du hast ja Recht... es ist nicht nur diese Mordsache, die mir ordentlich auf den Magen geschlagen ist, sondern... ja, wie soll ich es sagen... irgendetwas stört mich an dieser Verabredung heute. Vielleicht geht es mir tatsächlich etwas zu schnell mit uns beiden... es sei denn, du willst sowieso nur Sex, dann könnten wir das jetzt mal eben durchziehen."

Er schaute sie herausfordernd an, und in ihren Augen blitzte es auf. Regelrecht gefährlich. Dann erhob sie sich, stellte sich neben ihn, bedeutete ihm, er solle mit dem Stuhl zurückrutschen, setzte sich in ihrem weitschwingenden, feuerroten, tief ausgeschnittenen Kleid auf seinen Schoß, nahm ihm die Brille von der Nase, legte sie auf dem Tisch ab und küsste ihn so stürmisch, dass sie beide fast vom Stuhl gefallen wären.

Und Andreas dachte noch (bevor er dann nicht mehr viel dachte): Gut, wenn sie nur mit mir ins Bett will, tue ich ihr eben den Gefallen.

Andreas drehte sich am Gartentor noch einmal um und winkte Sabine, die ihn bis zur Haustür begleitet hatte, mit breitem Lächeln zu.

Es war noch nicht einmal halb zehn, als er auf die Autobahn Richtung Oberkassel fuhr. Wer hätte gedacht, dass die vernünftige, resolute Pflegedienstleitung aus dem Altenheim sich als so flexibel, kreativ und erfahren im erotischen Bereich erweisen würde. Das hatte Andreas doch sehr überrascht. Das hatte ihm richtig gut getan.

Besonders angenehm fand er, dass sie hinterher weder stundenlang herumknutschen noch ihn dazu überreden wollte, die Nacht bei ihr zu verbringen. Davon hielt er erstens gar nichts, und zweitens tat ihm sowieso die Schulter weh nach so viel körperlicher Anstrengung.

Alles war fast perfekt gewesen, das einzige, was massiv störte, waren diese Puppen, die bis auf die Regale des Schlafzimmers vorgedrungen waren. Aber im Schlafzimmer war es ja durchaus erlaubt, die Augen zuzumachen. Und das nächste Mal war sowieso sein Schlafzimmer an der Reihe: Denn er hatte keinerlei Einwände dagegen, dass es ein nächstes Mal geben würde.

Vinxel
Dienstagabend, 19 Uhr

Vinxel, 5-Zimmer-Wohnung, 110 m^2, in Dreifamilienhaus (Neubau) zu vermieten. Hanglage, groß. Südbalk. mit Blick auf Siebengeb., Garage, Gasheizung, 600.- € kalt plus NK.

Klang gut. Aber das hatte Sascha ja nun schon des öfteren gedacht. In zwei Minuten würde sich herausstellen, ob Werbung und Wirklichkeit übereinander passten.

Er hatte Annika vom Schuhgeschäft, in dem sie arbeitete, abgeholt und war schnurstracks mit ihr nach Vinxel gefahren. Gerade stellte er den Wagen vor dem modernen Haus mit den drei Garagen ab, als aus der Haustür ein nicht eben groß gewachsener Mann mit einer blauen Mappe in der Hand auf sie zueilte. Grauer Anzug, schicke, schmale, schwarze Brille, halblange schwarze Locken. Irgendwie italienisch. Der Makler?

Er stellte sich als Rudolfo Bartolo vor, Makler, und führte sie wortreich die Treppe hinauf in die Wohnung im ersten Stock. Dort, im Flur, der eher schmal und dunkel war, öffnete Annika ihre Lederjacke, weil ihr zu warm war, und zum Vorschein kam ein rotes, tiefausgeschnittenes Shirt, das schlagartig die Blicke von Rudolfo auf sich zog und ihn kurzzeitig verstummen ließ.

Annika schenkte ihm ein freundliches Lächeln und bat darum, auch die anderen Zimmer sehen zu dürfen. Rudolfo kam wieder zu sich und zeigte ihnen das große Wohnzimmer mit dem Südbalkon, von dem aus jetzt bei Dunkelheit das Siebengebirge eher nicht zu sehen war.

„Ist das ein unverbaubarer Blick?", wollte Sascha wissen.

Rudolfo zuckte mit den Achseln, bevor er zu Annika hinüber schielte. „Das kann ich Ihnen leider nicht garantieren."

„Schade", murmelte Sascha und erklärte plötzlich: „Dieses Eisengeländer rund um den Balkon sieht ja ein bisschen billig aus."

Annika runzelte die Stirn und meinte: „Das kann man doch mit irgendwas verkleiden."

Sascha nickte und ließ sich von Rudolfo das Schlafzimmer und die drei Kinderzimmer zeigen.

„Wie viele Kinder haben Sie eigentlich?", fragte der Kerl mit anzüglichem Lächeln.

Was ging ihn das an? „Meine Frau erwartet Drillinge", informierte ihn Sascha, woraufhin Rudolfo irritiert Annikas Bauch musterte, bis Sascha hinzufügte: „Ja, in ein bis zwei Jahren."

Annika wandte sich ab, damit Rudolfo ihr Grinsen nicht bemerkte, und Sascha fragte: „Wie sieht das denn sonst so aus mit Kindern hier im Haus?"

Rudolfo antwortete reserviert. Möglicherweise fühlte er sich auf den Arm genommen. „In der unteren Wohnung lebt ein Ehepaar mit drei Kindern, in der Wohnung über uns eine Alleinerziehende mit zwei Kindern."

„Dann ist das aber eine relativ laute Wohnung", befand Sascha und erntete für diese Bemerkung nun einen leicht verärgerten Blick aus Annikas dunklen Augen.

„Wenn Ihre Drillinge erst da sind", versicherte Rudolfo und zwinkerte Annika zu, „wird Ihnen das gar nicht mehr auffallen."

„Können wir uns jetzt mal den Rest ansehen?", verlangte Sascha und ließ Rudolfo vorgehen, damit er nicht auch noch von Annikas Rückseite abgelenkt wurde.

Er präsentierte ihnen die Küche, die so weit in Ordnung war, und das Bad, das er anpries, als handele es sich um die Originalgemächer der Kleopatra persönlich.

Sascha war nicht so begeistert. „Ich finde es reichlich weiß hier drin... und das Klo ist so niedrig, hatten Sie einen italienischen Installateur?"

„Entschuldigen Sie, Herr... " während Rudolfo in seiner Mappe angeblich nach dem Namen suchte, fing Sascha einen richtig bösen Blick von Annika auf, „Herr Piel, aber für die Innenausstattung bin ich nun wirklich nicht zuständig, da müssen Sie sich, auch wegen des Balkongeländers, an den Vermieter wenden."

„Natürlich, aber ich werde doch wohl noch meine Meinung sagen dürfen!", entrüstete sich Sascha, durchaus mehr in Richtung Annika als in Richtung Rudolfo. „Ich finde auch den Flur nicht so toll und die Bodenfliesen im Gäste-WC gefallen mir von der Farbe her schon gar nicht, und ich würde mir die Wohnung gerne mal bei Tageslicht angukken, damit ich weiß, wie Ihr berühmter Balkonausblick wirklich ist, und damit ich sehen kann, ob man hier nicht von Lokalen, Schulen oder Sportplätzen umzingelt ist!"

Rudolfo Bartolo blieb einigermaßen freundlich. „Wie meinen Sie das jetzt?"

„Ich möchte die Wohnung noch mal besichtigen, wenn es hell draußen ist! Am besten am Wochenende, wenn ich frei habe!"

Rudolfos Miene wurde streng, seine Stimme kühlte ab, seine Hand strich über die schwarzen Locken. „Meinen Sie etwa, Herr... äh .. Piel, dass Sie die einzigen sind, die sich für die Wohnung interessieren?"

„Ich wette, das ist nichts als –"

Annika fiel ihm ins Wort. „Darf ich bitte mal zwei Minuten alleine mit meinem Mann reden, Herr Bartolo?" Sie produzierte ein strahlendes, geradezu exaltiertes Lächeln, das Rudolfo dazu veranlasste, sich mit verlegenem Blick in einen weit entfernten Raum zurückzuziehen.

„Was soll das?!", zischte Annika leise. „Die Wohnung ist fantastisch! Machst du das extra?! Warum meckerst du an jeder Kleinigkeit herum?! Willst du jetzt jede Wohnung schlecht machen, die wir uns ansehen, nur damit du das Zusammenziehen wer weiß wie lange vor dir herschieben kannst?!"

„Nein, aber der Kerl –"

„Unsinn, der Mann hat gar nichts damit zu tun!" In ihren schwarzen Augen funkelte der Ärger. Ihr rechter Zeigefinger drohte. „Wir nehmen jetzt die Wohnung und sollte sie doch gravierende Mängel aufweisen, können wir immer noch vom Vertrag zurücktreten!"

Sascha schluckte im letzten Moment eine sehr spontane, sehr wütende Antwort hinunter. Sie hatte Recht, auch wenn sie seinen Stolz mit Füßen trat. Sascha fragte sich, wie oft er ihr das noch durchgehen lassen würde.

Bonn, Polizeipräsidium
Mittwoch, 29. November, 7.50 Uhr

Sascha saß noch keine fünf Minuten an seinem Schreibtisch, als ein zufrieden dreinblickender Andreas zur Tür hereinschritt. Sascha wusste, dass der Mann am Vorabend eine Verabredung gehabt hatte, und er konnte seinen Mund nicht halten.

„Na, so zeitig auf den Beinen? Warst du zu aufgedreht, um schlafen zu können?"

Andreas zog seine altmodische Jacke aus und hängte sie an der bescheidenen Garderobe neben der Tür auf. Als er sich umdrehte, lag eindeutig ein zweideutiges Lächeln auf seinem Gesicht.

„Im Gegenteil, ich habe sehr gut geschlafen." Er ging hinüber zur Kaffeemaschine. „Wie war's denn bei eurer Wohnungsbesichtigung?"

„Die Wohnung ist toll, aber von der Umgebung haben wir im Dunkeln nicht viel gesehen, das muss ich noch nachholen, und ein paar kleine Schönheitsfehler –"

Saschas Telefon unterbrach seine Ausführungen. Er nahm ab: „Ja?"

Am anderen Ende war Cedrik, der sich immer noch für den kompetentesten Mann im Bereich Spurenanalyse hielt, der aber nie an Tatorten, sondern stets nur im Labor anzutreffen war.

„Leute, ihr könnt die Pferde satteln, wir haben den Täter!", verkündete Cedrik ohne Einleitung und lang drum herum zu reden.

„Mann, du guckst zu viele US-Krimis! Und jetzt erklär mir mal genau und zum Mitschreiben, was ihr rausgekriegt habt."

„Also, erstens, der durch die Mangel gedrehte Körper gehört tatsächlich Joachim Winkler. Zweitens, beim Tatwerkzeug handelt es sich um einen sehr massiven, stumpfen Metallgegenstand, möglicherweise einen Hammer. Aber das Beste kommt natürlich zum Schluss." Cedrik machte eine Pause, um die Spannung zu erhöhen. Was Sascha gehörig auf die Nerven ging. Ungeduldig mit seinem Stift auf seinen Schreibblock klopfend, wartete er, bis Cedrik weiterredete: „Wir haben im ganzen Fabrikgebäude nur eine einzige Spur gefunden, die uns weiterhilft, und wir alle hier glauben nicht, dass es sich diesmal um eine gefälschte Spur handelt. Der Täter hat seinen ersten Fehler gemacht, vielleicht weil er emotional so außer Kontrolle geraten ist und –"

„Mann, ich komme gleich rüber und erwürge dich! Was ist das für eine verdammte Spur?!" rief Sascha genervt aus.

Cedrik klang gekränkt. „Dürfen wir nicht auch in aller Ruhe mal unseren Triumph auskosten? Also, ganz in der Nähe der Leiche haben wir zwei kurze, abgebrochene Haare gefunden, und zwar von – kurze Pause – Dietmar Schneyder!"

„Das ist irre! Das ist wunderbar!", freute sich Sascha. „Diesen Schweinehund werden wir uns jetzt vorknöpfen! Ihr seid genial! Danke!" Er legte auf und wandte sich an Andreas. „Schneyder hat nicht aufgepasst bei seinem letzten Mord! Die Damen und Herren von der Kriminaltechnik haben zwei Haare von ihm am Tatort gefunden! Geh zur Toilette, kämm dir die Locken, mach dich schön, wir fahren nach St. Augustin und verhaften den Mann!"

Andreas wirkte noch zufriedener als vor fünf Minuten. „Wir brauchen nichts zu überstürzen. Du besorgst jetzt erst mal einen Haftbefehl, und ich überlege mir, wie wir vorgehen. Nicht, dass uns dieser Psychopath durchdreht. Und vorher hole ich mir noch ein paar Tatortfotos, falls die schon fertig sind."

Ein frisches Windchen wehte an diesem Morgen. Der Himmel war neblig verhangen, und es schien fraglich, ob die Sonne es schaffen würde, die Dunstschwaden aufzulösen. Gegen 8.45 Uhr brachen sie auf, zu sechst in zwei Wagen. Andreas warf einen braunen Umschlag, der vermutlich die Tatortfotos enthielt, auf den freien Rücksitz. Denn bei Sascha und Andreas fuhr Manfred mit, im anderen Auto saßen Jörg, Ulli und Petra.

Auf der Autobahn begann Andreas zu spekulieren. „Also entweder war es wirklich Dietmar, oder wir haben uns völlig verrannt und es war jemand, der mit Dietmars Haaren wieder eine falsche Spur gelegt hat."

Manfred, der seine Bandscheibe erst einmal mit Spritzen hatte behandeln lassen und in leicht vorgebeugter Schonhaltung auf dem Rücksitz saß, hatte noch einen anderen Vorschlag. „Vielleicht war es doch Dietmar, der absichtlich seine Haare dort deponiert hat, damit wir denken, jemand anderer hätte eine falsche Spur gelegt."

„Zutrauen würde ich ihm das schon. Er hat schließlich wieder so ein grenzwertiges Alibi." Sascha nahm den Fuß vom Gas, weil weiter vorne ein Stauende sichtbar wurde. Verdammt noch mal! „Aber Cedrik sprach von abgebrochenen Haaren, nicht von ausgerissenen oder abgeschnittenen, die man als falsche Spur legt. Nein, ich glaube, das waren unabsichtlich verlorene Haare."

„Und wieso sind an den anderen Tatorten keine abgebrochenen Haare von Dietmar gefunden worden?", argumentierte Manfred spitzfindig.

„Vielleicht trug er etwas auf dem Kopf, einen Hut, eine Mütze, eine Maske, so was in der Art", mischte sich Andreas ein.

„Und bei der letzten Tat hatte er nichts auf dem Kopf?"

„Kann doch sein."

„Zankt euch nicht", ordnete Sascha an. „Wir werden ihn fragen."

Vor ihnen ging es nur im Schritttempo voran. War das der hier übliche Berufsverkehr oder hatte es einen Unfall gegeben? Sascha fiel etwas ganz anderes ein. „Sag mal, hast du nicht gestern deine Brillen abgeholt? Mann, Andreas, das ist ja immer noch die alte auf deiner Nase!"

„Zeig mal", verlangte Manfred von hinten.

„Warum soll ich sie dir zeigen, du kennst sie doch!" Andreas schüttelte den Kopf. „Wenn ihr jetzt unbedingt noch eine Sensation braucht, hier, das ist meine neue Lesebrille." Er zerrte ein blaues Etui aus einer seiner vom Gurt eingeklemmten Jackentaschen und präsentierte ein schmales, eckiges Gestell, das er auf seine lange Nase setzte.

„Die steht dir gut", urteilte Sascha und fuhr 50 Meter weiter. „Und was ist mit der anderen Brille?"

Umgehend begann Andreas allen uninformierten Nicht-Brillenträgern einen Vortrag darüber zu halten, dass man sich an jede neue Brille erst gewöhnen müsse, auch wenn sich die Dioptrienzahl nur geringfügig geändert habe. Das Auge sei sehr empfindlich und leicht zu irritieren, und er persönlich habe schon unter schwerem Schwindel gelitten, als ein Brillenglas (infolge eines leicht verbogenen Gestells) nicht mehr genau vertikal vor seinem Auge saß.

Derart spannend unterhalten, kamen sie schließlich an der Ursache des Staus vorüber: Ein aus undurchsichtigen Gründen umgestürzter Lastwagen mit LCD-Fernsehern, die jetzt über die Fahrbahn verteilt waren. Fünf Minuten später fuhren Sascha und der ihm folgende Wagen endlich auf die B56 ab, weitere zehn Minuten später parkten sie die Autos auf der Straße vor dem Finanzamt.

Dann betraten sie zu sechst mit ihren Funkgeräten in der Hand den kleinen Eingangsbereich, der gleich links die AUSKUNFT beherbergte, wo die Frau mit dem dreifarbigen Haar wieder Dienst tat und große Augen machte.

Andreas verteilte knapp und bestimmt die Aufgaben. „Manfred, du sagst der Frau, um was es geht, und passt auf, dass sie Schneyder nicht vorwarnt. Jörg, du stellst dich dort in der Halle direkt am Eingang auf, Ulli und Petra, ihr fragt nach Hinter- oder Seitenausgängen und postiert euch dort. Sascha und ich gehen nach oben."

Sie teilten sich auf: Andreas nahm den Aufzug, Sascha das Treppenhaus. Im ersten Stock trafen sie sich auf dem Gang mit den vielen Türen wieder. Sie marschierten direkt zu Dietmars Büro. Sascha klopfte nicht an, sondern stieß heftig die Tür auf.

Dietmar, der hinter seinem Schreibtisch saß und in einer Akte gelesen hatte, sah ungehalten auf, ließ aber sofort ein gequältes Lächeln sehen. Er klappte den Ordner zu und faltete die Hände darauf.

„Ach, Sie schon wieder. In diesem Leben werde ich Sie wohl nicht mehr los." Er stieß einen schauspielerisch sehr ansprechenden Seufzer aus. „Meine Schwester hat mir erzählt, dass Sie vermutlich die Leiche ihres Mannes gefunden haben. Gibt es neue Erkenntnisse in dem Fall?"

„Ja, Herr Schneyder, in der Tat, die gibt es", eröffnete ihm Andreas freundlich.

Dietmars Blick wurde unsicher. Befürchtete er, seine Schwester könne ihre Meinung geändert und ihm sein schönes Alibi demontiert haben?

„Setzen Sie sich doch", forderte er Andreas und Sascha auf.

Was sollte das jetzt? Sascha wurde noch eine Spur aufmerksamer und ließ Schneyder keine Sekunde aus den Augen. Andreas setzte sich tatsächlich auf einen Stuhl vor dem Schreibtisch, aber Sascha blieb stehen. Er lehnte sich mit der Schulter an einen weißen, geschlossenen Aktenschrank, kreuzte die Arme und passte auf.

„Wie Sie vielleicht bereits wissen, wurde Ihr Schwager in einer leer stehenden Halle im Industriegebiet Pützchen gefunden", informierte ihn Andreas, der sein Funkgerät (wie Sascha auch) vorhin in einer Jackentasche hatte verschwinden lassen. „Was man allerdings auch dort gefunden hat, gleich neben der Leiche, waren zwei abgebrochene Haare, die eindeutig von Ihnen stammen, Herr Schneyder. Wie erklären Sie sich das?"

Ein Blinder konnte sehen, wie der Mann versuchte, sich zu erinnern. Sascha konnte sich ein kleines, schadenfrohes Lächeln nicht verkneifen.

Tja, Dietmar, was war da schief gegangen? Welchen Fehler hast du gemacht?

Dietmar starrte an Andreas vorbei und sein Blick bekam etwas beängstigend Leeres, so als habe sich sein Verstand verabschiedet und in eine andere Welt begeben. Plötzlich begann er, seine hellgraue Krawatte glatt zu streichen, immer schön mit der rechten Hand von oben nach unten, fünf, sechs Mal hintereinander.

Dann erklärte er mit ernstem Gesicht: „Das kann nur bedeuten, dass mich jemand reinlegen will! Der Mörder hat mir Haare entwendet und sie als falsche Spur am Tatort zurückgelassen!"

Andreas schlug mit der flachen Hand auf den Schreibtisch. „Herr Schneyder, reden Sie keinen Blödsinn! Sie haben an allen Tatorten falsche Spuren hinterlassen! Sie waren als einziger ausreichend motiviert, Joachim Winkler derart zuzurichten! Sie hassten ihn, weil er Ihre Schwester schlug, und weil Sie Angst hatten, er würde eines Tages auch seine Töchter misshandeln, so wie Ihr Vater Sie und Ihre Geschwister misshandelt hat!"

Andreas machte eine kurze Pause und fuhr mit leicht drohendem Unterton in der Stimme fort: „Hören Sie zu, wenn Sie diesen Mord nicht freiwillig gestehen, werden wir Ihrer Schwester Fotos von ihrem Ehemann zeigen! Sie hat die Leiche bisher nicht zu Gesicht bekommen, aber wenn sie die Fotos sieht, wenn sie sieht, wozu ihr Bruder imstande ist, was für einen Hass und eine Gewalttätigkeit er in sich hat, wie gefährlich er ist, dann wird sie, da bin ich ganz sicher, ihre Aussage zurücknehmen! Und dann haben Sie kein Alibi mehr!"

Schneyder starrte mit regloser Miene auf die vor ihm liegende Akte und auf einmal hob sich seine rechte Hand und rieb an der Nase entlang und einmal quer durch die rechte Gesichtshälfte. Eine Sekunde später fuhr sie wieder über die Krawatte. Von oben nach unten. Zwei, drei Mal.

Der Mann hatte eindeutig einen schweren Schaden, diagnostizierte Sascha und passte noch besser auf.

Doch dann geschah etwas Eigenartiges: Dietmar lehnte sich in seinem Bürosessel zurück, legte locker die Arme auf die Lehnen, schloss kurz die Augen, atmete tief aus, seine Gesichtszüge entspannten sich und Sascha fragte sich plötzlich, ob er vielleicht vor ihrer Ankunft eine Kapsel mit Strychnin geschluckt hatte, um sich allen Konsequenzen zu entziehen!

Aber schon öffnete er die Augen wieder, blickte leicht abwesend im Raum umher und sagte, als rede er übers Wetter: „Ja, ich habe Joachim Winkler gegeben, was er verdient hat. Ich bin mir gar nicht sicher, ob ich ihn töten wollte... er sollte einfach spüren, wie es ist, wenn man vollkommen hilflos ist und zusammengeschlagen wird."

Dietmar schwieg ein paar Sekunden. Aber weder Andreas noch Sascha fielen ihm ins Wort. Wenn ein Täter gestehen wollte, musste man ihn unbedingt ausreden lassen.

Schließlich fuhr Dietmar fort: „Und Irmgard wollte ich auch nicht umbringen... ich wollte, dass sie sich Arme und Beine bricht, aber nicht das Genick, ich wollte ihr nur zeigen, was passiert, wenn sie mich an die Polizei verrät oder wenn sie noch mehr Geld von mir verlangt... obwohl sie eigentlich den Tod verdient hatte, so geldgierig und skrupellos, wie sie war."

Dietmars Hände umklammerten die Armlehnen des Sessels. Seine strahlend blauen Augen wurden um einige Nuancen dunkler. „Mit meinem Vater war es genauso: Ich dachte, man würde ihn lebend finden. Ich wusste doch nicht, dass seine Verlobte am Wochenende nicht da war. Ich wollte ihn zum Krüppel machen, so wie er mich zum Krüppel gemacht hat! Ich wollte ihm die Hände wegnehmen... diese Hände, die so schreckliche Dinge getan haben! Das Schwein sollte für den Rest seines Lebens auf fremde Hilfe angewiesen sein! Und diese Ingrid hätte ihn unter diesen Umständen niemals geheiratet! Und sein Vermögen nicht geerbt, das ihr überhaupt nicht zusteht!"

Dietmar wirkte nicht mehr so entspannt wie vor einer Minute. Jetzt wurde seine Stimme noch lauter und zorniger. „Wenn uns unser Vater schon keine Liebe und keinen Respekt entgegengebracht hat, dann verlange ich zumindest, dass er uns sein Geld hinterlässt! Das, verdammt noch mal, war er uns schuldig! Das haben wir mehr als verdient für das, was wir alles ertragen mussten!"

Er saß jetzt aufrecht im Stuhl, die Hände rieben aufgebracht auf den Armlehnen herum. „Und dieses Nichts von Mutter, das uns in diese Scheißwelt gesetzt hat, diese feige Sau, die nicht mal den Mund aufgemacht hat, als mein Vater mir das Knie zertrümmerte, die tausendmal weggesehen und sich nicht gekümmert hat, diese hinterhältige Schlampe! Ich hab sie auf dem Motorrad festgebunden, einen Knoten nach dem anderen hab ich gemacht, und sie hat nur geglotzt und den Mund nicht aufgekriegt, und ich hab das Motorrad den Hang hinunterrollen lassen und ihr hinterher gerufen: Jetzt musst du endlich mal handeln! Wenn du schnell genug bist, kriegst du die Knoten auf, bevor du absäufst, du feiges Miststück!"

Die Erinnerung an diese Tat trieb ihm ein gehässiges Lächeln auf die Lippen, das Sascha nun doch zu einer Antwort nötigte.

„Nett gemacht, Herr Schneyder", spottete er. „Wie Sie uns Ihre detailliert geplanten Morde als quasi... Unglücksfälle verkaufen wollen – wirklich sehr kreativ! Aber wir glauben Ihnen kein Wort!"

Schneyder starrte wieder mit gerötetem Gesicht auf die Akte und schwieg. Dafür begann nun Andreas, Fragen zu stellen.

„Herr Schneyder, wo Sie nun schon dabei sind, Ihr Herz auszuschütten, erzählen Sie doch mal, wie Sie Joachim Winkler nach Pützchen in die Lagerhalle gelockt haben."

Dietmar sah auf, in den Augen ein Leuchten. „Das war ein genialer Plan. Ich habe ihn angerufen, meine Stimme verstellt und ihm weisgemacht, ich hätte seine Tochter Romina entführt. Er sollte mir das Lösegeld in die Lagerhalle bringen. Aber er hatte gar kein Geld dabei, sondern eine Pistole. Der Scheißkerl wollte mich erschießen!"

„Ja, natürlich Herr Schneyder, Sie haben in Notwehr gehandelt. Wollen Sie uns für dumm verkaufen?! Der Mann war festgebunden, als sie ihn zu Brei geschlagen haben!"

Dietmar wich Andreas' Blick aus und sagte erst einmal nichts mehr.

Andreas räusperte sich, rückte die Brille gerade und fuhr fort. „Ich habe da noch ein paar Fragen zum Mord an Ihrem Vater. Warum wollten Sie den Verdacht unbedingt auf Ihren Onkel lenken? Was haben Sie gegen ihn?"

„Onkel Matthias?" Sofort kam wieder Leben in Dietmar. Er schien überhaupt nur für seinen Hass zu leben. „Dieses Schwein hat gewusst, was bei uns zu Hause ablief! Er hat es gewusst und den Mund gehalten! Er hätte doch jemandem einen Hinweis geben können, den Ärzten, den Lehrern, der Polizei, was weiß ich! Er dachte wohl, in anderer Leute Familienangelegenheiten mischt man sich nicht ein! Vielleicht war er sogar froh, dass sich sein Bruder mit seinen Kindern beschäftigte und ihn in Ruhe ließ! Was für ein erbärmlicher Drecksack! Meinen Sie nicht, dass so ein Mensch es verdient hat, im Gefängnis zu sitzen?!"

Interessanterweise fühlte sich Sascha von dieser Argumentation positiv angesprochen. Andreas hingegen war schon einen Schritt weiter.

„Gut, das kann ich nachvollziehen, wenn auch natürlich nicht gutheißen“, urteilte er. „Sie haben also bei einem Besuch bei Ihrem Onkel die Axt mitgehen lassen und sie nach der Tat wieder zurückgebracht?“

Dietmar nickte. „Nicht direkt danach, da hatte ich keine Zeit, aber am nächsten Tag.“

„Und niemand hat Sie bemerkt? Nicht einmal der bissige Bruno?“

„Nein, ich war nachts unterwegs und da schläft der blöde Köter im Haus!“

„Nun gut, Herr Schneyder... was ich aber nicht ganz verstehe: Warum haben Sie Ihren Bruder da mit reingezogen? Warum hassen Sie ihn?“

„Ich hasse Ludger nicht, ich verachte ihn.“ Dietmars Mundwinkel zeigten nach unten. Er bearbeitete wieder seine Krawatte. „Er hat sich genauso entwickelt, wie mein Vater es für ihn vorgesehen hatte: zum Versager! Und er hat sich nicht gewehrt! Er hätte, als er erwachsen wurde, einen anderen Weg wählen können. Er hätte, so wie ich, unserem Vater zeigen können, dass wir auch mit unserer beschissenen Vergangenheit anständige und einigermaßen erfolgreiche Menschen werden können! Aber er ist und bleibt ein Schwächling!“

Sascha verdaute noch Dietmars erstaunliche Behauptung, er sei ein anständiger und erfolgreicher Mensch, als Andreas schon die nächste Frage stellte. „Herr Schneyder, Ihrem Bruder haben Sie bei einem Besuch die Zigarettenkippen entwendet?“

„Ja, kurz bevor er mich aus seiner stinkenden Bude geworfen hat, in der ich allerdings auch keine Sekunde länger geblieben wäre!“

Andreas nickte wie in vollstem Verständnis. Er lehnte nicht mit dem Rücken am Stuhl, sondern saß leicht vorgebeugt da, die Hände auf dem Schreibtisch gefaltet, ganz aufmerksamer Zuhörer.

„Erklären Sie mir doch mal, Herr Schneyder, wie Sie in Irmgard Dietz' Haus gekommen sind. Das war ja schon fast eine Meisterleistung, wie Sie es geschafft haben, der Frau, genau passend zum Alibi, aufzulauern und ihr das Genick zu brechen, dass es aussah wie ein Unfall.“

„Ja, nicht wahr?“ Schneyder lächelte selbstgefällig, hörte aber schlagartig auf, als ihm klar zu werden schien, was er da gesagt hatte. Er war alles andere als dumm. Trotzdem musste er, wie es aussah, noch einiges loswerden.

„Irmgard und ich arbeiteten ja seit Jahren eng zusammen, und irgendwann, vor Wochen schon, habe ich ihren Hausschlüssel nachmachen lassen, kein Problem, ihre Handtasche lag immer überall herum." Schneyder rieb sich durch sein Gesicht. „Ich wusste eine Menge über sie, ich kannte ihren genauen Tagesablauf, ich wusste, was sie von Montag bis Freitag nach der Arbeit machte, ich wusste sogar, dass ihre neugierigen Nachbarn immer Dienstagmittags nicht da sind, weil sie im HUMA einkaufen. Also war ich am Dienstag in meiner Mittagspause in der Bahnstraße, um den Bewegungsmelder abzukleben. Und statt zu Saturn fuhr ich abends natürlich zu Irmgard. Ich wusste, wann sie von ihrer Gymnastik zurück war, und dass sie danach unter die Dusche ging. Als ich gegen Viertel vor acht bei ihrem Haus ankam, konnte ich von draußen das Licht im Bad und die beschlagenen Scheiben sehen. Ich schlich mich hinein, wartete, bis sie aus dem Bad kam, und stieß sie die Treppe hinunter. Aber wie schon gesagt, ich wollte sie nicht umbringen!"

„Natürlich nicht. Komisch, dass wir Spuren gefunden haben, die auf das Gegenteil hinweisen. Wann haben Sie den Klebestreifen von der Lampe entfernt?"

„Am nächsten Morgen vor der Arbeit, um Viertel nach sechs. Da lagen die Nachbarn in der Bahnstraße noch im Tiefschlaf."

„Und der Kassenzettel von Saturn war gefälscht?"

„Nur ein bisschen... aber gut gemacht, nicht wahr?"

Jetzt wurde der Kerl auch noch kokett! Das ärgerte Sascha. Andreas aber bewahrte seine Ruhe und ging auf Dietmars Bemerkung gar nicht ein. „Herr Schneyder, ich habe Sie das schon mal gefragt: Kennen Sie die Familie Marquardt?"

Dietmar lächelte. Irgendwie unverschämt. „Nein, ich bin nur mit dem Hund näher bekannt."

„Aha." Andreas runzelte die Stirn. „Und welche Verbindung besteht nun wirklich zwischen Ihnen und Dr. Hansen-Hardt?"

Jetzt grinste Schneyder und es war ein fast irres Grinsen. „Das haben Sie noch nicht herausgefunden? Sie sind also doch nicht die Geistesgröße, für die Sie sich gerne ausgeben? Dann werde ich Sie mal aufklären: Eine Bekannte von mir, die im Krankenhaus arbeitet, erzählte mir von dem Gerücht, dass Hansen die Akte des Jungen gefälscht und seine Allergie unterschlagen habe. Er wollte meinen Vater in die Pfanne hauen und seinen Platz als Chefarzt einnehmen, bevor es ein anderer tat. Wie gesagt, das war ein Gerücht, aber ich habe Hansen aufgesucht und so getan, als wüsste ich Bescheid und hätte sogar Beweise. Im Bluffen war ich schon immer gut."

Dietmar kostete diese anscheinend sehr angenehme Erinnerung einen Moment lang aus, dann fuhr er fort: „Als er mir die verlangten 10.000 € für mein Schweigen gab, wusste ich, dass die Gerüchte stimmten... und mir kam die Idee, ihn in meine Pläne einzubauen: Ich erzählte ihm davon, was ich mit meinem Vater vorhatte, und er war geradezu begeistert davon, denn sein eigener Plan hatte ja nicht so funktioniert, wie er gehofft hatte. Vermutlich sah er sich schon als Chefarzt durch die Abteilung laufen. Er drängte mir das Botox förmlich auf und gab mir genaue `Gebrauchsanweisungen´ für das Nervengift und die Axt."

Andreas hakte sofort nach. „Er hat Ihnen also erklärt, wie man Hände richtig abhackt, damit der Mensch auch wirklich verblutet?"

„Nein, ich... ich wollte doch nicht... " Schneyder versuchte sich herauszureden, merkte wohl, dass das keinen Sinn mehr hatte und schwieg. Er saß leicht gebeugt auf seinem Stuhl, ließ den Kopf hängen und rieb immer wieder mit beiden Händen über den vorderen Teil der Armlehnen.

„Herr Schneyder, wollen Sie noch irgendwas sagen? Nein?... .. Nun gut, Sie haben das Recht zu schweigen und einen Anwalt hinzuzuziehen." Andreas erhob sich und zog aus einer seiner Jackentaschen ein gefaltetes Blatt Papier heraus. „Ich habe hier einen Haftbefehl auf Ihren Namen, und ich möchte Sie bitten, einfach ohne viel Aufhebens mit uns ins Präsidium zu kommen."

Diese Aufforderung riss Dietmar anscheinend aus seiner anderen, persönlichen, hasserfüllten Wirklichkeit heraus, denn er griff plötzlich und blitzschnell unter den Schreibtisch, etwas klackte, er sprang auf und hatte eine Waffe in der Hand.

Automatisch griff Sascha unter seine Jacke, aber Schneyder richtete sofort die Pistole auf ihn und schrie: „Lassen Sie das sein! Nehmen Sie die Hände nach oben!"

Sascha machte, was er sagte, denn in Schneyders ungeheuer blauen Augen funkelte für Sekunden eine unberechenbare Wut auf – und Sascha dachte, jetzt schießt er auf dich, jetzt bist du tot, jetzt ist es vorbei mit Annika und Kinderzeugen. Angst schoss wie eine heiße Welle durch seinen Körper... aber da war die erste Gefahr schon vorüber: Dietmar schrie nun Andreas an, er solle die Hände hochnehmen, und verkündete dann mit schneidender Stimme: „Sie glauben doch wohl nicht, dass ich für diese vier Schweine ins Gefängnis gehe! Eher bringe ich mich und den Rest der Menschheit um! Ich lasse mich nicht einsperren! Ich bin oft genug eingesperrt worden in meinem Leben! Das macht niemand mehr mit mir – auch Sie nicht!“

Er bot schon einen seltsamen Anblick, dieser dünne, lange Finanzbeamte in seinem viel zu eleganten, grauen Anzug und der schwarzen Pistole in der Hand. Und obwohl er die Waffe entsichert hatte, hatte er vermutlich noch nie mit einer Schusswaffe zu tun gehabt, und daher war er gefährlicher als jeder Scharfschütze: Denn wenn ein ungeübter Schütze den Gegner ins Bein schießen wollte, traf er womöglich den Kopf.

Also verhielt sich Sascha gemäß Schneyders Wünschen, während Andreas nun begann, in beruhigendem Ton auf ihn einzureden.

„Herr Schneyder, was wollen Sie denn mit diesem Auftritt hier erreichen? Das hat doch keinen Sinn. Sie haben ein Geständnis abgelegt und Ihr Verteidiger bekommt vielleicht das, was Sie getan haben, als schwere Körperverletzung mit Todesfolge durch. Und wenn Sie dem Richter alles über Ihre schreckliche Kindheit erzählen, dann –“

Dietmar fiel ihm ins Wort. „Ach hören Sie schon auf mit Ihrem Gequatsche! Halten Sie mich für blöd?! Gehen Sie da rüber an die Wand... ja, Sie auch, beide da rüber an die Wand, weg von der Tür!“

„Herr Schneyder, was wollen Sie denn eigentlich? Selbst, wenn Sie es schaffen, aus dem Gebäude herauszukommen, wo wollen Sie untertauchen? Sie sind doch kein richtiger Krimineller mit Beziehungen zur Unterwelt! Sie sind ein Mann, dem man sehr viel Unrecht angetan –“

„ Halten Sie den Mund und erzählen Sie mir nicht, wer ich bin, und was ich zu tun habe!“ Er fuchtelte mit der Waffe herum und Andreas und Sascha beeilten sich, nach rechts an die Wand zu kommen, wo der Van-Gogh-Kalender hing. Dietmar beobachtete sie misstrauisch und bewegte sich gleichzeitig, leicht hinkend, auf die geschlossene Tür zu. „Ich werde jetzt das Zimmer verlassen und rückwärts bis zum Treppenhaus gehen und wenn Sie auch nur die Nase aus der Tür stecken, schieße ich! Klar?!“

Sie nickten beide, während Dietmar die Tür aufzog. Als er für einen Moment abgelenkt war, weil er draußen nachsah, ob auch gerade niemand vorüberging, hätte sich Sascha beinah entschieden, ihn anzugreifen und ihm die Pistole zu entreißen. Aber er stand einen guten Meter zu weit weg, das war zu gefährlich, und irgendwie hatte er an diesem Tag keine Lust, den toten Helden zu spielen.

„Ihr bleibt da stehen!“, zischte Dietmar und war auch schon zur Tür hinaus. Sascha zog sofort seine Waffe aus dem Halfter und lief zur Tür, Andreas eilte zur anderen Seite der Tür und zückte sein Funkgerät.

„Andreas an alle!“ Er dämpfte seine Stimme so weit, dass man ihn kaum verstehen konnte. „Die verdächtige Person ist bewaffnet und flüchtet vermutlich durchs Treppenhaus! Räumt, wenn es geht, die Halle und haltet die Person auf!“

Natürlich hielt sich Sascha nicht an Schneyders Anweisung, sondern spähte vorsichtig auf den Flur, und so sah er gerade noch, wie Dietmar ein paar Türen weiter in einem Büro verschwand. „Verdammt!“, fluchte er. „Was, wenn sich dieser Verrückte eine Geisel nimmt?!“

Er trat aus dem Zimmer, die Pistole mit ausgestreckten Armen in beiden Händen nach vorn gerichtet. Andreas eilte an seine Seite, in der rechten Hand die Pistole, in der linken das Funkgerät.

„Hat Peer eigentlich was davon gesagt, dass seine Leute Winklers Pistole bei der Leiche gefunden haben?“, raunte Sascha.

„Nein, und daran hätten wir verdammt noch mal denken müssen!“

Nach ein paar Metern und einem Blick auf das Namensschild konnten sie sehen, dass die Tür zu Gebhardts Büro offen stand. War das nicht Dietmars Lieblingsfeind im Finanzamt? Fast gleichzeitig traten sie in die Türöffnung und zielten ins Zimmer.

Dietmar war augenscheinlich schon wieder auf dem Weg nach draußen. Er stand zwei Meter von ihnen entfernt hinter Gebhardt, den er am Arm gepackt hatte. Mit der anderen Hand presste er ihm die Pistolenmündung gegen den Hals. Gebhardt sah Andreas durch seine dicke, runde Brille entsetzt an. Dietmar war ein paar Zentimeter größer als sein Kollege und schaute verärgert über dessen rechte Schulter.

„Hab ich nicht gesagt, ihr sollt in meinem Büro bleiben?!“, herrschte er sie an.

„Herr Schneyder, das hat doch alles keinen Sinn! Wenn Sie jetzt aufgeben, wird Ihnen das vor Gericht positiv angerechnet werden!“

„Ich gehe aber nicht vor irgendein Gericht!“, stellte Dietmar klar und Sascha fiel völlig absurderweise auf, dass Schneyders Augen in den hier herrschenden Lichtverhältnissen von einem tiefen Dunkelblau waren, das hervorragend mit dem Blau von Gebhardts Pullover harmonierte.

„Wenn Sie jetzt nicht sofort ein ganzes Stück zurückgehen, bringe ich meinen Freund hier um!“, drohte Schneyder. „Auf einen Toten mehr oder weniger kommt es mir wirklich nicht mehr an!“

Sascha glaubte ihm das ohne weiteres. Andreas und er wichen langsam zurück, ohne die Waffen zu senken. Sascha war ein sehr guter Schütze, aber da Gebhardt ziemlich breit gebaut war und Dietmar fast vollständig verdeckte, bot dieser nur ein kleines Ziel, das sich zudem bewegte. Von hinten würde er auf jeden Fall besser zu treffen sein. Vielleicht von Jörg oder Petra.

Als sie sich ein Stück zurückgezogen hatten, flüsterte Sascha Andreas zu: „Sag denen da unten Bescheid, sie sollen ein SEK-Team anfordern. Mit Scharfschützen. Der haut uns noch ab, ohne dass wir was machen können!“

„Hatte ich gerade vor.“ Andreas flüsterte nun seinerseits ins Funkgerät, während Schneyder seine Geisel aus dem Zimmer bugsierte und ihn rückwärts mit sich durch den Flur zog, auf das Treppenhaus zu, die Pistole nach wie vor auf seinen Hals gedrückt. Gebhardt hatte den Kopf ein wenig erhoben und von der Waffe weggedreht. Schweiß bildete sich auf der Stirn unter seinen weißen Haaren, seine Wangen glühten rot wie die eines schwer Grippekranken, er guckte verzweifelt und presste ein leises „Bitte, helfen Sie mir!“ heraus.

Schneyder wollte anscheinend gerade einen Kommentar dazu abgeben, als etwas geschah, das längst zu erwarten gewesen war: Rechts von ihm öffnete sich eine Bürotür und ein mittelgroßer Mann um die Vierzig in schwarzer Hose und gelbem Pullover kam heraus, den Blick auf eine Akte geheftet, die er aufgeschlagen vor sich hertrug. Als er Schneyder und Gebhardt bemerkte, blieb er abrupt stehen, wie eingefroren, starrte ungläubig auf die Szene vor ihm – und machte Anstalten, sich rückwärts in sein Büro zurückzuflüchten.

„Hallo Jürgen, du altes Arschloch!“, begrüßte ihn Dietmar, schwenkte blitzschnell die Waffe zur Seite, schoss ohne lange zu zielen nach rechts und hielt die Mündung wieder an Gebhardts Hals.

Jürgen ließ die Akte fallen, presste beide Hände in Höhe der Taille auf seinen Leib, stöhnte, taumelte rückwärts und brach in der Tür zusammen.

„Manfred, wir brauchen sofort einen Krankenwagen! Hier wurde jemand verletzt!“, rief Andreas ins Funkgerät.

Und Dietmar drohte: „Je eher ich hier raus bin, desto eher könnt ihr euch um den Verletzten kümmern! Und desto weniger Tote wird es geben! Sagt euren Leuten da unten, sie sollen nicht versuchen, mich aufzuhalten! Wie ihr seht, gehe ich über Leichen!“

Schneyder war jetzt an der Tür zum Treppenhaus angekommen und Sascha raunte Andreas zu: „Ich könnte Gebhardt ins Bein schießen, wie Keanu Reeves das am Anfang von `Speed´ gemacht hat: Dadurch zwang er den Verbrecher, die verletzte Geisel zurückzulassen und alleine weiterzufliehen.“

„Bist du verrückt?! Das machst du nicht! Im Film klappt so was immer, aber was, wenn Schneyder dem Mann aus lauter Wut noch eine Kugel in den Kopf verpasst?! Der hat doch nichts zu verlieren! Und außerdem sind wir nicht mehr alleine hier!“

Sascha sah sich um. Natürlich hatten alle in den Büros den Schuss gehört, und jetzt tat sich zögerlich eine Tür nach der anderen auf, und ein Kopf nach dem anderen wurde sichtbar, und obwohl Andreas rief: „Bleiben Sie in Ihren Büros!“, wog bei einigen Leuten die Neugier schwerer als die Angst um die eigene Gesundheit: Einige Köpfe blieben, wo sie waren.

Allerdings war Dietmar mit seiner Geisel inzwischen im Treppenhaus verschwunden. Sascha marschierte mit erhobener Waffe hinterher.

„Ist das Einsatzkommando schon da?“, fragte Andreas, der ihm folgte, ins Funkgerät. „Ja, ich weiß, dass die auch nicht zaubern können. Also, Manfred, gib das bitte an die anderen weiter: Solange das SEK nicht da ist, soll niemand den Mann aufzuhalten versuchen – er hat eine Geisel genommen und schießt sich rücksichtslos den Weg frei! Sorgt dafür, dass ihm keine Unbeteiligten mehr in die Quere kommen!“

Sascha lugte vorsichtig ins Treppenhaus und sah, dass Schneyder mit Gebhardt bereits am unteren Ausgang angekommen war. Bevor er ihm hinterhereilte, schaute er noch einmal zurück in den Flur: Die ersten Neugierigen kamen schon aus den Büros.

Unten, am Fuß der Treppe, konnte man einen Teil des Eingangsbereichs überblicken: Kein Mensch war dort. Gut. Ein paar Schritte und Sascha stand in der Halle. Auch die Halle war menschenleer bis auf Manfred, der hinter der in der Mitte stehenden Kaffeemaschine auftauchte, Pistole und Funkgerät in den Händen.

Mit der Pistole zeigte er auf einen Gang, der von der Halle abzweigte.

„Die sind da lang. Das ist ein Seitenausgang direkt auf den Parkplatz. Ulli und Petra haben da Posten bezogen und passen auf, mit welchem Wagen sich Schneyder aus dem Staub macht. Verfolgen wir sie?“

„Na klar, was sonst“, wunderte sich Andreas, der plötzlich neben Sascha stand, und nach links zeigte.

Sie liefen nach links, durch die automatische Drehtür nach draußen, wo gerade ein Krankenwagen vorfuhr. Sascha hielt im Laufen seinen Dienstausweis hoch, schickte die Sanitäter in den ersten Stock und ließ sich auf den Fahrersitz seines Dienstwagens fallen. Andreas setzte sich neben ihn, Manfred wie selbstverständlich nach hinten. Sascha ließ den Motor an und wartete.

Plötzlich ertönte Ullis Stimme aus Andreas' Funkgerät: „Achtung, Sie fahren los, und zwar mit Gebhardts Wagen, einem silbernen Opel mit Bonner Kennzeichen. Schneyder spielt Beifahrer und hält Gebhardt immer noch die Waffe an den Hals.“

Ulli hatte noch nicht ganz das Autokennzeichen durchgegeben, als das beschriebene Fahrzeug aus der Parkplatzausfahrt bog und nach links fuhr, denn rechts endete die Straße in einem Wendehammer. Der Opel kam also auf Sascha zu und fuhr an ihm vorbei. Dietmar schaute nicht herüber, sondern uninteressiert geradeaus. Sascha gab Gas und wendete auf dem Haltestreifen gegenüber, bevor er dem Opel folgte.

„Was meinst du, wo Dietmar hin will?“, fragte er.

„Das ist die 125.000-€-Frage.“ Andreas dachte nach. „Es gibt mehrere Möglichkeiten... eine davon wäre: Er könnte nach Hause fahren, um sich Papiere und Geld zu holen, damit er sich ins Ausland absetzen kann.“

„Gestaltet sich das nicht ein bisschen schwierig, so per Flugzeug oder Bahn mit Geisel zu reisen?“, warf Sascha ein.

„Sicher. Aber ohne Geisel ebenso, denn sobald unsere Fahndung läuft, kann er sich auf keinem Flugplatz oder Bahnhof mehr sehen lassen“, fügte Manfred hinzu, der sich wieder einmal nicht angeschnallt hatte und auf der vorderen Kante in der Mitte des Rücksitzes saß, Ellbogen auf beiden Rücklehnen, damit er nur ja alles mitbekam.

„Und sich mit dem Auto in eins der östlichen Länder abzusetzen, wird er weder mit noch ohne Geisel schaffen. Das ist einfach zu weit und zu anstrengend, besonders, wenn man von der Polizei verfolgt wird. Sehen wir doch mal, wohin er jetzt abbiegt“, schlug Andreas vor.

Sie hatten die große Kreuzung an der Bonner Straße erreicht, wo sich

Gebhardt brav auf der Linksabbiegerspur Richtung Siegburg einordnete. Überhaupt fuhr der verfolgte Wagen bisher völlig vorschriftsmäßig und unauffällig, statt wie im Film gegen alle Verkehrsregeln durch's Gelände zu rasen. Das irritierte Sascha schon... was hatte Dietmar `Der Killer´ Schneyder vor?

Jetzt ließ Schneyder Gebhardt tatsächlich nach links abbiegen und ordentlich mit Tempo 50 die Bonner Straße entlang fahren, bis er kurz vor der Siegbrücke die Autobahn nach Bonn nahm. Sascha rechnete jeden Moment mit einer Finte oder plötzlichen Richtungsänderung, aber das passierte einfach nicht.

„Wo, zum Henker, will der hin?!", fluchte er, und Manfred antwortete: „Vielleicht will er sich auf der Autobahn ein Wettrennen mit uns liefern", und es klang fast, als freue er sich darauf.

Andreas informierte unterdessen per Funk die Bonner Verkehrspolizei, sie möge sich bereithalten, eventuelle Absperrungen vorzunehmen. Außerdem forderte er einen Hubschrauber an für den Fall, dass Schneyder irgendwelche Mätzchen vorhatte.

Aber noch machte Schneyder keine Mätzchen. Der Wagen fuhr stur mit 80 bis 100 km/h auf der rechten Spur der Autobahn. Sascha hatte Zeit, an Gebhardts Gesicht zu denken, das er vor zehn Minuten gesehen hatte, an seinen entsetzten Blick, an sein gerötetes, schwitzendes Gesicht. Es musste furchtbar sein, in der einen Sekunde friedlich und nichtsahnend am Schreibtisch zu sitzen und in der nächsten dem Tod ins Auge sehen zu müssen. Die Unberechenbarkeit der Welt. Ein Schock.

Wie damals bei Saschas Vater. Bergmann in Bochum. Erst Rückenschmerzen und Hustenanfälle. Dann hieß es: Tuberkulose der Lungen und Knochen. Frührente. Umzug nach Bonn, wegen der besseren Luft dort. Sascha und die beiden älteren Schwestern gingen auf's Gymnasium. Der Vater machte mächtig Druck wegen der Zensuren. Sascha hasste ihn manchmal dafür.

Eines Tages, als Sascha gut gelaunt und mit einer Eins in Mathe von der Schule kam, stand der Rettungswagen vor dem Haus. Schlaganfall. Sein Vater überlebte nicht. Und Sascha fühlte sich wochenlang, als wandele er durch eine parallele Alptraumwelt.

Eben erreichten sie die Nordbrücke, stark befahren wie immer, und als Sascha sie überquerte, tauchte endlich der Hubschrauber auf und kreiste von da an über ihren Köpfen. Schneyder ließ Gebhardt an der Ausfahrt

Bonn-Auerberg abfahren, und dann ging es Richtung Innenstadt.

„Wo will der hin?!“, fragte Sascha zum dritten Mal, schüttelte den Kopf und fügte hinzu: „Wäre es nicht besser, ihn vor der Innenstadt anzuhalten?“

„Natürlich“, stimmte Andreas missgelaunt zu. „Ich fürchte nur, dafür ist es zu spät. Man hätte längst die Straßen hier absperren müssen. Wer hätte denn geahnt, dass der in die Stadt fährt! Ich dachte, der versucht, sich nach Belgien oder Luxemburg abzusetzen!“

Gebhardt fuhr vom Kaiser-Karl-Ring auf die Römerstraße und von dort Richtung Bahnhof auf die vorwiegend vierspurige Oxfordstraße, wo er sich eine Zeitlang auf der linken Spur hielt. Sascha klebte an seinem Kofferraum.

Doch plötzlich nutzte Gebhardt eine kleine Lücke zwischen zwei Autos auf der rechten Spur, um sich hineinzuquetschen und noch weiter nach rechts zu ziehen, auf die Abbiegespur zu einem Parkhaus. Gefährliches Reifenquietschen, empörtes Hupen der anderen Verkehrsteilnehmer. Und für Sascha war kein Platz mehr in der Lücke – er hätte einen schlimmen Unfall provoziert, hätte auch er nach rechts gewechselt. Also fuhr er schimpfend auf seiner Spur weiter.

„Habt ihr gesehen, in welches Parkhaus er abgehauen ist?! Die Stadthausgarage oder die Friedensplatzgarage?!“, rief Sascha aufgebracht aus und versuchte, auf die rechte Spur zu kommen, damit er hinter dem Stadthaus abbiegen und zurückfahren konnte.

Manfred meldete sich. „Ich meine, er ist in der Friedensplatzgarage verschwunden.“

„Verdammte Scheiße!“, knurrte Andreas. „Ich sag den Kollegen Bescheid, die sollen das Parkhaus dicht machen und dann durchsuchen! Und du fragst im Hubschrauber nach, ob die was gesehen haben! Vielleicht ist der Kerl längst auf der anderen Seite wieder rausgefahren und auf dem Weg nach... was weiß ich denn!“

*

Dietmar schlenderte über den Friedensplatz, als sei er ein Tourist auf der Suche nach Sehenswürdigkeiten. Aber er war in merkwürdiger Verfassung. Bei allem, was er getan hatte, war ihm nie in den Sinn gekommen, dass die Polizei ihn wirklich zur Verantwortung ziehen könnte...

nein, nicht wirklich... denn konnte es wirklich sein, dass er sich auf der Flucht befand? Ja, möglicherweise so wirklich wie die Blutflecke auf seinem Hemd. So wirklich wie das Knattern des Hubschraubers hinter ihm, der immer noch über dem Parkhaus kreiste.

Dietmar hielt die Hand vor die dunklen Flecken, steuerte auf einen Taxistand zu und stieg in den ersten Wagen. Wobei ihm sein gezerrter Rücken wieder arg wehtat.

„Guten Morgen", begrüßte er den Taxifahrer, einen klein gewachsenen Mann mit blonden Haaren und Kinnbart. „Ich möchte nach Königswinter, in die Wilhelmstraße."

Das Taxi setzte sich Richtung Bad Godesberg in Bewegung. Der Fahrer stellte Dietmar ein paar Fragen, aber da Dietmar höchst unwillig und einsilbig antwortete, gab der Mann seine Versuche, eine Unterhaltung in Gang zu bringen, auf, noch bevor sie die Museumsmeile erreicht hatten.

Dietmar sah aus dem Fenster, ohne die Umgebung richtig wahrzunehmen. Wusste er eigentlich, was er vorhatte? Klar war jedenfalls eines: Er würde nicht ins Gefängnis gehen... der Gedanke daran war unerträglich. Nein, er würde sich selbst richten. Er war der einzige, der das Recht dazu hatte.

Während das Taxi die Südbrücke überquerte und die idyllische Hügelkette des Siebengebirges vor dem zartblauen, leicht dunstigen Novemberhimmel an Dietmars abwesendem Blick vorüberzog, dachte er über die Zukunft von Marlies und ihren Töchtern nach.

In ein, zwei Jahren würde sich seine Schwester wieder einen Mann nehmen. Sie konnte nicht alleine leben, dafür hatte ihr Vater gesorgt. Sie würde sich einen zweiten Joachim Winkler suchen, einen, der vermutlich noch schlimmer war als der erste, denn so war ihr Verhaltensmuster, sie konnte nicht anders.

Dieser Mann würde sie nicht nur verprügeln, sondern auch vergewaltigen, und dann würde er anfangen, sich an ihren Töchtern zu vergreifen, die langsam in die Pubertät kamen und weibliche Formen entwickelten. Er würde ihnen unaussprechliches Leid zufügen und Dietmar würde nicht da sein, um ihnen zu helfen.

Er strich über seine Krawatte, und er rieb über seine rechte Wange... und eigentlich war klar, was er tun musste, um all das Elend zu verhindern.

*

Sascha kurvte eine Weile durch die Straßen rund um das Parkhaus, aber der silbergraue Opel war dort nicht aufzufinden. Auch der Hubschrauber hatte ihn noch nicht entdeckt. Dann kam ein Funkspruch der Kollegen, die in das Gebäude hineingefahren waren.

„Kommissar Montenar? Wir sind jetzt in Parkdeck 2 und haben den Opel gefunden. Auf dem Fahrersitz liegt ein Mann mit Kopfschuss. Vom Täter keine Spur."

„Geben Sie bitte mal eine Beschreibung des Mannes durch", bat Andreas, obwohl ihm klar war, um wen es sich handelte.

„Ende Fünfzig, weiße Haare, runde Brille, blauer Pullover."

„Das ist Gebhardt. Dietmar Schneyder muss zu Fuß entwischt sein, bevor alle Ausgänge gesperrt waren. Scheiße. Der kann überall sein. Sascha, halt mal an, diese Herumfahrerei hat keinen Sinn. Wir sollten in Ruhe nachdenken."

Sascha war eben - was er anscheinend gerne tat - gegen die Fahrtrichtung in die Thomas-Mann-Straße eingebogen, eine Einbahnstraße, die links von entgegen kommenden Autos befahren und rechts für den Linienverkehr reserviert war. Da gerade kein Bus und keine Straßenbahn zu sehen waren, stellte er den Wagen ungerührt auf den Schienen ab, vor einem kleinen Laden, der laut Werbung auf dem Schaufenster auch Tätowierungen anbot. Andreas versuchte, sich zu konzentrieren und sich vorzustellen, wohin ein `Normalbürger´ flüchten würde, wenn er sich bedroht fühlte. Nach Hause. Oder zu seiner Familie. Oder wenigstens an einen Ort, an dem er sich auskannte.

Andreas rief Ulli an, den er vorhin mit Petra zu Schneyders Wohnung in Beuel geschickt hatte, aber Ulli berichtete, dass bisher noch kein Zentimeter von Schneyder in Beuel aufgetaucht sei.

„Ok... also nicht nach Hause. Wer ist seine nächste Familie?", murmelte Andreas vor sich hin.

„Zu seiner Frau kann er nicht, die ist noch im Finanzamt und wird von Jörg bewacht", bemerkte Sascha und fügte hinzu: „Ich tippe ja auf das hilflose Schwesterlein, das er vor der bösen Polizei beschützen muss."

„Du meinst, er will mit der Schwester und ihren Kindern ins Ausland fliehen?", fasste Manfred von hinten mit großem Zweifel in der Stimme zusammen.

„Vielleicht.“ Sascha zuckte die Achseln.

„Ja, vielleicht. Fahren wir nach Königswinter“, wies Andreas Sascha an. „Vielleicht will er mit seinen Verwandten auch ganz woanders hin fliehen. Erinnerst du dich, wie er in seinem Büro herumgebrüllt hat, dass er eher sich und die ganze Menschheit umbringt, als ins Gefängnis zu gehen? Aber auch ein Irrer wie Schneyder schafft es nicht, die ganze Menschheit auszurotten... vielleicht reicht es ihm, die Schwester und seine Nichten mit in den Tod zu nehmen, zumal er vermutlich davon überzeugt ist, dass sie in dieser Welt ohne ihn nicht zurechtkommen.“

Sascha hatte inzwischen gewendet, die Thomas-Mann-Straße verlassen und das Blaulicht aktiviert. Trotzdem wich ihm der zähe Verkehr auf der Oxfordstraße nur träge aus.

„Wo willst du herfahren?“, fragte Andreas.

„Ich glaube, wir sind schneller in Königswinter, wenn wir die Kennedybrücke und dann die Autobahnauffahrt in Beuel nehmen. Es stellt sich ja die Frage, wie Schneyder sich aus dem Staub gemacht hat. Wenn er in die Straßenbahn gestiegen ist, sind wir locker vor ihm bei Marlies. Hat er ein Taxi genommen oder vielleicht eine zweite Geisel mit Auto gekapert, dann wird's eng.“

„Tja Sascha, ich sag es nur ungern, aber jetzt kannst du mal zeigen, was du drauf hast. Leg los!“, verlangte Andreas und hielt sich vorsichtshalber gleich am Griff über seinem Fenster fest.

„Alles klar! Manfred, du schnallst dich jetzt gefälligst an! Ich möchte keinen zerquetschten Kommissar an meiner Windschutzscheibe kleben haben!“

„Ja, ist ja gut! Nun tu nicht so, als wärst du Schumi!“, maulte Manfred auf dem Rücksitz

„Auf keinen Fall. Ich bin besser.“ Sascha gab Gas und nötigte sich die Kennedybrücke mit Blaulicht frei. Auf der B56 hatten die Leute dann mehr Platz, um ihm rechtzeitig auszuweichen, was die meisten auch taten.

Erst auf der Autobahn jagte Sascha den Wagen auf 220 km/h hoch und flog nur so an Beuel, Oberkassel und Dollendorf vorbei. Andreas umklammerte mit leicht mulmigem Gefühl im Magen nach wie vor den Haltegriff und nahm immer wieder kurz und mit Argusaugen die an die Seite fahrenden Autos ins Visier, ohne dass ihm etwas Verdächtiges auffiel.

„Da vorne ist ein Taxi!“, vermeldete Sascha plötzlich.

„Dann fahr mal ein bisschen langsamer“, ordnete Andreas an und notierte sich für alle Fälle das Kennzeichen des Wagens, und als sie auf gleicher Höhe mit dem Taxi waren, spähten sowohl Andreas als auch Manfred nach drüben, aber außer dem Fahrer war niemand zu sehen.

„Vielleicht kniet Schneyder auf dem Boden und bedroht den Fahrer mit seiner Pistole“, mutmaßte Manfred, der sich inzwischen angeschnallt hatte.

Andreas widersprach ihm. „Der Fahrer wirkt auf mich völlig entspannt, um nicht zu sagen gelangweilt. Und außerdem halte ich es im Moment für wichtiger, Marlies und die Kinder zu warnen, als hier alle Autos zu durchsuchen... im Prinzip kann er doch in jedem sitzen!“

„Wäre es dann nicht besser, wir rufen die Frau an und sagen ihr, sie soll ihren Bruder nur ja nicht in die Wohnung lassen?“, warf Sascha ein.

„Gute Idee.“ Andreas holte sein Handy heraus. Er hatte Marlies’ Nummer gespeichert, rief sie an und ließ es mindestens zwanzigmal klingeln. Niemand ging an den Apparat.

Daraufhin telefonierte er mit seiner Kollegin in Königswinter und bat sie, ein paar Beamte in die Wilhelmstraße zu schicken, damit sie dort (unauffällig!) Posten rund um das Haus der Winklers bezogen. Er gab ihr eine Beschreibung Schneyders durch und empfahl, ihn zu verhaften, falls er auftauchte und keine anderen Personen gefährdet seien.

Aber möglicherweise war der psychisch nicht mehr ganz stabile Dietmar längst im Haus seiner Schwester angekommen und hatte Marlies und die Kinder und sich selbst ins Jenseits befördert. Doch an diese Möglichkeit wollte Andreas jetzt nicht denken.

*

Dietmar stieg aus dem Taxi, bezahlte und gab dem Fahrer ein sehr großzügiges Trinkgeld. Das Thema Geld hatte jetzt sowieso keine Bedeutung mehr für ihn.

Als er die Straße überquerte, ratterte hinter ihm mit Getöse ein Güterzug die Schienen entlang. Ansonsten wirkte die Wilhelmstraße eher ruhig. Menschenverlassen. Unwirklich. Durch den leichten Dunst warf die Sonne ein fahles Licht auf die Straße.

Dietmar schaute ein paar Mal von einer Seite zur anderen, hatte aber nicht den Eindruck, dass Marlies' Haus bereits überwacht wurde. Nun, die Herren von der Mordkommission würden schon noch auftauchen.

Er stieg die paar Stufen empor und klingelte an der buntgestreiften Haustür. Er wartete eine Minute und drückte ein zweites Mal auf die Klingel. Wieder wartete er, dann wurde die Tür aufgezogen. Was er sah, bestätigte voll und ganz seine Befürchtungen: Marlies wirkte dünn und zerbrechlich und kränklich wie eine langjährige Heroinsüchtige, dazu die dunklen Ringe unter den Augen, die ungepflegten Haare und die deprimierend hässliche Kleidung, der leidende Blick, die schlaffe Haltung – diese Frau würde niemals allein in der Welt zurechtkommen und sie würde sich erneut einen Mann suchen, der sie verprügelte, wenn sie nicht tat, was er sagte.

„Guten Morgen, Marlies, wie geht's dir? Was hast du gerade gemacht?"

Marlies sah zu Boden. „Ich hatte so Kopfschmerzen, dass ich mich ein bisschen hingelegt hab. Komm doch rein."

Als er in den Flur trat, klingelte irgendwo im Haus das Telefon. Ob das die Polizei war, die Marlies vor ihm warnen wollte?

Seine Schwester war schon im Begriff, zum Telefon zu eilen, aber Dietmar hielt sie am Arm fest. „Geh bitte nicht ran... ich hab was sehr Wichtiges mit dir zu besprechen. Das sind sicher nur die Kommissare, die dir wieder mit irgendwelchen Fragen auf die Nerven gehen wollen. Komm, wir gehen in die Küche und du machst mir einen Kaffee."

Marlies versuchte halbherzig, sich von seinem Griff freizumachen. „Aber vielleicht ist mit den Kindern was nicht in Ordnung! Ich muss doch da rangehen!"

„Mit den Kindern? Wieso? Wo sind die denn?", fragte Dietmar und hätte seine Schwester beinah losgelassen. Denn in seinem Verstand tat sich urplötzlich so etwas wie ein schwarzes Loch auf: Wo sind die denn, wo sind die denn, hallte es durch eine große Leere, und er hatte keine Idee, keinen Gedanken, keine Ahnung, wo sie sein könnten. Es war wie vorhin, als dieser Kommissar ihn gefragt hatte, wie seine Haare wohl an den Tatort gekommen waren. Auch da hatte sich sein Verstand geleert, um nur ein Bild übrig zu lassen: Wie er sich die Wollmütze vom Kopf riss und auf den Boden warf... Wollmütze vom Kopf, auf den Boden werfen... Wollmütze vom Kopf, auf den Boden werfen... immer das gleiche, ohne Ende...

Marlies sah ihn an, als habe sie einen Verrückten vor sich. „Die Kinder sind natürlich in der Schule. Wo denn sonst?“

In der Schule, in der Schule, hallte es, und das schwarze Loch füllt sich mit dem Bild eines großen, betongrauen Gebäudes mit einem Schulhof davor, auf dem viele, viele Kinder spielen, schreien, lachen, das sieht er, aber er hört es nicht... Stille... wie so oft steht er abseits... er zieht sich zurück, will nicht gehänselt werden... weil er seiner Lehrerin wieder einmal nicht geantwortet hat, weil er wie blöde in die Luft gestarrt hat, denn wenn die Lehrerin ihm eine Frage stellt, tut sich diese völlige Leere in seinem Kopf auf, er bekommt keinen klaren Gedanken zusammen... er kann nicht denken unter diesem Druck, unter dieser Angst, die durch den ganzen Körper kriecht, die das Herz hämmern lässt, die den Magen umdreht und den Darm in Aufruhr versetzt, die die Knie weich werden lässt und die Stimme hoch und dünn werden lässt... die Angst, bestraft zu werden, grausam und grundlos.

Genug davon! Dietmar rieb sich über die rechte Wange, bis ihm die Haut wehtat.

Die Mädchen waren also in der Schule. Wieso nur hatte er nicht daran gedacht? Hatte er Zeit genug, sie abzuholen? Vermutlich nicht. Nun, dann würde er eben nur Marlies erschießen, Marlies, die ihn immer noch anstarrte, als stünde ihm der Wahnsinn ins Gesicht geschrieben. Durfte er den Kindern überhaupt die Mutter nehmen, nachdem er ihnen schon den Vater genommen hatte? Die Antwort war klar und einfach: Ja. Lieber gar keine Mutter als eine, die ihnen beibrachte, sich demütigen und misshandeln zu lassen! Er würde –

Wieder klingelte irgendwo das Telefon. Wieder wollte Marlies dorthin eilen. Wieder hielt Dietmar sie fest.

„Hab ich dir nicht gesagt, du sollst nicht an das beschissene Telefon gehen?!“, fuhr er sie an.

Marlies riss Augen und Mund auf. Ja, so hatte er noch nie mit ihr geredet, aber Widerworte konnte er jetzt nicht gebrauchen. Jetzt musste gehandelt werden, bevor es zu spät war.

*

Andreas rief Marlies ein zweites Mal an, als Sascha in Königswinter von der Autobahn ab- und die breite Straße bis zur Kreuzung hinunterfuhr. An der Ampel durfte man nur rechts abbiegen oder geradeaus fahren, aber das störte Sascha an diesem Morgen nicht: Er bog nach links in eine sehr enge Einbahnstraße ein, aus der ihm glücklicherweise gerade kein Auto entgegenkam.

Dann noch einmal links in die Bahnhofstraße, Blaulicht vom Dach. Eine Minute später stellte er den Wagen auf dem unbefestigten Streifen mit den fast kahlen Bäumen direkt neben der Bahnlinie ab, ganz in der Nähe von Marlies' Haus.

Andreas sah auf seine Uhr. „Es ist 10.50 Uhr. Meint ihr, die Kinder sind schon zu Hause?"

Manfred, der immerhin eine geschiedene Frau und zwei Kinder vorzuweisen hatte, meinte: „Eigentlich sollten sie noch in der Schule sein."

„Gut, dann setz dich mal mit den hiesigen Kollegen in Verbindung. Die sollen dafür sorgen, dass die Kinder nach der Schule nicht nach Hause, sondern zu Verwandten oder Freunden gehen. Und frag mal nach, ob das Haus schon bewacht wird. Ich sehe hier nämlich niemanden. Dann stellst du dich dort auf die Straße, damit du die Kinder abfangen kannst, sollten sie doch auf dem Heimweg sein."

Sascha war schon ausgestiegen und wartete auf Andreas. „Wie gehen wir jetzt vor?

Andreas holte sich den braunen Umschlag vom Rücksitz und kletterte aus dem Auto. „Behutsam, würde ich empfehlen."

Die Novembersonne stand tief und sie beschien fahl die Umgebung und wärmte kaum noch. Die Straße war wie ausgestorben und erstaunlicherweise rumpelte in diesem Moment nicht einmal ein Zug vorbei. War das ein gutes Zeichen? Alles schien so normal und friedlich. Oder war das ein schlechtes Zeichen? Hielt ganz Königswinter den Atem an, weil das Finale bevorstand?

Andreas stieg die Stufen zur Haustür hinauf und drückte auf Marlies' Klingel, aber längere Zeit tat sich nichts. Auch auf das zweite Klingeln reagierte niemand.

„Entweder will sie nicht öffnen oder sie ist wirklich nicht da", murmelte Sascha. Er hatte unter der Jacke bereits die Hand an die Pistole gelegt.

„Brillante Theorie, die du da aufstellst", gab Andreas missmutig zurück. „Aber ich bin mir ziemlich sicher, dass sie zu Hause ist. Weißt du was? Ich frage mal nach."

Mit der Faust hämmerte er ein paar Mal gegen die schöne, in den Farben des Regenbogens gestrichene, schwere Holztür und rief: „Frau Winkler, hier ist die Polizei! Wir wissen, dass Sie da sind! Machen Sie bitte auf, sonst müssen wir die Tür aufbrechen! Es geht um Leben und Tod!"

Dann klingelte er ein drittes Mal und lauschte mit leicht geneigtem Kopf. Auf einmal wurden Schritte laut und jemand zog die Haustür auf. Marlies. Mager, blass, Ringe unter den Augen.

„Hallo, entschuldigen Sie, ich war gerade auf der Toilette, das ging nicht so schnell. Was ist denn los?"

„Frau Winkler, wir können beweisen, dass Ihr Bruder Dietmar Ihren Ehemann erschlagen hat. Hält er sich zurzeit bei Ihnen auf?"

Die Frau sah zu Boden, noch bevor Andreas den Satz beendet hatte, und so konnte man ihr nicht an den Augen ablesen, ob sie log, als sie jetzt „Nein" sagte.

„Frau Winkler, das glaube ich Ihnen nicht!" Andreas' Ton war eindringlich, aber keineswegs unfreundlich. Und er sprach jetzt sehr leise, als ginge er davon aus, dass Schneyder hinter der nächsten Tür stand und zuhörte. Was durchaus den Tatsachen entsprechen konnte. „Ihr Bruder ist im Moment nicht zurechnungsfähig und äußerst gewalttätig." Er flüsterte fast: „Kommen Sie einfach schnell und unauffällig mit nach draußen... wir kümmern uns um den Rest."

Aber Marlies schüttelte den Kopf, warf sowohl Andreas als auch Sascha einen trotzigen Blick zu und meinte: „Wieso? Ich sagte Ihnen doch, mein Bruder ist nicht hier!"

„Schön, Frau Winkler. Dann zeige ich Ihnen jetzt mal was, damit Sie den Ernst der Lage begreifen!" Andreas zog drei, vier Fotos aus dem Umschlag und hielt Marlies das erste unter die Nase.

Sie zuckte zurück, schlug die Hand vor den Mund, starrte zwei Sekunden auf das Foto und dann in Andreas' Gesicht. „Was ist das?", hauchte sie.

„Ja, nicht wahr, da kann man kaum noch fragen: Wer ist das! Das, was sich da auf dem Boden ausbreitet wie eine blutige Fleischmasse mit Knochen und Fetzen von Kleidung, das, Frau Winkler, war einmal Ihr Mann! Und er wurde von Ihrem Bruder, Dietmar Schneyder, derart zugerichtet, dass wir nicht wagten, Sie zur Identifizierung kommen zu lassen! Vor einer Stunde hat er es gestanden. Fragen Sie ihn!"

Andreas zeigte ihr zwei weitere Fotos, und Marlies wurde - was Sascha nicht für möglich gehalten hatte - noch blasser im Gesicht, ihre Augen wurden immer größer, die Pupillen waren riesig. Es gab Menschen, die beim Anblick solcher Grausamkeiten zusammenbrachen. Wenn sie dazugehörte, konnte man sie vielleicht rasch aus dem Haus schaffen. Sofern man nicht vorher aus dem Hinterhalt von Dietmar erschossen wurde.

Im Augenblick allerdings sah sie so aus, als wolle sie lieber ihren Mageninhalt an die Umgebung abgeben. Was man natürlich auch dafür nutzen konnte, sie nach draußen zu befördern. Doch dann überraschte sie ihn mit einem für sie untypischen Verhalten: Sie sah Andreas zum ersten Mal richtig ins Gesicht und ließ ihn wissen: „Schrecklich, ganz schrecklich. Aber Dietmar ist trotzdem nicht hier. Ich bin nicht in Gefahr, also verlassen Sie jetzt bitte mein Haus."

Andreas starrte ein paar Sekunden zurück, bis sie zur Seite sah, und steckte die Fotos wieder in den Umschlag. „Gut, Frau Winkler, wenn Sie das so möchten. Aber falls Ihr Bruder wirklich nicht hier ist, wird er sicher noch kommen, und dann sollten Sie uns unbedingt Bescheid sagen. Er ist bewaffnet und unberechenbar, und er hat gerade erst eine Geisel erschossen, mit der er aus dem Finanzamt geflohen ist. Er hat uns heute morgen erzählt, dass er bereits vier Menschen umgebracht hat: Ihre Mutter, Ihren Vater, Ihren Mann und eine Komplizin. Auf ein paar mehr oder weniger käme es ihm nicht an, hat er verlauten lassen."

Während Andreas' Aufzählung der von Dietmar Ermordeten veränderte sich Marlies' Blick gleich mehrere Male: Er bekam etwas Ungläubiges, etwas Entsetztes und dann etwas... Wütendes? Sascha war sich nicht sicher, denn Marlies schaute bereits wieder zu Boden.

„Ja, wenn er doch noch kommt, rufe ich Sie an. Und ich lasse ihn natürlich nicht herein", versprach Marlies brav, aber überzeugend klang das nicht.

Andreas gab ihr seine Handynummer, verabschiedete sich und marschierte zurück zum Auto. Sascha trottete hinter ihm her. Manfred patrouillierte weiter langsam die Straße auf und ab.

Im Auto nahm Andreas Kontakt mit den Kollegen auf, die das Haus im Auge behalten sollten. Zwei sollten sich auf der Straße vor dem Haus befinden (wo steckten die denn? In geparkten Autos?), drei weitere hatten sich wohl von hinten in den Garten der Winklers vorgearbeitet. Andreas fragte nach, ob sich irgendetwas Verdächtiges getan hätte, aber das verneinten sie.

„Ich frage mich, ob wir das SEK hierher zitieren sollen.“ Andreas lehnte den Kopf zurück und sah ein paar Sekunden lang wie abwesend durch die Windschutzscheibe. „Was denkst du, ist Schneyder im Haus oder nicht?“

„Na, ja... die Frau wirkte schon reichlich komisch, irgendwie eingeschüchtert. Ich glaube nicht, dass sie uns die Wahrheit gesagt hat.“

„Das Problem mit Marlies Winkler ist, dass sie immer komisch und eingeschüchtert wirkt.“ Andreas richtete sich auf. „Egal, ich werde Verstärkung anfordern, auch wenn wir nichts haben als eine Vermutung und ein ungutes Gefühl im Bauch.“

*

Nachdem sich die beiden Kommissare zurückgezogen hatten, schlich Dietmar die Treppe hinunter. Er hatte sich auf dem Absatz zum ersten Stock an die Wand gedrückt, damit er hören konnte, was unten geredet wurde. Marlies hatte ihn nicht verraten, obwohl sie wusste, was er getan hatte und dass er bewaffnet war. Ob sie aus dem Haus gerannt wäre, wenn sie wüsste, was er vorhatte?

Inzwischen war sie wieder in der Küche verschwunden und Dietmar eilte hinter ihr her. Sie machte Kaffee und drehte sich nicht um, als er ins Zimmer kam. Aber sie fragte in eigentümlich kühlem Ton: „Stimmt das, was der Kommissar gesagt hat?“

„Was genau meinst du?“, Dietmar nahm die Pistole aus der Jackentasche, legte sie vor sich auf den Küchentisch und setzte sich auf die Bank mit den Blümchenkissen. Durch die beiden großen Küchenfenster zum Garten hin schien schwach die Sonne.

Marlies schaltete die Kaffeemaschine ein und drehte sich um. Ihr Blick fiel auf die Waffe, aber sie erschrak nicht, sondern fragte mit unbewegtem Gesicht: „Ist das die von Joachim?“

„Ja.“

„Warum musstest du ihn so zurichten?! Warum musstest du ihn überhaupt umbringen?!“

Hörte er da außer den Vorwürfen so etwas wie Aggressivität in ihrer Stimme? Nein, das war nicht möglich. Der Duft frischen Kaffees stieg ihm in die Nase. „Ich hab dir doch gesagt, ich wollte ihn nur verprügeln, aber dann ist es mit mir durchgegangen... du weißt, wie wütend ich werden kann!“

„Ja. Hast du deswegen auch Mama umgebracht?!“ In ihren verschatteten Augen blitzte es auf und mit einer heftigen Bewegung schob sie die Ärmel ihres T-Shirts ein Stück nach oben.

„Du weißt genau, dass sie es verdient hatte! Sie hätte uns helfen müssen, aber das hat sie kein einziges Mal getan!“

Marlies kam einen Schritt auf den Tisch zu. „Du hast ja keine Ahnung, wie es ist, so hilflos und abhängig zu sein! Sie konnte doch nichts dafür!“

„Sie konnte nichts dafür?!“ Dietmar bekam fast keine Luft mehr. „Sie konnte nichts dafür?!“ Obwohl er es in diesem Moment ganz sicher nicht wollte, bohrte sich sein Blick in die Wanduhr, denn das schwarze Loch tat sich auf, und diesmal ergossen sich schreckliche Erinnerungen wie brennende Lavaströme hindurch... Erinnerungen an die wirklich schlimmen Dinge, die sein Vater getan hatte: An die Sache mit der kochendheißen Dusche... die Sache mit Ludgers kleinem Hund... die Sache mit dem wochenlangen Anketten in den Sommerferien... und Dietmar spürte, wie ihm übel wurde, und dass es Zeit war, diese Gedanken so schnell und rigoros wie möglich abzuschalten und endlich seinen Plan durchzuführen!

Er strich über seine Krawatte und rieb durch sein Gesicht, bis der Fluss der Erinnerungen versiegte und er einigermaßen klar im Kopf war.

„Du meinst also wirklich“, herrschte er Marlies an, die nun ihm gegenüber am Tisch stand, „dass unsere Mutter nicht anders konnte, als blöde und stumm dazustehen und zuzusehen, wie unser Vater uns gequält und gedemütigt hat?! Also ich denke, sie hätte hundert Dinge tun können! Tausend Dinge! Aber dann hätte sie ja ihr schönes, kostspieliges Leben aufgeben müssen! Sie hat sich verkauft, diese Hure, an unseren Vater! Und uns hat sie auch verkauft! Sie hat uns für Geld und Luxus an dieses sadistische Schwein verkauft!“

Marlies sah ihn an, als könne sie nicht verstehen, was er sagte. Auf einmal verschränkte sie die Arme, lenkte ihren Blick an ihm vorbei an die Wand und meinte mit schwer deutbarem, irgendwie angewidertem Ton in der Stimme: „Du glaubst, dass ich genauso bin wie unsere Mutter, nicht wahr? Du glaubst, dass ich meine Kinder auch nicht beschützen werde. Ich bin auch eine Hure, die sich und die Kinder verkauft hat. Und deshalb, so glaubst du, verdiene auch ich den Tod, nicht wahr? Du willst mich umbringen."

„Nein, das alles denke ich nicht", versuchte er sie zu beschwichtigen. „Nein, ich denke, wir sind beide zu kaputt für diese Welt. Du kannst gar nicht anders, als dir wieder einen Mann zu suchen, der dich schlägt, und vielleicht ist es dann einer, der deine Töchter missbraucht. Und deswegen werde ich erst dich und dann mich erschießen."

Bei diesen Worten streckte er seine Hand nach der Pistole aus und Marlies tat blitzschnell das gleiche. Sie war zuerst am Lauf, er am Griff. Er zog, sie ließ nicht los. Er zog stärker, sie huschte um den Tisch herum, packte mit beiden Händen zu. Er auch und so zerrten jetzt vier Hände an der Waffe.

Dietmar sprang auf, um in eine bessere Position zu kommen, und er war sicher, dass er die Pistole jeden Moment an sich reißen konnte, weil er stärker war, weil Marlies sich noch nie hatte durchsetzen können, weil er Recht hatte mit allem, was er gesagt hatte, weil das Schicksal es so wollte – als Marlies plötzlich und unerwartet etwas tat, das sie vielleicht in ihrem ganzen Leben noch nicht getan hatte: Sie wehrte sich.

Sie trat Dietmar mit voller Absicht und mit voller Wucht gegen sein lädiertes Knie. Der glühende, schneidende Schmerz trieb ihm Tränen in die Augen und er ließ die Waffe los, plumpste zurück auf die Bank und hielt sich das Knie.

Marlies hastete derweil ein paar Schritte rückwärts, entsicherte die Pistole und zielte auf ihn. Dietmar schwankte zwischen Wut und Selbstmitleid. Verdammt, verdammt, verdammt! Wer hatte ihr beigebracht, wie man mit einer Waffe umging?! Und wieso wusste er nichts davon?! Wieso lief heute alles schief?! Er war so felsenfest überzeugt gewesen, dass niemand ihn je würde überführen können! Weil er keinen Fehler gemacht hatte! Und wo war er nun gelandet?! In der Küche seiner verrückten Schwester, verfolgt von der Polizei!

Plötzlich wurde ihm heiß. Plötzlich wurde ihm klar, dass sie ihn verraten würde, dass sie ihn ausliefern würde. Er würde den Rest seines Lebens in Gefangenschaft verbringen. Eingesperrt wie ein Tier im Käfig. Weggeschlossen wie ein Kind in seinem Zimmer... in einem furchtbar blau gestrichenen, großen Zimmer mit vielen Spielsachen, mit Plattenspieler, mit Kassettenrekorder, mit der drei Meter langen Eisenkette, die am Heizkörper festgemacht war... Eingesperrtsein... Ausgeliefertsein... Bestraftwerden.

Kalter Schweiß brach ihm aus, Übelkeit drehte ihm den Magen um. Nein, nicht ins Gefängnis! Lieber tot als eingesperrt! Lieber –

„Dietmar, hörst du mir nicht zu?!“, rief Marlies und ging noch einen Schritt zurück. „Ich will wissen, warum du mich gefragt hast, wo die Kinder sind! Wolltest du sie auch umbringen?!“

Ja, das war der richtige Weg: Er musste sich von ihr erschießen lassen! Er musste sie so schockieren und provozieren, dass sie die Beherrschung verlor und ihn erschoss! Gott, war ihm übel.

„Ja, du hast vollkommen Recht“, eröffnete er ihr mit angeekeltem Lächeln. „Mandy und Romina sollten auch dran glauben. Sie werden mit dem Leben genauso wenig zurechtkommen wie du! Joachim hat sie von klein auf verdorben! Und du hast daneben gestanden und zugeguckt, du dummes, feiges Luder!“

Aber statt ihn nun vor Wut zu erschießen, glotzte sie ihn mit großen Augen an.

„Ja, da staunst du“, legte er nach. „Ich hab dich immer schon für ein schwaches, erbärmliches Nichts gehalten, das niemals Kinder in die Welt hätte setzen dürfen! Denn deine Töchter werden sich Männer suchen, die sie schlechter behandeln werden als Vieh, weil du ein so leuchtendes Vorbild warst! Du hast sogar mich, deinen eigenen Bruder verraten! Wie tief kann man denn noch sinken! Los, erschieß mich endlich! Ich will nicht ins Gefängnis!“

Sie hielt die Waffe in beiden Händen und zielte auf seine Brust. Ohne zu zittern. In ihrem verhärmten Gesicht arbeitete es. „Du willst dich vor dem Gefängnis drücken? Wer ist denn hier der Feigling? Joachim hat mich zwar geschlagen, aber er hat keine fünf Menschen ermordet!“

Hatte sie immer noch nicht genug?! „Jetzt sag bloß nicht, du hast ihn geliebt!“, höhnte er, während sein Magen schmerzte, als würde er von innen zerfressen. „Das hat mit Liebe nichts zu tun gehabt! Das war Bequemlichkeit und Angst und eine perverse Art von Abhängigkeit! Los, mach schon, erschieß mich!“

Marlies schüttelte den Kopf. Hatte sie etwa seine Absichten durchschaut? „Nein, ich finde, du solltest bestraft werden.“

Das Wort `bestraft´ war zu viel für ihn. Sein Mageninhalt schoss nach oben, er beugte sich zur Seite, hielt die Krawatte fest und erbrach sich auf die schwarzweißen Fliesen. Er würgte noch zwei-, dreimal, bis auch der letzte Schleim auf den Boden getropft war, und merkte, dass seine Augen tränten und seine Beine zitterten.

„Niemand hat das Recht, mich zu bestrafen... das kannst du mir nicht antun“, flehte er mit krächzender Stimme. Irgendwie war ihm immer noch übel. „Ich will nicht eingesperrt werden! Bitte, erschieß mich!“

Er sah sie an und war sich bewusst, welch jämmerlichen Eindruck er machen musste. Ihr Gesichtsausdruck war eine schreckliche Mischung aus Mitleid und Verachtung. Sie zögerte immer noch, und er ahnte, wie sie sich entscheiden würde. Gut, dann blieb ihm keine Wahl: Er musste sie angreifen. Wenn sie dann immer noch nicht schoss, konnte er ihr vielleicht sogar die Waffe entreißen und seine Schwester mit in den Tod nehmen.

Er humpelte auf sie zu. Zwei Meter war er noch entfernt. Noch einen Meter und plötzlich senkte sie die Pistole und schoss. Etwas schlug in seinen Oberschenkel und bohrte sich in seine Muskeln. Ein schneidender, grässlicher Schmerz. Er konnte keinen Schritt mehr tun, sein Bein knickte unter ihm zusammen, er sackte zu Boden.

Doch dieser Schmerz war nichts im Vergleich zu dem Grauen, das jetzt seinen Verstand mit sich in einen brennenden Abgrund riss: Sie würden ihn einsperren! Sie würden ihn bestrafen! Sie würden –

Im Flur krachte es lautstark. Sie hatten die Tür aufgebrochen. Sie kamen. Sie würden ihn holen, ihn einsperren, ihn bestrafen. Seine Gedanken wanden sich qualvoll im Kreis und er hatte das Gefühl, verrückt zu werden.

*

Sascha erreichte als erster die Küchentür. Andreas sprintete mit gezogener Waffe hinter ihm her. Hatte Dietmar nur sich selbst oder zuerst seine Schwester erschossen? Noch war kein zweiter Schuss gefallen.

Eigentlich kamen sie in jedem Fall zu spät, dachte Andreas noch, aber als er durch die Tür in die Küche sah, war er erleichtert: Sie lebten beide. Marlies stand reglos da, die Pistole mit beiden Händen nach unten auf Dietmars Kopf gerichtet, denn ihr Bruder lag vor ihr auf den Knien wie ein Geliebter, der für einen Fehltritt um Verzeihung bittet.

Dass er allerdings nicht freiwillig auf dem Boden lag, bezeugte eine kurze Blutspur, die er hinter sich gelassen hatte. Marlies schien ihn angeschossen zu haben, und er war augenscheinlich in seinem eleganten, grauen Anzug auf sie zu gekrochen, vielleicht um doch noch an die Pistole zu kommen.

Inzwischen war Sascha, die Waffe in den Händen, langsam an Marlies herangetreten und sagte immer wieder ruhig, aber bestimmt: „Frau Winkler, legen Sie die Pistole weg."

Dietmar hingegen winselte dazwischen: „Erschieß mich, bitte Marlies, erschieß mich doch."

Es roch nach frisch aufgebrühtem Kaffee, aber noch stärker roch es nach Erbrochenem. Und richtig, weiter hinten rechts schimmerte feucht eine milchigweiße Pfütze auf dem Boden. Andreas sah schnell weg, auf das Fenster und die Glastür nach hinten zum Garten hinaus, durch die nicht nur die blasse Sonne, sondern jetzt auch die drei uniformierten Kollegen hereinschauten.

Andreas hielt es für angebracht einzugreifen. „Frau Winkler, wenn Sie Ihren Bruder jetzt erschießen, ist das Mord vor einem halben Dutzend Zeugen. Sie werden jahrelang im Gefängnis sitzen. Wollen Sie, dass Ihre Töchter in irgendeine Pflegefamilie oder ein Heim gegeben werden?" Andreas ging noch ein Stückchen näher an sie heran als Sascha. „Wollen Sie nicht dabei sein, wenn Ihre Töchter aufwachsen? Wollen Sie sie nicht beschützen und mit ihnen lachen und fröhlich sein? Sie haben jetzt die einmalige Chance, sich ein neues, besseres Leben aufzubauen. Machen Sie sie nicht kaputt, nutzen Sie sie. Bitte Frau Winkler, geben Sie mir die Pistole."

Es war sehr still geworden in der Küche. Sogar Dietmar hatte vorübergehend mit seiner Bettelei aufgehört. Alle warteten darauf, wie Marlies sich entscheiden würde. Andreas gab ihr 20 Sekunden, dann würde er Sascha, der wirklich sehr gut mit der Waffe umgehen konnte, die Anweisung geben, Marlies die Pistole aus den Händen zu schießen. Das würde dann sowohl für sie als auch für ihre Hände höchst unangenehme Konsequenzen haben.

Langsam und unhörbar zählte Andreas rückwärts. Als er bei fünf ankam, drehte sie ihren Kopf und sah Andreas in die Augen. Mit einem Blick, dass es den sprichwörtlichen Stein hätte erweichen können.

„Sie haben Recht. Ich werde nur noch an meine Töchter denken." Marlies drehte die Waffe sorgfältig um und hielt Andreas den Griff hin.

Andreas nahm sie ihr ab und sicherte sie sofort, während Dietmar von unten ein entsetztes „Nein!“ durch den Raum brüllte. Blitzschnell robbte er vorwärts, stemmte sich hoch und versuchte, an die Waffe in Andreas' Hand zu kommen.

Andreas wich zurück und schon war Sascha zur Stelle, drückte Dietmar den Lauf seiner Pistole hinters Ohr und zischte: „Hören Sie sofort auf mit dem Blödsinn, Schneyder!“

„Ja, erschießen Sie mich doch!“, fauchte Dietmar zurück, fuhr herum, umklammerte, immer noch auf den Knien, mit beiden Armen Saschas Hüfte und versuchte, ihn in den Bauch zu beißen.

Andreas sah sich das an und schüttelte den Kopf, während Sascha Mühe hatte, sich Dietmar vom Leib zu halten. In diesem Moment schlugen die drei Uniformierten endlich die Scheibe der Tür ein, stürmten in die Küche und rissen Dietmar von Sascha los.

Dietmars strahlend blaue Augen leuchteten wie seit Tagen nicht mehr, aber nicht vor Freude, sondern vor Wahnsinn. Er wehrte sich wie ein Berserker, obwohl er nicht einmal auf die Beine kam und immer noch blutete. Abwechselnd rief er: „Ihr werdet mich nicht einsperren!“, „Ich habe überhaupt nichts getan!“ und „Lasst mich sofort los, ihr Schweine!“, bis ein paar Minuten später der Notarzt aus dem Krankenhaus, das ja praktisch um die Ecke lag, mit zwei Sanitätern in der Küche eintraf und Dietmar erst einmal eine Beruhigungsspritze verpasste.

Dann wurde sein Bein provisorisch versorgt, und Dietmar, der mit geschlossenen Augen auf der Trage lag und keinen Laut mehr von sich gab, unter Bewachung abtransportiert. Marlies hatte derweil, ordentlich, wie sie war, das Erbrochene aufgewischt und saß jetzt auf der Küchenbank. Sie atmete angestrengt, starrte ins Nichts und wirkte allgemein erschöpft.

Andreas setzte sich zu ihr. „Frau Winkler, jetzt machen Sie sich ein bisschen frisch, essen Sie was Ordentliches und bitten Sie eine Freundin oder Bekannte, ihre Töchter von der Schule abzuholen und ein, zwei Stunden auf sie aufzupassen. Schließlich müssen die Kinder nicht alles mitbekommen. Dann lassen Sie sich vom Kollegen Biskow zu uns aufs Präsidium bringen. Sie müssen uns erzählen, was vorhin hier vorgefallen ist.“

Er wollte schon aufstehen und sich verabschieden, als ihm noch etwas einfiel. „Frau Winkler, Sie haben viel für sich selbst und Ihre Kinder getan, indem Sie dem Wunsch Ihres Bruders, ihn zu erschießen, nicht nachgegeben haben. Machen Sie weiter so, machen Sie eine Therapie oder besuchen Sie eine Selbsthilfegruppe. Denn wenn Sie das nicht tun, werden Sie früher oder später wieder in Ihre alten Verhaltensmuster zurückfallen. Wenn Sie es sich selbst nicht wert sind, tun Sie es wenigstens für Ihre Töchter."

Kurz darauf informierte Andreas den vor dem Haus wartenden Manfred, dass er sich einen Wagen ausleihen und Marlies Winkler ins Präsidium bringen sollte. Im Nebenhaus der Winklers lagen zwei ältere Frauen im Fenster im ersten Stock und guckten dabei zu, was unten auf der Straße vor sich ging. Fehlten nur noch Kaffee und Kuchen. Nein, doch nicht – eine der Frauen führte gerade eine Tasse zum Mund.

An einem Auto, das zehn Meter weiter auf dem Seitenstreifen geparkt war, standen zwei männliche Rentner herum und fachsimpelten vermutlich darüber, ob die Polizei früher nicht effektiver gearbeitet hatte.

Andreas schenkte allen Zuschauern ein müdes Lächeln und wollte sich eben zu Sascha in den Wagen setzen, als ein schwarzer Mannschaftswagen um die Ecke schoss und mit quietschenden Reifen vor Marlies' Haus bremste. Sechs schwer bewaffnete, vermummte Sondereinsatzkräfte, denen anscheinend niemand rechtzeitig Bescheid gesagt hatte, stürmten aus dem Wagen und verteilten sich sofort und routiniert an strategisch wichtigen Stellen in der Straße und vor dem Haus. Fast tat es Andreas leid, dass er die Leute davon unterrichten musste, dass die Lage unter Kontrolle und der Täter gefasst war. Der Einsatzleiter machte dann auch ein enttäuschtes Gesicht, nachdem er die Sturmmaske abgenommen hatte, sammelte seine Männer ein – und weg waren sie wieder.

Und so ließ sich Andreas endlich auf dem Beifahrersitz neben Sascha nieder, der eben wieder sein dunkelblaues Hemd hochschob, um zum mindestens dritten Mal nachzusehen, ob Dietmars Gebiss nicht doch Spuren hinterlassen hatte.

Andreas schmunzelte. „Du musst ja richtig lecker schmecken, wenn Mensch und Tier so wild darauf sind, dich zu beißen."

„Ja, sehr lustig! An Menschenbissen kann man sterben! Gut, dass ich geimpft bin." Sascha krempelte das Hemd wieder herunter und schnallte sich an. „Das war ja echt krass eben! So was hab ich vielleicht schon mal im Film gesehen, aber nicht in Wirklichkeit: Dass jemand darum bettelt, erschossen zu werden!"

„Ja, das war heftig, und ich bin froh, dass du Dietmars Drängen widerstanden hast."

„Was denkst du denn?!", ereiferte sich Sascha und fuhr los. „Glaubst du, ich würde für dieses arme, kranke Arschloch ins Gefängnis gehen?!"

„Was hast du gegen unsere schönen Gefängnisse?"

„Außer dass sie überbelegt und Brutstätten verschiedenster Verbrechen sind? Nichts." Er bog auf die Brücke mit dem grandiosen Blick auf den Petersberg ab. „Übrigens, wie läuft's denn so mit Sabine?"

„Wir wollen noch nicht zusammenziehen."

„Nein? Wieso nicht? Ihr kennt euch doch schon fast eine Woche."

Andreas war gut gelaunt, schließlich hatten sie gerade einen fünffachen Mörder gefasst. Also erklärte er: „Ich habe den Eindruck, Sabine will in erster Linie ein bisschen Spaß mit mir haben. Dagegen ist doch nichts einzuwenden, oder?"

Sascha lachte auf. „Ja, ja, ich hab mich schon gestern gefragt, wo eigentlich deine Tugendhaftigkeit geblieben ist!"

„Wie meinst du das bitte?"

„Na, hör mal, kaum hast du Sabine aufgerissen, da interessierst du dich schon für die nächste!"

„Ach, und wer soll das sein?"

Sascha sah ihn skeptisch an. „Ist es möglich, dass dir wirklich nicht aufgefallen ist, wie du Schneyders Frau im Finanzamt mit deinen Blikken verschlungen hast?"

Andreas wurde schweigsam. Er fand die Frau tatsächlich interessant. Und er hatte den Eindruck gehabt, dass es ihr mit ihm durchaus ähnlich ergangen war.

Sascha ließ ihn in Ruhe, bis sie im Präsidium waren. Dort griff Andreas sofort zum Telefon und rief Jörg an. Laut seinem Bericht hatten sich die Leute im Finanzamt ein wenig beruhigt, schließlich hatten sie ja auch Gesprächsstoff für die nächsten vier Jahre. Der angeschossene Mann war ins Krankenhaus gebracht worden, es stand noch nicht fest, ob er seine Verletzung überleben würde. Er wäre dann der sechste Mensch, den Dietmar Schneyder auf dem Gewissen hatte.

Andreas bat Jörg, Frau Schneyder mit ins Präsidium zu bringen, wenn er zurückkam. Als nächstes telefonierte er mit Ulli, der noch mit Petra in Beuel war, und gab ihnen den Auftrag, Hansen-Hardt zu verhaften.

Schließlich führte er noch ein kurzes Gespräch mit Thomas Marquardt, den er darüber aufklärte, dass nicht der böse Dr. Schneyder, sondern der nette Dr. Hansen-Hardt den Tod seines Sohnes zu verantworten hatte. Er stellte ihm frei, Anzeige gegen den Doktor zu erstatten, denn die Staatsanwaltschaft würde die Sache so oder so verfolgen. Daraufhin sprach Marquardt die Drohbriefe an, die er Schneyder geschickt hatte, aber Andreas beruhigte ihn mit der Versicherung, dass in dieser Hinsicht wohl alles im Sande verlaufen werde.

Er hatte noch kaum aufgelegt, als Marlies Schneyder zu ihm hereingebracht wurde und bereitwillig erzählte, was in ihrer Küche passiert war. Ihr Gesicht hatte ein wenig Farbe bekommen, vielleicht durch die Aufregung, vielleicht stand ihr auch nur der rosa Pullover gut, den sie angezogen hatte.

Als sie ihre Schilderungen beendet hatte, fragte Andreas: „Sie haben Ihrem Bruder für den Montag also ein falsches Alibi gegeben?"

„Ja, er hat behauptet, er wollte Joachim nicht umbringen... es sei eben mit ihm durchgegangen." Sie sah auf die Schreibtischplatte und knetete ihre dünnen Hände. „Ich hätte wirklich nicht gedacht, dass er zu so etwas fähig ist. Und als er dann zugab, dass er auch mich und die Kinder töten wollte... also da hat er eine Grenze überschritten... ich bin immer noch völlig fertig... ich... ich kann das alles kaum glauben."

„Ja, daran werden Sie noch zu knabbern haben." Andreas sprach sanft und mitfühlend. „Er hätte Ihren Mann nicht umbringen sollen, bis dahin hätten wir ihm nämlich nichts nachweisen können. Das war ein Mord zuviel. Hat er Ihnen gegenüber auch zugegeben, Ihre Eltern ermordet zu haben?"

„Ja, das hat er. Und wissen Sie was?" Ihre braunen Augen suchten seinen Blick, und da war auf einmal etwas erstaunlich Hartes in ihnen. „Ich glaube, ich war zum ersten Mal in meinem Leben richtig, richtig wütend! Als er so abfällig über unsere Mutter geredet hat, hätte ich ihn am liebsten geohrfeigt!"

„Frau Winkler, ich denke, Sie sind auf dem richtigen Weg", bemerkte Sascha, der sich seitlich an Andreas' Schreibtisch gesetzt hatte und Marlies zufrieden zulächelte.

„Ja, aber Dietmar tut mir auch leid", murmelte sie und heftete ihren Blick auf den roten Schnellhefter mit Dietmars gesammelten Verbrechen, der auf dem Tisch lag. „Er war der älteste von uns Kindern, und ich glaube, er hat die meisten Schläge und überhaupt die meisten Strafen von uns allen abbekommen. Was muss er gelitten haben, dass aus ihm so ein kranker Mensch geworden ist." Marlies stiegen Tränen in die Augen und sie fingerte am Reißverschluss ihrer Handtasche herum. „Vielleicht hätte ich ihn doch erschießen sollen... er wird im Gefängnis elend zu Grunde gehen."

Doch zu diesem Punkt hatte Sascha, der Pragmatiker, eine ganz andere Meinung. „Frau Winkler, Ihr Bruder ist kein Kind mehr! Er denkt vielleicht, er würde das Eingesperrtsein nicht überleben, aber er ist nicht mehr derselbe wie vor dreißig Jahren: Er ist intelligent und gerissen und extrem aggressiv und er versteht es hervorragend, Menschen in seinem Sinn zu manipulieren! Glauben Sie mir, er wird es weit bringen im Gefängnis!"

Ein wenig taktlos vielleicht, aber möglicherweise hatte er Recht. Auch Marlies schien der Gedanke zu gefallen: Ihre Miene hellte sich auf.

Andreas empfahl ihr, sich einen Anwalt zu suchen, für den Fall, dass ihr Bruder sie mit in die Sache hineinzuziehen versuchte und behauptete, sie habe ihm den Auftrag gegeben, ihren Ehemann umzubringen.

„Sie können sich doch sicher einen guten Anwalt leisten", meinte Andreas.

Marlies errötete. „Ich bin über unsere…äh…finanzielle Situation nicht so wirklich informiert."

Andreas seufzte. Dass es das heute noch gab. Traurig. „Ist Ihnen klar, dass Sie die Firma erben? Haben Sie schon darüber nachgedacht, was Sie damit machen werden?"

Marlies schüttelte den Kopf. Andreas riet ihr dringend, sich an die richtigen Stellen zu wenden, um sich beraten zu lassen. Schließlich gab er ihr zum Abschied die Hand und empfahl ihr zum wiederholten Mal: „Falls Sie vorhaben, Ihren Bruder im Gefängnis zu besuchen, lassen Sie sich auf keinen Fall Schuldgefühle von ihm einreden. Was Sie gemacht haben, war richtig, auch wenn er es anders sieht! Tun Sie etwas für sich. Und wenn Sie Fragen haben oder Hilfe brauchen, rufen Sie mich oder Kommissar Piel an. Das meine ich ernst, Frau Winkler."

Als die Frau weg war, schlug Sascha vor, zu Mittag zu essen, und so marschierten sie in die Cafeteria, wo sie auf Manfred, Petra und die hellblonde Renate trafen, die über die Ereignisse des Vormittags bereits wilde Spekulationen anstellten und sofort von Sascha mit dramatischen

Schilderungen über den wahren Ablauf des Geschehens aufgeklärt wurden.

Nach dem Essen machten sich Sascha und Andreas auf den Weg in einen der Vernehmungsräume, in dem bereits ein verärgerter Dr. Hansen-Hardt auf sie wartete.

„Wie kommen Sie dazu, mich verhaften zu lassen?!", empfing er Andreas und fuhr mit einer Hand durch sein blondes, schütteres Haar.

„Herr Doktor, Sie glauben doch nicht, dass hierzulande jemand ohne triftigen Grund verhaftet wird! Also regen Sie sich nicht künstlich auf! Wir wissen, was Sie sich geleistet haben!" Andreas ließ sich ihm gegenüber am Tisch nieder, lehnte sich gemütlich in seinem Sessel zurück (ein bisschen Provokation konnte nicht schaden), faltete, die Ellbogen auf den Armlehnen, die Hände über dem Bauch und informierte Hansen-Hardt: „Tja, Schneyder hat ausgepackt, und jetzt sind Sie unter anderem dran wegen Beihilfe zum Mord und vorsätzlicher Körperverletzung mit Todesfolge."

Hansen-Hardts blaue, leicht verquollene Augen fielen ihm fast aus dem Kopf. „Beihilfe zum Mord?! Sind Sie verrückt?!"

„Sie haben Schneyder doch mit dem Botox versorgt und ihn angewiesen, wie man damit umgeht, oder? Und Sie haben ihm erklärt, wie man Hände abhackt, damit ein Mensch auch wirklich verblutet."

Hansen-Hardt machte schon den Mund auf, um zu protestieren, aber dann schloss er ihn wieder, strich mit dem rechten Zeigefinger mehrmals über den buschigen, blonden Schnauzbart unter seiner großen Nase und stellte schließlich fest: „Ich will mit meinem Anwalt sprechen und bis dahin sage ich nichts mehr."

„Schade." Andreas ließ ihn abführen.

Zurück im Büro, fragte Sascha: „Weißt du, worauf ich mich freue?" Er öffnete eine kleine Flasche Cola und in seinen zu großen Augen blitzte ein schadenfrohes Lächeln auf. „Darauf, wie Schneyder und Stottlemeyer vor Gericht versuchen werden, sich gegenseitig in die Pfanne zu hauen. Das wird bestimmt lustig."

„Ja, nur für den Richter nicht. Der weiß ja gar nicht, wem er glauben soll, die sind doch alle beide hochtalentierte Lügner." Andreas bediente sich gerade an der Kaffeemaschine, als es an der Tür klopfte.

„Ja bitte? Hereinspaziert!", rief Sascha, setzte die Flasche an den Mund und steckte die andere Hand in der Hosentasche.

Und herein spazierte Anthea Schneyder, schmal, groß, ganz in Khaki, mit einem angestrengten Ausdruck im Gesicht. Sie kam an Sascha vorbei, wollte ihm die Hand geben, merkte, dass er keine frei hatte, nickte ihm zu und ging weiter zu Andreas, der ihr mit angedeutetem Lächeln die Hand reichte und ihr in die verstörten braunen Augen sah. Er schaute lange hinein, sekundenlang, und sie erwiderte seinen Blick

„Setzen Sie sich doch bitte, Frau Schneyder", forderte Andreas sie auf, während Sascha hinter ihrem Rücken ein schnelles, unverschämtes Grinsen sehen ließ.

„Ja also, Frau Schneyder... es tut mir leid", seltsam, dass es ihm so schwer fiel, die richtigen Worte zu finden, „aber Ihr Mann hat gestanden, seine Eltern, seinen Schwager und eine Zeugin ermordet zu haben. Und die Geisel, die er aus dem Finanzamt mitgenommen hat, hat er auch erschossen."

„Aber Sie haben ihn gefasst, nicht wahr?" Sie versuchte, ein neutrales Gesicht zu machen, um ihr Entsetzen zu verbergen, aber es war überall: in ihrer Stimme, in ihren Gesten, in ihren Augen.

„Ja, er ist zu seiner Schwester in die Wohnung geflüchtet und dort haben wir ihn verhaftet. Er wollte erst seine Schwester und dann sich selbst erschießen, aber sie konnte ihm die Waffe entwenden und schoss ihn ins Bein, als er sie angriff."

„Wo ist er jetzt und wie geht es ihm?"

„Im Königswinterer Krankenhaus, wo sie ihm die Kugel herausoperieren. Wie es ihm geht? Ich nehme an, schlecht. Man wird ihn wohl nie mehr auf die Menschheit loslassen können."

Anthea nickte. „Ich habe erst in den letzten Tagen gemerkt, wie krank seine Persönlichkeit wirklich ist... als ich nämlich Angst um mein Leben bekam. Und wenn ich ganz ehrlich bin... ich weiß nicht, ob ich es ertrage, ihn zu besuchen." Sie öffnete ihre Handtasche und holte ein Papiertaschentuch heraus, mit dem sie sich ein paar Tränen von der Wange wischte. „Es war, als hätte er jahrelang eine perfekte Maske getragen! Und plötzlich bricht dieser andere Mensch hervor, der Mensch, der einen Mord nach dem anderen begeht! Ich weiß noch gar nicht, wie ich das verkraften soll!" Sie tupfte ihre leicht geschminkten Augen trocken und fuhr fort: „Ich sage mir einfach, dass er gar nicht will, dass ich ihn in seinem bemitleidenswerten Zustand sehe... nein, das will er sicher nicht."

„Da gebe ich Ihnen Recht, Frau Schneyder." Andreas wurde ernst. Jetzt war der Zeitpunkt gekommen für seine wohldurchdachte Ansprache an Ehefrauen von Mördern.

„Ich finde es sehr einsichtig von Ihnen, dass Sie nicht, wie viele Angehörige, die Verbrechen leugnen und verdrängen und behaupten: Mein Mann ist gar nicht fähig, jemandem etwas anzutun!"

Sie lächelte schwach.

„Sie sollten sich jetzt nicht mit einem schlechten Gewissen belasten, Frau Schneyder, es kommen noch genug andere Belastungen auf Sie zu. Die Medien werden sich auf Sie stürzen, mindestens zwei, drei Tage lang, dann ebbt das Interesse meistens ab. Aber viele Leute, vor allem aus der Familie, werden von Ihnen wissen wollen, wieso Sie nicht früher bemerkt haben, was für ein Mensch Ihr Mann war. Freunde und Verwandte werden sich von Ihnen abwenden, andere werden hinter Ihrem Rücken die abenteuerlichsten Sachen tuscheln, und vielleicht werden Sie von wildfremden Menschen am Telefon beschimpft. Ich kann Ihnen nur raten, sich einen Therapeuten zu suchen, der das alles mit Ihnen durchsteht. Aber machen Sie vor allem eins nicht: Fühlen Sie sich nicht schuldig! Sie haben niemanden umgebracht und Sie hätten es auch nicht verhindern können! Lassen Sie sich keine Schuldgefühle einreden, von keinem Menschen! Auch nicht von sich selbst! Eingeredete Schuldgefühle sind mit das Übelste, das es auf der Welt gibt!"

Anthea Schneyders Gesicht hatte einen sehr besorgten Ausdruck angenommen. „Ich hatte ja keine Ahnung, was alles auf mich zukommt."

„Deshalb sage ich es Ihnen ja. Ich bin übrigens auch für Sie da, wenn Sie mich brauchen", versicherte Andreas ihr im herzlichsten Tonfall, während Sascha im Hintergrund wissend vor sich hinschmunzelte. „Scheuen Sie sich nicht, mich anzurufen, wenn Sie Probleme bezüglich dieser Angelegenheit hier haben."

Als sie sich schließlich voneinander verabschiedeten, konnte sich Andreas dann doch nicht verkneifen zu fragen: „Was sind Sie eigentlich für ein Sternzeichen, Frau Schneyder?"

Ihr Blick wechselte von besorgt zu irritiert. „Ich bin Wassermann. Wieso wollen Sie das wissen?"

„Ach, das ist so ein Spleen von mir, das frage ich jeden", wand er sich heraus und schaute zu Sascha hinüber, der jetzt den rechten Daumen hob und ihm zunickte. Was sollte das?!

Sein Blick ging zurück in ihre Augen, während er immer noch ihre Hand festhielt, und dort, in ihren Augen, schien sich etwas widerzuspiegeln, das eigentlich nur in seinen eigenen Augen zu finden sein konnte... Neugier und Interesse... und die Andeutung einer Anziehungskraft, der er im Moment auf keinen Fall nachgeben durfte!

Es fiel ihm schwer, ihre warme, zarte Hand loszulassen, aber es musste sein. Ein ermunterndes Lächeln huschte ganz kurz über ihr Gesicht, sie wandte sich ab, nickte Sascha zum Abschied zu und schritt sehr aufrecht und unaufgeregt zur Tür. Und war verschwunden.

Andreas nahm sich Sascha vor. „Was sollte eben dieses blöde Gegrinse?"

„Ich habe mich für dich gefreut. Du entwickelst dich ja im fortgeschrittenen Alter allmählich zum richtigen Frauenschwarm."

„Du redest Unsinn! Habt ihr eigentlich die Wohnung in Vinxel genommen?"

Sascha ließ sich an seinem Schreibtisch nieder, krempelte in aller Gemütsruhe die Ärmel seines blau-grün gestreiften, wie immer extrem taillierten Hemdes hoch, faltete die Hände auf dem Tisch und schaute Andreas mit seinen großen Augen treuherzig an. „Annika ist derart begeistert von der Wohnung, dass ich nicht nein sagen kann."

„Na, ich bin ja mal gespannt, wie lange eure Beziehung deine inneren Widerstände noch verkraftet!"

„Jetzt sei nicht immer so negativ!" Sascha schüttelte missbilligend den Kopf. „Wir werden uns bestimmt noch zusammenraufen. Und dich lade ich hiermit schon mal feierlich zu unserer Silberhochzeit ein!"

„Danke. Ich werde kommen, wenn mich kein Mordfall daran hindert."

Weitere Titel in der **Edition Lempertz**

Wilfried Esch

Das Geheimnis der Rosenlinie –

Zeit der Dämmerung

Deutschland brennt! Protestanten kämpfen gegen Katholiken, die europäischen Fürstenhäuser um die Vorherrschaft im Heiligen Römischen Reich.
Mitten in den Wirren des Dreißigjährigen Krieges hegt der Kölner Kurfürst, Erzbischof Ferdinand von Wittelsbach plötzlich ein großes Interesse, seinen 400 Jahre zuvor unter rätselhaften Umständen ermordeten Vorgänger Engelbert von Berg, unter allen Umständen heilig sprechen zu lassen.
Als aus dem Bonner Cassiusstift das Tagebuch des Caesarius von Heisterbach gestohlen wird, beauftragt der Kurfürst den Anwalt und Ermittler Matthias Liebknecht mit der Wiederbeschaffung dieser wertvollen Schrift. Doch der Anwalt hat es mit einem Gegner zu tun, der vor nichts zurückschreckt. Eine mörderische Hetzjagd quer durch Europa und vier Jahrhunderte beginnt. Welches Geheimnis verbindet die beiden mächtigen Kurfürsten über 400 Jahre?
Die Jagd nach dem Dieb und Mörder führt Liebknecht schließlich auf die Spur eines uralten Mysteriums und einer schier unglaublichen Wahrheit.
Die kurfürstliche Residenzstadt Bonn wird zum Mittelpunkt eines todbringenden Geheimnisses, das Jahrhunderte ruhte und urplötzlich zu neuem Leben erwacht.

Hardcover, Format: 125 x 190 mm, ca. 600 Seiten
ISBN: 978-3-939908-86-9
Erscheint ca. Mai 2009
€ (D) 12,95 / € (A) 13,40 / SFR 21,-

Wilfried Esch

Das Geheimnis der Rosenlinie Teil 2 –

Die Hexenjäger

Hardcover,
Format: 125 x 190 mm,
ca. 600 Seiten
ISBN: 978-3-939908-87-6
Erscheint ca. Herbst 2009

€ (D) 12,95 / € (A) 13,40 / SFR 21,-

Der Autor Wilfried Esch
lebt und arbeitet in Bonn und Meckenheim. Über sein Hobby Geschichte und Archäologie fand er zum Schreiben. Mit seinen Erzählungen möchte er dem interessierten Publikum u.a. reale Geschichte durch spannende Romane näher bringen.
Seine Romane zeichnen sich durch spannende Plots in einem detailreichen und historisch fundiert recherchierten Ambiente aus. Tauchen Sie mit ein, in die spannende Welt des Bonner Mittelalters!

Barbara &
Hans Otzen

Das Eifel-Kochbuch

Die Eifel hat sich inzwischen zu einem kulinarischen Geheimtipp gemausert. Hier gibt es nicht nur Spitzengastronomiebetriebe und Spitzenweine, sondern auch die vielen Spezialitäten der Eifel wie Bauernkäse, Fleisch und Wild, Wurstwaren und Schinken, Gemüse, Obst und Schnaps, die die Neugierde der Besucher wecken und die man in den vielen Bauernläden der Region erwerben kann.
Gerichte wie Gierschsalat, Bitburger Biersupper, Döppekooche, Monschauer Tafelspitz und Dippehas dürften eingeborenen Eifelanern das Wasser im Munde zusammen laufen lassen. Doch wer kennt noch das Geheimnis ihrer Zubereitung? Für Lokalpatrioten ebenso wie für Zugezogene und Touristen dürfte dieses hochwertige und mit schönen Bildern illustrierte Kochbuch ein gelungenes Mitbringsel und eine echte Bereicherung sein.
Es lohnt sich, einen Blick in die Eifeler Kochtöpfe zu werfen, denn aus den traditionellen Produkten und Rezepten sind neue Genüsse entstanden, die man andernorts so nicht findet.

Hardcover, Format: 210 x 210 mm, ca. 240 Seiten,
zahlreiche Farbfotos, liebevoll gestaltet,
ISBN: 978-3-939908-83-8
Erscheint ca. April 2009
€ (D) 16,95 / € (A) 17,20 / SFR 30,-

Christian Griesche / Hans Otzen

Mit Nordic Walking durchs Jahr

12 interessante Touren rund um Köln/Bonn empfohlen von Heide Rosendahl (Olympiasiegerin und ehemalige Weltrekordhalterin in Weitsprung und Fünfkampf) und Irmgard Förster, Cheftrainerin des Deutscher Nordic Walking und Inliner Verband e V. (DNV) Seit Jahren zählt Nordic Walking zu einer der Trendsportarten überhaupt und dies natürlich nicht ohne Grund. Denn das Gehen mit den Stöcken ist leicht und schnell erlernbar, ideal für Fitness, Gesundheit, Gewichtsreduktion und Stressabbau und so gut wie für jede Altersgruppe geeignet.Im Frühjahr 2009 erscheint in der Edition Lempertz ein Nordic Walking-Jahresbegleiter, der jeden Monat eine neue landschaftlich reizvolle Nordic Walking Tour in der Region Köln/Bonn, begleitet von nützlichen Tipps zur An- und Abreise, interessanten Anmerkungen zu Flora und Fauna so wie aktuellem Kartenmaterial, vorstellt.
Heide Ecker-Rosendahl, ehemalige deutsche Leichtathletin mit 40 Meistertiteln, liefert für das Buch einen idealen Einstieg, in dem sie bereits im Vorwort alle Leser dazu motiviert, mit Spaß dauerhaft in Bewegung zu kommen und zu bleiben und auf die Vorzüge des Walkens im Vergleich zum Joggen hinweist. Zusammen mit Irmgard Förster vom Deutschen Nordic Walking und Inliner Verband e V. (DNV) beschreibt sie in einem ausführlichen Kapitel für alle Einsteiger und diejenigen, die es werden wollen, leicht verständlich die richtige Stocktechnik und den korrekten Bewegungsablauf.
Professionelle Tipps für eine funktionelle Kleidung, die richtigen Stöcke und geeignete Schuhe schließen sich an und machen dieses Buch zu einem unverzichtbaren sportlichen Jahresbegleiter, Monat für Monat, Jahr für Jahr!

Softcover, Format: 125 x 194 mm, ca. 168 Seiten, ca. 90 Farbfotos, mit aufklappbaren Übersichtskarten im Umschlag und vielen Kartenausschnitten,
ISBN: 978-3-939908-82-1
Erscheint ca. Mai 2009

€ (D) 15,- / € (A) 15,40 / SFR 24,50

Die Heinzelmännchen - Deutsch/Englisch

Wer kann dem Charme der Fabel von den Heinzelmännchen schon widerstehen? In der Edition Lempertz gibt es nach dem erfolgreichen Reprint des Bilderbuches von August Kopisch nun eine zweisprachige Ausgabe!

Erleben Sie die alte Geschichte anhand von wunderschönen Bildern und liebevoll gestaltetem Layout noch einmal!

Hardcover, Format: 120 x 150 mm, 48 Seiten
ISBN: 978-3-939908-77-7
Erscheint ca. April 2009
€ (D) 4,95 / € (A) 5,15 / SFR 8,-

Winand Kerkhoff

Bonns neue Mitte

Der Anlass zu diesem Buch gab der so genannte „Erweiterungsbau" für das „World Conference Center Bonn", der im Sommer 2009 fertig gestellt wird. Die Einweihung dieses Gebäudes wird nicht nur die lokale und regionale, sondern auch die nationale und internationale Aufmerksamkeit wie ein Spotlicht auf ein Phänomen lenken, das heute schon als „Bonns neue Mitte" bezeichnet wird. Passend dazu wird „Bonns neue Mitte" jetzt in Buchformat vorgestellt: Im ersten Teil wird die Entwicklung Bonns als ein Stück Stadt- und Baugeschichte dokumentiert und im zweiten Teil werden die einzelnen Bauten in ihrer Form und Funktion mit attraktiven Architektur-Aufnahmen, mit kurzen Baubeschreibungen und Unternehmens-Portraits präsentiert.

Hardcover, Format: 195 x 195 mm, ca. 120 Seiten,
durchgehend vierfarbig mit zahlreichen Fotos
ISBN: 978-3-939908-58-6
erscheint ca. Herbst 2009

Bestellen Sie einfach im örtlichen Buchhandel,
oder direkt im Verlag:

Edition Lempertz
Hauptstrasse 354
53639 Königswinter
Tel.: 0 22 23 / 90 00 36, Fax: 0 22 23 / 90 00 38
E-Mail: info@edition-lempertz.de